Wolfgang Hohlbein

Der steinerne Wolf

Viertes Buch der Enwor-Saga

Roman

AF204808

blanvalet

Verlagsgruppe Random House FSC® N001967

1. Auflage
Copyright © 1984 by Goldmann Verlag
in der Verlagsgruppe Random House GmbH,
Neumarkter Str. 28, 81673 München
Copyright dieser Ausgabe © 2020 by Blanvalet
in der Verlagsgruppe Random House GmbH,
Neumarkter Str. 28, 81673 München
Redaktion: Peter Thannisch
Umschlaggestaltung: Isabelle Hirtz, Inkcraft nach einer
Originalvorlage von dotbooks
Umschlagdesign und -illustration: Tanja Winkler
Karte: © Andreas Hancock
DN · Herstellung: sam
Satz: Uhl + Massopust, Aalen
Druck und Bindung: GGP Media GmbH, Pößneck
Printed in Germany
ISBN 978-3-7341-6227-5

www.blanvalet.de

Wolfgang Hohlbein

Der steinerne Wolf

Prolog

Es war still in dem großen, leeren Raum. Obwohl die Wände an vielen Stellen geborsten und durchbrochen waren und weder den Wind noch das rote flackernde Licht der Sonne zurückhalten konnten, sperrten sie doch nachhaltig jedes Geräusch, jeden noch so winzigen Laut und jedes Zeichen von Leben aus und verwandelten den steinernen Saal in eine Gruft.

Die Kälte war auch hier spürbar, vielleicht stärker als draußen; ein unsichtbarer, klammer Hauch, der wie flüsternder Nebel über dem Boden und zwischen den wenigen verfallenen Möbelstücken hing und ihn frösteln ließ. Aber es war mehr als Kälte, das fühlte er, weit mehr als der klirrende Hauch des Schnees, der die Berge und die verfallene Festung mit einem weißen Leichentuch überzog. Es war die Seele Coshs, die er spürte, die Stimme des Sumpfes, die ihnen wie ein unsichtbarer Begleiter gefolgt war: ihre Anwesenheit, ihren Atem, das sanfte Tasten unsichtbarer Finger, mit dem sie irgendetwas tief in seinem Inneren zu berühren oder vielleicht auch nur zu suchen schien.

Die schlanke Gestalt auf dem steinernen Lager vor ihm schien hinter einer unsichtbaren Wand aus flimmernder Luft zu liegen, als hätten sich die Gesetze der Natur auf den Kopf gestellt und ließen die Luft vor Kälte wabern, und wenn er nur lange genug hinsah und sich dem Flüstern des Nebels und der eisigen Feuchtigkeit hingab, dann begannen ihre Umrisse zu verschwimmen, sich aufzulösen, und auf den erstarrten Lippen des Toten erschien wieder dieses flüchtige, junge Lächeln, dessen wahre Bedeutung vielleicht nur Skar selbst gekannt hatte. Tränen füllten seine Augen und zeichneten dünne Spuren von Wärme auf seine erstarrte Gesichtshaut. O ja, er fühlte Schmerz, jetzt, nachdem alles vorbei war. Einen größeren und furchtbareren Schmerz als je zuvor.

Er hatte geglaubt, jenseits von Trauer und Leid zu sein, nachdem er einmal den Hass kennengelernt hatte, aber das stimmte nicht. Wie oft war er in den letzten vier Tagen hier gewesen? Ein Dutzend Mal? Zwei? Er wusste es nicht mehr. Er wusste auch nicht mehr, wie oft er so wie jetzt neben Dels Lager gesessen und die reglose, tote (es kostete ihn Überwindung, das Wort auch nur in Gedanken zu formulieren, denn es auszusprechen bedeutete, es zuzugeben, und es war das erste Mal in seinem Leben, dass er sich wünschte, die Augen vor der Wahrheit verschließen und sich in irgendeinen Winkel verkriechen zu können) Gestalt des jungen Satai betrachtet hatte, wie oft ihr Leben – ihr *gemeinsames* Leben, denn das, was vorher gewesen war, zählte nicht (auch das begriff er erst jetzt) – an ihm vorübergezogen war. Mit Del war ein Teil von ihm gestorben, ein Teil von ihm, von dem er bisher nicht einmal gewusst hatte, dass es ihn gab.

Hass? Als er neben der blutbesudelten Gestalt im Schnee gekniet und in die offenen, mit Raureif bedeckten Augen des Toten gesehen hatte, hatte er für einen kurzen Moment geglaubt, Hass zu empfinden, aber auch das war nicht wahr. Es war nichts als Schmerz, nur ein anderer Ausdruck dieses Gefühls, und selbst das Ding in seinem Inneren, diese böse, flüsternde Stimme, die sonst jeden Augenblick der Schwäche ausnutzte, um ihn zu verhöhnen und zu verspotten, hatte geschwiegen. Del war tot, und das war alles. Es war so einfach, so brutal und so sinnlos, dass er am liebsten geschrien hätte, und vielleicht war dies das Einzige, das wirklichen Zorn in ihm hervorrufen konnte. Sein Tod hatte keinen Sinn, und wenn doch, dann nur den, ihn – Skar – zu treffen und zu verletzen.

Der Wolf hatte ihn gemeint und Del getötet, brutal und berechnend die Stelle auswählend, an der er seinem Opfer den größtmöglichen Schmerz zufügen konnte.

Das Geräusch leiser Schritte drang in seine Gedanken, und für einen winzigen Moment war es Skar, als husche eine unsichtbare, rasche Bewegung durch den Raum, ein lautloses Huschen und Flüchten, als zögen sich die Schatten und der klamme Griff Coshs eilig zurück. Er sah auf, starrte Gowenna eine endlose Sekunde lang an und erhob sich mit einer mühsam wirkenden Bewegung. Gowenna wollte etwas sagen, aber er schüttelte rasch und mit einer Geste, die keinen Widerspruch duldete, den Kopf, deutete auf den Ausgang und ging an ihr vorbei.

Eine schattenhafte Gestalt erhob sich neben ihm, wartete, bis Gowenna das Haus ebenfalls verlassen hatte, und trat dann lautlos hinein. Skar wusste nicht, wer es war – El-tra, Kor-tel oder irgendeiner der anderen namen- und gesichtslosen Sumpfmänner, die während der letzten vier Tage ununterbrochen Wache an Dels Lager gehalten hatten. Wenn er kam, dann gingen sie, immer und ohne auch nur einen Blick oder ein Wort mit ihm zu wechseln, als spürten und respektierten sie seinen Schmerz mit dem Instinkt wacher, finsterer Tiere, aber sie waren immer da; schweigende Schatten, die eine lautlose Totenwache hielten. Es wäre seine Aufgabe gewesen – vier Tage und Nächte ohne zu schlafen und ohne sich zu bewegen, Wache zu halten am Totenlager des Satai, wie es die uralten Riten vorschrieben –, aber er war zu müde dazu, und er war ihnen dankbar, dass sie ihm diese Last abnahmen. Jedenfalls konnte er sich einreden, dass sie es taten.

Es war keine Totenwache, das wusste er, und sie waren alles andere als Schatten. Aber er wollte nicht wissen, was sie wirklich taten. Er hatte schon einmal bei ihnen gesessen, vor Tagen, die ihm wie Jahre vorkamen, und er hatte schon einmal erlebt, wozu sie fähig waren. Was er gespürt hatte – damals, in einem anderen Leben –, das war nur ein winziger Hauch ihrer Macht gewesen, ein winziges Stückchen der ungeheuren psionischen Gewalt, die zu entfesseln sie in der Lage waren. Aber schon diese flüchtige Berührung hatte genügt, ihn bis ins Innerste seiner Seele erschaudern zu lassen. Er wollte es nicht wissen.

Er entfernte sich ein paar Schritte vom Eingang, blieb auf halbem Wege zwischen dem Haus und der halb verfallenen Wehrmauer stehen und zog den Umhang enger um die Schultern. Die Zinnen der Mauer begannen rechteckige schwarze Zacken aus der Sonne zu beißen, und die Nacht meldete sich mit einem merklichen Auffrischen des Windes und eisiger Kälte an. Es würde wieder kalt werden, kälter als in der Nacht zuvor, die ihrerseits eine Winzigkeit kälter als die vorhergehende gewesen war; ein winziges bisschen nur, aber doch kälter. Und auf dem Pass würde wieder eine Winzigkeit Schnee mehr liegen.

»Du solltest damit aufhören, Skar«, sagte Gowenna leise.

Er hatte nicht gemerkt, dass sie ihm abermals gefolgt war. Er ging ihr aus dem Weg, seit vier Tagen; zuerst unauffällig, schließlich so offen, dass sie es einfach merken musste. Aber augenscheinlich hatte sie sich entschlossen, seine kaum mehr versteckte Ablehnung zu ignorieren.

»Womit?«, fragte er, ohne sich umzudrehen. Der Wind peitschte sein Gesicht, und die winzigen Eiskristalle, die er mit sich trug, schmerzten. Es war ihm egal.

»Du weißt genau, womit«, sagte Gowenna betont. In ihrer Stimme schwang eine leise Spur von Ungeduld, hinter der sich Ärger verbergen mochte. »Du quälst dich, Skar«, fuhr sie fort, als klar wurde, dass er nicht antworten würde. »Seit vier Tagen hockst du dort drinnen und quälst dich selbst. Findest du es sinnvoll, das Messer, das dir Vela in die Brust gestoßen hat, auch noch selbst herumzudrehen?«

»Del ist tot«, sagte Skar dumpf. Er atmete hörbar ein, drehte das Gesicht aus dem Wind und sah sie nun doch an.

Gowennas Lippen zuckten. In ihrem sehenden Auge

blitzte es zornig auf. »Das ist er nicht, Skar«, sagte sie gepresst. »Die Sumpfmänner werden ihn retten und…«

Skar hob mit einer so abrupten Bewegung die Hand, dass Gowenna erschrocken abbrach und einen halben Schritt zurückwich. »Sie werden ihn wieder zum Leben erwecken, wie?«, sagte er leise. »Sie werden ihn… wie haben sie es genannt? Neu schaffen? Und was werden sie mir geben? Eine Puppe? Ein Ding, das aussieht wie Del, sich bewegt wie Del, redet wie Del und mir jeden Wunsch von den Lippen abliest, wie es deine drei Schattenmänner bei dir getan haben?«

»Dir geben?«, wiederholte Gowenna erschrocken. »Sie werden dir nichts geben, Skar. Sie werden Del das Leben zurückgeben, das ist alles.«

Skar erschrak für einen Moment vor seinen eigenen Worten. Er hatte – ohne es im ersten Moment selbst zu bemerken – den Gedanken ausgesprochen, den er seit Tagen sorgsam bekämpft und irgendwo in seinem Inneren vergraben hatte.

»Vielleicht ist es gar nicht wirkliche Trauer, Skar«, fuhr Gowenna fort. »Vielleicht bist du nur zornig, weil Vela dir Del weggenommen hat.«

»Unsinn«, sagte Skar verwirrt. »Ich…«

»Ich bin nicht gekommen, um mich mit dir zu streiten«, unterbrach ihn Gowenna. Sie schüttelte den Kopf und fuhr sich mit einer raschen, unbewussten Geste übers Gesicht; eine Bewegung, die sie sich in den letzten Tagen mehr und mehr angewöhnt hatte, beinahe als müsse sie sich immer wieder neu davon überzeugen, dass die eine Hälfte ihres Gesichts noch unbeschädigt und heil war und das verbrannte Narben-gewebe nicht etwa über Nacht unbemerkt weiter über die Grenze zwischen Engel und Teufel, die sich in ihr Antlitz gebrannt hatte, gekrochen war. »Die Späher sind zurück«, fuhr sie in verändertem, bewusst sach-lichem Ton fort. »Es ist so, wie ich es gesagt habe: Der Pass ist verschneit. Du musst schon fliegen lernen, um über die Berge zu kommen.«

»Ich werde trotzdem gehen«, sagte Skar ruhig.

Gowenna seufzte. »So nimm doch endlich Vernunft an, Skar. Es ist unmöglich. Du kannst nicht über den Pass. Niemand kann das.«

»Niemand?« Skar lächelte, bewusst kalt und be-wusst verletzend. »Vela hat es geschafft.«

»Das vermutest du«, erwiderte Gowenna. »Aber es kann auch sein, dass sie irgendwo an einem geschütz-ten Ort überwintert, während du in dein Unglück rennst.«

»Du weißt so gut wie ich, dass das nicht stimmt«, sagte Skar. »Sie ist jetzt bereits auf dem Weg nach Elay, und wenn wir warten, bis der Winter vorbei ist, dann wird sie ihre Macht bereits gefestigt haben, bevor wir überhaupt aufbrechen.«

»Und du wirst unsere letzte Chance, sie aufzuhal-ten, verspielen, wenn du jetzt losreitest und dich um-bringst. Wahrscheinlich hast du recht, aber du vergisst dabei eine Kleinigkeit, Skar: Sie hat den Stein, um sich den Weg zu bahnen. Du nicht.«

Skar wandte sich um und sah lange und nach-denklich zu dem Gebäude am anderen Ende des Hofs hinüber. »Es ist sinnlos, Gowenna«, murmelte er. Er wollte nicht mehr diskutieren, weder mit ihr noch mit irgendwem. Vielleicht hatte sie recht, aber er war einfach müde, zu müde, um auch nur über ihre Argumente nachzudenken. »Ich werde gehen. Noch heute. Ich ... hätte es längst tun sollen.«

»Wenn du stirbst, Skar, dann verliert Enwor vielleicht seine letzte Chance.«

»Enwor ...« Die Schwärze hinter dem rechteckigen Eingang schien sich zu verdichten. Es war ein Grab. Selbst wenn sich Del nach einer Weile von seinem Totenbett erheben und das Haus verlassen würde, würde es nur ein Schatten des jungen Satai sein. Und er, Skar, wollte es nicht erleben. »Was kümmert mich die Welt, Gowenna«, sagte er abfällig. »Sie wird nicht untergehen, wenn ich sterbe. Vielleicht hat Vela sogar recht, und Enwor wird besser, wenn es Männer wie mich nicht mehr gibt.«

Gowenna erstarrte. Der Ausdruck auf ihrem Gesicht verhärtete sich. »Und Frauen wie mich, nicht wahr? Das meinst du doch?«

Skar zögerte einen Moment mit der Antwort. Er wusste genau, wie sinnlos es war, dieses Spiel fortzusetzen. Sie war wieder die alte Gowenna, wie er sie seit dem ersten Tag kannte. Sie wechselte ihre Taktik, schnell und ohne wirklich zu überlegen, instinktiv auf der Suche nach einer verwundbaren Stelle, nach einer Lücke in seiner Deckung, nach irgendetwas, wo sie ihn packen und festhalten konnte. Sie hatte noch nicht begriffen, dass es den Skar, mit dem sie geritten war, nicht mehr gab.

»Vielleicht«, sagte er schließlich, »vielleicht sind

wir beide nur Überbleibsel einer Welt, die schon längst gestorben ist, Gowenna. Vielleicht ist unsere Welt schon tot, ohne dass wir es bisher bemerkt haben, und vielleicht gehört die Zukunft Menschen wie Vela.«

Gowenna verzog abfällig das Gesicht. »Wenn du wirklich so denkst, Skar«, sagte sie, »warum nimmst du dann nicht dein verdammtes Schwert und stürzt dich hinein?«

»Vielleicht werde ich das tun, Gowenna«, antwortete er ernst. »Wenn alles vorbei ist.«

Gowenna wollte etwas erwidern, aber Skar drehte sich ohne ein weiteres Wort um und ließ sie stehen.

1. Kapitel

Der schwere Regen der letzten zehn Tage hatte aufgehört, und das Meer war so ruhig, wie man es sonst nur vor einem Sturm beobachten konnte. Aber der Himmel war leer, und als die Sonne aufging und mit ihren wärmenden Strahlen auch den letzten Rest von Morgennebel und Dunst zu vertreiben begann, war nicht einmal die winzigste Wolke zu entdecken.

Trotzdem machte die SHANTAR gute Fahrt – die Segel, die während der letzten Wochen mehr als nur einmal nass und schlaff von den Rahen gehangen hatten, blähten sich unter einer steifen, beständigen Brise, und die zwanzig Doppelruder auf jeder Seite verliehen dem Freisegler zusätzliche Geschwindigkeit, sodass das scheinbar plumpe Schiff mit überraschendem Tempo an der Küste entlangglitt.

Das verquollene Holz der Masten, zehn Tage lang vollgesogen mit Regen und Nebel, dessen Feuchtigkeit beharrlich in jede Pore und jeden noch so winzigen Riss gekrochen war, ächzte unter der Belastung, als es die Kraft des Windes auffangen und an den Schiffsrumpf weitergeben musste, und das monotone Klatschen der Ruder begann einen einschläfernden Einfluss auf Skar auszuüben.

Seine Augen brannten – zum Teil eine Wirkung

des Salzwassers, das in einem dünnen Sprühregen von den Spieren empor und auf das Deck gewirbelt wurde, zum größeren Teil jedoch einfach vor Müdigkeit. Er hatte während der zweieinhalb Wochen, die er an Bord der SHANTAR verbracht hatte, nicht sehr viel Schlaf gefunden.

Das Schiff war groß, bot jedoch kaum Platz für Passagiere, denn es war vom Bug bis zum Heck vollgestopft mit Lade- und Frachträumen, und die Wände seiner Kabine waren so hellhörig, dass er nahezu jedes Wort gehört hatte, das irgendwo an Bord des Schiffes gesprochen wurde. Dazu kam etwas, das so banal wie ärgerlich war – Seekrankheit. Von der ersten Stunde an, die er an Bord gewesen war, war ihm übel gewesen, und wenn sich sein Körper auch allmählich an das beständige Auf und Ab des Schiffes zu gewöhnen begann, so genügte doch noch immer eine unbedachte Bewegung, um seinen Magen in einen schmerzhaften Klumpen zu verwandeln.

Zumindest konnte er der Situation ein gewisses Maß an Ironie nicht absprechen – was Vela mit all ihrer Macht und Bosheit nicht gelungen war, hatte das Meer geschafft. Er wäre im Moment nicht einmal fähig gewesen, mit einem Kind zu kämpfen.

»Nun, Satai?«

Skar sah auf, als eine hochgewachsene, in einen schwarzen ledernen Regenmantel gehüllte Gestalt neben ihm an die Reling trat. Andred, der Kapitän des Freiseglers. Skar mochte ihn. Er war ein schlanker Mann unbestimmbaren Alters, der sich gern selbst reden hörte, dabei aber nicht annähernd solch haarsträubenden Unsinn verzapfte wie die meisten anderen Männer seines Schlages.

»Deine Wache ist zu Ende«, fuhr Andred mit einer Kopfbewegung zum Horizont fort. Die Sonne war vollends aufgegangen und stand als glosender roter Ball über dem Meer. »Du kannst in deine Kabine gehen. Ich lasse dich wecken, wenn Essenszeit ist.«

Skar stemmte sich von der Reling hoch, massierte mit der Linken seinen steifen, schmerzenden Rücken und schüttelte den Kopf. Er war so müde, dass er Mühe hatte, die Augen offen zu halten, aber irgendetwas sagte ihm, dass er sowieso keinen Schlaf finden würde. Vielleicht war es die Nähe Elays, die ihn wach hielt.

»Ich bleibe noch«, sagte er, ohne den Blick vom Meer zu nehmen.

Die Küste war als schwarzer unregelmäßiger Streifen an Backbord sichtbar, so wie während der gesamten vergangenen Woche. Die SHANTAR segelte – zumindest in nautischen Maßstäben – dicht an der Küste entlang; weit genug entfernt, um vor den Untiefen und Riffen, die diese Gewässer zu den gefürchtetsten der Welt werden ließen, sicher zu sein, aber auch nahe genug, um sich mit einem schnellen Manöver in Sicherheit bringen zu können, falls Piraten auftauchen oder ein Sturm heraufziehen sollte.

Ein Tümmler näherte sich dem Schiff, ließ seine dreieckige Rückenflosse eine Zeit lang parallel zu dem gewaltigen schwarzen Rumpf durch die Wellen schneiden und entfernte sich dann so rasch, wie er aufgetaucht war. Skar sah ihm nach, bis er verschwand.

»Wie du willst«, sagte Andred nach einer Weile. Er lehnte sich neben Skar gegen die Reling, starrte blicklos auf die Wellen hinab und schüttelte ein paarmal und ohne Skar irgendeinen Grund dafür erkennen zu lassen, den Kopf. Sein Fuß hämmerte den Takt zu einer unhörbaren Melodie auf die Planken. »Unsere Reise endet bald, Satai«, sagte er plötzlich. »Wenn der Wind weiter so günstig bleibt, erreichen wir noch vor Sonnenuntergang Anchor.«

Skar nickte. »Ich weiß.«

»Du willst dort wirklich von Bord?«, fragte Andred, nachdem er eine Weile vergeblich darauf gewartet hatte, dass Skar das Gespräch von sich aus weiterführen würde.

»Warum nicht?«

»Anchor ist ein seltsamer Ort für einen Satai«, murmelte Andred. »Eine Stadt voller verrückter alter Weiber und bissiger Drachen – was sucht ein Mann wie du dort?«

Skar lächelte. Wenn es etwas gab, das Andreds Schwatzhaftigkeit noch übertraf, dann war es seine Neugier. Er hatte vom ersten Tag an versucht, mehr über den wahren Grund von Skars Reise in Erfahrung zu bringen.

»Nimm an, ich hätte ein Geschäft zu erledigen«, sagte Skar.

»Ein Geschäft?« Andred sah ihn einen Herzschlag lang verblüfft an und lachte dann. Es klang unsicher. »Du? Seid ihr Satai unter die Krämer gegangen?«

Skar schwieg einen Moment. Er hätte Andred eine scharfe Abfuhr erteilen können, aber er wollte den

Freisegler nicht vor den Kopf stoßen. Immerhin hatte Andred ihm einen Platz auf der SHANTAR gewährt, obwohl Skar nicht für die Passage bezahlen konnte. Und es konnte sein, dass er schon bald in eine Situation kam, in der er einen Freund – oder wenigstens einen Mann, der *nicht* sein Feind war – gebrauchen konnte.

»Ich ... suche jemanden«, sagte er ausweichend.

»In Anchor?«

»In Elay«, antwortete Skar. »Wenn du mich zufällig dorthin bringen kannst ...«

Das Lächeln auf Andreds Zügen wurde um eine Spur eisiger. »In Elay«, wiederholte er. »In Ordnung – du willst nicht darüber sprechen. Vielleicht hast du recht, und es geht mich nichts an.«

Er drehte sich mit einer abrupten Bewegung um und wollte gehen, aber Skar hielt ihn noch zurück.

»Verzeih, Andred«, sagte er in versöhnlichem Tonfall. »Ich wollte dich nicht brüskieren.«

»Das ... hast du nicht«, sagte Andred in einem Ton, der die Worte Lügen strafte. »Es geht mich wirklich nichts an. Ich bin nur ein Kauffahrer und sollte mich nicht in die Angelegenheiten eines Kriegers mischen. Ich ...«

Er stutzte, sah an Skar vorbei in Richtung Küste und streifte dessen Hand mit einer unbewussten Bewegung ab. Seine Augen wurden schmal.

Skar drehte sich ebenfalls um. Vor der dunklen Linie der Küste war ein schlanker, noch dunklerer Schatten erschienen. Ein Schiff. Es war noch zu weit entfernt, als dass man seine Herkunft oder auch nur seine Bauart hätte erkennen können. Aber selbst für Skars nicht gerade seemännisch geschulten Blick war nach wenigen Sekunden klar, dass der fremde Segler direkten Kurs auf die SHANTAR hielt.

»Was ist das für ein Schiff?«, fragte er.

Andred schüttelte langsam und nachdenklich den Kopf. »Ein Thbargscher Kapersegler«, murmelte er. »Aber hier? In diesen Gewässern?«

Skar sah den Freisegler an. »Glaubst du, dass er uns gefährlich werden wird?«

»Gefährlich?« Andred sah ihn einen Moment verwirrt an, als müsse er sich erst ins Gedächtnis rufen, was dieses Wort überhaupt bedeutete. Dann schüttelte er den Kopf. »Nein. Zumindest sind es keine Piraten, wenn es das ist, was du befürchtest. Aber sie halten sich normalerweise nur oben im Norden auf. Ich habe jedenfalls…« Er stockte, fuhr herum und schrie, mit den Händen einen Trichter vor dem Mund bildend, ein paar scharfe Kommandos zu den Matrosen in den Rahen hinauf.

Skar sah erstaunt, wie die Männer begannen, die Segel zu reffen. Gleichzeitig wurde der Ruderschlag langsamer und hörte nach wenigen Augenblicken ganz auf. Die SHANTAR trieb, von ihrem eigenen Schwung getragen, noch weiter auf dem bisherigen Kurs, wurde aber bereits merklich langsamer.

»Was hast du vor?«, fragte Skar misstrauisch.

Andred zuckte mit den Schultern, stellte sich wieder neben ihn und blinzelte aus zusammengekniffenen Augen zu dem anderen Segler hinüber. »Ich nehme Fahrt weg«, sagte er.

Skar schluckte die scharfe Entgegnung, die ihm auf der Zunge lag, im letzten Moment hinunter. »Das ist mir nicht entgangen«, sagte er. »Aber warum?«

Der Freisegler deutete mit einer knappen Geste auf das schwarze Kaperschiff. »Er hält Kurs auf uns«, erklärte er geduldig. »Und das heißt, dass sein Kapitän mit mir sprechen will. Und er ist mindestens doppelt so schnell wie wir und würde uns so oder so einholen. Warum also sollten wir uns auf ein ebenso sinnloses wie kräftezehrendes Rennen mit ihm einlassen? Außerdem haben wir keinen Streit mit ihm – weder mit ihm noch mit irgendeinem anderen Thbarg.«

Er schwieg einen Moment, sah Skar mit einem langen, nachdenklichen Blick an und fuhr in verändertem Tonfall fort: »Ich verstehe deine Nervosität nicht, Satai. Die Thbarg sind zwar gefürchtete Kapersegler, doch sie tun keinem etwas, der ihre Grenzen nicht überschreitet. Und einem Freisegler schon gar nicht.«

Skars Finger schlossen sich in einer unbewussten, kraftvollen Geste um das brüchige Holz der Reling. Andreds Worte klangen einleuchtend – ganz egal, aus welcher Richtung er es bedachte; er hatte keinen Grund, nervös oder gar ängstlich zu sein. Und doch war etwas an diesem schwarzen viermastigen Schiff dort drüben, das ihn alarmierte.

Vielleicht, versuchte er sich einzureden, war er auch nur übernervös. Die zweiwöchige Schiffsreise hatte mehr an seinen Kräften gezehrt, als er zugeben wollte, und die Nähe Elays und damit Velas tat ein Übriges, ihn gereizt und vielleicht übervorsichtig zu machen. Seit er Vela und die Sumpfleute verlassen und sich allein auf den Weg zu der Verbotenen Stadt im Herzen des Drachenlands gemacht hatte, hatte er fast ununterbrochen an die ehemalige *Errish* gedacht, an sie und an das, was ihn erwarten mochte. Wenn man lange genug über eine unbekannte Gefahr nachdachte, dann fing man irgendwann an, Gespenster zu sehen.

Aber der Thbarg-Segler dort drüben war kein Gespenst. Ganz und gar nicht.

Skar atmete hörbar ein, trat einen Schritt von der Reling zurück und sah sich unschlüssig an Deck um. Am liebsten wäre er in seine Kabine gegangen und dort geblieben, bis der Thbarg weitergesegelt war, aber das hätte zu sehr nach Flucht ausgesehen. Einen Moment überlegte er, ob er einfach seinen Mantel abstreifen und sich unter die Mannschaft mischen sollte, verwarf diesen Gedanken aber sofort wieder. Die Besatzung der SHANTAR bestand ausschließlich aus kleinen, gelbhäutigen Freiseglern, unter denen er sofort aufgefallen wäre.

Er merkte plötzlich, dass Andred ihn beobachtete, drehte sich verlegen um und lächelte. »Ist es normal, dass ein Schiff auf hoher See den Kurs ändert, nur weil die Kapitäne einen Plausch halten wollen?«, fragte er, ehe Andred Gelegenheit hatte, eine Frage zu stellen. Skars Verhalten konnte dem Freisegler nicht entgangen sein.

Aber wenn er sich seine Gedanken darüber machte, so ließ er sich – jedenfalls im Augenblick – nichts anmerken. »Manchmal«, sagte er. »Zumindest auf hoher See. In Küstennähe wie hier… Vielleicht brauchen sie Wasser oder Proviant«, sagte er achselzuckend. »Oder einen Heilkundigen. Wir werden es in wenigen Augenblicken wissen.«

Skar sah beinahe erschrocken an Andred vorbei nach Westen. Der Thbarg hatte schon fast die halbe Entfernung zurückgelegt und kam rasch näher. Die Segel an den vier großen Masten waren gebläht, und vor dem beilscharfen Rammsporn des Schiffes gischtete eine weiße Bugwelle. Andred hatte nicht übertrieben – der Thbarg *war* doppelt so schnell wie die SHANTAR, mindestens.

»Wenn du unter Deck gehen willst«, sagte Andred plötzlich, »dann tu es, solange noch Zeit ist. Von der Mannschaft wird niemand verraten, dass du an Bord bist. Freisegler nehmen normalerweise keine Passagiere mit.«

»Ich…« Skar schüttelte den Kopf, sah Andred jedoch nicht direkt an. »Wie kommst du darauf, dass ich unter Deck möchte?«, fragte er ausweichend.

Der Freisegler grinste, wurde jedoch sofort wieder ernst. »Nur so«, murmelte er. »Du siehst nicht gerade aus, als würdest du dich über das Zusammentreffen freuen.«

Skar warf ihm einen finsteren Blick zu, schwieg jedoch und starrte dem näher kommenden Thbarg entgegen. Das Kaperschiff pflügte wie ein gewaltiger schwarzer Wal durch die Wellen. Es war größer als die SHANTAR, aber schlanker, sodass die Kraft des guten Dutzends Segel, die sich an den vier Masten blähten, optimal genutzt wurde und dem Schiff eine erstaunliche Geschwindigkeit – und wohl auch Wendigkeit – verlieh. Seine Bordwand war gut eine Manneslänge höher als die des Freiseglers, und hinter der hohen, durchbrochenen Reling waren die Drachenköpfe zahlreicher gespannter Katapulte auszumachen, als das Schiff näher kam.

»Das ist seltsam«, murmelte Andred.

»Was?«

»Der Rauch dort – siehst du ihn?« Der Freisegler deutete auf das Heck des Thbarg.

Eine Anzahl dünner schwarzgrauer Rauchsäulen erhob sich vom Achteraufbau des Kaperseglers. Sie trieben fast sofort im Wind auseinander, waren jedoch trotzdem deutlich zu sehen. Über dem hinteren Teil des Schiffs schien die Luft leicht zu flimmern, als wäre sie erhitzt.

Skar nickte.

»Kohlen«, erklärte Andred. »Für die Katapulte. Sie sind in voller Kampfbereitschaft.«

»Hast du nicht gerade erst gesagt, dass du keinen Streit mit den Thbarg hast?«, fragte Skar im mühsam beherrschten Tonfall.

»Das gilt nicht uns«, widersprach der Freisegler. »Wollten sie uns angreifen, hätten sie es längst getan. Wir sind in ihrer Reichweite. Außerdem würde er dann kaum längsseits gehen, sondern uns im rechten Winkel rammen.« Seine Zunge fuhr in einer raschen, nervösen Bewegung über seine Unterlippe, und die Worte klangen nicht ganz so überzeugt, wie sie es hätten sollen. Der Freisegler war nervös, das erkannte Skar ganz deutlich.

Schweigend beobachteten sie das Näherkommen des Kaperschiffs. Der Thbarg minderte seine Geschwindigkeit nicht, änderte seinen Kurs erst im letzten Moment und segelte schließlich ein Stück hinter und neben der SHANTAR. Die Segel wurden gerefft; Skar konnte sehen, wie das Schiff wie ein großes, schwerfälliges Tier zitterte, als der Druck des Windes auf seine Spanten nachließ. Es war noch immer schneller als die SHANTAR, verlor jedoch rasch an Fahrt und kam nach wenigen Minuten fast auf den Meter genau neben dem kleineren Freisegler zum Stehen.

Andred begleitete das Manöver mit einem flüchtigen Stirnrunzeln, aber selbst Skar – der von Schiffen kaum mehr verstand, als dass sie groß waren und schwimmen konnten – begriff, dass er Zeuge einer seemännischen Meisterleistung wurde.

»Ahoi, SHANTAR!«, dröhnte eine Stimme vom Deck des Thbarg herüber. »Wir kommen an Bord!«

Eine Anzahl dunkler, gegen den flammenden Morgenhimmel nur als flache schwarze Schattenrisse zu erkennende Gestalten erschien hinter der Reling des Kaperseglers. Das gewaltige Schiff zitterte wieder, neigte sich ein wenig zur Seite und trieb dann ganz langsam auf die SHANTAR zu. Skar sah weder Ruder noch sonstige Hilfsmittel, mit denen das Schiff bewegte wurde; trotzdem schmolz die Entfernung zwischen den beiden Seglern sichtlich zusammen.

»Wie macht er das?«, fragte Skar.

Andred zuckte erneut mit den Achseln. »Ich habe keine Ahnung«, antwortete er. »Aber irgendwie hast du recht, Satai – die Sache gefällt mir nicht.«

Er hatte unwillkürlich die Stimme gesenkt und flüsterte nur noch; seine Hände lagen auf der Reling, so fest, dass die Knöchel weiß durch seine sonnenverbrannte Haut hindurchschimmerten. Er gab sich alle Mühe, seine Unruhe zu verbergen, aber es gelang ihm nicht.

Der Thbarg kam näher und hielt schließlich auf die gleiche, geheimnisvolle Weise, auf die er sich in Bewegung gesetzt hatte, weniger als eine Armlänge neben der SHANTAR an. Ein schwacher Geruch nach frischem Teer und brennenden Kohlen wehte zu ihnen herüber.

In die Gestalten hinter der Reling kam Bewegung. Eine Planke wurde zum Deck der SHANTAR herabgelassen und mit kleinen kupfernen Krallen festgehakt, dann traten drei der Männer – rasch und mit ausgebreiteten Armen, um auf der abschüssigen Laufplanke das Gleichgewicht zu halten – zu ihnen herab.

Skar musterte die Neuankömmlinge mit unverhohlenem Misstrauen. Sie waren allesamt groß und sehr muskulös und in bodenlange, dunkelblaue, mit silbernen Stickereien verzierte Mäntel gehüllt. Das einzige Unterscheidungsmerkmal war ein wuchtiger, goldbeschlagener Helm, den einer von ihnen trug. Nach dem einfachen, schon beinahe ärmlichen Leben, das Skar an Bord der SHANTAR kennengelernt hatte, erschien ihm die Aufmachung der drei Thbarg schon fast barbarisch in ihrer Pracht.

»Ich bin Gondered«, stellte sich der Anführer der Thbarg vor, der mit dem Goldhelm. Sein Blick tastete, rasch und mit der Selbstsicherheit eines Mannes, der im Umgang mit Menschen geübt war, über Skars

Gestalt, blieb für einen kurzen Moment an seinem Gesicht hängen und wandte sich dann Andred zu. »Ihr seid der Kapitän.« Es war keine Frage, sondern eine Feststellung, und allein der herrische Ton, in dem sie vorgebracht wurde, klärte die Fronten zwischen ihnen deutlicher, als es die gespannten Katapulte gekonnt hatten.

Andred nickte. Die Bewegung wirkte abgehackt und verkrampft, und Skar sah, wie die Hand des Freiseglers langsam und in einer Bewegung, über die er sich wahrscheinlich selbst nicht im Klaren war, zum Gürtel kroch. Der Griff seines Kurzschwerts zeichnete sich deutlich durch das glänzende Leder des Regenmantels ab.

»Mein Name ist Andred«, sagte er mühsam beherrscht. »Ich bin Eigner und Kapitän der SHANTAR. Würdet Ihr mir verraten, was der Grund für Euren Besuch ist?« Seine Stimme klang spröde. Von der Freundlichkeit, die Skar an ihm kennen- und schätzen gelernt hatte, war nichts mehr geblieben.

Auch Gondered entging der ablehnende Tonfall in den Worten des Freiseglers nicht, aber seine Reaktion fiel anders aus, als Skar erwartet hatte. In seinen Augen blitzte es amüsiert auf. »Gern, Kapitän«, sagte er. »Wir segeln im Auftrag der Ehrwürdigen Frauen von Elay und kontrollieren jedes Schiff, das sich den Küsten des Drachenlandes nähert.«

»Kontrollieren?«, konterte Andred. »Was kontrollieren? Wenn Ihr nach Schmuggelgut sucht...«

Gondered unterbrach ihn mit einer abfälligen Handbewegung. »Wer spricht von Schmugglern?«, sagte er lächelnd. »Wir sind Thbarg, Kapitän, keine Steuerein-treiber. Ihr solltet uns besser kennen. Wir suchen Quorrl.«

»Hier?«, fragte Andred ungläubig. »Verzeiht, Kapi-tän, aber...«

Erneut wurde er von Gondered unterbrochen. »Ich habe meine Befehle«, sagte der Thbarg hart. »Und die lauten nun einmal, mir jedes Schiff genau anzusehen.« Er schwieg einen Moment und lächelte dann flüchtig, wohl, um seinen Worten nachträglich etwas von ihrer Schärfe zu nehmen. »Natürlich glaube ich nicht, dass ich auf Eurem Schiff Quorrl oder sonstiges Kroppzeug antreffen werde, Kapitän, aber Ihr werdet mir erlau-ben, Eure Laderäume ganz kurz zu inspizieren?«

Skar sah alarmiert von Gondered zu Andred und wieder zurück. Er spürte, dass es in dem Freisegler kochte. Gondereds Freundlichkeit war bewusst aufge-setzt, und der Spott, der sich dahinter verbarg, kaum zu überhören. Der Thbarg schien sich an der Hilflosig-keit seines Gegenübers zu weiden.

»Mein Schiff steht Euch zur Verfügung«, sagte And-red steif. »Wenn Ihr die Frachtpapiere sehen wollt...«

Gondered winkte ab. »Mit dem Papierkram sollen sich die Hafenbehörden befassen«, sagte er. »Ihr segelt nach Anchor?«

Andred nickte. »Wir wollen noch heute einlaufen.«

»Das werdet Ihr«, versicherte Gondered. »Es dauert nicht lange, vorausgesetzt, dass wir nichts finden.«

Andreds Lächeln wurde um eine weitere Spur eisi-ger, aber er zog es vor zu schweigen.

Der Thbarg drehte sich herum, gab seinen Männern an Deck des Kaperschiffes ein Zeichen und trat zur

Seite, als weitere Männer über die Planke zur SHAN-TAR herunterkamen. Sein Blick heftete sich wieder auf Skar.

»Ihr seid kein Freisegler?«, fragte er.

Skar schüttelte den Kopf, schwieg aber. Er spürte ganz genau, dass Gondered mehr war als ein einfacher Kaperkapitän, der seine Befehle ausführte. Und der Thbarg gab sich nicht einmal sonderlich Mühe, sich zu verstellen.

»Wie kommt es, dass sich ein Thbarg in die Dienste der *Errish* stellt?«, fragte Skar. »Ich dachte immer, ihr wäret ein stolzes Volk, das sich nicht verkauft.« Seine Worte taten ihm im gleichen Moment schon wieder leid, aber Gondered gehörte zu den Männern, die allein durch ihren Anblick schon Aggressionen in ihm weckten.

Die Mundwinkel des Thbarg zuckten. »Wir verkaufen uns nicht«, sagte er betont. »Aber wenn die *Errish* nach Hilfe rufen, dann kommen wir. Folgen nicht sogar die Satai dem Ruf der Ehrwürdigen Frauen?«

Skar hatte Mühe, nicht zusammenzufahren. Gondereds Gesicht wirkte entspannt und so herablassend-freundlich wie zuvor, aber es war gewiss kein Zufall, dass er ausgerechnet diese Frage stellte. Und das misstrauische Glitzern in seinen Augen war unübersehbar.

Skar zuckte mit den Achseln, wandte sich halb um und sah scheinbar interessiert zu, wie Gondereds Männer über das Deck der SHANTAR ausschwärmten und in den Frachtluken und Aufbauten verschwanden. »Möglich«, sagte er. »Ich kümmere mich im Allgemeinen nicht um solche Dinge.«

»Ihr habt nicht zufällig einen Satai getroffen, in letzter Zeit?«, fuhr Gondered lauernd fort.

Skar wandte sich wieder zu ihm um, hielt dem Blick des Thbarg einen endlosen Moment lang stand und schüttelte den Kopf. »Der letzte, von dem ich hörte, schlug sich gerade in der Arena von Ikne für Geld mit irgendwelchen Barbaren herum«, sagte er ruhig.

Gondered nickte. Einen Moment schien er über Skars Worte nachzugrübeln. »Und wer seid Ihr?«, wollte er dann wissen. »Wenn die Frage gestattet ist – immerhin trifft man selten einen Passagier an Bord eines Freiseglers.«

Andred sog erschrocken die Luft ein. Gondered musste es bemerkt haben, ließ sich jedoch keine Reaktion darauf anmerken.

»Mein Name ist Bert«, log Skar. »Ich bin ein reisender Händler aus Malab. Kapitän Andred war so freundlich, mir eine Passage auf seinem Schiff anzubieten. Der Landweg nach Elay ist weit und voller Gefahren.«

»Vor allem für einen hilflosen Kaufmann wie Euch, wie?«

Skar lächelte dünn. »Wer sagt, dass Kaufleute unbedingt hilflos sein müssen?«

»Bert ist ein guter Bekannter von mir«, mischte sich Andred ein. »Ich stand seit Langem in seiner Schuld. Er … hat mir einmal zu einem guten Geschäft verholfen. Mit der Überfahrt kann ich das wettmachen.«

Gondered runzelte die Stirn, sah Andred einen Herzschlag lang zweifelnd an und wandte sich dann wieder an Skar. »Ihr werdet in Anchor keine guten Geschäfte machen«, sagte er. »Die Stadt steht unter

Waffen, und die Menschen haben anderes zu tun, als Geschäfte abzuschließen.«

»Gegessen wird immer«, gab Skar mit gespieltem Gleichmut zurück. »Und wo ein paar Goldstücke zu verdienen sind, da ist auch der Krieg rasch vergessen.«

»Was soll das heißen, die Stadt steht unter Waffen?«, fragte Andred hastig.

Gondered bedachte ihn mit einem beinahe mitleidigen Blick. »Ihr seid lange nicht mehr in diesem Teil Enwors gewesen, wie?«, fragte er. »Das ganze Drachenland ist zu den Waffen geeilt, Kapitän, aus dem gleichen Grund, aus dem wir hier patrouillieren.«

»Quorrl?«, fragte Skar.

Der Thbarg nickte. »Die Ehrwürdige Mutter ist endlich zur Besinnung gekommen und tut, was schon vor Jahrzehnten hätte getan werden sollen. Ein Heereszug der Quorrl hat die Grenzen überschritten und eine Stadt geschleift. Und jetzt jagen wir sie zur Hölle.«

Skar runzelte die Stirn. »Ihr sprecht nicht sehr respektvoll von Eurer Dienstherrin, Kapitän.«

»Elay ist weit«, antwortete Gondered schulterzuckend. »Und wie Ihr schon so richtig bemerkt habt, *Bert*« – er betonte den Namen auf so seltsame Weise, dass Andred erneut zusammenfuhr –, »verkaufen wir Thbarg uns nicht. Wir erfüllen nur unsere Aufgabe. Aber das gründlich, mein Wort darauf.«

Skar verbiss sich die böse Bemerkung, die ihm auf der Zunge lag. Gondered wusste – oder ahnte zumindest –, dass er alles andere als ein harmloser Kauffahrer war, und wollte ihn provozieren. Skar musste zugeben, dass Gondered nahe daran war, sein Ziel zu erreichen. Vielleicht hatte die Reise an Bord der SHANTAR zu lange gedauert. Nach der ununterbrochenen Anspannung, unter der Skar seit seinem ersten Aufbruch aus Ikne gestanden hatte, hatten ihn die zwei Wochen Ruhe an Bord des Seglers nicht nur müde, sondern auch unvorsichtig werden lassen.

»Seit wann treiben sich Quorrl auf dem offenen Meer herum?«, fragte Andred, bevor Skar vollends einen Streit mit dem Thbarg beginnen konnte.

Gondered zuckte mit den Schultern, als interessiere ihn die Antwort auf diese Frage überhaupt nicht. »Sie sind überall«, sagte er. »Das Heer wurde zerschlagen, aber die Überlebenden haben sich zu kleinen Banden zusammengeschlossen und ziehen plündernd durch das Land. Vor zwei Wochen haben sie einen Küstensegler gekapert und versucht, mit ihm das freie Meer zu erreichen.«

»Und?«, fragte Skar.

Gondered lächelte hässlich. »Unsere Katapulte schießen sehr weit«, sagte er. »Und sehr genau, Bert. Die Quorrl haben das nicht geglaubt, aber wir haben es ihnen demonstriert.« Er wurde übergangslos wieder ernst. »Ihr solltet auf der Hut sein, Bert, wenn Ihr Anchor verlasst und weiter durch das Land zieht.«

Skar lächelte böse. »Solange es Männer wie Euch gibt, Gondered, fürchte ich mich nicht vor Quorrl.«

Gondereds Hand schloss sich um den Schwertgriff unter seinem Mantel. Der Stoff bewegte sich raschelnd, und Skar sah, dass Gondered darunter ein glitzerndes Panzerhemd trug. Auch die letzte Spur von Freundlichkeit verschwand aus Gondereds Gesicht. »Das braucht Ihr auch nicht, Bert«, sagte er dumpf. Er fuhr mit einer abrupten Bewegung herum, entfernte sich ein paar Schritte und begann seine Leute anzubrüllen und zur Eile anzutreiben.

Skar und Andred sahen schweigend zu, wie die Thbarg das Schiff untersuchten. Sie brauchten weniger als eine halbe Stunde, aber es mussten an die hundert Mann sein, die nach und nach auf das Deck der SHANTAR herunterstiegen und jeden Winkel und jede Ecke durchstöberten.

Skar spürte, wie sich die Stimmung unter den Freiseglern mehr und mehr zuspitzte. Es war nicht viel, was er über das Volk der Freisegler wusste – er war den Männern während der letzten vierzehn Tage aus dem Weg gegangen, soweit dies in einer so beengten Umgebung wie einem Schiff möglich war, und sie ihm auch –, aber der Stolz dieser seefahrenden Händler war überall auf Enwor bekannt. Es gehörte nicht viel Fantasie dazu, sich vorzustellen, was hinter den scheinbar unbewegten Gesichtern der Männer vor sich ging, und er sah mehr als eine Hand, die mit einer unbewussten Geste nach Säbel, Tau oder Enterhaken tastete.

Im Stillen bewunderte er die Disziplin, die Andreds Männer an den Tag legten. Gondereds Verhalten war mehr als eine bloße Provokation. Es war eine Demütigung und zugleich eine ebenso überhebliche wie unnötige Demonstration von Stärke. Skar beobachtete den Thbarg genau – Gondered wirkte nur äußerlich gelassen und ruhig. Seine Freundlichkeit war nur eine dünne, nicht einmal besonders sorgsam aufgetragene Tünche, und dem Blick seiner dunklen, stechenden Augen schien nicht die winzigste Kleinigkeit zu entgehen.

Skar war sicher, dass Gondered die gereizte Stimmung unter den Freiseglern ebenso deutlich bemerkte wie er, doch der Thbarg genoss die Situation sichtlich. Wahrscheinlich, überlegte Skar, wartete er nur darauf, seine Stärke und die Kampfkraft seines Seglers demonstrieren zu können.

Aber der gefährliche Moment ging vorbei, und schließlich zogen sich Gondereds Männer so schnell und unauffällig, wie sie gekommen waren, wieder zurück. Auch Gondered selbst und seine beiden Begleiter wandten sich zum Gehen, blieben jedoch kurz vor Erreichen der Laufplanke noch einmal stehen.

»Ihr könnt weitersegeln, Andred«, sagte Gondered kalt. »Der Wind steht günstig, und wenn Eure Ruderer kräftig auslegen, erreicht Ihr Anchor noch vor Sonnenuntergang.« Er nickte, zeigte wieder sein dünnes, humorloses Lächeln und wandte sich noch einmal an Skar. »Auch wir segeln nach Anchor, Bert«, sagte er. »Ihr könnt den Rest der Reise auf unserem Schiff verbringen, wenn Ihr wollt. Ihr gewinnt einen halben Tag.«

Skar schüttelte den Kopf. »Es lohnt sich nicht mehr«, entgegnete er. »Mein Gepäck müsste umgeladen werden, und ich will Euch nicht von der Jagd auf Quorrl abhalten. Danke für das Angebot.«

Gondered zuckte mit den Schultern. »Wie Ihr wollt. Ich denke, wir sehen uns noch. In Anchor. Guten Wind, Kapitän.«

»Guten Wind«, erwiderte Andred steif.

Mit unbewegtem Gesicht sah er zu, wie Gondered und seine drei Begleiter an Bord des Kaperseglers zurückkehrten und die Laufplanke eingezogen wurde. Ein tiefes, mahlendes Stöhnen ging durch den Rumpf des größeren Schiffes. Der Bug mit dem messerscharfen Rammsporn drehte sich ein wenig von der SHANTAR weg auf die entfernte Küste zu, die Segel wurden gesetzt, und das Schiff nahm wieder Fahrt auf.

Andred starrte ihm länger als eine Minute nach, fuhr dann mit einer abrupten Bewegung herum und maß Skar mit einem undeutbaren Blick. »Ich glaube, Ihr seid mir eine Erklärung schuldig, Satai?«

Skar nickte. »Ich…«

Andred unterbrauch ihn mit einer hastigen Handbewegung. »Nicht hier«, sagte er. »In meiner Kabine. Ihr könnt schon hinuntergehen. Ich habe hier noch zu tun, komme aber gleich nach.«

Er ging ohne ein weiteres Wort an Skar vorbei und begann, seinen Männern Kommandos und Befehle zuzurufen.

Skar blieb noch einen Moment an der Reling stehen, ehe er sich ebenfalls umdrehte und langsam zum Achteraufbau der SHANTAR ging. Er hatte gespürt, wie viel Mühe es Andred gekostet hatte, ihn zumindest höflich zu behandeln – es war kein Zufall, dass der Freisegler nach fast zwei Wochen vom vertraulichen Du wieder zum reservierten Ihr zurückgekehrt war, und eigentlich kam es Skar jetzt erst richtig zu Bewusstsein, dass Andred vielleicht nicht nur seine Freiheit, sondern sein Leben und sein Schiff riskiert hatte, als er ihn deckte.

Skar erreichte die Tür, blieb noch einmal stehen und sah dem rasch kleiner werdenden Schiff nach. Der Thbarg hatte volle Segel gesetzt und jagte mit großer Geschwindigkeit nach Norden, wie die SHANTAR der Küste folgend, jedoch näher; wahrscheinlich nahe genug, dass man von Deck aus noch das Geschehen auf den Küstenfelsen verfolgen konnte und gleichzeitig durch den gewaltigen schwarzen Schatten der Basaltklippen vor einer Entdeckung von See aus geschützt war. Skar konnte Gondered ein gewisses Maß an Anerkennung nicht versagen. In seinen Augen war der Thbarg nichts als eine Ratte, doch eine intelligente, gefährliche Ratte. Aber im Grunde hätte ihn diese Entwicklung nicht überraschen dürfen. Es war genau dieser Typ Mann, den Vela in ihre Dienste nehmen würde.

Mit einem entschlossenen Kopfschütteln vertrieb er den Gedanken, drehte sich herum und trat durch die Tür...

Andreds Kabine lag am Ende eines langen, fensterlosen Ganges ganz im Heck des Schiffes. Es war der einzige Raum an Bord, der die Bezeichnung Kabine wirklich verdiente. Auch er war klein, kaum fünf mal zehn Schritte messend, aber die Decke war wenigstens hoch genug, dass man stehen konnte, ohne sich ständig den Schädel anzustoßen, und durch die vier großen, aus farbigem Glas bestehenden Luken an der Rückseite drang genügend Sonnenlicht herein, um dem Raum wenigstens etwas von seiner Kerkeratmosphäre zu nehmen.

Skar schloss die Tür hinter sich, streifte seinen Umhang ab und warf ihn achtlos in eine Ecke.

Gondereds Männer waren auch hier gewesen – einige der Bücher auf dem schmalen, mit einer silbernen Kette gesicherten Regal neben der Tür waren umgeworfen und nur achtlos wieder aufgestellt worden, und die Tür des Wandschranks stand einen Spaltbreit offen. Skar trat besorgt an die niedrige, metallbeschlagene Seekiste des Freiseglers und ließ sich davor in die Hocke sinken. Das Haar, das er in eines der Scharniere geklemmt hatte, war noch da.

Skar atmete innerlich auf. Er war sicher, dass die Thbarg auch seine Kabine durchsucht hatten, vielleicht gründlicher als jeden anderen Raum an Bord. Im Nachhinein beglückwünschte er sich zu dem Entschluss, Andred gleich zu Beginn der Reise sein *Tschekal* und das schmale Satai-Stirnband in Verwahrung gegeben zu haben.

Als er sich wieder aufrichtete, wurde die Tür geöffnet, und Andred betrat den Raum. Er blieb stehen, sah zuerst Skar, dann die Seekiste an und ging schließlich mit übertrieben eiligen Schritten zu seinem Tisch.

»Setz dich, Satai«, sagte er knapp, nachdem er selbst hinter dem wuchtigen, mit kostbaren Schnitzereien verzierten Schreibtisch Platz genommen hatte.

Skar zog sich einen der niedrigen dreibeinigen Schemel heran, ließ sich darauf nieder und sah Andred an. Der Freisegler hatte seinen Regenmantel abgelegt und wirkte jetzt noch schmaler, als er ohnehin war. Seine Finger spielten nervös mit einer zusammengerollten Karte. Aber er hielt Skars Blick gelassen stand.

Skar begann sich allmählich unwohl zu fühlen. Ihm wäre wohler gewesen, wenn Andred ihm Vorhaltungen gemacht oder wenigstens *irgendetwas* gesagt hätte.

»Du ... wartest auf eine Erklärung«, sagte er stockend.

Andred lächelte. »Nicht unbedingt. Nur, wenn Euch danach ist, Satai«, sagte er spöttisch.

Skar zuckte zusammen. »Du hast dein Schiff und deine Ladung in Gefahr gebracht«, begann er, »und ...«

»Ich habe mein und das Leben meiner Besatzung aufs Spiel gesetzt, wenn du es genau wissen willst«, unterbrach ihn Andred kühl. »Dieser Thbarg hätte uns mit Freuden die Wirkung seiner Katapulte demonstriert, wenn ich ihm Gelegenheit dazu gegeben hätte. Aber ich habe es nicht wegen dir getan.«

»Sondern?«, fragte Skar, obwohl er die Antwort bereits kannte.

Andred verzog angewidert den Mund. »Nimm an, dass ich Männer wie Gondered nicht mag«, sagte er. »Und nimm weiter an, dass ich es nicht schätze, auf offener See aufgebracht und wie ein gemeiner Schmuggler behandelt zu werden. Aber das ist keine Antwort auf meine Frage, Skar. Warum hast du dich als malabesischer Händler ausgegeben?«

»Hätte ich es nicht getan«, antwortete Skar nach einer genau bemessenen Pause, »wären wir jetzt vielleicht alle tot.«

Andred zog die linke Augenbraue hoch, schwieg aber.

»Ich kann mich täuschen«, fuhr Skar nach einer Weile fort, »aber ich glaube nicht, dass Gondered wirklich auf der Suche nach Quorrl oder Schmugglern ist. Er sucht mich.«

»Dich?«

Skar nickte. »Ich fürchte, er hat mir die Geschichte von dem malabesischen Händler nicht geglaubt. Es wird am besten sein, wenn ich von Bord gehe, ehe die SHANTAR den Hafen von Anchor anläuft.«

Andred runzelte zweifelnd die Stirn und beugte sich ein wenig vor. »Wie kommst du darauf, dass sie dich suchen?«

»Das ist eine lange Geschichte«, antwortete Skar ausweichend. Er rutschte unruhig auf seinem Schemel hin und her und sah an Andred vorbei zur Luke. Das farbige Bleiglas zerstäubte das Sonnenlicht zu glitzernden Streifen aus Blau und Rot und Orange und Gelb, und für einen Moment glaubte Skar einen mächtigen, struppigen Schatten zwischen den farbigen Lichtbahnen wahrzunehmen.

Aber der Schatten war natürlich nicht wirklich da. Es war seine Vergangenheit, die ihn wieder eingeholt hatte. Die zwei Wochen auf See waren eine Atempause gewesen, mehr nicht. Es war nicht vorbei. Vielleicht hatte es noch nicht einmal wirklich begonnen.

»Erzähl sie«, sagte Andred. »Wir haben Zeit genug, und ich bin ein geduldiger Zuhörer.«

»Wie kommst du darauf, dass ich sie erzählen will?«, fragte Skar in einem Tonfall, der ihm fast sofort wieder leidtat. »Es wäre vielleicht nicht gut für dich, sie zu wissen«, fügte er hastig hinzu. »Ich habe Feinde, Andred. Mächtige Feinde.«

Der Freisegler zuckte gleichmütig mit den Schultern und ließ sich zurücksinken. »Wenn du recht hast«, sagte er, »dann werde ich so oder so Schwierigkeiten

bekommen. Aber nimm keine Rücksicht auf mich –
ich habe dir schon gesagt, welche Gefühle ich Gondered entgegenbringe. Ich hätte ihn in Ketten legen und
kielholen lassen, wäre sein verdammter Kapersegler
nicht gewesen. Ich werde mich bei der Hafenbehörde
von Anchor über ihn beschweren.«

Skar lachte hart. »Wenn du mich fragst, dann *ist* er
die Hafenbehörde.«

Andred sah ihn einen Moment lang fast erschrocken
an und lachte dann ebenfalls. »Seinem Benehmen
nach könntest du recht haben«, bestätigte er. »Aber
nun einmal im Ernst, Skar...« Er beugte sich vor und
stützte die Ellbogen auf der Tischkante auf. »Was hat
das zu bedeuten? Und was meinst du damit, dass er
dich sucht?«

»Das, was ich sage«, murmelte Skar. »Hast du je
davon gehört, dass die *Errish* thbargsche Kapersegler
in ihre Dienste nehmen?«

Andred schüttelte den Kopf. »Nein. Und...«

»Oder dass sie zu einem Kriegszug gegen die Quorrl
aufrufen? Es ist nicht das erste Mal, dass Quorrl oder
andere Banditen die Grenzen des Drachenlands verletzen.«

Andred nickte widerwillig. »Sicher«, sagte er,
»aber...« Er sprach den Satz nicht zu Ende, sondern
sah Skar nur unsicher und mit wachsendem Schrecken
an. Es war deutlich zu sehen, dass seine Überlegungen
in die gleiche Richtung gingen wie die von Skar – aber
es war auch ebenso deutlich zu sehen, dass er sich mit
aller Macht gegen die Erkenntnis, die daraus folgerte,
zu wehren versuchte.

Skar verstand den Freisegler nur zu gut. Noch vor wenigen Monaten hatte er ähnlich reagiert. Die *Errish* waren weit mehr als ein Clan Unantastbarer, eine Vereinigung wohltätiger weiser Frauen. Wenn es in einer Welt wie Enwor überhaupt noch etwas gab, das für Ehre und ein aufrechtes Leben stand, dann waren es die Ehrwürdigen Frauen.

»Ich kann mich täuschen«, fuhr er nach einer Weile fort, »aber es passt alles zusammen – obwohl ich gehofft hatte, noch rechtzeitig anzukommen.«

Andred runzelte die Stirn und stand unvermittelt auf. Kopfschüttelnd ging er zur Backbordseite der Kabine, öffnete einen verborgenen Wandschrank und entnahm ihm einen Krug und zwei schlanke, handgeschliffene Trinkbecher aus hauchdünnem Kristall. Er stellte einen vor Skar auf den Tisch, goss ihn bis dicht unter den Rand voll und setzte sich wieder, ehe er sich sein eigenes Glas einschenkte.

Skar trank einen winzigen Schluck, fuhr sich mit dem Handrücken über den Mund und sah den Freisegler unsicher an. Eine innere Stimme warnte ihn davor, Andred ins Vertrauen zu ziehen. Aber er war so lange allein gewesen, so lange *einsam,* dass er im Augenblick auch mit einem Stuhl oder dem Wind geredet hätte. Und vielleicht tat es gut, einmal wieder mit einem Menschen zu sprechen, mit jemandem, der, wenn schon nicht sein Freund, so doch wenigstens ein geduldiger Zuhörer war.

Er trank wieder und leerte das Glas diesmal bis zur Hälfte.

Andred lächelte, beugte sich über den Tisch und

füllte es wieder auf. »Und jetzt erzähle«, sagte er. »Und keine Sorge – wenn deine Befürchtungen zutreffen, dann stecke ich ohnehin viel zu tief in der Sache, um noch mit heiler Haut herauszukommen.«

»Das ist es ja, was ich befürchte«, murmelte Skar. »Ich stehe in deiner Schuld, und ich möchte nicht, dass ... «

»Unsinn«, unterbrach ihn Andred. »Hör mit den dummen Sprüchen auf, dass du nicht willst, dass ich zu Schaden komme. Das passiert höchstens, wenn du mir weiterhin die Wahrheit verschweigst und ich Gondered blindlings ins Messer laufe.«

Skar überlegte. Andred sagte nichts mehr, aber sein Blick sprach Bände. Vielleicht würde er nicht weiter in Skar dringen, aber er hatte recht, mit jedem Wort. Wissen konnte gefährlich sein, aber in ihrer Lage war Unwissenheit wohl noch gefährlicher.

Skar begann stockend zu berichten. Er fing an mit ihrer Rückkehr von der fehlgeschlagenen Expedition in die Nonakesh und mit den Wochen in Ikne, und ohne dass er es zuerst merkte, wurde seine Rede immer flüssiger, schneller, bis die Worte schließlich nur so aus ihm heraussprudelten.

Es tat tatsächlich gut, sich auszusprechen, und auch wenn Andred nicht viel mehr für ihn tun konnte als zuzuhören, spürte er, wie der Druck allmählich von seiner Seele wich. Es war das erste Mal überhaupt, dass er einen Menschen so ins Vertrauen zog, aber er spürte einfach, dass er es mit Andred tun konnte.

Er redete länger als eine Stunde und erzählte Andred – mit wenigen Einschränkungen – die ganze

Geschichte, ohne dass ihn der Freisegler auch nur einmal unterbrach.

Es wurde sehr still in der kleinen Kabine, als Skar geendet hatte. Selbst das Klatschen der Ruder, die die SHANTAR mit gleichmäßiger Geschwindigkeit nach Norden trieben, schien leiser geworden zu sein, und das farbige Licht der Bleiglasluken trug dazu bei, die unwirkliche Atmosphäre noch zu verstärken.

»Das ist eine … fast unglaubliche Geschichte«, sagte Andred nach einer Weile.

»Ich weiß.« Skar nickte, nahm sein mittlerweile wieder leeres Glas und drehte es nachdenklich in den Fingern. Der geschliffene Kristall zerlegte seinerseits das Licht wieder in einzelne Farben und ließ die unzähligen Facetten in allen Nuancen des Regenbogens aufflammen.

»Und gerade darum bin ich fast geneigt, dir zu glauben«, sagte Andred. »Ich wüsste keinen Grund, warum sich ein Mann wie du eine so haarsträubende Geschichte ausdenken sollte.« Er lachte, aber es war eher ein Laut der Unsicherheit. »Und du glaubst, diese … Wie hieß sie? Vela?«

Skar nickte.

»Du glaubst, diese Vela ist bereits in Elay? In weniger als vier Monaten vom Quellgebiet des Besh hierher?« Der Zweifel in Andreds Tonfall war unüberhörbar, aber wie das Lachen zuvor schien auch er gekünstelt und nur dem Zweck dienend, die Furcht, die Skars Erzählung in ihm ausgelöst hatte, zu dämpfen. »Und in dieser Zeit soll sie auch noch die Macht in Elay übernommen haben?«

»Du hast nicht erlebt, wozu diese Frau fähig ist«, entgegnete Skar. »Sie spielt mit Menschen wie mit Puppen. Männer wie Gondered haben ihr nichts entgegenzusetzen. Und dieser verdammte Stein gibt ihr zusätzlich noch die Möglichkeit, alles zu erreichen.« Er seufzte, schüttelte den Kopf und goss sich Wein ein. »Ich bin auf dein Schiff gekommen, weil ich dachte, so noch rechtzeitig in Elay sein zu können. Aber es sieht so aus, als hätte ich mich getäuscht. Sie war vor mir hier, und sie weiß, dass ich sie verfolgen werde. Wahrscheinlich hat sie sämtliche Pässe über die Berge sperren lassen.«

»Und die Häfen auch«, fügte Andred finster hinzu.

Skar nickte. »Die Häfen auch. Deshalb mein Vorschlag, vorher an Land zu gehen. Gib mir ein Boot oder meinetwegen nur ein Holzstück, an dem ich mich festhalten und an Land schwimmen kann …«

Andred unterbrach ihn mit einer resignierenden Geste. »Das ist unmöglich, Skar. Es sind acht Meilen bis zur Küste, und selbst wenn du den Haien entgehen solltest, würde die Brandung dein Boot an den Klippen zerschmettern. Was glaubst du, *warum* wir so weit von der Küste entfernt segeln. Der Hafen von Anchor ist die einzige Stelle auf hundert Meilen, an der ein Schiff anlegen kann. Du wirst schon an Bord bleiben müssen, bis wir ihn erreichen. Wie bist du über die Berge gekommen?«

Skar hatte für einen Moment Mühe, dem plötzlichen Gedankensprung zu folgen. Er hatte seine Erzählung dort beendet, wo sie die Leichen von Velas Männern und des Drachen gefunden hatten.

»Gar nicht«, sagte er nach kurzem Zögern. »Gowenna hatte recht – die Pässe waren verschneit, und ich wäre beinahe umgekommen, als ich versuchte, sie trotzdem zu überwinden. Ich habe mich zurückgekämpft, bis ich den Besh erreichte und einen Flussschiffer fand, bei dem ich eine Passage erstehen konnte. Für mein letztes Geld«, fügte er grinsend hinzu. »Deshalb musste ich dir auch die Fahrt hierher abbetteln.«

»Was deinem Stolz als Satai natürlich einen ungeheuren Abbruch getan hat«, fügte Andred in einer Mischung aus Ernst und gutmütigem Spott hinzu.

Skar schüttelte den Kopf. »Nein, Andred. Mein Stolz ist auf den Ebenen von Tuan erfroren. Ich... ich glaube nicht, dass ich wirklich noch Satai bin.«

Auf Andreds Gesicht erschien ein überraschter Ausdruck. »Das klingt sehr verbittert, mein Freund«, sagte er. »Glaubst du wirklich, dass es sinnvoll ist, sein Leben wegzuwerfen – nur um Rache zu üben?«

Skar sah den Freisegler schweigend an. Er hätte tausend Dinge erwidern, tausend Antworten darauf geben können. Er hatte jede einzelne durchdacht, hundertmal, auf dem Weg den Besh herab und dann hier an Bord, und vielleicht hatte er nur Angst, eingestehen zu müssen, dass er sich irrte.

»Ich verstehe, du willst nicht darüber reden«, murmelte Andred. »Und es geht mich wohl auch nichts an. Suchen wir lieber nach einer Lösung.«

»Wir?«

Andred nickte. »Du kannst nicht von Bord, Skar«, sagte er geduldig, »sieh das endlich ein. Wir sind Partner – ob es dir passt oder nicht.« Er hob sein Glas und prostete Skar mit einer übertriebenen Geste zu. »Wenn dein Verdacht stimmt, dann wird Gondered uns in Anchor erwarten.«

»Du wirst Ärger bekommen«, prophezeite Skar düster.

Andred winkte gelangweilt ab. »Ich lebe vom Ärger, Skar«, sagte er. »Aber ich glaube, du bist ein Mann, der dringend ein paar gute Freunde braucht. Nicht nur hier an Bord.« Er überlegte einen Moment, starrte an Skar vorbei zu einem imaginären Punkt irgendwo auf halber Strecke zwischen seinem Schreibtisch und der Wand und faltete die Hände unter dem Kinn. »Ich habe Bekannte in Anchor«, sagte er mehr zu sich selbst als zu Skar. »Aber ich weiß nicht, ob ich ihnen trauen kann. Wenn diese Errish tatsächlich schon das ganze Land unterwandert hat...«

»Das ganze Land sicher nicht«, sagte Skar. »Auch sie kann nicht zaubern – jedenfalls nicht so. Wäre ich sie, hätte ich genau das getan, was sie getan hat – die Schlüsselpositionen mit meinen Leuten besetzt, die Grenzen geschlossen und dem Volk auf der Straße etwas gegeben, woran es sich begeistern kann.«

»Du meinst diesen Feldzug gegen die Quorrl.«

Skar nickte. »Auch. Die erste Lektion jedes Diktators«, fügte er lächelnd hinzu. »Wirf dem Volk einen Köder hin und gib ihm etwas zu tun, damit es nicht zum Nachdenken kommt.«

Andred sog nachdenklich die Luft zwischen den Zähnen ein. »Du wirst nach Elay müssen. Ein weiter Weg für einen einzelnen Mann. Vielleicht wäre es besser, du würdest warten, bis deine Freunde aus Cosh nachkommen.«

Skar schüttelte heftig den Kopf. »Dann ist es zu spät«, behauptete er. »Es wäre schon jetzt zu spät, fürchte ich. Vela ist vorbereitet, und ein direkter Angriff mit Waffengewalt ist so ungefähr das Letzte, womit ihr beizukommen ist.«

Andred nickte trübsinnig, seufzte erneut und stand auf. »Dieses Was-wäre-wenn-Spielchen hilft weder dir noch mir«, sagte er bestimmt. »Zuerst einmal bringen wir dich von Bord. Und dann sehen wir weiter.«

Er ging zur Tür, öffnete sie und machte eine einladende Handbewegung.

»Geh in deine Kabine und ruh dich noch ein paar Stunden aus«, sagte er. »Ich lasse dich wecken, sobald Anchor in Sicht ist. In der Zwischenzeit bereite ich die Ladepapiere und das Zolldokument vor.« Er grinste. »Schließlich wollen wir Gondered keinen Anlass geben, das Schiff noch einmal zu durchsuchen, oder?«

2. Kapitel

Die Sonne hatte den Großteil ihrer Wanderung hinter sich gebracht und berührte schon fast wieder den Horizont, als die Hafeneinfahrt von Anchor vor ihnen auftauchte. Skar stand am Bug des Schiffs, und das seit Stunden. Er hatte versucht, noch einmal mit Andred zu reden, aber der Freisegler war zu beschäftigt gewesen. Und wahrscheinlich hatte er auch nicht mit Skar sprechen *wollen;* eine Reaktion, die dieser durchaus verstand und respektierte, nach allem, was geschehen war. Wenn auch nur die Hälfte seiner Befürchtungen zutraf, würde Andred in Anchor mehr als nur Ärger bekommen.

Das Schiff rollte arhythmisch von einer Seite auf die andere. Der Takt der Ruder war langsamer geworden; die Männer auf den harten Ruderbänken tief im Leib der SHANTAR mussten bis zum Umfallen erschöpft sein. Und seit sie Kurs vom offenen Meer weg und fast im rechten Winkel zur Küste hin eingeschlagen hatten, hatten die wechselnden Strömungen, von denen Andred sprach, das Schiff ergriffen und wie einen Spielball hin und her geworfen.

Skars Blick glitt über die schäumenden Wellen rechts und links des Freiseglers. Andred hatte keineswegs übertrieben – hätte Skar es wirklich gewagt, sich mit einem Boot oder gar schwimmend der Küste zu nähern, wäre er wie ein Stück Treibholz zerschmettert worden. Selbst die SHANTAR hatte Mühe, sich dem Sog der heimtückischen Strömungen und Strudel entgegenzustemmen. Ein kleineres Boot wäre in diesem Hexenkessel rettungslos verloren gewesen.

Eine neue Woge traf die SHANTAR und brach sich brüllend an den Achteraufbauten. Die Gischt schoss schäumend über Deck, und der Stoß, der den Rumpf des Schiffes erbeben ließ, war so heftig, dass Skar sich unwillkürlich fester an die Reling klammerte. Ein Schauer eisigen Sprühregens durchnässte seinen Umhang.

»Du solltest ein wenig vorsichtiger sein, Skar«, sagte eine Stimme hinter ihm, »sonst musst du den Rest der Strecke am Ende doch noch schwimmen.«

Skar wandte den Kopf, wischte sich mit einer unbewussten Geste das Salzwasser aus dem Gesicht und schenkte Andred den finstersten Blick, zu dem er fähig war.

Der Freisegler grinste. »Im Ernst, Skar«, fuhr er fort. »Es wird Zeit, dass du unter Deck gehst. Der Hafen wird in wenigen Minuten in Sichtweite sein. Und wir in seiner. Es gibt scharfe Augen in Anchor.«

Skar sah instinktiv nach vorn. In Fahrtrichtung, weniger als eine Meile entfernt und die halbe Strecke backbord, erhob sich ein gewaltiger schwarzer Granitpfeiler aus dem Meer. Dahinter lag die Hafeneinfahrt: ein schmaler, zwei Meilen langer Kanal, der den eigentichen Hafen vor dem Toben des Meeres schützte und Anchor zu einem der wenigen Orte an der Westküste des gewaltigen Kontinents werden ließ, wo ein Schiff überhaupt anlegen konnte. Trotzdem erforderte die Einfahrt großes seemännisches Geschick. Nur einer von zehn Kapitänen wagte es überhaupt, Anchor anzulaufen, und nicht allen gelang es.

Skar nickte knapp, drehte sich um und ging nach achtern, eine Hand an der Reling, um nicht von einer neuerlichen Welle von den Füßen gerissen zu werden. Andred folgte ihm. Er trug wieder sein schwarzes Regencape, war aber trotzdem durchnässt bis auf die Haut.

»Was wirst du tun?«

Andred zuckte mit den Schultern. »Wir werden ganz normal einlaufen und mit dem Entladen beginnen. Wenn es dir nichts ausmacht, ein Bündel zu schleppen wie ein gemeiner Matrose, bist du von Bord, bevor Gondered auch nur merkt, dass das Schiff angelegt hat. Ich habe Freunde bei der Hafenverwaltung«, fügte er hinzu, als er Skars zweifelnden Blick bemerkte.

Sie hatten den Achteraufbau erreicht, und Andred öffnete die Tür, aber Skar zögerte noch hindurchzutreten. Sein Blick glitt noch einmal nach vorn und bohrte sich in den gischtenden Nebel aus Schaum und Dunst, der das Schiff einhüllte. Alles schien ruhig, aber Skar *wusste* einfach, dass dieser Eindruck täuschte. Er gab normalerweise nicht viel auf Ahnungen, aber dies war mehr. Es war ein Wissen, das irgendwo in ihm war, das er aber nicht greifen konnte. Er war fünfmal schneller hierhergekommen, als er es eigentlich gekonnt hätte, und er hatte alles getan, seine wahre Identität zu verschleiern. Er war sogar so weit gegangen, sich einen falschen Namen zuzulegen und seinen Stand als Satai zu verleugnen – etwas, das bei dem Skar, der er noch vor wenigen Monaten gewesen war, absolut undenkbar gewesen wäre. Aber Vela wäre nicht Vela gewesen, hätte sie nicht auch dies einkalkuliert.

»Was hast du?«, fragte Andred.

Skar fuhr zusammen, sah den Freisegler erschrocken an und schüttelte dann hastig den Kopf. »Nichts«, sagte er. »Es ist nichts. Ich fange schon an, Gespenster zu sehen.«

Hastig stieß er die Tür vollends auf, senkte den Kopf und trat in den niedrigen Gang. Andred folgte ihm, blieb jedoch vor der Tür zur Kapitänskajüte stehen und deutete mit einer Kopfbewegung hinter sich.

»Ich muss an Deck bleiben, bis wir angelegt haben«, sagte er. »Du kannst hier warten. Zeig dich nicht, bevor ich dich rufen lasse. Und lass mir bitte noch etwas von meinem Wein übrig – ja?«

Skar wartete, bis Andred wieder an Deck verschwunden war, ehe er die Kapitänskajüte betrat. Der Raum war noch so, wie er ihn vor Stunden verlassen hatte, nur auf dem Schreibtisch lag jetzt ein Stapel ordentlich aufgeschichteter Papiere, und der Weinkrug vor dem Stuhl, auf dem er gesessen hatte, war frisch aufgefüllt.

Skar lächelte flüchtig, schloss die Tür hinter sich und ging mit schnellen Schritten zu Andreds Seekiste.

Seine Finger zitterten unmerklich, als er das Schloss öffnete und den schweren Deckel hochstemmte. Es war seltsam – während der ersten Tage an Bord war er sich beinahe nackt vorgekommen ohne den Waffengurt und seine Insignien als Satai, jetzt war es fast umgekehrt. Er nahm das schmale, in saubere weiße Tücher eingeschlagene Paket heraus, schloss den Deckel der Kiste und begann es – langsamer, als nötig gewesen wäre – auszuwickeln.

Die SHANTAR bebte. Von Deck her drangen die gedämpften Stimmen von Andred und der Besatzung in die Kajüte, und die farbigen Heckfenster waren stumpf und blind geworden, sodass in dem kleinen Raum schon eine flüchtige Ahnung der Nacht hereingebrochen war.

Skar ging zum Tisch, legte das Bündel darauf und schnallte sich den Gurt um, mit einer raschen, beinahe wütenden Bewegung. Das steife Leder fühlte sich kalt und unangenehm auf der Haut an, und er hatte beinahe vergessen, wie schwer der Gurt war.

Aber es war mehr als das Gewicht des Gurtes, das an ihm zerrte. Das breite Lederband mit den zwölf Schlaufen, in denen die fünfzackigen *Shuriken* aufbewahrt wurden, und mit dem fünfstrahligen Stern der Satai und der schmucklosen Lederscheide, in der sein *Tschekal* ruhte, war mehr als ein Waffengurt. Mit diesem und dem Stirnband streifte er sich mehr als bloßen Schmuck über oder legte nur Ausrüstungsgegenstände an; damit wurde er wieder zu dem, was er gewesen war, ehe er die SHANTAR betreten hatte: zu Skar, dem Satai.

Er wusste plötzlich, woher das absurde Gefühl der Furcht gekommen war: Es *war* Angst gewesen, Angst, wieder zu Skar zu werden. Er war es die letzten beiden Wochen nicht gewesen. Er war ein Mann gewesen, den es nicht gab, und selbst seine Erinnerungen waren ihm – ohne dass er sich dessen bewusst gewesen wäre – wie die eines Fremden vorgekommen. Aber mit seiner endgültigen Rückverwandlung von Bert zu Skar kamen auch diese Erinnerungen zurück. Sie waren in Farben von Leid und Schmerz gemalt, in den düsteren Farben von Tod, Verzweiflung und dem Racheschwur, den er geleistet hatte. Fast glaubte er wirklich eine körperliche Veränderung durchzumachen – ein Strom von Kraft, finsterer, entschlossener Kraft, der plötzlich durch seine Adern rann, eine knisternde, schwer in Worte zu fassende Spannung, die seinen Körper wieder in das verwandelte, wozu er ihn einst selbst gemacht hatte: eine gnadenlose, unbesiegbare Kampfmaschine, ein Ding, das nur zum Töten und Zerstören geeignet war, zu nichts anderem.

Er schüttelte den Kopf, trat mit einem raschen Schritt ans Luk und öffnete die Verriegelung. Ein heftiger Windstoß traf die Scheibe und riss sie ihm fast aus der Hand. Er hielt sie fest, stemmte sich gegen den Wind, der sein Gesicht und sein Haar peitschte, und atmete den durchdringenden Salzwassergeruch in tiefen Zügen ein, versuchte, die Gedanken und Erinnerungen dorthin zurückzudrängen, wo sie hergekommen waren. Es ging nicht. Seine Vergangenheit war wieder da, endgültig, und er begriff, dass er ihr niemals wirklich entronnen war, dass alles, was er bekommen hatte, eine kurze Atempause gewesen war, zwei flüchtige Wochen, in denen sich sein Körper und vor allem sein Geist von den Strapazen hatten erholen können.

Gondered und sein schwarzes Kaperschiff waren nur eine erste Warnung gewesen, das erste höhnische Lachen des Schicksals, mit dem es ihm hatte sagen wollen, dass dieses unmenschliche Spiel noch lange nicht vorbei war, sondern vielleicht erst richtig begann. Und noch während er diesen Gedanken dachte, drängte sich ein zweiter, schlimmerer mit unausweichlicher Macht in sein Bewusstsein. Mit dem alten Skar war auch sein Fluch zurückgekehrt.

Seit seinem Aufbruch aus Ikne hatte er Tod und Vernichtung verbreitet, hatte er eine Spur von Leid und Tränen hinter sich hergezogen. Jeder, mit dem er zusammen gewesen war, war zugrunde gegangen, auf die eine oder andere Weise. Und auch Andred würde keine Ausnahme machen.

Und als er dichter ans Luk herantrat und zu den gewaltigen Basaltklippen hinaufblinzelte, sah er den Schatten. Er war so schwarz wie der Felsen und viel zu weit entfernt, als dass Skar ihn wirklich hätte sehen können, und er existierte in keinem anderen Ort als in seiner Fantasie, aber er war *da*.

Als er das Luk schloss und sich umwandte, hörte sich das Geräusch des Windes für einen Moment wie das Heulen eines Wolfes an.

3. Kapitel

Die SHANTAR war das kleinste der fünf Schiffe, die im Hafen von Anchor vor Anker lagen. Skar konnte von seinem Platz hinter den Kajütenfenstern nur einen kleinen Teil der Kaimauer und die Hafeneinfahrt überblicken, aber er hatte sich – gegen Andreds Rat – kurz vor dem Anlegen des Schiffes für wenige Augenblicke an Deck gewagt, um sich einen Eindruck ihrer Umgebung zu verschaffen.

Was er gesehen hatte, hatte ihm nicht gefallen. Anchor war nicht nur als Hafen, sondern auch als uneinnehmbare Festung bekannt, aber er hatte feststellen müssen, dass es überdies auch eine Falle war – die beste, die Skar jemals zu Gesicht bekommen hatte. Das Hafenbecken war oval und war an drei Seiten von einer fünf Meter hohen, glatten Kaimauer eingefasst, sodass bei kleineren Schiffen – wie etwa der SHANTAR – nur der oberste Teil der Deckaufbauten auf das eigentliche Hafenniveau hinaufreichte. Hinter der Kaimauer erstreckte sich ein mehr als hundert Schritte breiter, vollkommen deckungsloser Streifen, vordergründig wohl für das Entladen und Stapeln von Waren bestimmt, in Wirklichkeit jedoch eine tödliche Bedrohung für jeden, der auf die Idee kam, die Stadt von dieser – scheinbar – ungeschützten Seite her anzugreifen. Und dem Blick eines Kriegers blieb auch nicht verborgen, dass zumindest ein Teil der schwarzen fensterlosen Türen, die sich hinter diesem Areal erhoben, keine Silos, sondern Verteidigungsanlagen waren.

Skar fuhr aus seinen Gedanken hoch, als die Tür geöffnet wurde und Andred die Kajüte betrat. Der Freisegler nickte anerkennend, als er Skars verändertes Aussehen sah, trat dann jedoch mit einem schnellen Schritt an seine Kiste, entnahm ihr einen zerschlissenen Kapuzenmantel und warf ihn Skar zu.

»Zieh das über«, sagte er, »sonst nimmt man dir den Matrosen nicht ab.«

Skar drehte das Kleidungsstück unschlüssig in den Händen, machte jedoch keine Anstalten, Andreds Aufforderung nachzukommen. Der Mantel roch muffig und nach Salzwasser und Tang, und ein Jahrzehnt in Wind und Sturm hatte die Farben ausbleichen lassen. Zudem fühlte sich der Stoff brüchig wie trockenes Laub an.

»Wie sieht es aus?«, fragte er.

Andred zuckte mit den Schultern, sammelte die Papiere von seinem Schreibtisch auf und deutete mit einer Kopfbewegung in Richtung der Stadt. »Ich habe nach dem Hafenmeister schicken lassen«, sagte er, »und die Gelegenheit genutzt, mich unauffällig umzusehen. Es ist alles friedlich. Kein Gondered, keine *Errish* und keine Knochenkrieger«, fügte er grinsend hinzu.

Skar blieb ernst. »Der Kapersegler liegt direkt neben der Einfahrt.«

Andred nickte. Auch er hatte das schwarze Schiff

aus Thbarg sofort wiedererkannt. »Irgendwo muss er liegen«, meinte er gleichmütig. »Und der Platz neben der Einfahrt bietet sich für ein Schiff an, das zum Schutze des Hafens da ist.«

Skar streifte wortlos den Mantel über, überzeugte sich davon, dass sein Waffengurt und das Satai-Schwert unter dem Stoff verborgen waren, und schlug die Kapuze hoch.

»Ein wenig tiefer«, sagte Andred. »Man sieht dein Stirnband.«

Skar nickte dankbar, zog die Kapuze tiefer in die Stirn und sah noch einmal aus dem Luk.

Über dem Hafen war die Nacht hereingebrochen, und das Wasser wirkte schwarz wie Teer, auf das winzige silberne Halbmonde gemalt waren. Der Geruch von Salzwasser und Schlick war beinahe stärker als draußen auf dem Meer, und für einen winzigen Moment glaubte Skar zu fühlen, was Männer wie Andred immer wieder hinaus auf das Meer trieb. Es war etwas, das in diesem Geruch war – eine schwer zu bestimmende Ahnung von Ferne und Freiheit, die stärker wiegen mochte als die Gefahren, die auf dem Meer lauerten.

»Gehen wir an Deck«, sagte Andred. »Die Entlade-arbeiten beginnen, sobald der Hafenmeister die Papiere abgezeichnet hat. Das Beste wird sein, wenn du als einer der Ersten von Bord gehst.« Er schwieg einen Moment und sah an Skar vorbei zum schwarzen Umriss des Kaperseglers hinaus. Offenbar machte ihn die Nähe des Kriegsschiffes doch nervöser, als er zugeben wollte.

»Wenn du in der Stadt bist«, fuhr er fort, während sie hintereinander die Kabine verließen und sich an Deck begaben, »dann frag nach einem Mann namens Herger. Er hat einen kleinen Laden in der Altstadt; eine heruntergekommene Bruchbude, in der sich allerlei Gelichter trifft. Aber er ist vertrauenswürdig, und er steht in meiner Schuld. Wenn du sagst, dass ich dich schicke, wird er dir Geld und ein Pferd geben, damit du die Stadt verlassen kannst.«

Skar stieg hinter ihm die Treppe zum Achterdeck hinauf, trat an die Reling und warf einen langen, forschenden Blick zur Stadt hinüber. Hinter den meisten Fenstern war bereits das flackernde Licht von Kerzen und Öllampen zu sehen, und eine Anzahl Männer trieb sich vor einem der Silos herum, ohne einer irgendwie erkennbaren Beschäftigung nachzugehen. Ein zweiter Trupp Männer näherte sich dem Schiff aus der entgegengesetzten Richtung.

»Männer der Hafenbehörde«, erklärte Andred auf Skars fragenden Blick. »Sie werden uns beim Entladen *helfen*.« Er betonte das Wort auf seltsame Art und lächelte spöttisch. »Schließlich muss alles seine Ordnung haben. Es könnte ja sonst sein, dass ein Fläschchen Öl von Bord geht, ohne dass der Zoll entrichtet wurde.«

»Warum tust du das, Andred?«, fragte Skar, ohne auf die Worte des Freiseglers mit mehr als einem Stirnrunzeln zu reagieren.

»Was?«

»Warum hilfst du mir? Gondered wird dich am höchsten Turm der Stadt aufhängen lassen, wenn er davon erfährt.«

Andred schwieg einen Moment und sah an Skar vorbei zur Hafeneinfahrt. »Vielleicht«, sagte er nach einer Weile, »weil es nicht unbedingt ein Fehler ist, einen Satai zum Freund zu haben.«

»Und einen Thbarg zum Feind?«

Andred verzog abfällig das Gesicht. »Ich glaube nicht, dass ich Gondered lieben würde, wenn du nicht an Bord gewesen wärest«, sagte er. »Und wenn das, was du erzählt hast, wahr ist, dann hatte ich keine andere Wahl, als mich für die eine oder andere Seite zu entscheiden. Und ich stehe gerne auf der Seite der Sieger, weißt du?«

Skar seufzte. »Ich fürchte, dann hast du einen Fehler gemacht.«

»Du irrst dich, Skar«, widersprach Andred ernst. »Ich kenne Vela nicht und weiß nicht, ob sie wirklich zu alldem fähig ist, was du ihr zuzutrauen scheinst. Aber ich kenne Männer wie Gondered. Sie sind stark und machen sich eine Freude daraus, die Muskeln spielen zu lassen. Aber sie sind keine Gewinner. Männer wie er sind die geborenen Verlierer, Skar. Auch er wird stürzen. Entweder durch einen Mann wie dich, oder weil Vela ihn fallen lassen wird, sobald er ihr nicht mehr von Nutzen ist.«

»Und wenn du dich irrst?«, fragte Skar leise.

Andred zuckte abermals mit den Schultern. »Dann habe ich mir wenigstens für ein paar Stunden einbilden können, meinen Teil zur Errettung der Welt beizutragen«, sagte er mit übertrieben komischer Dramatik in der Stimme.

Skar musste gegen seinen Willen lachen.

Andred schlug ihm freundschaftlich auf die Schultern, drehte sich um und rief ein Kommando zum Deck des Schiffes hinunter.

Die SHANTAR hatte sich in den wenigen Stunden, die Skar unter Deck gewesen war, vollkommen verändert. Die Segel waren aufgerollt und sorgsam verschnürt worden, die gewaltigen Doppelruder im Rumpf des Schiffes verschwunden und die Luken mit metallenen Laden verschlossen. Fast die gesamte Mannschaft befand sich an Deck und wartete auf den Beginn der Entladearbeiten; darauf und wohl auch auf den wohlverdienten Landurlaub, der sich daran anschließen würde. Die Ladeluken standen offen, und ein Teil der Fracht war bereits an Deck geschafft worden.

Andred warf einen ärgerlichen Blick zur Stadt hinüber. »Der Hafenmeister lässt sich verdammt viel Zeit«, murmelte er. »Ich glaube, ich habe bisher die falschen Leute geschmiert ...«

Skar trat dichter an die Reling und sah ebenfalls zur Stadt hinüber. Die Nacht verwandelte ihre Silhouette in einen mächtigen grauen Schatten, vor dem die Bewegungen der Männer auf dem Kai nur schemenhaft zu erkennen waren, aber sie trug auch den Klang ihrer Stimmen und die rauen Scherze, die zwischen ihnen hin und her geworfen wurden, deutlich bis zu ihnen herüber. Skar fiel plötzlich auf, wie still es trotz allem war. Die Stimmen der Männer wirkten ... isoliert, akustische Farbtupfer auf einem ansonsten vollkommen leeren Hintergrund. Der Rumpf der SHANTAR knarrte leise, während sich das Schiff auf den Wellen wiegte, aber weder aus der Stadt noch von einem der vier anderen Schiffe war auch nur das leiseste Geräusch zu vernehmen.

Es ist *zu* still, dachte Skar erschrocken.

Er fuhr herum, starrte alarmiert zur Hafeneinfahrt und dem schwarzen Schatten des Kaperseglers und dann wieder zum Kai hinüber. Die Entlademannschaft hatte die SHANTAR fast erreicht, und auch ihre Gestalten waren nicht mehr als schwarze Umrisse. Aber es waren ausnahmslos die Umrisse großer, sehr großer und muskulöser Männer, Männer, die für die schwere Arbeit in einem Hafen geeignet waren – oder für das Kriegshandwerk!

»Ich Narr!«, keuchte Skar. »Ich verdammter Narr! Ich muss blind gewesen sein!«

Andred sah alarmiert auf. »Was ist?«, fragte er.

»Was los ist?« Skar hatte Mühe, seine Stimme wenigstens so weit im Zaum zu halten, dass er nicht schrie. »Das ist eine Falle, Andred! Ein verdammter Hinterhalt!«

Andred sah ihn irritiert an, blickte dann ebenfalls zum Kai hinüber und schüttelte den Kopf. »Du irrst dich, Skar«, murmelte er. »Es ist alles normal. Obwohl…« Er stockte, starrte einen Herzschlag lang zur Wasseroberfläche hinab und sog lautstark die Luft durch die Nase ein. »Dieser Geruch…«, murmelte er. »Was ist das? Und sieh dir das Wasser an. Keine Wellen…«

Skar sah erschrocken am Rumpf des Schiffes hinab. Andred hatte recht – das Wasser rings um die SHANTAR war glatt wie ein Spiegel, und als er genauer hinsah, glaubte er einen leichten öligen Schimmer auf seiner Oberfläche zu erkennen.

»Ihr Götter!«, keuchte Andred. »Dieser Hund! Wir…« Er brach ab, fuhr herum und war mit einem Satz bei der Treppe. »*Verlasst das Schiff!*«, brüllte er. »*Geht an Land! Schnell!*«

Aber die Matrosen kamen nicht mehr dazu, seinem Befehl zu folgen. Alles ging plötzlich unglaublich schnell.

Die Hafenmannschaft hatte die Kaimauer erreicht und in einer langen, weit auseinandergezogenen Linie auf ihrer Krone Aufstellung genommen. Irgendwo klirrte Metall, ein verirrter Lichtstrahl brach sich auf dem Heft eines Schwerts, Mäntel und Kapuzen wurden zurückgeschlagen, und vor Skars erschrocken aufgerissenen Augen verwandelten sich die zwei Dutzend Hafenarbeiter in eine Abteilung gepanzerter Thbarg-Krieger.

Skar erkannte den breitschultrigen Hünen an ihrer Spitze sofort. Dessen Goldhelm funkelte, und der Blick seiner Augen schien sich in den Skars zu bohren. Er hatte Skar trotz seiner Verkleidung sofort erkannt, so wie er ihn auch schon beim ersten Mal erkannt hatte.

Skars Hand zuckte zum Schwert. »Gondered!«, keuchte er.

Der Thbarg lachte, ein hoher, hässlicher Laut, der weit über das stille Hafenbecken zu hören war. In seiner Hand glühte plötzlich ein winziger greller Funke auf.

»*Fahr zur Hölle, Satai!*«, schrie er. Der Funke löste sich aus seiner Hand, beschrieb einen perfekten Halbkreis und fiel dicht neben dem Rumpf des Schiffs ins Wasser.

Skar schrie geblendet auf. Das Hafenbecken rings um die SHANTAR schien zu explodieren.

Eine weiße lodernde Feuerwand hüllte das Schiff von einer Sekunde auf die andere ein, schlug mit unsichtbaren glühenden Krallen nach seiner Besatzung, setzte Kleider, Takelage und Holz in Brand und wälzte sich als brüllender Feuerpilz nach oben.

Für einen endlosen grauenhaften Moment schien sich der Hafen von Anchor in das Herz eines feurigen Vulkans zu verwandeln, wurde Wasser zu Glut und Atemluft zu flüssigem Feuer, das die Kehlen der Männer verbrannte.

Skar taumelte zurück, schlug wütend den Arm vor die Augen, riss Andred in einer instinktiven Bewegung zu Boden. Das Schiff hob sich wie unter einem gewaltigen Schlag, legte sich auf die Seite und fing mit einem ungeheuren schmetternden Krachen Feuer.

Eine brennende Gestalt taumelte an Skar vorüber, wankte blindlings auf die Feuerwand zu und brach plötzlich in die Knie. Andred schrie etwas, das Skar nicht verstand, begann wie von Sinnen um sich zu schlagen und traf Skar schmerzhaft an der Schläfe.

Der Hieb riss Skar abrupt in die Wirklichkeit zurück. Für einen winzigen Moment sah er alles mit fantastischer Klarheit – das brennende Holz zu seinen Füßen, die schreienden Männer, die Segel, die sich in lodernden Fetzen von den Rahen lösten, die wabernde Feuerwand, die das Schiff von allen Seiten umschloss.

Er dachte nicht mehr. Ein anderer Teil seines Bewusstseins, der Teil, der nur aus Instinkten und Reflexen bestand, jahrzehntelang herangezüchtet und mit unendlicher Geduld trainiert, löschte für einen Moment sein bewusstes Denken aus.

Er sprang auf, riss Andred wie eine Puppe mit sich und flankte mit einem einzigen Satz über die Reling. Feuer hüllte sie ein, setzte seine Kleider und sein Haar in Brand und riss seinen Schmerzensschrei davon. Er fiel, hielt Andred wie ein lebloses Bündel fest und schrie, schrie, schrie. Sein Körper war ein einziger Schmerz, ein wimmerndes Bündel aus Pein und Angst, und der Sturz schien kein Ende zu nehmen. Irgendwo unter ihnen musste Wasser sein, aber er stürzte immer weiter durch Flammen, tauchte in ein Meer von Hitze und tödlicher Glut und schrie seinen letzten Atem hinaus.

Als er ins Wasser tauchte, verlor er fast das Bewusstsein. Die eisige Kälte wirkte wie ein Schock und war für einen Moment fast noch schmerzhafter als das Feuer. Er krümmte sich zusammen, tauchte instinktiv noch tiefer und riss Andred mit sich. Ein Wirbel packte ihn, schmetterte ihn mit erbarmungsloser Kraft gegen den Rumpf des Schiffes und trieb das letzte bisschen Luft aus seiner Lunge.

Er schrie – oder wollte schreien –, schluckte Wasser und stieß sich mit einer verzweifelten Bewegung von der SHANTAR ab. Die Hitze des brennenden Öls war selbst hier, einen Meter unter der Wasseroberfläche, noch deutlich zu spüren. Über ihnen loderte ein Himmel aus Feuer, ein gewaltiger, wabernder Kreis, dessen Grenzen irgendwo in unendlicher Entfernung zu sein schienen. Blind und ohne zu wissen, was er wirklich tat, schwamm Skar los, tauchte mit verzweifelter Kraft auf den Rand des brennenden Ölfleckes zu und versuchte, den Schmerz in seiner Lunge zu ignorieren. Sein Herz hämmerte, schnell, unregelmäßig und mit wütender, peinigender Kraft. Er spürte kaum noch, wie Andred in seinen Händen erschlaffte und große silberne Luftblasen aus seinem geöffneten Mund perlten. Ein stählerner Ring lag um seine Brust und zog sich unbarmherzig zusammen.

Er krümmte sich, stieß sich noch einmal und mit einer Kraft, von der er selbst nicht wusste, woher er sie nahm, ab und brach, kaum eine Handbreit hinter der lodernden Flammenwand, durch die Wasseroberfläche.

Die Luft war selbst hier unerträglich heiß, aber er sog sie mit tiefen, gierigen Zügen in die Lunge, hustete, erbrach qualvoll Wasser und hielt Andreds Kopf mit letzter Kraft über den Wellen. Die flimmernden Kreise vor seinen Augen begannen langsam zu verblassen, und die Schmerzen in seiner Brust waren nur noch qualvoll, nicht mehr unerträglich.

Die Hitze trieb ihn weiter. Er legte sich auf den Rücken, bettete Andreds reglosen Körper auf seine Brust und schwamm mit langsamen, kräftesparenden Stößen von dem lodernden Scheiterhaufen fort, in den sich die SHANTAR verwandelt hatte. Das Schiff war nur noch als dunkler Schatten durch die Feuerwand auszumachen, und die Glut des brennenden Öls war so hell, dass die Kaimauer und die Stadt hinter ihr nur noch als vage Umrisse sichtbar waren. Aber vielleicht würde das Licht die Thbarg dort oben genauso blenden wie ihn.

Für einen Moment kroch so etwas wie Zorn in Skar hoch, aber das Gefühl verging, noch bevor er es wirklich spürte. Sein Vorrat an Zorn war aufgebraucht, schon lange. Er fühlte, wie die Kraft langsam in seine verspannten Muskeln zurückkehrte, und schwamm schneller.

4. Kapitel

Die SHANTAR brannte immer noch, als Skar eine halbe Stunde später – nahezu am entgegengesetzten Ende des Hafenbeckens – an Land kroch. Das Schiff war gesunken, aber der ungewöhnlich große Tiefgang des Rumpfes und die geringe Tiefe des Hafenbeckens verhinderten, dass es vollends unter der Wasseroberfläche verschwand, und die Aufbauten und Masten brannten weiterhin lichterloh. Von hier aus, aus einer Entfernung von einer dreiviertel Meile betrachtet, wirkte der Anblick beinahe harmlos: ein brennendes Spielzeugschiffchen, das auf einem Teich trieb.

Es gab an dieser Stelle keine Kaimauer. Die gewaltige schwarze Wand, die neben ihm aus dem Wasser stieg, war Teil des natürlich gewachsenen Felsens, der den Hafen zum Meer hin abschirmte, und während Skar weiter darauf zuschwamm, stieß er immer wieder schmerzhaft gegen Riffe und Korallenblöcke, die sich unter der Wasseroberfläche verbargen. Ihn verließen beinahe die Kräfte, als er zwischen den glitschigen Felsen auf den schmalen Uferstreifen hinaufkroch.

Andred war noch immer ohne Bewusstsein, vielleicht schon lange tot, aber Skar zog ihn trotzdem mit sich und bettete ihn so behutsam wie möglich auf den harten Untergrund. Dann, schlagartig und ohne

Vorwarnung, kam der Zusammenbruch. Skar wurde schwarz vor Augen. Er fiel auf Hände und Knie, blieb sekundenlang mit geschlossenen Augen hocken und versuchte, die Übelkeit und das Schwindelgefühl niederzukämpfen. Sein Gesicht und seine Hände waren übersät mit Brandblasen und Wunden, und das Salzwasser schmerzte höllisch.

Andred regte sich stöhnend. Seine Augenlider flatterten, aber sein Blick blieb verschleiert. Seine Hände zuckten; die Fingernägel fuhren mit einem hörbaren kratzenden Geräusch über den feuchten Stein. Skar kroch hastig zu ihm hinüber, griff unter seine Schultern und drehte ihn herum. Andred würgte, rang mühsam nach Luft und erbrach sich mehrmals hintereinander: Salzwasser und bittere grüne Galle.

Er keuchte, wollte etwas sagen und hob den Blick, aber Skar schüttelte nur den Kopf und drückte ihn mit sanfter Gewalt zurück.

»Nicht«, sagte er leise. »Wir sind in Sicherheit. Keine Angst.«

»In Sicherheit...«, wiederholte Andred bitter. »Was ist... mit dem Schiff?« Er hustete, schluckte ein paarmal krampfhaft und richtete sich auf die Ellbogen auf. Skar wollte ihn abermals zurückhalten, aber der Freisegler schob seine Hand mit erstaunlicher Kraft beiseite und starrte an ihm vorbei zu dem brennenden Wrack der SHANTAR. Das Feuer warf zuckende Lichtreflexe auf das bewegte Wasser des Hafens. Es sah aus, als kröchen die Flammen wie kleine flackernde Tiere durch die Wellentäler auf sie zu.

»Sie sind tot«, murmelte Andred. Seine Lippen

bewegten sich kaum beim Sprechen, und in seinen weit aufgerissenen Augen stand ein Ausdruck, der Skar erbeben ließ.

»Ich... fürchte«, sagte er stockend. »Gondereds Männer werden dafür gesorgt haben, dass keiner mehr von Bord kam. Außer uns.«

»Außer uns...«, wiederholte Andred. Seine Stimme klang flach, tonlos, kaum wie die eines Menschen. »Warum hat er das getan, Skar?«

Skars Blick verdüsterte sich. »Wegen mir«, murmelte er. »Ich glaube, er hat mich schon draußen auf dem Meer erkannt. Aber er war sich nicht vollkommen sicher.« Er lachte, leise und vollkommen ohne Humor, hob die Hand zum Gesicht und fuhr mit den Fingerspitzen an der langen, gezackten Narbe entlang, die von seinem Augenwinkel bis hinunter zum Kinn und zum Mund reichte. »So etwas ist nicht gerade von Vorteil, wenn man versucht, sich eine andere Identität zuzulegen.«

»Aber warum...« Wieder stockte der Freisegler. Seine Mundwinkel zuckten. »Er hat das Schiff vernichtet und die Männer... es... er hat sechsundvierzig Männer verbrannt.«

Skar nickte. »Er wollte wohl sichergehen«, sagte er kalt. »Vielleicht hat er uns draußen auf dem Meer nur ungeschoren gelassen, weil er sich erst neue Instruktionen holen musste. Vielleicht hatte er auch Angst.«

»Angst? Vor der SHANTAR?«

Skar zuckte mit den Schultern. »Wohl eher vor mir«, sagte er nach kurzem Überlegen. »Es ist nicht unbedingt von Vorteil, stark zu sein, Andred«, fuhr er leiser und verbittert fort. »Wenn du zu stark bist, beginnen dich die anderen zu fürchten. Und dann passiert so etwas.«

»Aber sechsundvierzig Menschenleben!«

»Er wollte mich mit dem ersten Schlag erledigen«, sagte Skar. »Und da war es wohl das Einfachste, das Schiff mitsamt seiner Besatzung zu verbrennen. Aber vielleicht bereitet es ihm auch einfach nur Freude zu töten.«

Und vielleicht ist es einfach meine Bestimmung, jedem, mit dem ich zusammen bin, den Tod zu bringen, fügte er in Gedanken hinzu.

Aber das sprach er nicht aus.

Stattdessen stand er auf, warf den durchnässten Umhang ab und deutete mit einer Kopfbewegung auf die Stadt. »Wir können nicht hierbleiben«, sagte er. »Sie werden bald anfangen, den Hafen nach den Leichen deiner Männer abzusuchen. Fühlst du dich kräftig genug zu gehen?«

Andred nickte. Er stand auf, strauchelte und hielt sich im letzten Moment an einem Felsen fest, schüttelte aber den Kopf, als Skar ihm die Hand hinhielt.

»Weißt du einen Weg, auf dem wir ungesehen in die Stadt hineinkommen?«, fragte Skar.

Andred sah lange und schweigend zur Stadt hinüber. Sein Gesicht war ausdruckslos, starr, eine Maske, auf der nicht einmal mehr Schrecken oder Schmerz zu lesen waren. Die Glut des brennenden Schiffes warf zuckende Lichtfinger über den Hafen, verwandelte Gondereds Männer in kleine, finstere Schatten, die sich mit abgehackten, flinken Bewegungen vor dem Hintergrund der Stadt abzeichneten, und erfüllte seine Augen mit blutrotem Widerschein. »Wir... könnten versuchen, die Klippen zu ersteigen und die Stadt von der anderen Seite zu betreten«, sagte er tonlos. »Die Wand ist nicht so unbezwingbar, wie es den Anschein hat.«

Skar legte den Kopf in den Nacken und blinzelte zur Krone der steinernen Barriere empor. Im schwachen Sternenlicht der Nacht war sie wenig mehr als ein senkrechter, konturloser Schatten. Er schätzte ihre Höhe auf hundertfünfzig, allerhöchstens zweihundert Fuß – kein unüberwindliches Hindernis für einen entschlossenen Mann. Aber er verwarf den Gedanken fast sofort wieder. Das Risiko, vom Hafen aus gesehen zu werden, war zu groß. Und er wäre nicht einmal überrascht gewesen, wenn Gondered auch dort oben ein paar von seinen Männern postiert hätte. Zumindest hätte *er* das getan, wäre er an der Stelle des Thbarg gewesen.

Er schüttelte den Kopf und wandte sich wieder an Andred. »Nein«, sagte er. »Zu gefährlich. Wenn wir entdeckt werden, bieten wir zwei prachtvolle Zielscheiben.«

»Glaubst du, dass sie überhaupt nach uns suchen?«, fragte Andred. »Sie können nicht wissen, dass wir die Katastrophe überlebt haben.«

»Sie werden sichergehen wollen und die ganze Nacht durch nach möglichen Überlebenden Ausschau halten«, war Skar überzeugt. »Wir werden versuchen müssen, in die Stadt zu gelangen. Was ist mit diesem Herger, von dem du gesprochen hast? Glaubst du, dass er uns auch jetzt noch helfen wird?«

Andred nickte, aber Skar bezweifelte beinahe, dass er seine Worte überhaupt gehört hatte. Er sah erst jetzt, dass der Freisegler weit schwerer verletzt war als er – sein linker Arm hing schlaff herunter, die Hand begann sich allmählich dunkel zu färben, und aus seinem Haaransatz rieselte ein dünner, aber beständiger Blutstrom.

Besorgt trat er auf ihn zu, um sich um seine Verletzungen zu kümmern, aber Andred winkte erneut ab. »Nicht«, sagte er leise. »Lass mich.«

Skar senkte schuldbewusst den Blick. Natürlich machte Andred ihn für alles verantwortlich, was geschehen war, und dass er den Gedanken nicht laut aussprach, nicht ein einziges Wort von Schmerz oder Vorwurf von sich gab, machte es eher noch schlimmer. Ohne Skar würden seine Männer noch leben und sein Schiff kein brennender Trümmerhaufen sein.

Skar war nur ein Bettler gewesen, als sie sich in Endor getroffen hatten, und er, Andred, ein stolzer, zwar nicht gerade reicher, aber zumindest wohlhabender Freiseglerkapitän, und ein Augenblick, ein winziger Moment der Großherzigkeit hatte ihn alles gekostet. Er hatte nicht nur sein Schiff verloren. Von einem Moment zum anderen war er zu einem Gejagten wie Skar geworden, und Skar wusste plötzlich – so grundlos und so sicher, wie er zuvor gewusst hatte, dass die SHANTAR in ihr Verderben segelte –, dass Andred sterben würde.

Er drängte den Gedanken zurück, wandte sich ab und drehte sich unschlüssig um sich selbst. Das Felsband, auf das sie sich gerettet hatten, war wenig mehr als zwei Manneslängen breit, aber die zerschründeten Grate und Steine boten ihnen genug Deckung, selbst wenn sie bis zum Anbruch des Tages hierbleiben mussten. Schließlich konnte Gondered den Hafen nicht für immer abriegeln. Aber Skar verwarf auch diesen Gedanken. Sie hatten nicht so viel Zeit. Sie brauchten Wasser und trockene Kleider, wenn sie nicht erfrieren wollten, und Andreds Wunden mussten versorgt werden.

»Ich fürchte, wir müssen es riskieren«, murmelte er. »Bleib immer dicht hinter mir. Und keinen Laut.«

Er wandte sich um, überzeugte sich mit einem raschen Blick davon, dass Andred ihm folgte, und begann, sich vorsichtig einen Weg zwischen den feucht glänzenden Felsen hindurch zu suchen. Der Boden war glitschig und fiel zum Wasser hin leicht ab, sodass Skar vorsichtig auftreten und sich wie ein alter Mann von Stein zu Stein tasten musste, um nicht das Gleichgewicht zu verlieren. Jetzt, als die Anspannung allmählich nachließ, spürte er, wie kalt es war. Der Winter hatte zwar seinen Höhepunkt überschritten, schon als Skar in Endor gewesen und auf ein Schiff gewartet hatte, aber die Temperaturen lagen trotzdem nur knapp über dem Gefrierpunkt, und vom Wasser schien Kälte wie unsichtbarer Nebel aufzusteigen und Skars durchnässte Kleider in einen Panzer aus Eis zu verwandeln.

Das steinerne Sims zog sich halbkreisförmig am Fuß der Klippe entlang, hier und da etwas höher oder niedriger, sodass sie manchmal durch knöchel- oder auch knietiefes Wasser waten mussten. Er führte aber insgesamt ohne Unterbrechung bis zu der Stelle, an der die natürliche von der von Menschenhand geschaffenen Mauer des Kais abgelöst wurde.

Skar gebot Andred mit einer Handbewegung zurückzubleiben, als sie sich der Hafenanlage näherten. Ein gewaltiger plumper Lastensegler aus Kohon schaukelte dicht vor ihnen auf den Wellen und schützte sie vor direkter Entdeckung; der Rumpf rieb sich knarrend an der Kaimauer, und von Zeit zu Zeit schlugen die schlaff herabhängenden Segel mit flappendem Geräusch gegen die Masten. Ein leiser Geruch wie nach verfaultem Fisch und moderndem Tauwerk wehte vom Deck des Seglers herüber, und weiter zur Stadt hin konnte Skar undeutliches Stimmengemurmel vernehmen.

Sein Blick tastete aufmerksam über den Kai. Dieser war so flach und deckungslos wie dort, wo die SHANTAR angelegt hatte, aber der Segler warf einen mächtigen dreieckigen Schatten auf das Kopfsteinpflaster – und von seinem Rand aus waren es vielleicht noch zehn Schritte bis zur Mauer des ersten Lagerschuppens.

Zehn Schritte zu viel, dachte Skar düster. Gondered war kein solcher Narr, dass er nicht die einfachsten Sicherheitsvorkehrungen treffen und jeden Quadratfuß Boden zwischen der Kaimauer und der Stadt unter Beobachtung stellen würde.

Skar huschte zu Andred zurück, duckte sich neben ihn in den Schatten eines Felsens und blies in die Hände. Die Kälte ließ seine Fingerspitzen taub werden und kroch langsam in seine Muskeln. Nein, sie konnten nicht warten, bis die Sonne aufging und Gondered die Sperre aufhob. Der Gedanke kam Skar im Moment beinahe lächerlich banal vor, aber auch eine Lungenentzündung konnte tödlich sein. Alle Männer, die an Banalitäten gestorben waren, zusammengenommen, ergäben wahrscheinlich eine Kette dreimal von hier nach Ikne und zurück.

»Hör zu«, sagte er. »Ich werde versuchen, einen Weg in die Stadt für uns zu finden, irgendwie. Du wartest hier und rührst dich nicht von der Stelle, ganz gleich, was geschieht – und zwar genau eine Stunde lang. Wenn ich dann nicht zurück bin, oder wenn du siehst, dass ich gefangen genommen oder getötet werde, dann versuch, auf eigene Faust in die Stadt zu gelangen. Wenn wir getrennt werden, dann treffen wir uns bei deinem Freund Herger. Hast du das verstanden?«

Andred nickte, aber sein Blick schien direkt durch Skar hindurch ins Leere zu gehen. Skar wollte noch etwas sagen, beließ es aber dann bei einem leichten Schulterzucken und huschte zurück zur Kaimauer. Andred war nicht der erste Mann, den er in diesem Zustand sah: Der Schock und die Verletzungen waren zu viel gewesen, hatten seinen Geist aus der Bahn geworfen und ihn in einen Zustand versetzt, der nicht mehr wirkliches Wachsein war. Skar hatte so etwas oft beobachtet, und er wusste, dass Andred stark genug war, sich zu fangen, wenn er nur genügend Zeit und ausreichende Pflege bekam. Wenigstens konnte er Skar und sich selbst so nicht in Gefahr bringen.

Skar blieb am Rand des Kais stehen, richtete sich – noch immer in Deckung der letzten Felsen – auf und sah konzentriert zur Stadt hinüber. Die Schiffe waren nicht mehr als wuchtige Schatten, halbwegs mit der Nacht verschmolzen; vielleicht harmlos, vielleicht aber auch voller neugieriger Augen.

Die SHANTAR brannte noch immer, aber die Flammen hatten bereits den Großteil ihrer Nahrung aufgezehrt und loderten nicht mehr halb so hoch wie noch vor Minuten, und das Wrack begann Stück für Stück auseinanderzubrechen. Skar sah, wie sich der Hauptmast zur Seite neigte, wie er zitterte, drei, vier Atemzüge lang reglos und in beinahe unmöglicher Schräglage verharrte und seinen Weg dann fortsetzte, auf die gemauerte Kante des Kais krachte, entzweibrach und brennende Trümmer und Funken verstreute. Ein paar der winzigen Gestalten sprangen hastig zur Seite, Stimmen klangen auf und gingen im Bersten des zerbrechenden Holzes unter, und für einen winzigen Moment loderten die Flammen noch einmal mit greller Glut auf; ein letzter, feuriger Todesschrei des sterbenden Schiffes.

Skar spurtete los.

Bis zum Schatten des Lastenseglers waren es nicht mehr als fünfzig Schritte; drei, vielleicht vier Sekunden, aber er war am Ende seiner Kräfte, als er ihn erreichte. Er fiel auf die Knie, kroch auf Händen und Füßen weiter und blieb, schwer atmend und mit hämmerndem Herzen, im Zentrum des großen, rechteckigen Bereichs vollkommener Schwärze hocken. Sein Blick glitt zur Stadt, saugte sich an dem halben Hundert winziger schwarzer Gestalten fest und suchte angstvoll nach einer Reaktion, nach aufgeregten Gesten und dem Blitzen von Waffen.

Nichts. *Natürlich nicht, du Narr,* dachte er zornig. Er hatte den Augenblick mit Bedacht gewählt und wusste, dass, wer immer den Auftrag gehabt hatte, den Hafen zu beobachten, ganz bestimmt für einen Moment weggesehen hatten, als der Mast gefallen war. Aber die Unruhe wich nicht, im Gegenteil, sie wurde schlimmer. Vorhin, aus der Deckung der Felsen heraus betrachtet, war ihm der Schatten des Seglers absolut schwarz und lichtlos erschienen, aber mit jeder Sekunde, die er länger hier hockte, gewöhnten sich seine Augen an die Dunkelheit, nahm er mehr von seiner Umgebung wahr, sah er Schattierungen und Einzelheiten und tausend Nuancen von Schwarz und Grau, und eine lautlose, böse Stimme hinter seinen Gedanken begann ihm zuzuflüstern, dass es seinen Gegnern ebenso ergehen musste, dass sie Zeit genug gehabt hatten, sich an die schlechten Lichtverhältnisse zu gewöhnen, dass sie ihn *sehen* mussten, so deutlich, als säße er im Zentrum einer gewaltigen Zielscheibe.

Natürlich war das Unsinn. Andred hatte recht, Gondered konnte nicht wissen, dass Skar noch am Leben war, und suchte nicht gezielt nach ihm. Außerdem tarnte ihn der schwarze Umhang zusätzlich. Aber die Stimme in seinem Inneren und seine Furcht scherten sich nicht viel um die Logik, mit der er sie bekämpfen wollte, und seine Unruhe stieg weiter.

Er stand auf, drehte sich einmal um sich selbst und ging langsam auf den Rand des Schattens zu. Der Lastensegler bewegte sich, nur leicht, aber immerhin so viel, dass die zerfaserte schwarze Linie, die das Nebelgrau der Nacht begrenzte, langsam vor- und zurückwanderte, und das Knarren, mit dem sich der Rumpf an der steinernen Mauer rieb, erschien ihm für einen Moment wie ein schweres, mühsames Atemholen.

Skar blieb stehen, schloss für einen Moment die Augen und ballte die Hände so heftig zu Fäusten, dass die Fingerknöchel knackten. Was geschah mit ihm? Er hatte Angst, dabei war er Satai. Ein Kämpfer. Ein Mann, der zum Kämpfen und Überleben geschaffen war, der gelernt hatte, seine Gefühle nach Bedarf ein- und auszuschalten. Und jetzt kämpfte er. Aber die Ruhe, das scharfe, von keinen Emotionen beeinträchtigte Denken des Jägers, seine beste und machtvollste Waffe, war verschwunden. Er hatte Angst. Nicht die Art von Angst, die zum Überleben ebenso notwendig war wie ein gutes Auge und schnelle Reaktionen, sondern blanke, nackte Furcht, die Angst des gehetzten Tiers, Angst, die blind und unvorsichtig machte und zu Fehlern verleitete.

Was geht mit mir vor?, dachte er erschrocken. Er begann sich zu verändern, rasch, schmerzhaft und unaufhaltsam. Er hatte seine Kleidung, seine Waffen und seine Erinnerungen wieder an sich genommen, aber etwas, irgendetwas, war zurückgeblieben, auf dem brennenden Schiff, in Endor oder vielleicht schon in der verfallenen Festung am Rande des Schattengebirges. Nicht seine Stärke. Nicht seine Reaktionen und all die unzähligen Tricks, ob schmutzig oder nicht, die er gelernt hatte. Dies alles war noch da, irgendwo in ihm, abrufbereit, und er wusste, dass er es haben würde, wenn er es brauchte. Nur dieses Wort, dieses kleine, harmlose Wort *Satai,* von dem jeder, der nicht selbst zur Kaste gehörte, glaubte, dass es nicht mehr als *Krieger* bedeutete und das doch in Wirklichkeit Religion, Lebensanschauung, Philosophie und noch viel, viel mehr war, dieses Wort war nicht mehr da.

Es ging schnell, so furchtbar, grausam schnell. Ein Lidzucken, die Zeit, die ein Pfeil benötigt, um von der Sehne zu schnellen und sein Ziel zu treffen. Und plötzlich war er kein Satai mehr, sondern nur noch das, was Gowenna von Anfang an in ihm gesehen hatte – ein gedungener Killer, ein Mann, der das Töten zum Beruf gemacht hatte. Der...

Skar stöhnte. Seine Gedanken begannen einen wilden Tanz aufzuführen, ihm zu entgleiten, sich zu verwirren. Er kämpfte dagegen an, drängte sie zurück und grub die Fingernägel in seine Handflächen, um den Schmerz als Waffe dagegenzusetzen.

Aber es wurde nicht besser. Seine Gedanken klärten sich, aber die Furcht blieb, bohrend, nagend, ein gestaltloser schwarzer Schrecken, der ihn von jetzt an auf Schritt und Tritt begleiten würde. Skar war beinahe froh, als sich das Geräusch von Schritten in das Klatschen der Wellen mischte und die Nacht zwei Gestalten ausspie.

Es waren Thbarg, zwei von Gondereds Kriegern – schlank, hochgewachsen und in knöchellange blaue Mäntel gehüllt. Sie redeten miteinander, leise und in einer Sprache, die Skar nicht verstand, blieben einen Moment stehen und kamen dann näher, langsam und mit den unentschlossenen Bewegungen von Männern, die kein bestimmtes Ziel hatten.

Skar wich einen halben Schritt zurück, schob die

Hand unter den Mantel und zog zwei der winzigen *Shuriken* aus dem Gürtel. Das Metall fühlte sich eisig an. Ein wenig von der Kälte des Hafenwassers war noch in ihm, und seine rasiermesserscharfen Kanten hinterließen dünne, blutige Linien auf Skars Fingern. Er wich noch ein Stück zurück, hob die Arme – langsam, um sich nicht durch eine unbedachte Bewegung oder das Rascheln von Stoff zu verraten – und drehte die fünfzackigen Metallsterne, bis sie die richtige Position hatten: ein wenig schräg und nach vorn geneigt, zwischen Daumen, Zeigefinger und dem ersten Gelenk des Mittelfingers ruhend. Mit jeder winzigen Bewegung kam ihm mit seltener Klarheit zu Bewusstsein, dass dies hier Mord war.

Skar erschrak. Das waren nicht seine Gedanken.

Aber es ist so, fuhr die Stimme fort. *Du musst sie nicht töten. Sie kommen hierher, direkt auf dich zu, und sie wissen nicht, dass du auf sie wartest. Wenn du nicht gelernt hast, einen Mann zu betäuben, ehe er schreien kann, was dann?*

Er erstarrte, ließ die Hände ein wenig sinken und hob sie dann wieder mit einer schnellen, fast wütenden Bewegung. Die Spitzen der *Shuriken* schrien nach Blut.

Wenn du es tust, dann bist du nicht besser als sie, fuhr die Stimme fort.

Seine Hände begannen zu zittern.

Was ist das?, dachte Skar. War das der Skar, der er gewesen war, bevor er Vela getroffen hatte? War er sich selbst schon so fremd geworden, dass er sich nicht wiedererkannte? War es die Stimme des Satai, die in ihm flüsterte? Oder wurde er – auch dieser Gedanke kam ihm nicht zum ersten Mal – schlicht und einfach verrückt?

Die beiden Thbarg kamen näher, blieben wieder stehen und gingen weiter, die Hände nachlässig auf die Waffen gelegt. Skar verlängerte in Gedanken die imaginäre Linie, der sie folgten. Sie würden den Schatten nicht betreten, sondern dicht an seiner Grenze entlang zum Ende des Kais gehen, dort wahrscheinlich kehrtmachen und zurückgehen. Er konnte stehen bleiben und einfach warten, und sie würden nicht einmal wissen, wie knapp sie dem Tode entronnen waren.

Tu es!, flüsterte die Stimme. *Zwei Menschenleben sind ein zu hoher Preis für zwei Mäntel.*

Sein Blick verschleierte sich. Für einen Moment glaubte er Nebel zu sehen, schwarzen, hin und her tanzenden Nebel voller Blut und Gewalt, dann gewahrte er ein Paar dunkler, spöttischer Augen.

Und als er erkannte, wessen Augen es waren, schleuderte er die Waffen.

Die *Shuriken* jagten davon, rissen blutige Linien in seine Hände und verwandelten sich in lautlose, tödliche Räder aus Licht. Einer der beiden Thbarg brach lautlos zusammen, der andere schrie auf – ein halblauter, erstickter Ton, der nur wenige Schritte weit zu vernehmen war –, griff sich in den Nacken und drehte sich taumelnd um. Sein Gesicht war eine Maske aus Schmerz und ungläubigem Schrecken. Er wankte, nahm die Hände nach unten und betrachtete ungläubig seine Finger. Sie glitzerten dunkel und rot von seinem eigenen Blut. Sein Mund öffnete sich, aber kein

Laut kam über seine Lippen. Nur der Schrecken in seinen Augen wurde größer.

Dann fiel er.

Als Skar zu den beiden Toten hinüberging und ihnen die Mäntel auszog, glaubte er ein leises Lachen zu hören. Nicht die Stimme seines dunklen Bruders, nicht die seines Gewissens und nicht das Heulen des Wolfes, sondern das Lachen einer Frau. Velas Lachen.

Willkommen, Bruder, sagte es.

Er hatte den letzten Schritt getan. Es gab nichts mehr, was sie unterschied.

Jetzt – endgültig – waren sie sich gleich geworden. Es war nicht das erste Mal, dass er diesen Gedanken dachte, aber es war das erste Mal, dass er wusste, dass er wahr war. Er hatte Vela gehasst, und ab heute würde er auch sich hassen.

5. Kapitel

Andred saß noch in der gleichen Stellung da, in der Skar ihn zurückgelassen hatte, zusammengesunken und reglos, als hätte er sich die ganze Zeit über nicht bewegt, und sein Blick war so leer wie zuvor. Als Skar neben ihm niederkniete und ihm den blauen Mantel und den schweren Lederhelm in die Hand drückte, zuckte er zusammen, als erwache er aus einem tiefen Schlaf.

»Zieh das an«, sagte Skar hastig. »Rasch. Bevor sie merken, dass die Patrouille nicht zurückkommt.« Er stülpte sich selbst den anderen Helm über, warf den zerschlissenen Mantel endgültig zu Boden und streifte stattdessen das dunkelblaue Kleidungsstück der Thbarg über. Der Stoff war erstaunlich leicht, obwohl er dick war und gut wärmte, aber der Helm war um ein gutes Stück zu klein und drückte schmerzhaft auf Schläfen und Nasenwurzeln. Skar hatte nicht vor, ihn lange zu tragen.

Andred drehte Helm und Mantel verwirrt in den Händen, als sähe er Gegenstände wie diese zum ersten Mal. Skar knurrte ungeduldig, nahm ihm den Helm aus den Fingern und setzte ihn unsanft auf Andreds Kopf. Der Freisegler machte eine schwache Abwehrbewegung, die Skar ignorierte. Skar riss ihm auch noch den Mantel von den Schultern. Erst als er ihm dann den blauen Thbarg-Mantel umlegte und die dünne Metallspange über der Schulter schloss, schien Andred allmählich zu begreifen, was mit ihm geschah.

»Woher ... hast du das?«, fragte er stockend.

»Geliehen«, knurrte Skar. »Zwei von Gondereds Männern waren so freundlich, es mir zu geben. Bist du bereit?«

Andred nickte, hob in einer verwirrten Geste die Hand an den Kopf und tastete mit den Fingerspitzen über das raue Leder des Helms. Seine linke Hand hatte sich noch dunkler verfärbt und war fast schwarz. Aber wenn er Schmerzen hatte, unterdrückte er sie mit eisernem Willen.

»Glaubst du, wir kommen in dieser Verkleidung durch die Absperrung?« Er sprach langsam und mit großen Pausen, als müsse er sich erst wieder mühsam darauf besinnen, wie man überhaupt redete.

Skar zuckte in gespieltem Gleichmut mit den Schultern. »Es ist die einzige Chance, die wir haben«, sagte er. »Die beiden Thbarg sind bestimmt nicht aus Langeweile auf dem Kai herumspaziert. Gondered scheint sich nicht sicher zu sein, uns wirklich erwischt zu haben. Wenn wir hierbleiben, werden sie uns früher oder später entdecken. Wenn wir nicht vorher erfroren sind. Wir müssen es riskieren.«

Andred nickte, rührte sich aber nicht von der Stelle. »Du ... du solltest allein gehen«, murmelte er unsicher. »Ohne mich hast du eine größere Chance.«

Skar lachte leise. »Auf diesen Gedanken kommst du ein bisschen zu spät, Andred. Und er ist überdies falsch – Gondered hat *zwei* Männer auf Patrouille geschickt. Er würde sich fragen, warum nur einer davon zurückkehrt.«

»Sprichst du Thbarg?«, fragte Andred unvermittelt.

Skar verneinte. »Warum?«

»Was tun wir, wenn wir angesprochen werden?«

Irgendetwas war in Andreds Stimme, das Skar warnte. Er blieb stehen und sah den Freisegler durchdringend an. Andred schien allmählich in die Wirklichkeit zurückzufinden – aber es *schien* eben nur so. Die Logik in seinen Worten war nur vorgetäuscht; ein letztes Aufbegehren, dem der endgültige Zusammenbruch folgen würde, vielleicht in wenigen Augenblicken, vielleicht erst in Stunden, aber *bald*.

Skar zuckte betont gelassen mit den Schultern. »Laufen«, sagte er. »So schnell wie noch nie zuvor.«

Andred lächelte pflichtschuldig. Es wirkte wie das Lächeln einer Statue.

Die Nacht schien kälter zu werden, als sie nebeneinander zum Kai hinaufgingen. Auf Andreds Gesicht war nicht die leiseste Regung zu erkennen, als er die beiden toten Krieger sah, die Skar in den Schatten der Felsen zurückgezerrt hatte. Sie gingen – auf dem gleichen Weg, den die Krieger genommen hätten – am Rand des Schattens entlang, ein wenig schneller als sie, um die verlorene Zeit wieder aufzuholen.

Skars Hände glitten mit kleinen, nervösen Bewegungen über den Saum seines Mantels. Vorhin, als er im Schatten des Schiffes gelegen und zur Stadt hinübergestarrt hatte, war ihm die Entfernung unendlich groß vorgekommen; jetzt schien sie mit jedem Schritt zusammenzuschrumpfen, als galoppiere er auf einem durchgehenden Pferd.

»Rede«, flüsterte er, ohne Andred anzusehen.

Das Gesicht des Freiseglers war unter dem wulstigen Rand des Helms fast unkenntlich. Wenn sie nicht direkt angesprochen wurden, hatten sie eine Chance. Wenn Gondered nicht auch seine eigenen Leute überwachte. Wenn Andred die Nerven behielt. Wenn…

Zu viele Wenns, dachte Skar düster. Andred begann zu erzählen, wie Skar es verlangt hatte, sinnloses Zeug, das Skar auch nicht verstanden hätte, wenn er hingehört hätte. Trotzdem nickte er von Zeit zu Zeit und steuerte eine Handbewegung oder ein verhaltenes Lachen bei. Er hatte plötzlich Angst, es zu übertreiben. Man konnte auch *zu* natürlich wirken.

»Der Lagerschuppen dort hinten«, murmelte er, ohne den Blick zu heben. »Der flache Bau zwischen den beiden Silos. Siehst du ihn?«

»Die Tür steht offen«, antwortete Andred. Seine Stimme zitterte, ein ganz klein wenig nur, aber hörbar.

»Wir gehen dicht daran vorbei. Achte auf mein Zeichen.«

Andred nickte. Skar sah ihn noch immer nicht an, aber er spürte die Bewegung, ebenso wie er Andreds Nervosität spürte, die Furcht, die die Gestalt des Freiseglers wie ein unsichtbarer Mantel einhüllte.

Skar wandte den Blick nach rechts. Das Schiff brannte noch, aber es waren nur noch wenige verkohlte Reste, bizarre Skelettfinger, die aus dem schwarzen Hafenwasser ragten. Sein Feuerschein reichte nur noch wenige Schritte auf den Hafen hinaus, und in den Händen der Thbarg-Krieger erschienen die ersten Fackeln. Ein kurzes, scharfes Kommando klang auf; einige von Gondereds Männern hielten in ihren Tätigkeiten inne und scharrten sich um ihren Anführer, andere zeigten keine Reaktion.

Skar fuhr sich nervös mit der Zungenspitze über die Lippen. Er hatte keine Ahnung, was Gondered gesagt hatte, ob das Kommando auch ihnen – oder den Männern, die sie darstellten – galt. Aber es waren noch dreißig Schritte bis zum Schuppen; zu weit, um losrennen und dann auch noch hoffen zu können, dass sie nicht auffielen.

Er ertappte sich dabei, wie seine Hand unter den Mantel glitt und nach dem Griff des *Tschekal* tastete. Hastig zog er die Hand zurück, straffte sich und schritt ein wenig schneller aus. Er musste sich bezwingen, um nicht immer wieder einen gehetzten Blick über die Schulter zu werfen.

Noch zehn Schritte. Für einen kurzen Moment glaubte er eine Bewegung hinter der weit offen stehenden Tür des Lagerschuppens auszumachen. Aber es war nur ein Schatten, vielleicht auch nur ein Trugbild, das ihm seine überreizten Nerven vorgaukelten.

Er sah sich nun doch um. Gondered stand hoch aufgerichtet zwischen seinen Männern; sein Goldhelm war selbst bei der schwachen Beleuchtung deutlich zu erkennen. Er sagte irgendetwas, wechselte die Fackel von der rechten in die linke Hand und deutete wild gestikulierend über den Hafen und zum Schatten des Kaperseglers hinüber. Skar glaubte, eine Anzahl winziger Gestalten an Deck des Schiffs zu erkennen, und für einen Moment war es ihm, als bewege sich der gewaltige Umriss des schwarzen Seglers.

Dann betraten sie den Schuppen. Ihre Schritte riefen plötzlich dumpfe Echos an den unsichtbaren Wänden hervor, und ein unbeschreibliches Gemisch der verschiedenartigsten Gerüche schlug ihnen entgegen: Feuchtigkeit, Moder, verfaulte Lebensmittel und Tuch und tausend andere Dinge, die Skar nicht auf Anhieb erkannte. Beiderseits des Eingangs wuchsen deckenhohe, roh zusammengezimmerte Regale empor, alt und durchgebogen unter der Last der Waren, die sich darauf stapelten. Dahinter, eingebettet in verschwommene Schwärze, erhoben sich weitere Regale, auch sie bis zum Bersten gefüllt und so dicht beieinander, dass dazwischen nur schmale Gänge blieben, kaum breit genug für einen einzelnen Mann.

Sie entfernten sich ein paar Schritte vom Eingang und blieben stehen, als Skar sicher war, dass sie von draußen nicht mehr zu sehen waren. Er hätte erleichtert aufatmen können, tat es aber nicht. Die Furcht war ihnen gefolgt, und das Gefühl der Bedrohung war hier drinnen beinahe stärker als draußen. Sie waren in Sicherheit – der Schuppen musste mehr als nur einen Ausgang haben, und selbst wenn Gondered in diesem Moment merken sollte, dass Skar ihm entkommen war, waren sie hinaus und in der Stadt, ehe der Thbarg auch nur reagieren konnte.

Andred sah sich mit raschen, abgehackt wirkenden Bewegungen um. »Das ist seltsam«, murmelte er.

Skar sah auf. »Was?«

»Diese Waren hier«, meinte Andred.

Skar zuckte mit den Schultern. »Und? Es ist ein Lagerhaus, oder? Komm weiter. Wir müssen zu deinem Freund.«

Andred setzte sich gehorsam in Bewegung, blieb jedoch nach wenigen Schritten wieder stehen. Sein Blick tastete unsicher über die prall gefüllten Regale und die Stapel von Kisten und Ballen dazwischen. »Es ist zu viel«, murmelte er.

Skar blieb ebenfalls stehen. Er sah nervös zur Tür, aber hinter dem niedrigen, grauen Rechteck blieb alles ruhig. »Wie meinst du das?«, fragte er schließlich.

Andred deutete mit einer unsicheren Geste nach oben. »Ich... komme seit fünfzehn Jahren hierher«, sagte er stockend. »Aber ich habe nie ein Lagerhaus so gefüllt gesehen. Das Drachenland ist groß, Skar, und Anchor ist sein einziger Hafen. Die Schiffe können die Waren gar nicht so schnell herbeischaffen, wie sie abgeholt und verteilt werden.«

Skar schwieg verwirrt.

»Ich möchte wissen, ob es in den anderen Schuppen ebenso aussieht«, fuhr der Freisegler fort.

»Selbst wenn«, sagte Skar, »was würde das bedeuten?« Er wusste die Antwort im gleichen Moment, in dem er die Frage stellte. Gondered hatte gesagt, dass die Bewohner des Drachenlands zu den Waffen eilten. Sie hatten am eigenen Leib gespürt, *wie* ernst seine Worte gemeint gewesen waren, und jetzt dies – brauchte er wirklich noch mehr Beweise? Jemand hortete hier Vorräte, in einem Ausmaß, das jede Logik zu übersteigen schien. Welchen anderen Grund mochte es dafür geben als den, dass das Land auf einen Krieg vorbereitet wurde?

Aber Krieg?, dachte er erschrocken. *Gegen wen? Gegen eine Handvoll Quorrl?*

Oder vielleicht gegen den Rest der Welt?

Mit einem Mal ergab alles einen Sinn. Er wusste plötzlich, dass es in den anderen Schuppen ebenso aussehen würde, dass sie alle, sie und die Silos und die gewaltigen, flachen Lagerhallen, die sich am anderen Ende des Hafens aneinanderreihten, bis zum Bersten gefüllt sein würden, jetzt oder in naher Zukunft, und dass die Quorrl nichts als ein Vorwand waren. Er war blind gewesen. Blind und ziemlich überheblich dazu. Für ihn hatte die Welt nur noch aus zwei Menschen bestanden – aus Vela und ihm. Verdammter Narr, der er gewesen war! Hatte er wirklich geglaubt, dass die *Errish* die Grenzen ihres Landes sperren und Schiffe mit Hunderten von Kriegern auf das Meer hinausschicken würde, nur weil sie Angst vor *ihm* hatte? Gondered hatte ihn gesucht, aber das war nur ein kleiner Teil seines eigentlichen Auftrages gewesen, etwas, das er nebenbei mit erledigte, ebenso wie die Wächter an den Pässen und die Truppen, die irgendwo an den Grenzen nach Kohon und Larn warten würden, *auch* nach ihm Ausschau hielten.

Skar hätte sich am liebsten selbst geohrfeigt. Natürlich wusste Vela, dass er kommen würde, aber wahrscheinlich war er nicht mehr als eine winzige Figur auf einem Brett mit Millionen Spielsteinen, ein Problem, an das man vielleicht einen flüchtigen Gedanken verschwendet, während man sich auf das Hauptgeschäft konzentrierte. Ihre Pläne waren viel gewaltiger, viel größer, als er bisher in seiner Borniertheit geglaubt hatte.

Sein Racheschwur!

Sie würde über diesen Schwur lachen, sofern sie überhaupt davon wusste. Gab es einen besseren Ort als Elay, um in aller Stille einen Krieg vorzubereiten? Ein besseres Land als dieses, von dem niemand, der außerhalb seiner Grenzen lebte, *wirklich* wusste, was hier vorging, und über das mehr Gerüchte und Legenden kursierten, als es Einwohner hatte?

Er hatte eine Vision, ein rasches, schreckliches Bild, das mit Urgewalt vor seinen Augen aufstieg: Er sah ein Heer, gewaltig und schwarz und groß, wie eine Springflut über die Grenzen des Drachenlands hinausschwappend, Heereszüge, angeführt von Velas schwarzen Hornmonstern, Städte und Dörfer und Festungen schleifend, unaufhaltsam, geschützt von der Macht dieses verfluchten Steines; unbesiegbar. *Velas Heer…*

Ein einziges Menschenleben ist nicht lang genug, eine Welt zu erobern, hatte Vela gesagt. Er hatte es geglaubt, aber es war eine Lüge. Sie hatte *gewollt,* dass er es glaubte, so wie sie *gewollt* hatte, dass er sie hasste, sich nur noch auf seinen Hass und seine persönliche Rache konzentrierte und den Blick für das, was sie wirklich beabsichtigte, verlor. Mit einem Mal war ihm alles klar. Seine Flucht, sein Aufenthalt in Cosh, Dels Tod – dies alles war nichts als Theater gewesen, ein gut inszeniertes Spiel, keinem anderen Zweck dienend als dem, ihn abzulenken. Sie hatte vom ersten Moment an gewusst, dass es auf ganz Enwor nur einen

Menschen gab, der ihren Plänen wirklich gefährlich werden konnte, nämlich ihn – oder vielmehr das Ding in ihm. Und jeder Schritt, den er getan hatte, war von Vela vorausbestimmt gewesen.

»Was hast du?«

Andreds Stimme riss ihn abrupt aus seinen Gedanken. Für einen Moment hatte er die Kontrolle über sich verloren, und sein Zorn musste deutlich auf seinem Gesicht gestanden haben. Andred wirkte erschrocken, und Skar hätte beinahe laut aufgelacht, als ihm klar wurde, dass es gerade umgekehrt gewesen war, dass nicht Andred, sondern *er* kurz davor gestanden hatte, zusammenzubrechen.

»Nichts«, sagte er hastig. Seine Stimme klang belegt. »Es ist … nichts«, wiederholte er. »Lass uns gehen. Ich möchte aus der Stadt sein, wenn Gondered merkt, wie wir ihn genarrt haben.«

6. Kapitel

Hergers Haus lag in einer heruntergekommenen Gegend der Stadt, unweit des Hafens.

Sie hatten den Schuppen durch eine Hintertür verlassen, ohne aufgehalten zu werden. Andred hatte Helm und Mantel ablegen wollen, als sie aus dem direkten Sichtbereich des Hafens heraus waren, aber Skar hatte es vorgezogen, die Verkleidung noch eine Weile beizubehalten. In der Stadt herrschte trotz der späten Stunden noch reger Betrieb, und Skar fiel schon nach Kurzem die unverhältnismäßig große Zahl Bewaffneter auf – nicht nur Männer aus Thbarg wie die, auf die sie im Hafen getroffen waren, sondern reguläre Soldaten, aber auch andere Männer, die vor wenigen Tagen vielleicht noch als Kaufleute oder Handwerker ihr Brot verdient hatten und jetzt, mit Schwert, Helm und Brustschild bewehrt, Polizeidienste verrichteten. Nicht allen passten die Rüstungen, die sie trugen, und eine ganze Anzahl von ihnen wirkte eher lächerlich als furcht- oder wenigstens respekteinflößend. Und noch etwas fiel Skar auf: Nicht allen schien die Rolle zu gefallen, in die man sie gepresst hatte.

Skar und Andred bewegten sich rasch durch das dichter werdende Gewühl der Altstadt und blieben kein einziges Mal stehen, aber Skar spürte die feindseligen Blicke, die ihnen viele Bewohner Anchors hinterherschickten, sehr deutlich. Die Thbarg schienen eher Besatzungs- als Schutzmacht zu sein. Trotzdem war Skar nach wenigen Augenblicken froh, weiter den Mantel eines Thbarg zu tragen. Man ging ihnen aus dem Weg, und die beiden vermeintlichen Kaperschiffer fielen deshalb weniger auf als ein verletzter Freiseglerkapitän und ein Satai.

Andred übernahm die Führung, als sie in die verwinkelten Gassen der Altstadt vordrangen. Er hielt sich erstaunlich gut, bedachte man die Umstände, aber Skar fiel auch auf, dass Andreds Gang zwar nicht langsamer, aber merklich gezwungener und steifer wurde und sein linker Arm inzwischen vollkommen nutzlos herabhing. Die Hand hatte er, wie in einer zufälligen Geste, in einen Zipfel des Mantels gewickelt. Es hätte eine Blutvergiftung sein können, nach allem, was Skar gesehen hatte. Aber es ging zu schnell.

»Dort vorn ist es«, sagte Andred nach einer Weile.

Skar folgte seinem Blick und gewahrte ein niedriges, aus morschen Lehmziegeln erbautes Haus, das selbst in dieser heruntergekommenen Umgebung noch schäbig wirkte. Die Tür bestand aus rohen Brettern, die lieblos zusammengenagelt waren und das Licht hindurchscheinen ließen. Über der Tür war ein verblichenes Schild angebracht, aber die Schrift war unleserlich und war es vermutlich schon gewesen, als die Farbe noch frisch war. Rechts und links des Einganges hingen ein paar zerfranste Netze, Enterhaken und allerlei anderer Kleinkram, offensichtlich Muster der Waren, die Herger feilbot. Nicht eines der Teile befand sich in einem Zustand, der des Stehlens wert gewesen wäre.

Andred trat mit einem raschen Schritt in die Gasse, sah sich misstrauisch um und streifte dann Helm und Mantel ab. Skar folgte seinem Beispiel, nachdem er sich davon überzeugt hatte, dass niemand sie sah. Es war vielleicht nicht gut, in der Maske thbargscher Krieger zu Herger zu kommen.

Skar wickelte seinen und Andreds Helm in einen der Mäntel, drehte das Ganze zu einem straffen Bündel zusammen und faltete aus dem zweiten Umhang einen improvisierten Sack. Die blaue Farbe würde kaum auffallen. Skar hatte noch nicht viel von Anchor gesehen, aber er war selten in eine Stadt gekommen, deren Bewohner so farbenfroh (oder geschmacklos – das kam auf den Standpunkt an) gekleidet waren wie die Anchors.

Andred sah sich noch einmal sichernd um, trat mit einem entschlossenen Schnauben an die Tür und klopfte. Das Licht, das durch die dünnen Ritzen fiel, flackerte, und Skar hörte leise, schlurfende Schritte. Trotzdem dauerte es lange, bis die Tür aufschwang. Ein dunkles, misstrauisches Augenpaar lugte zu ihnen hinaus.

»Andred?«, fragte der Mann zweifelnd.

Andred nickte ungeduldig, hob die Hand und drückte so kräftig gegen die Tür, dass der Mann dahinter zurückgeschoben wurde. Er huschte ins Haus, winkte Skar ungeduldig, ihm zu folgen, und schob die Tür wieder zu.

Skar unterdrückte ein Grinsen, als er den massiven, schmiedeeisernen Riegel sah, mit dem die Tür gesichert war. Der Riegel mochte selbst dem Ansturm eines Banta standhalten – aber er würde nicht viel nutzen, weil das morsche Holz der Tür schon unter einem halbherzigen Fußtritt zersplittern würde.

»Was willst du hier?«, fragte der Mann, der ihnen geöffnet hatte.

Skar besah ihn sich genauer. Er war alt – wie alt wirklich, war nicht zu sagen, denn sein Gesicht bestand zum Großteil aus einer verwüsteten Kraterlandschaft von Pockennarben und Schorf –, hatte strähniges braunes Haar und roch, als hätte er das letzte Mal nach seiner Geburt gebadet. Sein Blick irrte unstet zwischen Skar und Andred hin und her. Er hatte Angst.

»Ist Herger zu Hause?«, fragte Andred, ohne auf die Frage einzugehen.

Der Alte nickte. »Ja, aber ...«

»Ruf ihn.«

Für einen Moment schien der Alte widersprechen zu wollen, dann wandte er sich mit einer beinahe hastigen Bewegung um, schlurfte durch den Raum und verschwand durch eine schmale, mit einem zerschlissenen Vorhang versehene Tür.

Skar sah ihm stirnrunzelnd nach. »Wer ist das?«, fragte er.

Andred zuckte mit den Schultern. »Irgend so ein verrückter Alter, der sich hier sein Gnadenbrot verdient. Herger hat viele Leute, die für ihn arbeiten. Ich sagte dir doch, dass sich hier das seltsamste Gelichter herumtreibt.« Er lächelte aufmunternd, als er Skars besorgte Miene sah. »Keine Angst«, sagte er. »Ich kenne ihn seit fünfzehn Jahren. Er ist vertrauenswürdig – zumindest Männern gegenüber, bei denen nichts zu holen ist«, fügte er ironisch hinzu.

Skar knurrte etwas Unverständliches und besah sich das Innere des Ladens. Der Raum war nicht groß, aber bis in den letzten Winkel vollgestopft – mit Gerümpel. Skar fiel beim besten Willen kein anderes Wort dafür ein. Was hier, verteilt auf Regale und Bänke und Kisten und provisorische Gestelle oder auch einfach auf dem Fußboden aufgestapelt war, waren zumeist Teile von Schiffsausrüstungen, soweit er in diesem Müllhaufen überhaupt einen Sinn erkennen konnte, aber auch anderer Kleinkram, der irgendwann vor einem Jahrhundert oder länger einmal zu irgendetwas nützlich gewesen war. Es war nicht ein Teil darunter, für das er auch nur den Schmutz unter seinen Fingernägeln hergegeben hätte.

»Wovon lebt dein Freund eigentlich?«, fragte er nach einer Weile.

»Herger?« Andred lächelte dünn. »Offiziell ist er so eine Art Trödler. Es gibt immer wieder einen, der das eine oder andere aus diesem Abfallhaufen gebrauchen kann.«

»Und inoffiziell?«

Diesmal antwortete Andred nicht gleich. »Schmuggler«, sagte er dann, zuckte aber unmittelbar darauf mit den Achseln, um klarzumachen, dass es wohl nicht mehr als eine Vermutung war. »Er kennt jeden und alles, und wenn du irgendeine Information brauchst, dann bekommst du sie hier.«

Skar schwieg einen Moment. Halbwegs hatte er

diese Antwort erwartet. Männer wie Herger gab es in jeder Stadt – Männer, die einem für eine kleine Münze einen Führer verschafften, die die besten Bordelle und die billigsten Tavernen kannten, die eine erstaunliche Anzahl von Neffen, Onkeln, Brüdern und Schwestern in jedem Geschäft und jedem Amt der Stadt aufzuweisen hatten und bei denen man für eine etwas größere Münze auch schon einmal einen Dolch mitsamt der dazugehörigen Hand kaufen konnte. Es gefiel ihm nicht. Wenn es jemanden gab, der ihn und Andred verstecken und unauffällig aus der Stadt herausbringen konnte, dann war es vermutlich Herger. Aber genauso wahrscheinlich würde er auf Gondereds Liste ganz oben stehen, wenn der Thbarg daranging, die Stadt zu durchkämmen.

»Du siehst nicht sehr zufrieden aus«, sagte Andred.

Skar versuchte zu lächeln, aber es misslang. »Du hast recht«, murrte er. »Ich schlage vor, dass wir so rasch wie möglich hier verschwinden. Wenn du mich fragst, ist Gondered spätestens morgen bei Sonnenaufgang hier.«

»Du irrst dich, Satai«, sagte eine Stimme von der Tür her.

Skar fuhr herum und legte instinktiv die Hand auf den Schwertgriff. Der Vorhang war beiseitegeschlagen worden, so leise, dass Skar nicht einmal das Rascheln von Stoff gehört hatte, und unter dem Durchgang war ein dunkelhaariger, schlanker Mann erschienen. Er war groß, fast eine Handspanne größer als Skar, aber von so schlankem Wuchs, dass er kleiner wirkte. Und er war sehr jung, vielleicht dreißig. Wenn das Herger war, dann musste Andred ihn praktisch schon als Kind gekannt haben.

»Mein alter Freund Andred«, fuhr der Mann fort, »der größte Schmuggler zwischen hier und der östlichen Küste. Und ein leibhaftiger Satai?« Er lächelte, schüttelte den Kopf und kam mit katzenhafter Geschmeidigkeit näher. Skar änderte sein erstes Urteil über Herger, als er die Weise sah, in der er sich bewegte. Dieser Mann war gefährlich. »Du bist der Mann, den sie suchen«, fuhr Herger fort, nachdem er auf Armlänge vor Skar stehen geblieben und ihn einen Moment lang gemustert hatte. »Kräftig, nicht mehr ganz jung und ein Gesicht, das irgendwann einmal jemand versucht hat aufzuschneiden.«

»Beschreibt man mich so?«, fragte Skar.

Herger lächelte. »*Man* nicht, aber Gondered. Und du hast dich geirrt, Skar – er wird nicht morgen, sondern in wenig mehr als einer Stunde hier sein. Ich erwarte ihn.«

»Was hast du mit diesem Hund zu schaffen?«, fragte Andred. Seine Stimme klang nur eine ganz kleine Spur schriller als gewohnt, aber sowohl Skar als auch Herger bemerkten es.

»Nichts, was dich beunruhigen müsste«, erwiderte Herger ruhig. »Und jetzt kommt erst einmal mit nach hinten. Ihr seht beide aus, als könntet ihr eine Tasse heiße Brühe und trockene Kleider vertragen.«

Andred wollte noch etwas sagen, aber Herger wandte sich mit einer raschen Bewegung um und ging, sodass sie ihm folgen mussten.

Der angrenzende Raum unterschied sich kaum von dem, aus dem sie kamen. Er war ein wenig größer und nicht ganz so überladen, aber auch er glich eher einem Abfalldepot als einem Laden oder gar einem Zimmer, in dem ein Mensch wohnen konnte.

Herger deutete wortlos auf eine schmale Couch und verschwand durch eine weitere Tür, ehe Skar Gelegenheit zu irgendwelchen Fragen hatte. Andred ließ sich mit einem Laut der Erschöpfung auf das zerschlissene Möbel sinken, griff vorsichtig mit der rechten Hand nach seiner verletzten Linken und legte sie in seinen Schoß. Skar fiel auf, dass er einen Zipfel seines Hemdes darüberlegte, als wolle er die Verletzung selbst hier noch verbergen. Sein Gesicht glänzte vor Schweiß, obwohl der Raum nicht geheizt war, und als Skar sich neben Andred setzte, stieg ihm ein schwacher übler Geruch in die Nase.

»Ist er vertrauenswürdig?«, vergewissert er sich noch einmal mit einer Kopfbewegung zur Tür hin, durch die Herger verschwunden war.

Andred nickte. »Absolut. Ich kenne ihn, seit er ein Kind war. Und er hasst die Thbarg so sehr wie ich.«

Skar sah den Freisegler misstrauisch an. Dessen Stimme klang wieder ruhig, zu ruhig. Das war nicht die Stimme eines Mannes, der vor Stundenfrist sein Schiff und seine Mannschaft verloren hatte. Aber Skar kam nicht dazu, eine entsprechende Frage zu stellen. Die Tür wurde laut geöffnet, und Herger kam – ein frisches Tuch über dem Arm – zurück. In seiner Begleitung war der Alte, der sie eingelassen hatte. Herger lächelte und kniete vor Andred nieder.

»Zeig deinen Arm«, sagte er.

Andreds Rechte zuckte mit einer fast erschrockenen Bewegung herab und legte sich auf die verwundete Hand.

Herger seufzte, griff nach Andreds Gelenk und drückte den Arm ohne sichtliche Kraftanstrengung beiseite. Sein Gesicht nahm einen besorgten Ausdruck an, als er die schwärzliche Verfärbung sah. Andreds linke Hand war verkrümmt wie eine Kralle. Wenn er einen Krampf hatte, dann musste er fast unerträgliche Schmerzen ausstehen.

»Wie lange hast du das schon?«, fragte er.

Andred antwortete nicht, und Herger wandte sich mit einem fragenden Blick an Skar.

»Nicht lange«, murmelte Skar. »Eine Stunde – zwei, allerhöchstens. Seit wir von Bord des Schiffes geflüchtet sind.«

Es dauerte einen Moment, bis Herger begriff. »Das ... das Schiff, das im Hafen gebrannt hat, war die SHANTAR?«, fragte er ungläubig.

Skar nickte.

»Sie haben uns in eine Falle gelockt«, sagte er düster. »Gondereds Männer haben im Hafen auf uns gewartet. Du wusstest es nicht?«

Herger schüttelte verwirrt den Kopf. »Ich ... Gondered sagte, dass ... dass sie einem Piraten auflauern wollen«, sagte er stockend.

Skar verzog misstrauisch das Gesicht. »Seit wann haben Piraten Satai an Bord?«

Herger schien dem Gedankensprung nicht sofort folgen zu können. Dann zuckte er zusammen, lächelte und beugte sich wieder über Andreds Hand. »Das eine hat mit dem anderen nichts zu tun«, sagte er, ohne Skar anzusehen. »Aber darüber reden wir später. Jetzt kümmere ich mich erst einmal um deine Hand.« Der letzte Satz galt Andred.

Herger berührte seine Fingerknöchel. Die Berührung war sehr flüchtig, aber Andred zuckte trotzdem vor Schmerz zusammen und stieß ein leises Stöhnen aus.

»Zwei Stunden, sagst du?«, fragte Herger zweifelnd.

»Allerhöchstens«, bestätigte Skar an Andreds Stelle.

Herger überlegte wieder einen Moment, zog dann einen schmalen Dolch aus dem Stiefelschaft und begann Andreds Hemd säuberlich von der Manschette bis zur Schulter aufzuschneiden.

Skar fuhr zusammen, als er die abgebrochene Pfeilspitze sah, die dicht oberhalb des Ellbogengelenks aus dem Arm des Freiseglers ragte. Die Wunde hatte kaum geblutet, aber rings um die Pfeilspitze herum war die Haut schwarzblau verfärbt, und ein dünner, wie mit einer Tuschfeder gezeichneter Strich zog sich über den Arm bis zum Ellbogen, um dort in einer Explosion von Blau und schließlich Schwarz Besitz von seiner Hand zu ergreifen.

»Gift«, sagte Herger trocken. »Sie haben auf euch geschossen? Ihr seid verfolgt worden?«

Skar schüttelte verwirrt den Kopf. Andred musste getroffen worden sein, als sie noch an Bord des Schiffes gewesen waren. *Gondereds Männer sind wirklich gründlich gewesen*, dachte er grimmig. Nicht genug, dass sie die SHANTAR in eine Fackel verwandelt hatten – sie hatten das brennende Schiff auch noch mit Pfeilen überschüttet. Vergifteten Pfeilen dazu.

»Warum hast du nichts gesagt?«, fragte er. »Narr!«

Andred wandte müde den Kopf. »Was hätte ich sagen sollen?«

Herger unterbrach die Unterhaltung mit einer bestimmenden Geste. »Streiten könnt ihr euch später«, sagte er. »Jetzt muss erst einmal die Wunde versorgt werden.«

Andred nickte. »Gib mir einen Becher Wein. Den stärksten, den du hast. Und dann schneid das verdammte Ding raus.«

»Den Teufel werd ich tun«, gab Herger zurück. »Du gehst jetzt in mein Schlafgemach und legst dich hin, und ich schicke nach einem Heiler. An *der* Wunde schneide ich nicht herum.«

Andred wollte protestieren, aber Herger hörte gar nicht hin. Er gab seinem Gehilfen einen Wink, zog Andred mit sanfter Gewalt hoch und führte ihn aus dem Raum. Der Freisegler wankte, und die beiden Männer schleppten ihn mehr, als dass er aus eigener Kraft ging.

Skar spürte plötzlich seine Müdigkeit. Doch er wollte nicht schlafen. Es gab zu viel zu bedenken, zu vieles abzuwägen und zu entscheiden. Er konnte nicht hierbleiben, weder für die Nacht noch für wenige Stunden. Wahrscheinlich hatte Gondered bereits die Leichen seiner beiden Männer gefunden. Wenn er, Skar, zu lange zögerte, würden sich Anchors Tore schließen, und er war erneut gefangen.

Aber die Müdigkeit war stärker als sein Wille. Er

schlief nicht ein, verfiel jedoch in einen Dämmerzustand, in dem er seine Umgebung zwar noch wahrnahm, aber kaum mehr fähig war, einen klaren Gedanken zu fassen.

Als Herger nach einer Weile zurückkam und laut die Tür hinter sich zuwarf, schrak Skar hoch und fand verwirrt in die Wirklichkeit zurück.

Herger grinste, nahm mit untergeschlagenen Beinen auf dem Boden Platz und reichte Skar eine Schüssel mit dampfender Suppe.

»Andred schläft«, sagte er, während Skar nach dem hölzernen Löffel griff und zu essen begann. Der Gedanke an Speise und Trank war ihm bisher nicht einmal gekommen, aber nach den ersten behutsamen Schlucken meldete sich sein Magen ungestüm zu Wort, und er aß schneller.

»Schlag ruhig zu«, sagte Herger auffordernd. »Du kannst auch Andreds Portion noch haben. Ich glaube nicht, dass er im Moment große Lust zum Essen hat.«

»Wie geht es ihm?«, fragte Skar.

Das Lächeln auf Hergers Gesicht erlosch. »Nicht gut«, sagte er ernst. »Ich bin kein Heilkundiger, aber ich habe genug Verletzungen gesehen. Seine ist keine von der harmlosen Art. Er hat dir nichts gesagt?«

Skar schüttelte den Kopf.

»Dieser Narr«, fuhr Herger fort. »Du hättest den Pfeil herausschneiden und das Gift aus der Wunde saugen können. Jetzt ist es zu spät dafür. Ich fürchte, er wird die Hand verlieren. Zumindest wird sie steif bleiben.«

Skar aß wortlos weiter und griff, nachdem er die

erste Schale geleert hatte, auch noch nach Andreds Suppe. Jetzt wurde ihm vieles klar. Das Gift musste, während sie auf dem Weg hierher gewesen waren, bereits Andreds Gehirn erreicht und seine Sinne umnebelt haben. Es war nicht der Schock, der ihn hatte abstumpfen lassen. Und dieser Narr hatte nichts gesagt, wahrscheinlich aus Furcht, Skar mit seiner Verwundung noch mehr zu belasten. Skar schüttelte den Kopf, seufzte und fragte: »Kannst du ihn hierbehalten?«

»Andred?« Herger nickte, zog die Knie an und umschlang sie mit den Armen; eine Haltung, die nicht zu seiner Erscheinung passte. Er war nicht halb so gelassen, wie er vorgab. »Natürlich. Er ist mein Freund.«

»Aber er wird gesucht«, sagte Skar. »Und ich werde mich kaum um ihn kümmern können. Ich muss fort.«

»Er ist sicher bei mir«, sagte Herger. »Und du auch. Ich habe ein zweites Zimmer, hinten im Anbau. Du kannst dort schlafen, wenn du willst.«

Skar schüttelte den Kopf.

»Und was treibt dich zu solcher Eile?«

Skar nahm einen weiteren Löffel Suppe, ehe er antwortete: »Es ist besser, wenn du nichts weißt.«

»Misstraust du mir?« Herger grinste. »Ich bin verschwiegen, Satai. Man kann sagen, ich lebe von meiner Verschwiegenheit – manchmal. Aber ich bin auch neugierig.«

»Auf meinen Kopf ist wahrscheinlich ein hübscher Preis ausgesetzt«, sagte Skar lauernd.

»Wahrscheinlich«, entgegnete Herger ungerührt. »Aber ich hätte nicht viel davon, dich auszuliefern. Gondered würde mir das Geld bei der nächsten Gelegenheit wieder abnehmen. Außerdem – wer hat schon gern einen Satai zum Feind?«

»Reicht dir Andreds Schicksal nicht?«, fragte Skar ruhig. »Ich habe ihn ins Vertrauen gezogen. Du siehst, was ihm widerfahren ist.«

Zu seiner Überraschung begann Herger leise zu lachen. »Der Mann mit dem Fluch«, sagte er. »Man hat mich gewarnt, dass du verrückt sein sollst.«

»So?«, erwiderte Skar.

Herger nickte. »Ich weiß eine Menge über dich, Skar – sogar deinen Namen. Machen wir ein Geschäft – du sagst mir, was ich wissen will, und ich helfe dir, wenn ich kann. Ich habe eine Menge Freunde in der Stadt.«

»Ich habe nicht vor, allzu lange in Anchor zu bleiben«, antwortete Skar kalt. Ihr Gespräch war schon lange keine harmlose Plauderei mehr. Herger wusste genau, was er wollte. »Wo hast du von mir gehört?«, wollte er wissen. »Und was?«

Herger zögerte einen Moment, stand auf und zog sich einen zersprungenen Korbsessel mit abgebrochener Lehne heran, um sich darauf niederzulassen. »Ich habe Freunde in der Stadt«, sagte er noch einmal. »Und einer von ihnen hat mir berichtet, dass er ein Gespräch zwischen diesem Hundsfott von Thbarg und einem seiner Offiziere belauscht habe. Sie haben Anweisung bekommen, auf einen Satai zu achten, der vielleicht versuchen würde, über Anchor in das Land zu gelangen. Einen Verrückten«, fügte er mit undeutbarer Betonung hinzu. »Man behauptet, du wärest hier, um eine *Errish zu* töten. Stimmt das?«

Es kostete Skar Mühe, sich seinen Schrecken nicht

anmerken zu lassen. Ein weiterer Punkt für Vela. Sie ließ ihn jagen, damit hatte er gerechnet. Womit er nicht gerechnet hatte, war die Offenheit, mit der sie dabei zu Werke ging. Sie log nicht einmal, sondern verdrehte die Wahrheit nur ein kleines bisschen. Schließlich *war* er hergekommen, um eine *Errish zu* töten.

»Natürlich nicht«, sagte er. »Ich bin vielleicht verrückt, aber so verrückt nun auch wieder nicht.«

»Warum bist du dann hier?«, fragte Herger lauernd. »Und warum sucht dich die halbe Armee?«

»Ich ... suche jemanden«, gestand Skar nach kurzem Überlegen. Vielleicht war es das Beste, sich – für einen Moment wenigstens – Velas eigene Taktik zu eigen zu machen. Und hatte er nicht selbst – irgendwann, vor tausend Jahren und in einem anderen Leben – einmal zu Del gesagt, er solle, wenn es schon nötig war zu lügen, so nahe wie möglich bei der Wahrheit bleiben? »Aber es ist keine *Errish*«, fügte er hinzu.

»Wer dann?«

»Wer hat diese Armee aufgestellt?«, wollte Skar wissen, statt eine Antwort zu geben. »Und warum?«

Auf Hergers Stirn erschien eine Falte. »Sie ziehen überall Truppen zusammen. Und ich hörte, dass die Händlerkarawanen nicht abreißen. Das sieht mir verdammt nach Vorbereitungen für einen Krieg aus. Aber das sind Vermutungen, ich kümmere mich nicht um Politik. Schlechte Zeiten sind gute Zeiten für mich«, fügte er verschlagen hinzu. »Ich mache dir ein Angebot, Skar: Ich habe Freunde, auch außerhalb Anchors. Ich sorge dafür, dass du ungefährdet aus der Stadt und dorthin gelangst, wohin du willst.«

»Und was verlangst du dafür?«

»Informationen«, erwiderte Herger. »Du sagst mir, was du unterwegs siehst und hörst.« Er zuckte mit den Schultern und starrte scheinbar versonnen gegen die Decke. »Und was dieses ganze Affentheater soll.«

»Ich denke, du interessierst dich nicht für Politik?«

»Wenn es mir einen Vorteil bringt, schon«, gestand Herger grinsend. »Das Wissen, wann und wo ein Krieg ausbricht, kann Gold wert sein, Satai.«

Skar wusste für einen Moment nicht, ob er Herger nun bewundern oder verachten sollte. Die Vorstellung war verlockend. Er traute ihm durchaus zu, dass er ihn aus der Stadt und sicher bis Elay bringen lassen konnte, und der Preis, den er verlangte, war nicht hoch, genau genommen war er gleich null – wenn Skar sein Ziel erreichte, würde es keinen Krieg geben, und wenn er vorher starb, ging Herger ebenfalls leer aus. Andererseits war Herger letztlich nicht mehr als ein Spitzel und Hehler, und seine Freunde waren gemeine Straßenräuber oder noch Schlimmeres. Wahrscheinlich würden sie Skar bei der ersten sich bietenden Gelegenheit den Hals abschneiden oder an Velas Häscher verkaufen. Die Geschichte von Räubern und Ausgestoßenen, die sich im Moment der Gefahr erhoben und ihr Leben für die gerechte Sache und das Volk einsetzten, gehörte ins Reich der Fantasie.

»Ich ... werde darüber nachdenken«, sagte er müde.

In Hergers Augen blitzte es auf. Er wusste, dass es nicht mehr als eine Ausflucht war. Und er hatte wohl auch nie ernsthaft mit einem Ja gerechnet.

»Du wirst auf jeden Fall die Nacht über hierbleiben«, sagte er bestimmt. »Morgen lasse ich dich aus der Stadt bringen.«

Skar wollte protestieren, aber Herger ließ ihn nicht zu Wort kommen. »Ich weiß ja, dass ihr Satai große Helden seid«, sagte er spöttisch. »Männer aus Stahl, die nichts umwirft. Im Nebenzimmer hängt ein Spiegel, Skar. Sieh hinein, ehe du mir antwortest. Wenn du jetzt losgehst, schläfst du im Laufen ein und wirst erst wach, wenn du gegen den nächsten Posten gerannt bist.« Er stand auf und deutete mit einer Kopfbewegung zur Tür. »Ich zeige dir dein Zimmer.«

»Warum tust du das?«

»Nimm an, weil du ein Freund von Andred bist.«

»Unsinn«, knurrte Skar.

Herger nickte. »Sicher ist es Unsinn. Aber es klingt gut. Die Gesellschaft eines berufsmäßigen Helden verleitet dazu, pathetisch zu werden, weißt du?« Er wurde übergangslos ernst. »Ich kann es mir gar nicht leisten, dich jetzt gehen zu lassen«, sagte er. »Wenn sie dich schnappen, werden sie bald wissen, *wer* dir geholfen hat. Und ich möchte meinen Kopf noch eine Weile auf den Schultern tragen.«

Skar zögerte noch immer. Hergers Worte klangen vernünftig – beinahe ein bisschen *zu* vernünftig.

»Man kann das Misstrauen auch übertreiben, Satai«, fuhr Herger ungeduldig fort. »Wenn ich dich hätte verraten wollen, hätte ich es längst getan. Es ist nicht weit bis zum Hafen.«

Skar erhob sich schwerfällig. Seine Muskeln waren steif, und das Essen und die Ruhe hatten ihn müde werden lassen. Ohne ein weiteres Wort folgte er Herger.

Sie gingen durch einen niedrigen, fensterlosen Gang und betraten ein winziges Zimmer am hinteren Ende des Hauses. Durch das offen stehende Fenster drangen Sternenlicht und die Geräusche der Straße, und ein schwerer, süßlicher Geruch hing in der Luft.

Herger deutete mit einer Kopfbewegung auf die strohgedeckte Pritsche unter dem Fenster. »Wahrscheinlich bist du Besseres gewohnt«, sagte er. »Aber das ist alles, was ich dir bieten kann. Jedenfalls bist du hier sicher. Ich wecke dich kurz vor Sonnenaufgang.« Er wandte sich um, streckte die Hand nach dem Türgriff aus und hielt noch einmal inne. »Tür und Fensterläden haben Riegel«, sagte er mit sanftem Spott. »Du kannst sie vorlegen, wenn du dich fürchtest.«

»Eine Frage hast du noch nicht beantwortet«, sagte Skar ruhig. »Gondered. Was hast du mit ihm zu schaffen? Warum kommt er hierher?«

Für den Bruchteil eines Lidzuckens glaubte Skar Schrecken auf Hergers Zügen auszumachen. Dann hatte er sich wieder in der Gewalt. »Ich dachte mir, dass du das noch einmal fragen würdest«, seufzte er. »Gondered ist oft hier, genau wie seine Offiziere, die Männer der Stadtgarde…« Er breitete die Arme aus, drehte die Handflächen nach oben und zauberte ein absichtlich übertrieben-verschmitztes Lächeln auf seine Lippen. »Man muss leben, Skar. Woher, glaubst du, bekomme ich meine Informationen?«

Skar öffnete den Mund, um noch etwas zu sagen, beließ es dann aber bei einem Achselzucken.

Herger nickte, fuhr auf dem Absatz herum und zog die Tür hinter sich zu. Seine Schritte verklangen auf dem Korridor. Wenige Augenblicke später fiel eine zweite Tür ins Schloss, weiter entfernt und gedämpft, und Schweigen breitete sich im Raum aus.

Skar schlurfte mit hängenden Schultern zum Bett, ließ sich auf die Kante sinken und schloss die Augen. Er fühlte sich müde, müde und schwach und hilflos wie ein alter Mann. Die Situation war absurd – er hatte sich auf Gedeih und Verderb einem Mann ausgeliefert, dem er normalerweise nicht einmal dann über den Weg getraut hätte, wenn er das Messer an seiner Kehle hätte. Aber er hatte nicht mehr die Kraft, sich wirklich Gedanken darüber zu machen.

Er ließ sich zurücksinken, rutschte einen Moment unruhig hin und her, um auf der harten Pritsche eine einigermaßen bequeme Lage zu finden, und starrte zu dem geöffneten Fenster. Von draußen drangen die verschiedenen Geräusche der Stadt herein, und der Wind trug Salzwassergeruch mit sich. Für einen Moment vermeinte Skar, brennendes Holz und schmorende Körper zu riechen, aber das war natürlich Einbildung.

Nach einer Weile hörte er Stimmen; die von Herger und eine andere, tiefere. *Vielleicht Gondered*, dachte er, *der gerade mit Herger über den Preis meines Kopfes feilscht.*

Aber noch während er diesen Gedanken dachte, schlief er ein.

7. Kapitel

Es war eine unruhige Nacht gewesen. Er hatte geträumt – irgendwelches wirres Zeug, an das er sich beim Erwachen nicht erinnern konnte, das aber einen unangenehmen Nachgeschmack und einen dumpfen Druck wie von einer noch weit entfernten, aber bereits spürbaren Gefahr hinterließ. Ganz im Gegensatz zu seinen normalen Gewohnheiten blieb er noch ein paar Sekunden liegen, nachdem Herger ihn geweckt hatte. Vor dem Fenster herrschte noch Dunkelheit, aber über der gezackten Schattenlinie der Stadt zeigte sich bereits ein schmaler grauer Streifen. Kälte und Feuchtigkeit waren während der Nacht in das Haus gekrochen, und das Stroh, auf dem er lag, war klamm.

Herger runzelte missbilligend die Stirn, als er sah, wie Skars Hand instinktiv zum Gürtel fuhr und nach dem Schwertgriff tastete. »Es ist noch da«, sagte er spöttisch. »Nicht einmal ich bin verrückt genug, ein *Tschekal* zu stehlen, obwohl ich es gerne einmal anfassen würde. Darf ich?«

Skar benötigte einen Moment, um zu begreifen, was Herger wollte. Irgendetwas stimmte nicht mit seinem Kopf. Seine Gedanken bewegten sich nur träge, und er hatte Mühe, sich überhaupt darauf zu besinnen, wo er war.

Er setzte sich auf, legte die Unterarme auf die Knie und ließ die Hände herabsinken. Sein Rücken war steif, und er spürte schmerzhaft jeden einzelnen Strohhalm, auf dem er gelegen hatte. Er hatte Durst. »Was ist… mit Andred?«, murmelte er verschlafen.

Hergers Gesichtsausdruck wurde eine Spur ernster. »Der Heiler war gestern Nacht noch hier«, sagte er. »Er wird leben, aber die Hand bleibt steif.« Er bewegte sich unruhig und mit den unsicheren kleinen Gesten eines Mannes, der vergeblich darum bemüht ist, sich seine Ungeduld nicht anmerken zu lassen. »Ich habe ein Frühstück vorbereitet«, sagte er. »Und draußen im Stall steht ein Pferd für dich bereit. Hast du über meinen Vorschlag nachgedacht?«

Skar fuhr sich müde mit den Händen über das Gesicht. »Was?«, erwiderte er. »O ja, sicher. Wir… reden später darüber.« Er stand auf, sah – mehr aus Gewohnheit – aus dem Fenster und blickte einen Moment lang müde auf das Treiben draußen auf der Straße. In den meisten Häusern brannte Licht, Männer hasteten vorbei, zum Teil nur als dunkle Umrisse und an ihren Bewegungen zu erkennen, zum Teil mit Fackeln oder kleinen, flackernden Öllampen. Anchor schien niemals ganz zur Ruhe zu kommen.

Eine seltsame Stimmung nahm von ihm Besitz. Obwohl er lange und trotz allem gut geschlafen hatte, ergriff ihn wieder Müdigkeit, eine Müdigkeit ganz eigener Art. Für einen kurzen Moment wurde er sich seines Körpers auf fast schmerzhafte Weise bewusst, und er glaubte jeden Schritt zu spüren, den er seit seinem Weggang aus Ikne gemacht hatte.

Er straffte sich, drehte sich zu Herger herum und deutete mit einer übertrieben heftigen Kopfbewegung zur Tür. »Gehen wir«, sagte er. »Ich bin schon viel zu lange hier.«

Herger lächelte, öffnete die Tür und wartete, bis Skar an ihm vorbei aus dem Zimmer getreten war.

Das Haus war so still wie am Vorabend, aber durch die dünnen Wände drang der Lärm der erwachenden Stadt herein, und ein schwacher Geruch nach gebratenem Fleisch hing in der Luft.

»Wie komme ich aus der Stadt?«, fragte Skar, nachdem sie wieder den Geschäftsraum erreicht und Herger mit einer einladenden Geste auf die durchgesessene Couch gedeutet hatte.

»Es gibt ein schmales Fluchttor an der Westseite«, erklärte Herger. »Ich habe die Wache bestochen. Du wirst hindurchgelassen, ohne dass man Fragen stellt.«

»Bestochen?«, fragte Skar.

Herger grinste. »Ich bin Geschäftsmann, Satai. Man muss investieren, wenn man Gewinn machen will.«

Skar setzte sich, griff nach dem Fleisch, das Herger ihm anbot, und begann zu essen. Er war nicht sehr hungrig, aber es konnte lange dauern, bis er wieder zum Essen kam. »Es wäre möglich, dass du ein Verlustgeschäft machst«, sagte er kauend.

Herger zuckte gleichmütig mit den Schultern. »Mal gewinnt man, mal verliert man, Skar. Und du hast noch nicht geantwortet.«

Skar sah auf. Herger hielt seinem Blick einen Moment lang stand und sah dann weg.

»Nein?«, murmelte Skar. »Habe ich nicht?«

Herger lächelte unsicher. »Doch, du hast. Aber ich gebe nicht auf. Wenn du irgendwann einmal Hilfe brauchst, dann erinnere dich an mich.«

Skar aß mit erzwungener Ruhe weiter, ohne zu antworten. Hergers Angebot *war* verlockend, trotz allem. Elay war weit, und wenn auch nur ein Bruchteil der Gerüchte, die über das Drachenland im Umlauf waren, zutrafen, würde der Weg dorthin schwerer werden, als es die Wanderung nach Combat und ihre Odyssee über die toten Ebenen von Tuan zusammen gewesen waren.

Aber dann fiel ihm Andred ein, und jeder Gedanke daran, Hergers Hilfsangebot anzunehmen, erschien ihm mit einem Mal lächerlich. Er stellte den hölzernen Teller ab, spülte den letzten Bissen mit einem Schluck Wasser hinunter und stand mit einem Ruck auf. »Ich habe schon viel zu vielen Unglück gebracht«, sagte er. »Und ich bin viel zu lange hiergeblieben. Lass uns gehen.«

Herger schien noch etwas sagen zu wollen, aber ein Blick in Skars Augen überzeugte ihn davon, dass jedes weitere Wort nur Zeitverschwendung war. »Vielleicht hast du recht«, murmelte er nach einer Weile. »Je eher du aus der Stadt heraus bist, desto besser. Für uns beide.« Er wandte sich um, hantierte eine Weile an einer offen stehenden Kiste herum und reichte Skar einen zusammengerollten dunkelbraunen Umhang. »Zieh das an«, sagte er.

Skar griff nach dem Mantel, wickelte ihn auseinander und betrachtete ihn stirnrunzelnd. »Die Kleidung eines Sekal?«, fragte er zweifelnd.

»Warum nicht? Auf diese Weise spricht dich

wenigstens niemand an. Und wenn du aus der Stadt bist, kannst du ihn ja wegwerfen. Nun mach schon. Und gib acht, dass niemand deine Waffen sieht. Ein Sekal mit einem Schwert…« Er grinste, lehnte sich gegen die Wand und verschränkte die Arme vor der Brust. Das dünne Hemd spannte sich deutlich über seinen Muskeln. Er war kräftiger, als Skar bisher aufgefallen war.

Skar legte den Mantel neben sich, schnallte – sichtlich zögernd – den Waffengurt ab und drehte ihn sorgfältig zusammen. Hergers Blick heftete sich auf sein Schwert.

»Darf ich es… einmal in die Hand nehmen?«, wiederholte er seine Bitte von vorhin.

Skar sah ihn einen Herzschlag lang durchdringend an. Dann zog er die schlanke Klinge aus der Scheide und reichte sie Herger. Der Schmuggler griff – ebenfalls zögernd – nach dem Schwert, hielt es an Griff und Spitze und drehte es bewundernd. »Eine fantastische Waffe«, murmelte er. »Man sagt ihr wahre Wunderdinge nach. Stimmt es, dass sie Stahl schneidet?«

Skar musste gegen seinen Willen lächeln. In diesem Moment kam ihm Herger wie ein großes Kind vor. »Eine Waffe ist immer nur so gut wie der Mann, der sie führt«, sagte er. »Aber du hast schon recht, es ist ein fantastisches Schwert. Es gibt nicht sehr viele davon.«

Herger nickte, fasste den Griff mit beiden Händen und täuschte einen Angriff vor. Die schlanke Klinge schnitt silberne Blitze aus der Luft.

»Es ist sehr leicht«, sagte Herger verblüfft. »Man spürt es kaum. Woraus ist es gemacht?«

Skar streifte den Mantel über und befestigte die schmucklose Metallspange vor der Brust. »Ich weiß es nicht«, sagte er. »Ich…« Er sprach nicht weiter. Für einen winzigen Moment sah er nicht mehr das Schwert in Hergers Hand, sondern eine andere, identische Klinge, schlank, silbern und zerbrochen, das schmale Heft geborsten wie Eis.

Er verscheuchte die Vision, zog den Umhang straff und schlug die Kapuze hoch.

»Es wird Zeit«, sagte er. »Gib mir das Schwert, und dann gehen wir.« Er hob die Hand, trat einen Schritt auf Herger zu – und erstarrte.

Herger wich mit einem blitzschnellen Schritt zurück, drehte die Waffe herum und richtete die Spitze der Klinge auf Skars Gesicht. »Nein, Skar«, sagte er.

Skar blinzelte, eher verblüfft als wirklich erschreckt. »Was soll das heißen?«

Herger schluckte. In seinem Gesicht zuckte ein Nerv, aber sein Blick blieb fest. »Nein heißt nein«, wiederholte er. »Ich werde dir das Schwert nicht geben. Und wir werden auch nicht von hier weggehen. Es tut mir leid.«

Skar lachte, leise, unsicher und gekünstelt. »Mach dich nicht lächerlich, Herger«, sagte er. »Du weißt, dass du keine Chance gegen mich hast. Auch nicht mit einem Schwert.«

»Das braucht er auch nicht«, sagte eine Stimme hinter ihm.

Ein Faustschlag zwischen die Schulterblätter hätte Skar nicht härter treffen können. Er kannte die Stimme, sie und den Mann, dem sie gehörte. Er hatte sie zweimal gehört, einmal draußen auf See, das andere Mal im Hafen.

Langsam, mit erzwungenen, steifen Bewegungen, drehte er sich um und sah Gondered ...

Der Thbarg trug noch denselben Mantel wie am vergangenen Abend. Sein Goldhelm funkelte.

»Sagte ich nicht, dass wir uns wiedersehen?«, fragte Gondered mit einem dünnen, flüchtigen Lächeln.

Skar blickte ihn sekundenlang durchdringend an und drehte sich dann wieder zu Herger um.

»Wie viel hat er dir bezahlt?«, fragte er.

Hergers Blick flackerte unsicher. »Ich ... hatte keine Wahl«, sagte er. Seine Stimme klang leise, beinahe flehend, und das Schwert in seinen Händen begann unmerklich zu zittern. »Er hat mich gezwungen, Skar. Ich ... musste dich ihm ausliefern, wenn ich Andreds Leben retten wollte.«

Skar lächelte böse. »Narr! Glaubst du wirklich, dass er dich und Andred am Leben lässt? Ich hätte dich für klüger gehalten.«

Herger wurde bleich, und in seinem Blick erschien ein neuer Ausdruck – Zweifel, Furcht, aber auch allmählich aufdämmerndes Erkennen. »Du ...«

»Genug jetzt!«, fiel ihm Gondered ins Wort. Er trat vollends hinter dem Kistenstapel hervor, hinter dem er sich versteckt gehalten hatte, schlug mit einer raschen Bewegung den Mantel zurück und zog sein Schwert. Sein Gesicht wurde hart. »Gibst du auf, oder soll ich dich gleich hier töten?«, fragte er kalt.

Skar wich um eine Winzigkeit zur Seite, verlagerte

sein Körpergewicht auf das linke Bein und spannte sich an.

»Du bist mutiger, als ich dachte, Gondered«, sagte Skar. »Ich hätte nicht geglaubt, dass du allein kommst.« Er spannte sich, langsam, damit die Bewegung nicht trotz des Mantels auffiel. Seine Hände pendelten lose vor dem Körper; eine harmlos, täuschend harmlose Haltung, die trotzdem jeden, der etwas von der Kampftechnik der Satai verstand, gewarnt hätte.

Aber Gondered gehörte entweder nicht zu diesen Menschen, oder er war noch überheblicher, als Skar bisher geglaubt hatte. Seine Lippen verzogen sich zu einem abfälligen Lächeln. Das Schwert in seiner Hand zuckte hoch und schnitt ein paarmal durch die Luft. Die Bewegung wirkte hölzern. Gondered hätte vermutlich selbst gegen einen Nicht-Satai keine sonderlich gute Figur abgegeben.

»Wer sagt dir, dass ich allein bin?«

Skar lächelte. »Oh, ich bin sicher, dass das Haus umstellt ist«, sagte er spöttisch. »Wie viele Männer hast du mitgebracht? Hundert? Oder noch mehr?«

»Jedenfalls genug, um mit dir fertigzuwerden.«

»Du ... solltest nicht versuchen, dich zu wehren«, sagte Herger stockend zu Skar. »Du hast keine Waffe.«

Skar drehte sich beinahe gemächlich um, musterte Herger einen Augenblick und trat einen Schritt auf ihn zu. Herger zuckte zusammen und brachte das Schwert hoch. Skar täuschte mit der Linken an, griff mit der anderen Hand zu und riss ihm die Waffe aus der Hand.

»Wie du siehst«, sagte Skar gelassen, »stimmt das nicht ganz.« Er schenkte Herger ein flüchtiges Lächeln, wandte sich dann wieder zu Gondered um und sah ihn mit einer Mischung aus Herablassung und Bedauern an. »Ich fürchte, ich habe einen Fehler gemacht, Herger zu vertrauen«, sagte er im Plauderton. »Aber du auch, Gondered.«

Gondered schwieg. Seine Miene blieb unbewegt, aber sein Blick hatte viel von seiner Selbstsicherheit verloren.

»Vielleicht komme ich hier nicht mehr lebend raus«, fuhr Skar fort. »Und vielleicht erfüllt sich dein Wunsch, dass ich zur Hölle fahre, Thbarg – aber wenn, dann befinde ich mich in guter Gesellschaft.«

Gondered wich einen halben Schritt zurück. Sein Blick irrte ungläubig zwischen Skars Waffe und Herger hin und her. Die spielerische Leichtigkeit, mit der Skar dem Hehler das *Tschekal* entrissen hatte, schien ihn mehr beeindruckt zu haben, als wenn er Herger getötet hätte.

Irgendetwas stimmt hier nicht, wisperte eine Stimme hinter Skars Gedanken. *Gondered ist ein Feigling. Er wäre nie allein hergekommen.*

Gondered wich bis zur Wand zurück und hob das Schwert ein wenig höher. »Keinen Schritt näher!«, sagte er drohend. »Du hast keine Chance.«

»Ach?«, grinste Skar.

Gondered wollte etwas erwidern, kam aber nicht mehr dazu. Skars *Tschekal* zuckte vor, hackte mit einer unglaublich schnellen Bewegung nach Gondereds Waffe und prellte sie ihm aus der Hand. Der Thbarg stieß einen krächzenden Laut aus, wich einen Schritt zur Seite und hob schützend die Unterarme vors Gesicht.

Skar lachte leise.

»Sag mir einen Grund, Thbarg«, sagte er, »einen einzigen Grund, warum ich dich nicht töten sollte.«

Gondered nahm langsam die Hände nach unten. Sein Gesicht hatte alle Farbe verloren, aber sein Blick wirkte noch immer hochmütig, ja, beinahe spöttisch. Skars Misstrauen wuchs.

»Vielleicht«, sagte Gondered betont ruhig, »weil du es nicht kannst.«

Skar schwieg. Seine Sinne arbeiteten plötzlich mit jener seltenen Schärfe, die sich nur im Moment der Gefahr und selbst dann nur für kurze Momente einstellte. Er sah und hörte alles mit fantastischer Klarheit – Gondereds Gesicht, jedes winzige Zucken eines Muskels oder Nervs, das Flackern in seinem Blick, Hergers Atemzüge, die leisen Geräusche der Männer, die draußen vor dem Haus Aufstellung genommen hatten.

Gondereds Gesicht begann zu zerfließen. Seine Gestalt flackerte, als stünde er hinter einer Wand unsichtbaren Nebels. Stoff raschelte. Sein Helm rutschte ein Stück nach vorn, als würde sein Kopf auf geheimnisvolle Weise kleiner werden. Er wankte, hob die Hände und schlug sie wieder vors Gesicht. Ein seufzender, fast schmerzhafter Laut kam über seine Lippen. Er taumelte, prallte gegen die Wand und rutschte an ihr herab.

Jedenfalls war es das, was Skar im ersten Moment zu sehen glaubte. Aber dann erkannte er, dass er sich täuschte. Gondered brach nicht zusammen – er *schrumpfte.* Der ganze Vorgang nahm nicht mehr als zwei, allerhöchstens drei Sekunden in Anspruch, aber als Gondered die Hände herunternahm, waren es nicht mehr seine Hände, und als er triumphierend zu Skar hinaufstarrte, waren es nicht mehr seine Augen, deren Glitzern Skar zu verhöhnen schien.

»Tantor!«, keuchte Skar.

Der Zwerg nickte. »So nannte man mich dann und wann«, sagte er. Seine Stimme schien sich verändert zu haben, seit Skar das letzte Mal mit ihm zusammengetroffen war. Sie klang schriller, deutlich härter, und in seinem Gesicht waren neue tiefe Linien erschienen, Spuren von Schmerz und erstarrtem Hass. Er sah nun vollends aus wie ein hässlicher, böser Gnom.

»Es freut mich, dass du mich nicht ganz vergessen hast«, sagte er. »Zumindest an meinen Namen kannst du dich noch erinnern.« Er verzog das Gesicht, spuckte angewidert aus und kam mit kleinen, trippelnden Schritten auf Skar zu.

Der Goldhelm wackelte auf seinem plötzlich viel zu kleinen Kopf, und der blaue Thbarg-Mantel, der wie eine Schleppe hinter ihm herschleifte, gab ihm das Aussehen einer Witzfigur. Trotzdem spürte Skar plötzlich Furcht. Tantor hatte sich verändert. Er reichte Skar noch immer kaum bis zur Brust, aber wenn er bisher allenfalls ein wenig unheimlich und verschlagen erschienen war, so konnte Skar nun den Hass, der den Zwerg zerfraß, regelrecht sehen. Der Gnom war eine personifizierte Drohung.

»Eines muss man dir lassen, Skar«, sagte er. »Du bist von einer geradezu aufdringlichen Hartnäckigkeit.

Du hättest die Chance nutzen und dich trollen sollen, irgendwohin ans andere Ende der Welt. Vielleicht wärst du dann vor mir sicher gewesen.«

Skar wich einen halben Schritt zurück, obwohl er sich dabei fast lächerlich vorkam. Er wusste, wie gefährlich Tantor war, aber er kannte auch die Grenzen seiner Macht. Er hatte ihn schon einmal besiegt.

»Du hast mich verraten, Skar«, zischte Tantor. »Ich habe mein Leben riskiert, um das deine zu retten, und als Dank hast du mich Vela ausgeliefert.« Steine Stimme bebte. Seine Hände krümmten sich zu Krallen, als könne er nur noch mühsam dem Drang widerstehen, sich auf den fast doppelt so großen Satai zu stürzen. »Weißt du, was sie mit mir gemacht hat, Skar?«, fuhr er fort. »Weißt du, was sie mir angetan hat?«

»Nicht genug, wie mir scheint«, sagte Skar. »Immerhin lebst du noch.«

Tantor wurde bleich. »Ja«, zischte er. »Ich lebe noch. So wie du leben wirst, noch lange, lange Zeit. Aber du wirst mich anflehen, dich zu töten, Skar, das verspreche ich dir. Du ...«

Skar sprang. Sein Fuß traf Tantors Gesicht, schmetterte den Zwerg wie eine Stoffpuppe gegen die Wand, an der er mit haltlos pendelnden Gliedern herabrutschte. Skar fiel, prallte ungeschickt mit der Schulter auf und kam mit einer Mischung aus Schmerzens- und Kampfschrei wieder auf die Füße. Sein Schwert beschrieb einen blitzenden, tödlichen Halbkreis und raste auf Tantors Schädel herab.

Jedenfalls hätte es es tun sollen.

Irgendetwas geschah. Eine unsichtbare, unwiderstehliche Gewalt schien Skar zu ergreifen, zurück- und herumzuschleudern und ihm die Luft aus der Lunge zu pressen. Er schrie auf, ließ sein Schwert fallen und brach mit einem erstickten Keuchen in die Knie. Etwas presste seine Arme mit mörderischer Kraft gegen seinen Leib. Er sah an sich herab, rang verzweifelt nach Luft und schrie erneut und diesmal vor Schreck auf, als er sah, was geschehen war.

Der braune Sekal-Mantel schien zu bizarrem Leben erwacht zu sein. Seine Falten zuckten und bebten, zitterten wie die Haut eines lebenden Wesens. Eine rasche, wellenförmige Bewegung lief durch den braunen Stoff, mehr zu ahnen als wirklich zu sehen, während er sich enger und enger um Skars Körper schmiegte, sich zusammenzog wie nasses Leder, das in der Sonne trocknete. Skar keuchte, bäumte sich auf und spannte jeden einzelnen Muskel, aber seine Anstrengungen schienen den irrsinnigen Druck eher noch zu verstärken.

Der Würgegriff wurde unerträglich. Skar bekam keine Luft mehr. Langsam kippte er zur Seite, schlug schmerzhaft zu Tantors Füßen auf dem Boden auf und warf sich herum. Der Mantel zog sich enger zusammen; der Griff einer unsichtbaren stählernen Klaue, der das Leben aus seinem Körper herauspresste. Seine Rippen knackten hörbar, während er sich langsam, von einer unwiderstehlichen Gewalt zusammengepresst, krümmte.

Tantor schleuderte Helm und Mantel mit einer ungeduldigen Bewegung von sich, kam mit kleinen, trippelnden Schritten auf Skar zu und stemmte die Fäuste in die Hüften. Skar drehte mit letzter Kraft den Kopf und sah zu ihm empor. Das Gesicht des Zwerges hing wie eine hässliche Dämonenmaske über ihm, halb verborgen hinter einem Schleier aus Blut und Schmerzen.

»Er stirbt«, sagte Herger. Seine Stimme klang erschrocken. »Der Mantel erwürgt ihn.«

Tantor nickte. Ein dünnes, böses Lächeln spielte um seine Lippen. »Ich sollte ihn verrecken lassen«, sagte er, trat zurück, schnippte mit den Fingern und stieß halblaut ein kompliziertes Wort hervor.

Der Druck auf Skars Brust verschwand so plötzlich, dass es fast schmerzte. Skar schrie auf. Tantor wich rasch einen Schritt zurück und hob die Hand. »Versuch keine Dummheiten«, warnte er ihn.

Skar blieb sekundenlang reglos liegen, rang keuchend nach Atem und suchte den grausamen Schmerz in seiner Lunge zu bekämpfen. Vor seinen Augen tanzten bunte Kreise und Flecken. Er wälzte sich herum, stemmte sich mühsam auf Hände und Knie hoch und sah Tantor an. Ohne Mantel und Helm wirkte Tantor noch dürrer und bemitleidenswerter. Seine Gestalt wirkte irgendwie… verzerrt, und die Haut seiner Hände war grau wie die Haut eines Toten.

Tantor bemerkte seinen Blick. »Sieh mich nur an«, zischte er. »Das ist dein Werk, Satai. Das habe ich bekommen, zum Dank dafür, dass ich dir zur Flucht verholfen habe.« Seine Stimme zitterte, und in den Worten schien ein schwaches Echo des Schmerzes mitzuschwingen, den er empfunden haben musste.

»Du… du hast immer noch Angst vor mir, wie?«, sagte Skar keuchend. »Warum tust du dich nicht mit mir zusammen und rächst dich an Vela?«

Tantor lachte, aber es war ein schriller, beinahe hysterischer Laut, der eher an ein Schreien erinnerte.

»Mit dir?«, keuchte er. »Danke, Skar – ich habe eine Kostprobe deiner Hilfe bekommen. Wenn ich die Wahl zwischen zwei Verrätern habe, dann bleibe ich lieber auf der Seite des Stärkeren.«

Skar richtete sich schwankend auf die Knie auf. Tantor wich einen weiteren Schritt zurück. »Keine Bewegung!«, zischte er. »Der Mantel ist aus *Sherin*-Seide. Selbst wenn du mich tötest, würde er dich hinterher erwürgen. Er ist auf mich fixiert.«

Skar lächelte. »Du hast dich in Unkosten gestürzt, wie? Hast du solche Angst vor mir?«

Tantor antwortete nicht, aber sein Blick glühte vor Hass. Skar resignierte innerlich. Wenn er jemals eine Chance gehabt hatte, Tantors Vertrauen zu gewinnen, hatte er sie an der Grenze des Kristallwaldes verspielt.

»Was hast du jetzt mit mir vor?«, fragte er. »Willst du mich zu Vela bringen?«

Tantor schüttelte den Kopf. »Damit du unterwegs eine Gelegenheit findest zu entkommen?«, fragte er. »O nein, Skar. Ich gebe zu, dass ich dich unterschätzt habe – wir alle haben dich unterschätzt. Aber ich mache einen Fehler grundsätzlich nur einmal. Du wirst hingerichtet, noch heute. Du wirst ganz offen auf dem Marktplatz von Anchor hingerichtet.«

»Hingerichtet?«, wiederholte Skar zweifelnd. »Ihr wollt einen Satai hinrichten lassen?«

Tantor gab einen abfälligen Laut von sich. »Satai!« Er spie das Wort aus, als handele es sich um eine Beschimpfung. »Du wirst es nicht mehr erleben, Skar, aber ich kann dir versichern, dass es bald keine Satai mehr geben wird. Ihr haltet euch für den Gipfel von Macht und Weisheit, wie? Ihr glaubt, die Welt würde ohne euch nicht mehr funktionieren, in Barbarei verfallen. Ha! Es wird Zeit, dass ihr Satai von eurem hohen Ross heruntergeholt werdet!«

Skar setzte zu einer Antwort an, schwieg dann aber. Irgendetwas sagte ihm, dass Tantors Worte ernst gemeint waren. Und es war nicht nur der Hass, der aus ihm sprach.

»Du … hast Befehl, mich zu töten?«, murmelte er.

Tantor nickte. »Was dachtest du? Hast du geglaubt, wir bringen dich im Triumphzug nach Elay?« Er lachte leise, wandte sich um und ging zur Tür. »Wir brauchen dich nicht mehr, Skar«, sagte er, während er ächzend den schweren Riegel zurückschob. »Du warst ein notwendiges Übel, aber jetzt bist du nur noch überflüssig. Und lästig.«

Die Tür wurde von außen aufgestoßen. Flackernder roter Fackelschein fiel durch den breiter werdenden Spalt. Skar konnte an Tantor vorbei einen Blick auf ein Dutzend Bewaffneter erhaschen, das draußen vor dem Haus Stellung bezogen hatte.

Der Zwerg öffnete die Tür vollends und rief ein paar Worte in einer raschen, unverständlichen Sprache hinaus. Drei der blau gekleideten Krieger lösten sich aus der Gruppe und traten an Tantor vorbei ins Haus. Es waren Thbarg, die gleichen Krieger, die am vergangenen Abend draußen am Kai gewesen waren. Sie gingen rasch an Tantor vorbei, zogen ihre Waffen und nahmen im Kreis um Skar Aufstellung. Skar fiel auf, dass sie sich krampfhaft bemühten, den Zwerg nicht direkt anzublicken. Sie wirkten nervös.

»Weißt du, was man mit jemandem macht, der lästig wird?«, fuhr Tantor fort, nachdem er die Tür wieder geschlossen und den Riegel vorgelegt hatte. »Man beseitigt ihn.«

»Ihr habt mir versprochen, ihn nicht zu töten«, sagte Herger.

Skar drehte den Kopf und sah den jungen Schmuggler an. Hergers Gesicht hatte alle Farbe verloren. Sein Blick irrte immer wieder zwischen Skar und Tantor hin und her.

Tantor wischte seinen Einwand mit einer ungeduldigen Geste beiseite. »Versprochen?«, rief er. »Frag deinen Freund Skar, wie *er* seine Versprechungen hält.«

»Aber du ...«

»Genug!«, fauchte Tantor. »Sei still und bedanke dich lieber bei deinen Göttern, dass ich es mir nicht anders überlege und dich dafür bestrafe, dass du ihm Unterschlupf gewährt hast.«

Herger wurde noch blasser. Die Drohung in Tantors Stimme war nicht zu überhören. »Und ... Andred?«, fragte er stockend.

Tantor runzelte in gespieltem Nichtverstehen die Stirn. »Was soll mit ihm sein?«, fragte er überrascht. »Er ist ein Verräter wie Skar und wird mit ihm gehenkt. Aber ich will großzügig sein. Ich habe lange auf diesen Tag warten müssen, weißt du? Behalte das Schwert und den Waffengurt des Satai. Wer weiß, vielleicht wird das Zeug einmal wertvoll – für einen Trödler. Ich glaube ...«

Von draußen drang ein gellender, schriller Schrei herein. Tantor zuckte zusammen, sah erschrocken zur Tür und gab den drei Thbarg einen Wink. Die Krieger traten näher an Skar heran. Der Schrei wiederholte sich, höher, schriller und verzweifelter diesmal, dann drang ein dumpfes, dröhnendes Geräusch durch das dünne Holz der Tür, ein Laut, als schlüge Fels gegen Metall.

Skar richtete sich weiter auf und versuchte, auf die Füße zu kommen. Tantor fuhr herum und hob die Hand. Der Mantel zog sich mit einem schmerzhaften Ruck enger um Skar zusammen und ließ ihn erneut auf die Knie sinken.

Der Lärm vor der Tür verstärkte sich. Waffen klirrten, ein Mann schrie in Todesangst. Dann traf irgendetwas gegen die Tür, zerschmetterte das morsche Holz und brach in einem Wirbel von Kalk und fliegenden Holzsplittern in den Raum.

Skar reagierte um den Bruchteil einer Sekunde schneller als seine Bewacher. Er ließ sich zur Seite fallen, zog die Knie an den Körper und stieß mit aller Macht zu.

Seine gefesselten Füße trafen Tantor vor die Brust, schleuderten ihn gegen die Wand und ließen ihn halb bewusstlos zu Boden sinken.

Jemand schrie. Etwas Gewaltiges, Schwarzes setzte über Skar hinweg, brach wie ein tödlicher Sturmwind aus dunklem Granit und reißenden Fängen über die drei Thbarg-Krieger herein und riss sie von den Füßen.

Es ging zu schnell, als dass Skar wirklich Einzelheiten erkennen konnte. Eine Woge von Schwarz erfasste die Krieger, rollte über sie hinweg und hinterließ drei zerschmetterte, blutige Bündel, die kaum mehr als menschliche Wesen zu erkennen waren.

Herger stieß einen krächzenden, ungläubigen Schrei aus, wich zur Wand zurück und starrte aus weit aufgerissenen Augen auf das schwarze steinerne Monstrum. Auch Skar versuchte sich hochzustemmen, aber der Mantel hatte sich so eng um seinen Körper geschlungen, dass er kaum mehr zu einer Bewegung fähig war.

Der Wolf wandte langsam den Kopf. Sein schwarzer Leib glitzerte wie ein Stück lebendig gewordene Nacht. Etwas Dunkles, Körperloses schien das Tier einzuhüllen, eine Aura von Macht und Gewalttätigkeit, die den Wolf begleitete wie ein letzter Hauch der fremden Welt, aus der er gekommen war. Skar versuchte vergeblich, dem Blick seiner dunklen, lichtlosen Augen standzuhalten. Er spürte plötzlich, dass es nichts gab, was dem Blick dieser steinernen Pupillen verborgen bleiben konnte. Er spürte auch, dass das Tier so mühelos auf den Grund seiner Seele blickte wie durch eine Glasscheibe und all seine Gefühle, Gedanken und Wünsche kannte, über jeden seiner Schritte Bescheid wusste, noch bevor er ihn tat.

Der Wolf war vom ersten Tag an auf seiner Fährte gewesen, und er hatte diese Spur nicht für eine Sekunde verloren. Er hatte mit ihm gespielt, ihn gehetzt, so wie ein wirklicher Wolf seine Beute hetzt, bis sie müde und erschöpft ist und er sie ohne große Gefahr schlagen kann. Er hatte zugesehen, wie alles um Skar herum zerbrach, wie jeder Mensch, den er liebte oder dem er wenigstens Sympathie entgegenbrachte, auf die eine oder andere Weise zugrunde gegangen war. Es war nicht so sehr eine Jagd über eine räumliche Entfernung hinweg gewesen, sondern vielmehr eine Hatz durch seine Gefühle, eine Jagd zum Ende der Verzweiflung. Der Tod war nicht genug für die Schmach, die Skar ihm zugefügt hatte.

Combats Wächter wollte Rache, und er hatte sie bekommen. Er hatte den Skar, der in die brennende Stadt gekommen und seinen Schatz geraubt hatte, vernichtet, nicht ein-, sondern ein Dutzend Mal, hatte ihn gehetzt, bis seine Welt, sein *Leben,* Stück für Stück zerbrochen war, bis aus Skar, dem Satai, ein Mann geworden war, der sich selbst verachtete, hasste.

All dies lag in diesem einen kurzen Blick, dies und noch viel, viel mehr. Die Jagd war zu Ende, hier und jetzt. Er hatte Skar allen Schmerz zugefügt, den er ihm zufügen konnte, hatte ihn gequält, ohne dass Skar bis jetzt begriffen hatte, wer sein *wirklicher* Gegner war.

Jetzt würde der ihn töten.

Langsam, aber mit einer Eleganz, die der scheinbaren Schwerfälligkeit seines aus Granit gemeißelten Körpers spottete, drehte sich das gewaltige Tier herum, machte einen Schritt in Skars Richtung und blieb abermals stehen. Sein Rachen öffnete sich. Der Atem der Hölle schien Skar zu streifen.

Es war Tantor, der Skar das Leben rettete. Der Zwerg hatte sich unbemerkt aufgerichtet und einen Beutel aus dem blauen Mantel hervorgeholt. Sein Gesicht war blutüberströmt und geschwollen, und dort, wo er gegen die Wand geprallt war, war ein schmieriger roter Fleck zurückgeblieben. Doch von alldem schien er kaum etwas zu bemerken. Wankend, aber trotzdem hochaufgerichtet und mit festen Schritten trat er über Skar hinweg, breitete die Arme aus und verstellte dem Wolf den Weg.

Das Tier zögerte. Der Blick seiner schwarzen Augen glitt über Tantors Gestalt, taxierte den neuen Gegner. Ein dumpfes Knurren drang aus der gewaltigen Brust des Wolfs.

»Sharagey«, sagte Tantor. »Sharagey tehm!«

Waren die Worte Skar auch fremd, so schien der Wolf ihre Bedeutung – oder zumindest ihren Sinn – doch zu verstehen. Seine Ohren zuckten. Skar sah, wie sich die gewaltigen Muskeln des Tiers zum Sprung spannten.

»Nein!«, schrie Tantor. »Er gehört mir!«

Mit einem gellenden Schrei warf er sich dem Wolf entgegen, riss die Hand hoch und warf das Pulver, das er bisher darin verborgen gehabt hatte.

Für eine halbe Sekunde schien der Wolf hinter einer glitzernden weißen Wolke zu verschwinden. Eine unsichtbare Woge mörderischer, beißender Kälte rollte über Skar hinweg und ließ seine Haare und Augenbrauen gefrieren. Die Luft war plötzlich von Dampf und knisternder Kälte erfüllt. Auf dem Boden und an den Wänden bildete sich Eis, eine hauchdünne, blitzende Schicht, schimmernd wie millionenfach geborstenes Glas. Die Atemluft schien in Skars Kehle zu gefrieren, und sein Gesicht brannte plötzlich wie Feuer.

Der Sekal-Mantel zuckte, zog sich noch einmal wie

unter einem gewaltigen Krampf um Skars Körper zusammen und zerbrach wie Glas, als sich Skar instinktiv dagegenstemmte. Er warf sich herum, hörte Herger schreien und schlug schützend die Hände vor das Gesicht, als ihn eine zweite Kältewelle wie ein Axthieb traf.

Tantors Gestalt schien in einen Mantel aus blitzenden Eiskristallen eingehüllt zu sein. Er schrie, aber auch seine Stimme war wie Glas, spröde und geborsten. Der Wolf taumelte. Tantors Zauberpulver hatte seinen Körper erstarren lassen und das matte Schwarz des Granits mit milchig-blinkendem Weiß überzogen und seine Augen in geborstene Spiegelscherben verwandelt. Seine Bewegungen wurden langsamer, eckig, erstarrten schließlich in glitzerndem, gesprungenem Weiß.

Aber nur für einen Moment. Noch bevor sich Skar vollends aus den Resten des Mantels befreit und auf die Füße gestemmt hatte, ging der schwarze Dämon aus Combat zum Gegenangriff über. Winzige gelbe Flammen züngelten aus seinen Nüstern, ließen Eis zu Wasser und Wasser zu Dampf werden, hüllten sein Maul, den Kopf und dann, mit rasender Geschwindigkeit um sich greifend und gleichzeitig wachsend, seinen gesamten Leib ein. Ein berstender Schlag ließ das ganze Gebäude erbeben. Von einer Sekunde auf die andere verwandelte sich der Wolf in ein waberndes, flammengekleidetes Schemen, unerträgliche, sengende Hitze verbreitend.

Skar taumelte zurück, senkte den Kopf. Seine Kleider begannen zu schwelen. Er hörte die Schreie von

Herger und Tantor, aber auch seine eigenen, sah ein glosendes Etwas auf sich zutaumeln und erkannte Tantor, der brannte, schrie und in blindem Schmerz zurücktaumelte.

Skar reagierte instinktiv. Mit einem verzweifelten Satz warf er sich zur Seite, wankte an den beiden brennenden, ineinander verbissenen Schemen vorbei und taumelte zur rückwärtigen Wand des Raums. Von draußen drangen gedämpfte Schreie herein, das Trappeln zahlreicher Füße, aufgeregte Rufe, das Klirren von Waffen. Skar wurde sich plötzlich bewusst, dass seit dem Auftauchen des Wolfes erst wenige Sekunden vergangen waren. Das Erscheinen des Monsters mochte Tantors Männer überrascht und für Augenblicke gelähmt haben, aber schon in kurzer Zeit würde es hier drinnen von Kriegern wimmeln.

Herger wich mit einem gleichermaßen erschrockenen wie ungläubigen Keuchen zurück, als Skar auf ihn zutaumelte. Skar packte ihn grob bei der Schulter und warf ihn gegen die Wand. »Gibt es einen Hinterausgang?«, keuchte er.

Herger nickte verkrampft. Der Widerschein der Flammen ließ sein Gesicht noch blasser erscheinen, als es ohnehin war.

Skar riss ihn herum und stieß ihn vor sich her. Der Vorhang an der Tür fing Feuer, als sie hindurchrannten.

Skar warf einen Blick über die Schulter zurück. Der Raum hatte sich in ein Chaos aus Flammen verwandelt, aus brodelndem Feuer, das wie unzählige Glieder eines weißglühenden, lodernden Tiers nach Decke und

Wänden und den aufgestapelten Waren griff. Irgendwo in seinem Zentrum waren zwei Schatten, dunkle, zu einem unentwirrbaren Knäuel verbissene Körper, die einzeln nicht mehr zu erkennen waren.

»Weiter!«, keuchte Skar, als Herger stehen bleiben wollte.

Der Schmuggler stolperte blindlings weiter, wich vor dem Raum, in dem Skar die Nacht verbracht hatte, zur Seite und deutete auf eine weitere, nur angelehnte Tür. Das Schreien und Waffenklirren hinter ihnen wurde lauter, und als Skar sich abermals umblickte, sah er lodernden Feuerschein durch die Tür brechen. In wenigen Augenblicken würde das Haus einem brennenden Scheiterhaufen gleichen. Die Flammen fanden in dem Gerümpel, das Herger über Jahre geduldig angesammelt hatte, reichlich Nahrung und fraßen sich fast mit der Geschwindigkeit einer Explosion weiter.

Sie durchquerten einen niedrigen Raum, der wie der Rest des Hauses bis unter die Decke mit Kisten und Ballen vollgestopft war, liefen durch einen kurzen Flur und standen plötzlich vor einer nur halbhohen verschlossenen Tür. Herger streckte die Hand nach der Klinke aus, führte die Bewegung jedoch nicht zu Ende, sondern prallte mit einem halb überraschten, halb erschrockenen Laut zurück. »Der Schlüssel!«, keuchte er. In seiner Stimme schwang Panik mit. »Ich habe den Schlüssel nicht …«

Skar stieß ihn grob beiseite und trat die Tür kurzerhand ein. Das morsche Holz gab schon unter dem ersten Ansturm nach. Die Tür schlug krachend auf den

Boden. Skar versetzte Herger einen Stoß, der ihn mehr aus dem Haus fallen als aus eigener Kraft gehen ließ, setzte mit einem kraftvollen Sprung nach und ließ sich zur Seite fallen.

Seine Vorsicht war nicht übertrieben gewesen. Der Hof war voller Männer. Skars plötzliches Auftauchen schien sie zu überraschen, aber allein ihre gewaltige Übermacht machte diesen geringen Vorteil mehr als nur wett.

Skar rollte herum, parierte einen Schwerthieb und duckte sich, als er sah, wie einer der Krieger seinen Bogen hochriss. Der Pfeil zischte eine knappe Handbreit über Skars gekrümmtem Rücken durch die Luft und zerbrach an der Wand. Ein zweiter Pfeil zischte aus der entgegengesetzten Richtung heran, riss eine blutige Schramme in Skars Oberarm und ließ ihn zurücktaumeln.

Dann waren sie über ihm – sieben, acht von Tantors Männern, die gleichzeitig und wild entschlossen auf ihn eindrangen und ihn zurücktrieben. Skar wehrte sich verzweifelt, aber er spürte, dass er kaum eine Chance hatte. Seine Gegner waren keine gedungenen Mörder und Straßenräuber, sondern Krieger, Männer, die fast ebenso gut mit ihren Waffen umzugehen wussten wie er. Und er hatte einfach nicht genug Platz, um seine überlegene Kampftechnik so anzuwenden, wie es notwendig gewesen wäre.

Schritt für Schritt wurde er zurückgedrängt. Die Hiebe und Stiche prasselten immer rascher auf ihn ein, und mehr als einer durchbrach seine Deckung. Schon nach wenigen Sekunden blutete er aus zahlreichen schmerzenden Wunden. Er spürte bereits, wie seine Kräfte nachließen. Er schlug zu, duckte sich, parierte mit einer verzweifelten Bewegung drei, vier Hiebe gleichzeitig und tötete mit einem blitzschnellen Konter einen Krieger, dessen Platz aber beinahe augenblicklich von einem anderen eingenommen wurde.

Schließlich stand er mit dem Rücken zur Wand, eingekreist von fast einem Dutzend Thbarg. Seine Hände zitterten. Ein Stich hatte seine Seite aufgerissen; der Schmerz trieb ihm die Tränen in die Augen.

»Gib auf, Satai!«, keuchte einer der Thbarg. Die Männer wichen zurück – kaum mehr als einen halben Schritt, gerade genug, um aus der Reichweite seines Schwerts zu sein –, aber der Halbkreis aus Schwertern und Dolchen, in dessen Zentrum er sich befand, lockerte sich nicht.

»Gib auf!«, sagte der Mann noch einmal. »Du hast keine Chance mehr!«

Skar rang keuchend nach Atem. Das Gesicht vor ihm war bleich. Er blutete aus einem hässlichen gezackten Schnitt auf der Wange, und das Schwert in seinen Händen zitterte. Er hatte Angst. Aber Gegner, die Angst haben, das hatte Skar in langer schmerzlicher Erfahrung erlernt, waren die gefährlichsten.

Aus dem Haus drang ein gellender Schrei, ein Laut, wie ihn Skar schon unzählige Male gehört hatte, ohne dass er jemals seinen Schrecken verloren hätte. Ein Todesschrei.

Tantors Schrei.

Für einen endlosen, schrecklichen Augenblick legte sich Schweigen wie ein erstickender Mantel über den winzigen Hinterhof. Selbst das Atmen der Männer war nicht mehr zu hören. Der Thbarg erbleichte noch mehr, sah unsicher zu der zerborstenen Tür, durch die Skar gekommen war, und senkte das Schwert um eine Winzigkeit.

Ein dumpfes, polterndes Krachen ließ das Haus erbeben, ein Geräusch, als breche etwas Gewaltiges, Großes rücksichtslos durch Wände und Balken. Ein Teil des Daches sackte nach innen, und der Himmel flammte plötzlich im grellroten Widerschein lodernden Feuers. Der Boden zitterte.

Skar ließ sich einfach zur Seite fallen. Zwei, drei der Krieger rissen in einer instinktiven Bewegung ihre Waffen hoch und drangen erneut auf ihn ein, aber ihre Reaktion kam zu spät.

Der Faustschlag eines zornigen Gottes traf das Gebäude. Die Rückwand barst in einer Explosion aus Steinen, Kalk, Holzsplittern und Flammen auseinander. Die Männer schrien auf, brachen, von wirbelnden Trümmerstücken oder Flammen getroffen, zusammen oder suchten ihr Heil in der Flucht.

Ein flammenspeiendes schwarzes Ungeheuer brach aus dem Gebäude hervor, ein zorniger Gott, gekleidet in einen Mantel aus Hass und dem Feuer der Sterne. Skar schlug schützend den Unterarm vor die Augen, und der Wolf sprang mit einem gewaltigen Satz über ihn hinweg. Der Boden dröhnte, als das steinerne Ungeheuer zwischen den Kriegern aufprallte. Ein Ring aus Flammen strebte mit trügerischer Langsamkeit von dem Wolf weg über den Hof, erfasste zwei, drei Thbarg und verwandelte sie in lebende Fackeln.

Skar tastete blind nach seinem Schwert, stemmte sich hoch und wankte los. Die Hitze schlug wie eine glühende Pranke nach ihm und ließ ihn aufschreien.

»Skar! Hierher!«

Hergers Stimme ging im Schreien der Männer und dem Brüllen der Flammen beinahe unter.

Skar blieb stehen, sah sich gehetzt um und erblickte den Schmuggler am gegenüberliegenden Rand des Hofes. Herger stand geduckt unter einer niedrigen, halb offen stehenden Tür, gestikulierte verzweifelt mit beiden Händen und schrie etwas, das Skar nicht verstand. Ein Thbarg taumelte auf ihn zu, brennend, brach in die Knie und starb, ehe er die halbe Strecke zurückgelegt hatte.

Skar erwachte endlich aus seiner Erstarrung. Hinter ihm wütete der Wolf wie ein blutrünstiger Todesengel unter den Thbarg, die seinem ersten Ansturm entgangen waren, aber der Kampf konnte nur noch Sekunden dauern. Skar rannte los.

Herger fuhr herum und verschwand im Dunkel hinter der Tür. Skar erreichte den Durchgang, warf sich mit einem verzweifelten Sprung hindurch und glitt auf dem nassen Kopfsteinpflaster aus.

»Zum Stall, Skar!«, brüllte Herger verzweifelt. Skar erkannte ihn nur als undeutlichen Schemen im grauen Licht der heraufziehenden Dämmerung. Er sprang wieder auf, hetzte, ohne sich noch ein weiteres Mal umzublicken, hinter ihm her und holte ihn mit wenigen Schritten ein.

Herger deutete auf ein flaches, strohgedecktes Gebäude zwanzig Meter vor ihnen. Skar nickte, lief schneller und warf sich mit aller Macht gegen die Tür. Schmerz zuckte durch seine Schulter, aber der Riegel gab unter dem ungestümen Anprall nach und zerbrach; die Tür flog krachend nach innen und prallte gegen die Wand. Skar taumelte, vom Schwung seiner eigenen Schritte vorwärtsgerissen, ein Stück weit in den Stall hinein, versuchte stehen zu bleiben und glitt ein weiteres Mal aus.

Der Stall roch nach Heu und Schweiß und Pferdemist, und die Tiere, die beiderseits der Tür in schmalen, hölzernen Verschlägen untergebracht waren, begannen unruhig zu schnauben und mit den Hufen zu stampfen.

Herger langte keuchend neben der Tür an, griff mit der Linken nach dem Pfosten und deutete mit einer Kopfbewegung auf den Verschlag direkt neben dem Eingang. »Die... die beiden dort«, stieß er schwer atmend hervor.

Skar sprang auf, verlor erneut das Gleichgewicht und fing den Sturz im letzten Moment ab. Für einen zeitlosen, schrecklichen Augenblick begann sich der Stall vor seinen Augen zu drehen; Übelkeit und Schwindel ergriffen ihn. Er wankte, griff Halt suchend um sich und bekam etwas Warmes, Weiches zu fassen.

»Warte«, keuchte Herger, »ich helfe dir.«

Das Schwächegefühl wurde stärker. Skars Knie drohten nachzugeben. Er merkte kaum, wie Herger den Verschlag aufriss und die beiden Pferde ungeduldig an den Zügeln hervorzerrte. Eine Hand berührte ihn an der Schulter, riss ihn mit erstaunlicher Kraft auf die Füße und stieß ihn vorwärts. Das Pferd tauchte wie ein massiger schwarzer Schatten aus den wallenden Nebelschwaden vor seinen Augen auf. Er griff nach dem Sattelknauf, zog sich mit letzter Kraft empor und tastete nach den Zügeln. Das Pferd scheute, warf den Kopf zurück und schlug aus. Seine Hufe trafen das Holz eines Verschlages und zerschmetterten es.

»Skar!« Hergers Stimme zitterte vor Panik, überschlug sich fast. »Verdammt noch mal, *reiß dich zusammen!*«

Skar hob mühsam den Kopf und sah Herger an. Der Hehler war ebenfalls in den Sattel gestiegen und deutete wild nach draußen. Sein Gesicht war verzerrt; eine entstellte Grimasse, die kaum mehr Ähnlichkeit mit einem menschlichen Gesicht hatte. Skar hörte die Worte, aber es dauerte lange, endlos lange, bis ihm ihr Sinn klar wurde.

»Wir müssen weg!«, keuchte Herger.

Skar nickte, aber die Bewegung war nur ein blinder Reflex seines Körpers. Das wattige Grau der Dämmerung vor der Stalltür wich allmählich flackerndem, blutigem Feuerschein. Ein gellender Schrei wehte zu ihnen herein. Über dem Hof von Hergers Haus lag ein lodernder Schirm aus weißer und gelber Helligkeit; Feuerschein, der direkt aus den tiefsten Schlünden der Hölle emporzuwabern schien. *Das Feuer Combats,* dachte Skar, von seinem Wächter hierher, ans andere Ende der Welt getragen, um ihn zu verbrennen…

Der Gedanke riss ihn endgültig aus seiner Lethargie. Er richtete sich im Sattel auf, sammelte noch einmal alle Kraft und presste dem Pferd die Schenkel in die Seiten. Das Tier schnaufte erschrocken, machte einen Satz und preschte los.

Seite an Seite jagten sie aus dem Stall hinaus.

Hinter ihnen griffen die Flammen allmählich auf die benachbarten Häuser über. Als sie aus der Gasse hervorbrachen und auf die Hauptstraße Anchors hinausgaloppierten, sah Skar sich noch einmal um.

Hergers Haus brannte wie eine Fackel. Und davor, vor dem Hintergrund der lodernden Feuerwand überdeutlich auszumachen, stand ein zottiger schwarzer Schatten.

8. Kapitel

»Besser jetzt?« Herger lächelte aufmunternd, knotete den Verband zusammen und sah Skar mit mühsam verhohlener Besorgnis an. Sein Gesicht war noch immer grau vor Schrecken, aber seine Hände hatten nicht gezittert, als er Skars Wunden gesäubert und verbunden hatte.

Skar setzte sich auf, bewegte prüfend den rechten Arm und ballte ein paarmal die Faust, sodass sich die Muskeln unter dem breiten weißen Verband spannten. Die Wunde schmerzte kaum noch. Herger hatte sie mit Wasser aus dem Bach ausgewaschen und eine farblose, übel riechende Paste aufgetragen, die die Blutung vollends zum Stillstand gebracht und die Schmerzen mit wohltuender Kühle vertrieben hatte.

Der Verband war nicht der einzige – Herger hatte darauf bestanden, Skar gründlich zu untersuchen, und hatte fast zwei Dutzend Wunden entdeckt, von denen die meisten allerdings nicht mehr als harmlose Kratzer waren, die nicht einmal eines Verbandes bedurften; einige waren aber auch tief und gefährlich, klaffende Schnitte, die Skar erst jetzt nach und nach zu spüren begann. Der Hehler hatte fast ihren gesamten Vorrat an Verbandszeug und Salben aufgebraucht, um ihn zu versorgen.

Aber Skar musste zugeben, dass Hergers Behandlung wahre Wunder gewirkt hatte. Nicht nur die Schmerzen waren verschwunden, auch das Schwächegefühl hatte sich zurückgezogen und, wenn auch nicht neuer Kraft, so doch einem Gefühl angenehmen Wohlbefindens Platz gemacht.

Skar nickte dankbar, stemmte sich in eine halb sitzende, halb hockende Position und griff nach Hergers hilfreich dargebotener Hand, um vollends aufzustehen.

»Du solltest ein paar Stunden ruhen«, sagte Herger. »Du hast viel Blut verloren. Und ich glaube, wir sind hier in Sicherheit. Vorläufig wenigstens.«

Skar sah sich zweifelnd um. Sie hatten Anchor verlassen und waren zwei, vielleicht drei Stunden – die genaue Zeit wusste er nicht – nach Norden geritten, über karges, nur von vereinzelten Büschen und halb vertrockneten Grasinseln bewachsenes Land zuerst, später über Steppe, und sie hatten schließlich diesen kleinen Hain am Fuß einer jäh aus der Ebene aufwachsenden Hügelkette erreicht.

Hergers Worte klangen verlockend. Skar war noch immer müde, und noch dringender als sie brauchten die Pferde eine Rast. Aber Skar wusste auch, dass ihre Verfolger ihnen die Zeit, die sie brauchten, nicht zugestehen würden. Tantors Tod änderte vieles, aber nicht alles, und er, Skar, war noch immer ein Gejagter, vielleicht noch mehr als zuvor.

»Wir müssen weiter«, sagte er. »Ich bin sicher, dass sie hinter uns her sind. Selbst ein Blinder könnte unsere Spuren verfolgen.«

»Die Thbarg?« Herger versuchte zu lächeln, aber es

misslang ihm kläglich. Skars Worte hatten die Erinnerung an das, was in Anchor geschehen war, wieder geweckt, und in Hergers Augen glomm erneut Furcht auf. »Ich glaube kaum, dass noch genug von ihnen übrig sind, um uns zu verfolgen«, sagte er.

Es sollte betont gleichmütig klingen, bewirkte aber eher das Gegenteil. Skar musterte ihn scharf. Hergers Gesicht war blass, von einer ungesunden, leicht ins Gräuliche spielenden Farbe, die an feuchtes Wachs erinnerte. Er wirkte gefasst, aber in seinen Augen stand ein verräterisches Glitzern, und es war nicht nur die Erschöpfung, die seine Züge zeichnete.

»Ich spreche nicht von den Thbarg«, sagte Skar grob, »und das weißt du genau.«

Er ging an Herger vorbei, schwang sich in den Sattel und griff nach den Zügeln. Das Pferd scheute, versuchte auszubrechen und begann unruhig auf der Stelle zu tänzeln, als Skar es mit einem harten Ruck am Zügel zur Räson brachte. Sein Fell glänzte, und Skar konnte den scharfen Schweiß des Tieres riechen.

Herger hatte zumindest in einem Teil seiner Versprechungen Wort gehalten – das Fluchttor an der Nordseite der Stadt hatte offen gestanden, aber sie waren, nachdem sie Anchor verlassen hatten, fast ununterbrochen im Galopp geritten und hatten den Pferden das Letzte abverlangt. Es war schon beinahe ein Wunder, dass noch keines der Tiere tot unter seinem Reiter zusammengebrochen war. Herger hatte recht – es war Wahnsinn, jetzt auf diesen Tieren weiterzureiten. Aber es wäre ein noch größerer Wahnsinn gewesen, zu bleiben und auf die Verfolger zu warten.

»Dieser… Wolf«, fragte Herger, ohne sich von der Stelle zu rühren, »was war das? Ein Dämon?«

Skar schwieg einen Moment. »Wenn man an Dämonen und Geister glaubt, dann ja«, sagte er schließlich.

Herger dachte einen Moment über Skars Worte nach, kam aber sichtlich zu keinem Ergebnis. Langsam und mit deutlichem Widerwillen ging er zu seinem Pferd, stieg in den Sattel und sah unsicher zurück in die Richtung, aus der sie gekommen waren. Skar folgte seinem Blick. Hinter ihnen lag nichts als die dichte grüne Wand des Waldes, aber er konnte sich lebhaft vorstellen, was Herger hinter dem wuchernden Grün sah.

»Du brauchst dir keine Sorgen zu machen«, sagte er, ohne Herger anzusehen. »Er… wird dir nichts tun.«

Herger runzelte die Stirn, schwieg aber. Das Schicksal Tantors und der Thbarg-Krieger strafte Skars Worte Lügen.

»Wir werden uns trennen«, sagte Skar hastig. »Am besten jetzt gleich. Solange du nicht in meiner Nähe bist, bist du auch nicht in Gefahr, glaub mir.«

»Trennen?«, wiederholte Herger. »Du scherzt, Skar.«

Skar schüttelte den Kopf. »Ganz und gar nicht. Ich danke dir für deine Hilfe, aber von jetzt an reite ich allein. Ich würde dich nur in Gefahr bringen.«

Zu seiner Überraschung begann Herger zu lachen. »Gefahr, sagst du? Was ist das, Skar? Satai-Humor? Ich glaube nicht, dass du mich noch mehr in Gefahr bringen kannst, als du es bereits getan hast.«

»Muss ich dich erst niederschlagen, oder reitest du freiwillig in einer anderen Richtung weiter?«, fragte Skar, ohne auf Hergers Worte einzugehen. »Ich spaße nicht, Herger. Du hast gesehen, was den Leuten passiert, die mir zu nahe kommen.«

Herger verzog abfällig die Lippen. »Skar, der Unglücksbringer«, sagte er spöttisch. »Der Mann mit dem Fluch, wie? Hör mit dem Unsinn auf. Ich habe euch Satai nie als Halbgötter angesehen, wie es die anderen tun, und ich werde damit auch jetzt nicht anfangen. Du kennst dieses Land nicht, Skar. Du willst nach Elay, aber allein und ohne Hilfe wirst du es niemals bis dorthin schaffen. Du wärst ja nicht einmal über Anchor hinausgekommen aus eigener Kraft. Und ich werde schon auf mich achtgeben, keine Sorge.«

Skar setzte zu einer scharfen Entgegnung an, beließ es aber dann bei einem wortlosen Achselzucken und ritt los. Herger folgte seinem Beispiel und drängte sein Tier an Skars Seite. »Ich habe dir ein Angebot gemacht gestern Abend«, fuhr er fort, ohne Skars verbissenes Schweigen zu beachten. »Und es sieht so aus, als hättest du gar keine andere Wahl, als es anzunehmen.«

Skar schwieg noch immer. Das Schlimme war, dachte er, dass Herger mit jedem Wort recht hatte. Vielleicht würde er den Weg nach Elay aus eigener Kraft finden, aber er hatte keine Ahnung, welche Gefahren und Fallen unterwegs auf ihn lauerten, und das, was in Anchor geschehen war, bewies ihm überdeutlich, wie gut sich Vela auf sein Kommen vorbereitet hatte. Sicher – Herger hatte ihn verraten, aber ihm war wohl nichts anderes übrig geblieben, und letztlich würde Skar Freunde – oder wenigstens Verbündete – brauchen, wenn er auch nur in die Nähe der Verbotenen Stadt gelangen wollte.

Sie ritten eine Zeit lang schweigend nebeneinander her, bis der Weg so schmal wurde, dass Herger zurückbleiben musste. Der Wald wurde dichter und setzte sich auch hinter der Hügelkette fort. Sie ritten eine Weile parallel zum Bach, bis das glitzernde Band unter einem Wust von Unterholz und wuchernden Luftwurzeln verschwand und sie sich mühsam ihren Weg suchen mussten.

Herger sprach nicht mehr mit Skar, aber das lag wohl eher daran, dass der Ritt mit jedem Meter schwieriger wurde und sie ihre ganze Konzentration dazu aufbringen mussten, immer wieder neue Lücken und Breschen im Unterholz zu erspähen, um nicht plötzlich in einer Dornenhecke oder einem Sumpfloch stecken zu bleiben.

Die Sonne kletterte allmählich höher, und es wurde warm, selbst hier unter dem nahezu geschlossenen Blätterdach des Waldes. Skar streifte sich schon bald den Umhang von den Schultern und legte ihn zusammengefaltet vor sich über den Sattel. Der Wald schien wie ein gewaltiges lebendes Treibhaus zu sein – die grüne Decke über ihren Köpfen ließ die Wärme der Sonne zwar herein, aber nicht wieder hinaus, und es erschien Skar beinahe unwirklich, dass auf den Felsen, die die Hafeneinfahrt von Anchor flankierten, noch Schnee und glitzernder Raureif gelegen hatten.

Später wurde der Weg breiter, und Herger ritt wieder neben Skar, der demonstrativ in eine andere Richtung sah, obwohl er sich allmählich selbst albern vorkam. Herger wusste so gut wie er, dass ihm letztlich gar nichts anderes übrig blieb, als sein Hilfsangebot anzunehmen. Auch wenn sich das ungute Gefühl, das ihn bei dieser Vorstellung beschlich, eher noch verstärkte.

Gegen Mittag wurde der Wald lichter, und als die Sonne den höchsten Punkt ihrer Wanderung erreicht hatte, lag vor ihnen wieder flaches, steppenähnliches Land, das sich bis zum Horizont erstreckte und irgendwo mit dem Himmel verschmolz. Skar konnte die Weite und Endlosigkeit, die sie erwartete, beinahe spüren.

Sie hielten an, als der Wald vollends hinter ihnen zurückblieb. Die Sonne strahlte heiß von einem wolkenlosen Himmel, aber der Wind war hier kalt und schneidend, und Skar und Herger wickelten sich wieder in ihre Mäntel. Ein seltsames Gefühl, über dessen Bedeutung Skar sich im ersten Augenblick selbst nicht ganz im Klaren war, ergriff ihn. Es war … ja, es war fast so etwas wie Enttäuschung. Er wusste nicht, *was* er erwartet hatte – im Grunde hatte er es die ganze Zeit über, selbst noch an Bord der SHANTAR, beinahe ängstlich vermieden, über Elay und das Drachenland nachzudenken, zum Teil, weil er prinzipiell nichts davon hielt, Tag um Tag mit wilden Spekulationen und Vermutungen zuzubringen, nur um hinterher zu merken, dass die Realität doch ganz anders aussah, zum Teil aber auch aus reinem Selbstschutz. Es gab unzählige Legenden über das Drachenland, und wenn seine Grenzen für Fremde auch nicht geschlossen waren, so kam doch nur selten ein Reisender über Anchor oder eine der wenigen anderen Grenzstädte hinaus, und diese Unkenntnis von der wahren Beschaffenheit des Landes nährte die Gerüchte und Märchen noch.

Nein, er wusste nicht, was er erwartet hatte, aber *das* nicht. Schon Anchor kam ihm jetzt, da er das erste Mal die Ruhe hatte, wirklich über seine Eindrücke nachzudenken, beinahe bedrückend normal vor: eine Hafenstadt wie hundert andere an den Küsten Enwors, vielleicht ein bisschen besser befestigt und ein bisschen weniger gut zugänglich, aber im Grunde eine Stadt, mehr nicht. Und dieses Land und der Wald, durch den sie gekommen waren … Nun, es war Wald, wie er überall zu finden war, und Land, das sich in nichts von den Steppen Malabs oder des Treiberlandes unterschied.

»Du bist enttäuscht, wie?«

Skar wandte verwirrt den Kopf. Herger lächelte, wenn auch auf sehr eigentümliche Art. Skars Empfindungen mussten deutlich auf seinem Gesicht zu lesen sein. »Enttäuscht ist nicht das richtige Wort«, sagte er nach kurzem Zögern.

»Jedermann ist enttäuscht, wenn er erst einmal so weit gekommen ist«, widersprach Herger. »Ich kenne das. Du bist nicht der Erste, den ich hierherbringe, und du wirst nicht der Letzte sein. Ich weiß nicht, was man draußen in der Welt über uns redet, aber jeder zweite, der hierherkommt, scheint Herden von Drachen und Hexen zu erwarten, verzauberte Wälder, Wunschbrunnen und Glasflaschen, in denen Geister gefangen sind und nur darauf warten, dass man sie befreit und drei Wünsche äußert.« Er lachte amüsiert. »Es ist ein ganz normales Land, wie du siehst.«

»Natürlich«, sagte Skar hastig. Hergers Worte machten ihn verlegen. Selbstredend hatte er nichts von alledem wirklich erwartet, aber vollkommen unrecht hatte

Herger nicht. Zumindest war er mit der Erwartung von etwas Besonderem, Außergewöhnlichem hergekommen.

Herger schwieg einen Moment, starrte nachdenklich zum Horizont und beschattete die Augen mit der Hand. Zwischen seinen Brauen entstand eine schmale Falte; ein übertriebener Ausdruck der Besorgnis, der in seinem jugendlichen Gesicht beinahe komisch wirkte. »Dir ist doch klar, dass sie in Elay auf uns warten werden«, sagte er schließlich.

»Auf mich«, verbesserte Skar den Hehler.

»Dann von mir aus auf dich«, sagte Herger geduldig. »Aber wer immer diesen komischen Zwerg und die Thbarg auf dich gehetzt hat, weiß, dass du kommst. Es ist noch keinem gelungen, in die Verbotene Stadt einzudringen – und sie auch lebend wieder zu verlassen.«

»Wer sagt, dass ich das vorhabe?«, gab Skar ruhig zurück.

Herger gab einen schwer zu definierenden Laut von sich. »Du musst noch etwas leiser sprechen«, sagte er, »und mit Grabesstimme, damit der Satz richtig wirkt.«

»Du scheinst das Ganze als einen großen Spaß anzusehen, Herger«, entgegnete Skar wütend. »Aber das ist es nicht. Ist dir das Schicksal von Tantor und seinen Männern nicht Warnung genug?«

»Ich weiß, dass es kein Spaß ist, Skar«, sagte Herger in tiefem Ernst. »Aber ich halte nichts davon, mich die nächsten zwei Wochen mit Gedanken an den Tod zu belasten. Wenn es passiert, dann passiert es eben. Aber bis es so weit ist, werde ich kämpfen.«

Skar schnaubte. »Du mischst dich in Dinge ein, die

dich absolut nichts angehen. Ich weiß nicht, warum du es tust – ob aus Abenteuerlust oder Leichtsinn –, aber du machst einen Fehler, Herger.«

»So wie Andred?«

Skar fuhr betroffen zusammen.

»Wir sollten aufhören, uns zu streiten«, lenkte Herger ein. »Wenn du recht hast und sie uns verfolgen, dann müssen wir hier weg, so schnell es geht.«

Skar nickte. Es kostete ihn Mühe, seine Gedanken wieder auf den Weg und das, was vor ihnen liegen mochte, zu konzentrieren. Aber Herger hatte recht. Sie redeten nicht nur beide Unsinn, sondern vergeudeten auch wertvolle Zeit. Es würde eine Weile dauern, bis sich die Nachricht von Tantors Tod herumgesprochen und Velas Häscher sich neu formiert haben würden, aber früher oder später würden sie die Verfolgung aufnehmen. Und Skars Gegner hatten einen gewaltigen Vorteil: Sie kannten jeden Schritt, den er machen würde, im Voraus.

Er sah flüchtig zum Wald zurück, als würde er befürchten, die Verfolger dort bereits auftauchen zu sehen, und setzte dann sein Pferd in Bewegung. Sie trabten los; nicht sehr schnell, denn die Tiere waren immer noch müde und hätten ein schärferes Tempo kaum durchgehalten.

Fast eine Stunde lang ritten sie schweigend nebeneinander her. Der Wind drehte sich ein paarmal, wurde aber auch zunehmend schwächer, und mit seinem Abflauen stiegen die Temperaturen. Es war noch immer kühl, aber trotzdem entschieden zu warm für die Jahreszeit. Skar war froh, nicht reden zu müssen;

doch er war auch froh, nicht allein zu reiten. Obwohl er Herger noch vor wenig mehr als einer Stunde am liebsten zum Teufel gejagt hätte – und obwohl er noch immer nicht wusste, ob Herger nun sein Verbündeter oder nur ein weiterer Feind war, der nur darauf wartete, ihn in eine Falle zu locken –, war er plötzlich froh, nicht allein sein zu müssen. Es war seltsam – er hatte die Einsamkeit eigentlich immer geliebt. Zumindest hatte sie ihm nie etwas ausgemacht. Aber jetzt fürchtete er sich davor. Vielleicht waren Einsamkeit und Alleinsein auch zwei grundverschiedene Dinge. Vielleicht lag es auch daran, dass sich alles geändert hatte. Es war... ja, vielleicht war das Gefühl, das er vorhin verspürt hatte, weniger Enttäuschung als vielmehr Furcht gewesen. Sein Weg hatte ihn quer über die gesamte bekannte Welt hierhergeführt, aber er wusste, dass er das Ende dieses Weges bald erreicht haben würde. Dies war die letzte Runde, in der sich alles ändern konnte. Irgendetwas war geschehen, während er in Endor auf ein Schiff gewartet hatte.

Er wusste nur noch nicht, was.

Herger drängte sein Tier dichter an das seine heran – eigentlich schon zu nahe, um noch wirklich bequem reiten zu können –, lächelte Skar flüchtig an und sah dann wieder starr nach Norden.

Skar besah sich Hergers Pferd. Es war ein sehr kräftiges Tier – schlank, aber mit gut entwickelten, starken Muskeln, deren Spiel durch das schweißfeuchte schwarze Fell deutlich zu sehen war; wie seines ein Tier, das mit großer Sorgfalt ausgewählt worden war. Mit ebenso großer Sorgfalt war ihre Ausrüstung zusammengestellt. Herger hatte sich auf das Allernotwendigste beschränkt, dabei aber nichts Wichtiges vergessen. Skar hatte den Inhalt seiner Satteltaschen flüchtig geprüft, als sie im Schutz des Waldes gerastet hatten. Wenn sie unterwegs ausreichend Wasser und Wild fanden, konnten sie Elay erreichen, ohne auf die Hilfe Dritter angewiesen zu sein.

»Wieso eigentlich zwei Pferde?«, fragte er unvermittelt.

Herger sah auf. »Ich habe mich schon gefragt, wann du diese Frage stellen wirst.«

»Jetzt«, knurrte Skar. »Und ich wäre dir dankbar für eine Antwort.« Der aggressive Ton in seiner Stimme überraschte ihn fast selbst, aber Herger schien ihn gar nicht zu bemerken. »Hattest du von Anfang an vor, mit mir zu reiten?«

Herger zögerte einen Moment mit der Antwort. »Nicht direkt«, sagte er schließlich. »Aber ich bin grundsätzlich misstrauisch. Ich weiß immer noch nicht, ob ich dir trauen kann, und ich habe auch Gondered nicht getraut.« Er lachte leise. »Ich habe es mir schon seit langer Zeit zur Regel gemacht, mir immer irgendwo eine Hintertür offen zu halten, durch die ich im Notfall rasch verschwinden kann.«

»Es scheint dir nicht allzu viel auszumachen, Hab und Gut zu verlieren«, murmelte Skar.

Herger machte eine wegwerfende Handbewegung. »Hab und Gut«, stieß er hervor. »Du hast das Gerümpel gesehen. Die beiden Pferde, auf denen wir reiten, sind mehr wert, als ich für den Kram bekommen hätte. Und Anchor hat mir schon lange nicht mehr gefallen. Ich hätte die Stadt sowieso früher oder später verlassen. Seit die Thbarg dort aufgetaucht sind, ist das Leben in Anchor auch für einen Mann wie mich nicht mehr so sicher, wie es einmal war.«

Skar sah ihn scharf an. Der Wind hatte Hergers Haar zerzaust, und im grellen Licht der Sonne wirkten die Linien in seinem Gesicht hart; er sah mit einem Mal viel älter aus, als Skar ihn bisher eingeschätzt hatte.

»Ein Mann wie du ...«, wiederholte Skar nachdenklich. »Und was für ein Mann bist du?«

»Unter anderem dein Lebensretter«, sagte Herger, »wenn ich dich daran erinnern darf.«

»Nachdem du mich vorher verkauft hast«, konterte Skar, »wenn ich dich *daran* erinnern darf.«

Herger lächelte dünn. »Was hast du erwartet? Seit Wochen schlichen diese Thbarg durch die Stadt und erzählten von einem verrückten Satai, der kommen würde, um einen Ein-Mann-Krieg gegen die *Errish* zu beginnen. Dann kommst du, bringst einen meiner Freunde mehr tot als lebendig in mein Haus und erzählst seelenruhig, dass sein Schiff mit seiner gesamten Besatzung verbrannt ist.« Er zuckte mit den Schultern. »Außerdem war Gondered schon *vor* euch bei mir, schon bevor das Schiff in den Hafen eingelaufen ist, wenn du es ganz genau wissen willst.«

»Aber wie konnte er wissen ...?«

»Es war kein Geheimnis, dass Andred und ich Freunde waren«, fuhr Herger fort. »Wahrscheinlich war er nicht sicher, euch wirklich im Hafen zu erwischen – womit er durchaus recht hatte, wie sich gezeigt hat. Was ist an dieser Geschichte dran?«

Die Frage überraschte Skar. Sie hatten, obwohl sie sich seit weniger als vierundzwanzig Stunden kannten, bereits so viel gemeinsam erlebt, dass er Herger unbewusst schon als Gefährten akzeptierte. Aber er hatte fast vergessen, dass der Hehler wenig mehr als seinen Namen von ihm wusste.

»Nichts«, sagte er ausweichend. »Jedenfalls nicht an der Version, die du gehört hast.«

Hergers Reaktion kam völlig überraschend. Er beugte sich vor, griff nach dem Zaumzeug von Skars Pferd und brachte das Tier mit einem harten Ruck zum Stehen.

»Jetzt hör mir einmal zu, Skar«, sagte er wütend. »Ich habe einen meiner besten Freunde verloren durch deine Schuld. Mein Haus ist abgebrannt, ich wäre um ein Haar umgebracht worden, und auf meinen Kopf ist wahrscheinlich schon ein Preis ausgesetzt – deinetwegen. Jeder Halsabschneider von hier bis Elay wird sich einen Spaß daraus machen, mich umzubringen, und dieses Monster, das den Zwerg und die Thbarg getötet hat, wird mich sicher auch nicht verschonen, und dafür trägst du ebenfalls die Verantwortung, Skar. Ich denke also, ich habe ein Recht, die Wahrheit zu erfahren.«

Skar seufzte. Hergers plötzlicher Ausbruch hatte ihn überrascht, aber die Schauspielkünste des jungen Hehlers waren nicht gut; nicht gut genug zumindest, Skar darüber hinwegzutäuschen, dass er sich die Worte – und auch die Betonung – sorgsam zurechtgelegt und nur auf eine Gelegenheit gewartet hatte, sie möglichst wirkungsvoll anzubringen. »Recht…«, wiederholte er, betont ruhig. »Mag sein, dass du ein *Recht* darauf hast – von deinem Standpunkt aus. Aber ich habe dich nicht gebeten, mich zu begleiten, und nach *Rechten*« – er betonte das Wort, als handele es sich um einen üblen Scherz –, »nach Rechten wird in diesem Spiel schon lange nicht mehr gefragt, Herger. Andere Leute hatten auch ein Recht weiterzuleben. Und Andred mit Sicherheit.«

Sie beide mussten davon ausgehen, dass der Freisegler in Hergers Haus verbrannt war.

»Ich möchte aber wenigstens wissen, *warum* man mir nach dem Leben trachtet«, sagte Herger unsicher. »Und wer.«

»Wenn du wirklich so gute Verbindungen hast«, knurrte Skar, gleichermaßen wütend auf Herger wie auf sich selbst, dass er sich so hatte hinreißen lassen, »dann solltest du die Antwort kennen. Ich bin erst seit ein paar Stunden in diesem Land, aber selbst ein Blinder würde sehen, dass hier zu einem Krieg gerüstet wird.«

Herger nickte ungerührt. »Wie überall«, sagte er. »Die Quorrl...«

»Du weißt so gut wie ich, dass es nicht nur um die Quorrl geht«, fiel ihm Skar ins Wort. »Hast du nicht gestern Abend etwas Ähnliches gesagt?«

Herger schwieg einen Moment. Seine dunklen Augen musterten Skar mit einer Mischung aus Neugierde und allmählich aufkeimender Furcht. Vielleicht fragte er sich, ob es nicht doch ein Fehler gewesen war, dem Satai zu helfen.

»Ich weiß so wenig wie du, was in diesem Land

vor sich geht«, sagte er schließlich. »Natürlich ist der Feldzug gegen die Quorrl nur ein Vorwand, und das ist nicht einmal ein Geheimnis. Aber es steht uns nicht zu, an den Entschlüssen der *Errish* herumzukritisieren. Seit tausend Jahren halten sie ihre schützende Hand über uns, und ich kann mich an keinen Fall erinnern, in dem es zu unserem Schaden gewesen wäre.«

Skar antwortete nicht gleich. Es war das erste Mal, dass Herger direkt über die wahren Herren dieses Landes, die *Errish,* sprach, und der unterwürfige Ton, in dem er es tat, überraschte ihn, vor allem nach dem Eindruck, den er bisher von Herger gewonnen hatte.

Aber hätte er das nicht erwarten müssen? Hätte er nicht noch vor wenigen Monaten ebenso geredet und gedacht? Die Ehrwürdigen Frauen waren seit jeher das Sinnbild für Gerechtigkeit und Ehre gewesen, eine kleine, verschworene Kaste, gleichermaßen gefürchtet wie geachtet, deren bloße Anwesenheit jeden Gedanken an Verrat und Betrug von vornherein lächerlich erscheinen ließ.

»Und es ist dir gleich, wenn dein Land zum Krieg rüstet?«, fragte Skar.

Herger suchte einen Moment nach Worten. »Natürlich nicht«, sagte er. »Und das ist einer der Gründe, warum ich dich begleite. Ich … bin nicht der Einzige, der laut darüber nachdenkt, ob die Befugnisse der Thbarg wirklich so weit reichen, wie sie behaupten.«

Skar sah verwundert auf, aber Herger sprach schnell weiter. »Skar, *wir* wissen, dass die *Errish* keine Hexen sind und nicht zaubern können. Und sie kümmern sich nicht viel um das, was hier im Lande vorgeht. Ein Befehl kann so oder so interpretiert werden. Krieg…« Er sprach das Wort mit seltsamer Betonung aus. »Gegen wen? Gegen Kohon? Larn? Die Westländer?« Er lächelte und begleitete jeden Namen, den er aufzählte, mit einem überzeugten Kopfschütteln.

»Warum nicht gegen alle?«, fragte Skar.

Herger erschrak, hatte sich aber sofort wieder in der Gewalt. »Warum nicht gleich gegen die ganze Welt?« In seiner Stimme war eine ganz leise Spur von Unsicherheit.

»Vielleicht«, murmelte Skar.

Herger antwortete nicht mehr, sondern sah Skar nur mit wachsendem Schrecken an und blickte dann abrupt weg. Er hatte sich auch weiterhin in der Gewalt, aber seine Hände krampften sich ein wenig zu fest um die Zügel, und der Ausdruck auf seinem Gesicht wirkte beinahe zu gefasst.

Skar schüttelte verwirrt den Kopf. Was war nur mit ihm – mit ihnen beiden – los! Er versuchte, sich an den Herger von gestern Abend zu erinnern, aber es fiel ihm schwer. Von seiner übertriebenen, schon fast an Überheblichkeit erinnernden Selbstsicherheit war nicht viel geblieben. Es schien, als ritte Skar neben einem völlig anderen Menschen, der nur noch äußerlich Ähnlichkeit mit dem Herger aufwies, zu dem der Freisegler ihn geführt hatte. Aber auch er selbst hatte sich verändert, mehr, als ihm bis jetzt klar geworden war.

»Dieser Zwerg«, sagte Herger plötzlich. »Tantor – das war doch sein Name?«

Skar nickte.

Herger starrte noch immer unverwandt geradeaus,

aber seine Stimme hatte sich erneut verändert; eine weitere Facette des Chaos, das in seinem Inneren toben musste.

»Ist das, was er erzählt hat, wahr?«

»Was meinst du?«

»Er sagt, dass du ihn... verraten hast«, presste Herger hervor. »Wie hat er das gemeint?«

Skar zögerte. Er hatte nicht geglaubt, dass sich Herger so deutlich an Tantors Worte erinnerte; nicht nach allem, was geschehen war. Es wäre ein Leichtes für ihn gewesen, einfach mit Nein zu antworten, aber irgendetwas hielt ihn zurück.

»Es... ist wahr«, sagte er leise. »Und auch wieder nicht.« Er lächelte unsicher und beinahe verlegen und fuhr nach einem Kopfschütteln fort: »Von seinem Standpunkt aus habe ich ihn verraten, glaube ich. So wie du mich gestern Nacht verraten hast, um einen Freund zu retten.«

»Ich...«

»Kein Vorwurf, Herger«, sagte Skar rasch. »Du wolltest eine Antwort, und mehr war es nicht. Ich hatte die Wahl zwischen seinem Leben und dem eines Freundes.«

»Und?«, fragte Herger. »Lebt dein Freund noch?«

Skars Miene verdüsterte sich. Leben? *Lebte* Del? Vielleicht würden ihn die Sumpfleute auferstehen lassen, aber würde er jemals wieder der Del sein, den er gekannt hatte?

»Ich weiß es nicht«, sagte er schließlich. »Und es spielt auch keine Rolle mehr. Jetzt nicht mehr.«

Herger seufzte. »Warum erzählst du mir nicht

alles?«, fragte er geduldig. »Früher oder später erfahre ich *es* ja doch. Stückweise und unvollkommen, aber ich erfahre es.« Er sah Skar einen Moment lang nachdenklich an und presste die Lippen zu einem schmalen Strich zusammen. Dann deutete er nach Norden. »Wir werden zwei Wochen unterwegs sein, mindestens. Vielleicht länger, wenn wir uns unterwegs verbergen müssen, und wahrscheinlich werden wir Umwege machen müssen, weil die Pässe gesperrt sind. Eine lange Zeit, wenn man sich jedes Wort überlegen muss, das man spricht.«

Skar schwieg.

»Du hast mich vorhin schon gefragt, was für ein Mann ich bin«, fuhr Herger fort.

»Du hast nicht geantwortet.«

Herger lächelte und wurde sofort wieder ernst. »Zum einen bin ich sehr neugierig«, sagte er scherzhaft und wurde sofort wieder ernst: »Aber ich habe auch eine Menge Freunde. Männer, die dir helfen können. Ich glaube nicht daran, dass die *Errish* in aller Stille einen Krieg gegen den Rest der Welt vorbereiten, Skar, aber ich glaube, dass in diesem Land irgendetwas vor sich geht, das nicht gut ist. Und ich möchte wissen, was. Deshalb habe ich dir geholfen. *Auch* deshalb«, fügte er nach einer kaum merklichen Pause hinzu.

Skar schwieg noch immer, obwohl er selbst nicht hätte sagen können, warum. Der Mann, der er noch vor ein paar Monaten gewesen war, hätte die Antwort gewusst. Er hätte jede Möglichkeit ergriffen, Männer um sich zu scharen, um gegen Vela zu ziehen.

Aber er war nicht mehr der Mann, als der er nach Combat gegangen war. Nur war die Veränderung anders, als er bisher angenommen hatte. Er hatte geglaubt, sich Vela anzupassen, hatte diesen fast schmerzhaften Wandel in sich zwar gespürt, aber falsch interpretiert. Seine Zweifel, die Unruhe, die ihn bereits in Hergers Haus überkommen hatte, die unerklärliche Schwäche, die ihn überfallen hatte, als sie geflohen waren, und die jetzt noch nicht vollends verschwunden war... Um ein Haar hätte er laut aufgelacht. Hatte er sich wirklich eingebildet, *härter* geworden zu sein? Irgendetwas in ihm hatte ihm gesagt, dass er Vela nur besiegen konnte, wenn er wie sie wurde, wenn er genauso berechnend und kalt mit Menschenleben umging, wenn er tötete, ohne zu denken, wenn er alles, was er je über Ehre und Ritterlichkeit gelernt hatte, über Bord warf und dem Ungeheuer in sich freie Bahn ließ.

Aber das Ungeheuer war nicht mehr in ihm. Sein dunkler Bruder war fort, schon lange, und er begann erst allmählich zu spüren, wie sehr er bisher sein Leben bestimmt hatte. Seine Schwäche war nichts als Ekel gewesen, Ekel vor sich selbst, vor seinen Händen, die – wieder einmal – getötet hatten. Vielleicht, dachte er, war der steinerne Wolf nichts anderes als die Verkörperung seines dunklen Bruders, ein Ding, langsam über Jahrzehnte in ihm herangewachsen, das jetzt zu eigenem, bösem Leben erwacht war.

»Wie lange, sagst du, brauchen wir bis Elay?«, fragte er, mühsam die Erinnerungen und Gedanken zurückdrängend, die seine Seele wie der Hauch einer üblen, schleichenden Krankheit zu verpesten begannen.

»Zwei Wochen«, antwortete Herger. »Eher drei, wenn wir einen Bogen um die Städte schlagen, was wir wahrscheinlich tun müssen.«

»Drei Wochen...« Skar atmete hörbar ein. »Zeit genug zum Reden.«

9. Kapitel

Der Fluss schnitt wie ein braunes, in willkürlichen Schleifen und Kehren hingeworfenes Band unter ihnen durch die Ebene. Die schlammigen braunen Fluten schienen sich träge zu Tal zu wälzen, aber Skar wusste, dass dieser Eindruck täuschte. Sie waren noch eine gute Meile vom Ufer entfernt; vielleicht auch noch mehr. Das Land hier war flach und ohne sichtbare Markierungen – es gab nichts, was er zum Vergleich hätte heranziehen können. Trotzdem konnte er bereits das Geräusch des Wassers hören: ein dumpfes Murmeln und Raunen wie von weit entfernten Stimmen, ein Laut, der nach Feuchtigkeit und Kälte klang und ihn für einen winzigen Moment frösteln ließ.

Sein Pferd begann unruhig mit den Hufen zu scharren. Das Tier war durstig – wie er und Herger hatte es vor anderthalb Tagen das letzte Mal getrunken, eine schlammige braune Brühe aus einem stehenden Wasserloch, das die Bezeichnung Tränke selbst mit sehr viel gutem Willen kaum verdiente. Jetzt spürte das Tier die Nähe des Wassers und wollte hinunter.

Auch Skars Lippen waren rissig vor Durst, und sein Gaumen fühlte sich pelzig an. Aber er beherrschte sich. Die letzten beiden Tage waren sie im Schutze des Waldes geritten, doch nun war vor ihnen nichts mehr, was als Deckung hätte dienen können, weder auf dieser Seite des Flusses noch auf der anderen.

Sein Pferd begann sich stärker gegen den Zug der Zügel zu stemmen, und Skar sah sich ungeduldig um. Herger war dicht hinter ihm; der Hufschlag seines Pferdes hatte Skar seit Tagesanbruch wie ein arhythmisches Echo begleitet. Trotzdem schien eine Ewigkeit zu vergehen, ehe sich das Unterholz teilte und die gebeugte Gestalt des Schmugglers aus dem Wald heraustrat. Er war abgesessen und führte sein Pferd am Zügel. Sie wechselten sich in dieser Marschordnung ab, um die Kräfte der Pferde zu schonen: Mal ritt er voraus, und Skar führte sein Tier am Zügel neben sich her, mal übernahm Skar die Führung, und Herger folgte in geringem Abstand. Sie kamen auf diese Weise nicht halb so schnell voran, wie Skar es sich gewünscht hätte. Aber die Tiere waren am Ende.

So wie ihre Reiter, fügte er in Gedanken hinzu.

Herger blieb neben ihm stehen, fuhr sich mit dem Handrücken über die Stirn und blinzelte mehrmals hintereinander. Die Sonne stand – obwohl sie erst vor wenigen Augenblicken aufgegangen war – bereits als weißglühender Ball über dem Horizont, und ihr Licht war hart und schmerzhaft.

»Ist das der Fluss, von dem du gesprochen hast?«, fragte er.

Herger zögerte einen Moment. Er seufzte, blickte erst nach rechts, dann nach links, als müsse er sich das Bild mühsam ins Gedächtnis zurückrufen und mit seiner Erinnerung vergleichen, und nickte dann. »Der Eisfluss«, bestätigte er. »Wir haben die Hälfte geschafft.«

Vielleicht – sicher – waren seine Worte als Aufmunterung gedacht, aber wenn sie bei Skar überhaupt etwas bewirkten, so eher das Gegenteil. »Die Hälfte«, murmelte er. »Das heißt noch einmal zehn Tage.«

Herger sah ihn nachdenklich an, krauste die Stirn und schüttelte schließlich den Kopf. »Eher zwölf, fürchte ich. Der Wald endet hier – von jetzt an werden wir vorsichtiger reiten müssen.«

Skar antwortete nicht darauf. Es gab auch nichts, was er hätte sagen können. Sie hatten viel geredet, aber ihre Gespräche waren mit jedem Tag mehr verflacht, wie Rinnsale versickert in der unglaublichen Weite des Landes, das sie durchquerten. Alles, was zu sagen war, war gesagt worden, und weder Herger noch er waren Männer, die Freude daran fanden, ein und dasselbe mit anderen Worten immer wieder neu zu sagen. Vielleicht, dachte er, lag es auch nur daran, dass er zu weit gewandert war. Wie viele Meilen hatte er zurückgelegt in den letzten Monaten? Viertausend? Fünftausend? Wie viele Hufschläge? Wie viele Worte, die nur gesprochen worden waren, um die Eintönigkeit zu vertreiben?

Herger kletterte mit sichtlicher Anstrengung aus dem Sattel, fuhr sich erneut – und diesmal eindeutig müde – mit der Hand übers Gesicht und sah zum Fluss hinunter. »Seltsam«, murmelte er.

»Was?«

Herger deutete mit einer Kopfbewegung nach unten. »Der Fluss führt zu viel Wasser«, sagte er. »Selbst für diese Jahreszeit. Und die Strömung ist zu stark.«

Skar blickte stirnrunzelnd auf das gewundene

braune Band hinunter. Er konnte nichts Außergewöhnliches entdecken, aber schließlich war er hier auch nicht zu Hause wie Herger.

»Vielleicht hat die Schneeschmelze früher eingesetzt als sonst«, murmelte er ohne rechte Überzeugung.

Herger blickte instinktiv nach Norden. Die Berge waren als graue verwaschene Schemen am Horizont auszumachen, graue Giganten mit blitzenden weißen Helmen, die hinter dem widerwillig weichenden Morgennebel allmählich sichtbar wurden. Der Anblick hatte sich seit zehn Tagen nicht verändert. Hätte sich Skar nur am Bild der Berge orientiert, hätte er kaum geglaubt, sich weiter als ein paar Meilen von Anchor entfernt zu haben.

»Nein«, sagte Herger schließlich, »der Fluss ist voller Eis – siehst du es nicht?«

Skar hatte bis jetzt nicht mehr als einen flüchtigen Blick für den Fluss übrig gehabt, aber als er genauer hinsah, merkte er, was Herger meinte: In den kochenden braunen Fluten blitzte es immer wieder auf. Eis – winzige Körner, die wie achtlos hineingestreute Diamantsplitter durch die Wasseroberfläche glitzerten, aber auch große, unregelmäßige Brocken, auf denen ein Mann bequem hätte stehen können. Hier und dort lagerte sich auch am Ufer Eis ab; schimmernde weiße Nester, die dem Ansturm des Frühlings trotzten, und der Fluss brachte nicht nur Schlamm und verklumpten Schnee mit sich, sondern auch Kälte. Der Nebel, der von seiner Oberfläche aufstieg, atmete noch den Hauch des Winters. Nein – Herger hatte recht: Selbst die rasendste Strömung war nicht schnell genug, Eis in solcher Menge über die fünf- oder sechshundert Meilen, die es bis zu den Bergen sein mussten, zu tragen, ohne dass es geschmolzen wäre.

»Und was bedeutet das?«, fragte er. »Für uns?«

Herger antwortete nicht gleich, aber sein Blick nahm wieder jenen nachdenklichen, halb besorgten Ausdruck an, den Skar in den letzten Tagen oft an ihm beobachtet hatte. Sie waren – von ein paar kaum nennenswerten Umwegen abgesehen – zehn Tage ununterbrochen nach Norden geritten, aber es war trotzdem nicht kälter, sondern im Gegenteil wärmer geworden. Obwohl die Temperaturen in der Nacht noch immer unter den Gefrierpunkt sanken, war es tagsüber bereits doch so warm, dass sie die Mäntel ablegen und nur mit wollenen Hemden bekleidet reiten konnten. Skar hatte bislang über diesen Umstand kein Wort verloren, aber er hatte ein paar unbewusste Bemerkungen Hergers aufgeschnappt und daraus geschlossen, dass ein Wetter wie dieses auch hier nicht normal war.

»Es bedeutet auf jeden Fall einen Umweg«, murmelte Herger. »Die Pferde schaffen es nicht durch diese Strömung. Und wir auch nicht.«

»Und was schlägst du vor?«

Wieder überlegte Herger. »Es gibt eine Furt«, sagte er nach einer Weile, »einen Tagesritt westlich von hier.«

»Wohin fließt dieser Fluss?«, fragte Skar, Hergers letzte Bemerkung bewusst ignorierend.

Herger grinste flüchtig. »Dorthin, wo die meisten Flüsse enden, Skar – zur Küste.«

»In Richtung Elay?«

Herger nickte. »Ungefähr. Wenn wir ihm folgen,

dann würde er uns bis auf dreißig Meilen an die Stadt heranführen.« Er runzelte die Stirn, als wäre ihm plötzlich etwas eingefallen, und fügte hinzu: »Ich weiß, was du jetzt denkst – vergiss es.« Er schüttelte den Kopf, stützte sich schwer auf dem Sattelknauf ab und seufzte hörbar. »Reiten wir hinunter«, murmelte er schwach. »Den Pferden wird ein Schluck Wasser guttun. Und mir auch.« Ächzend richtete er sich im Sattel auf, griff mit unsicheren Fingern nach den Zügeln und ließ sein Pferd antraben.

Skar warf einen raschen Blick über die Schulter zurück, ehe er ihm folgte: eine Bewegung, die ihm in den letzten Tagen so in Fleisch und Blut übergegangen war, dass er sie schon unbewusst ausführte.

Sein Blick glitt wieder über die eintönige Landschaft. Seine Augen brannten, und wenn er lange genug hinsah, dann begannen die grauen Nebelfetzen vor ihm Umrisse und Formen zu bilden: Gesichter, Gestalten… die Schemen aus seinem Inneren, die jede Gelegenheit nutzten, hervorzubrechen und ihn zu verhöhnen. O nein, er war nicht mehr der Mann, der er gewesen war. Er war sich so fremd geworden, dass er allmählich anfing, Furcht vor sich selbst zu empfinden. Es hatte eine Zeit gegeben, da hatte er die Einsamkeit menschlicher Gesellschaft vorgezogen. Jetzt hasste er sie. Sie hatten während der letzten neun Tage keinen Menschen gesehen, obwohl dieses Land alles andere als dünn besiedelt war. Herger hatte bewusst eine Route gewählt, auf der sie alle Städte und Dörfer in weitem Bogen umgingen – eine Vorsichtsmaßnahme, der Skar nach anfänglichem Zweifel zugestimmt hatte, obwohl sie auf diesem Weg gut die doppelte Zeit brauchten, um Elay zu erreichen. Aber wenn sie dem Fluss folgten, würden sie Menschen treffen. Flüsse haben die Eigenschaft, Siedlungen anzuziehen.

Die Pferde begannen schneller zu laufen, als sie das Wasser witterten. Skar hielt sein Tier nicht mehr zurück, obwohl ihm der Gedanke, offen und ohne die geringste Deckung dahinzugaloppieren, ein fast körperliches Unbehagen bereitete. Auch Herger ließ die Zügel fahren und beschränkte sich darauf, sich krampfhaft am Sattelknauf festzuklammern. Der Boden federte unter den Hufschlägen der Tiere, und vom Wasser drang ihnen ein Schwall eisiger Luft entgegen. Aber durch den Nebel schimmerte es grün, und ein paar der dürren Büsche, die ihren Weg säumten, trugen bereits erste zaghafte Knospen. Der Frühling hatte Einzug in diesen Teil der Welt gehalten. Zwei Monate zu früh.

Sie saßen ab, und die Pferde senkten gierig die Köpfe zum Wasser, um zu trinken. Skar besah sich die beiden Tiere besorgt. Sie waren sichtlich abgemagert. Ihr Fell war struppig und glanzlos geworden, und wo sich zu Beginn des Ritts kräftige Muskeln unter ihrer Haut abgezeichnet hatten, konnte man nun deutlich die Rippen sehen. Sie hatten nichts anderes als dürres Gras zu fressen bekommen und selbst davon nicht genug. Der Wald, durch den sie geritten waren, war nur scheinbar fruchtbar gewesen. Die Landstriche, wo der Boden gut genug für fettes Gras und Ackerbau war, waren dicht besiedelt und somit für Herger und ihn tabu.

Auch sie waren kaum in einem besseren Zustand als ihre Pferde. Skars Hoffnung, jagdbares Wild finden und erlegen zu können, hatte sich nicht erfüllt. Ein halb verhungertes Kaninchen und ein Bussard, der leichtsinnig genug gewesen war, sich die beiden Reiter aus einer Entfernung zu betrachten, in der ihn Hergers Pfeil hatte treffen können, waren die einzigen Bereicherungen ihrer Speisekarte gewesen. Ansonsten hatten sie von dem gelebt, was in den Satteltaschen gewesen war – Dörrfleisch und trockenes Brot, das abscheulich schmeckte und durstig machte. Aber auch diese Vorräte waren mittlerweile aufgebraucht. Vielleicht würden sie bald die Nähe von Menschen suchen müssen, ob sie wollten oder nicht.

Herger kniete am Flussufer nieder, tauchte vorsichtig die Hand ins Wasser und zog sie hastig wieder zurück. »Eisig«, stellte er fest.

»Das ist nicht weiter verwunderlich«, sagte Skar lächelnd. »Immerhin ist genug Eis im Wasser. Wolltest du baden?«

Herger ignorierte seine Bemerkung, stand auf und rieb sich die Hand an der Hose trocken. »An Schwimmen ist jedenfalls nicht zu denken«, sagte er missmutig. »Wir wären erfroren, ehe wir halb drüben wären. Ganz abgesehen von der Strömung.«

Skar zuckte gleichmütig mit den Schultern. Er hatte keine Lust, über Strömungen und Flüsse zu diskutieren. Dieser Fluss war nichts als ein weiteres Hindernis, das sie überwinden würden. Eine Verzögerung von einem Tag, mehr nicht. Der Gedanke ließ ihn fast unberührt. Irgendwo auf halbem Wege zwischen hier und den Bergen dort vorne lag Elay, die Stadt, in der er Vela finden würde, und er wusste mit unerschütterlicher Gewissheit, dass es nichts mehr gab, was ihn noch aufhalten konnte. Sein Weg würde dort enden, auf die eine oder andere Weise, aber nicht vorher. Er wusste es mit der gleichen Gewissheit, mit der er wusste, dass der Wolf noch immer auf seiner Spur war, obwohl er ihn nicht mehr sah und obwohl selbst das höhnische Wolfsheulen des Windes verstummt war. Er war da, hier, irgendwo, ganz in seiner Nähe, unsichtbar, lauernd und ständig bereit zuzuschlagen, wenn er, Skar, versuchen würde, einen anderen Weg als den nach Elay einzuschlagen.

Skar hatte Zeit genug gehabt, über alles nachzudenken, und er wusste jetzt, dass er sich getäuscht hatte, dass der Wolf in Hergers Haus in Anchor nicht eingegriffen hatte, um ihn zu töten, sondern – so absurd der Gedanke auch erscheinen mochte – um ihn zu retten. Es wäre ein Leichtes für das Ungeheuer gewesen, ihn zu vernichten, schon seit Langem. Doch er hatte Skar gerettet, so wie er ihn in Tuan gerettet hatte, indem er Vela gezwungen hatte, ihre Festung auf den gläsernen Ebenen zu verlassen, und ihm damit Gelegenheit zur Flucht verschafft hatte.

Skar war noch nicht so weit zu sterben, in ihm war noch Hoffnung, ein winziger Funke, der gegen alle Logik noch immer brannte und ihn weitertrieb, und solange er noch hoffte – solange es noch eine Enttäuschung gab, die er noch erleben konnte –, so lange würde er am Leben bleiben.

Um ein Haar hätte er laut aufgelacht. Der Gedanke

war so makaber, dass er schon fast wieder komisch war. Vielleicht war niemals in der Geschichte dieser Welt ein Mann von einem so übermächtigen Feind verfolgt worden wie er – und trotzdem war es gerade dieser Umstand, der ihn sich so sicher fühlen ließ.

Er wandte sich um, suchte sich einen einigermaßen trockenen Platz und ließ sich darauf nieder. Er fühlte sich schwach, jetzt, da er nicht mehr im Sattel saß, aber auch das war etwas, woran er sich fast schon gewöhnt hatte. Der Schwächeanfall während ihrer Flucht aus Anchor war kein Zufall gewesen. Seine Kraft ließ im gleichen Maße nach, in dem sie sich der Verbotenen Stadt näherten.

»Wir sollten uns überlegen, was wir tun«, sagte Herger plötzlich.

Skar fuhr aus seinen Gedanken hoch. Er hatte nicht gemerkt, dass Herger näher gekommen und einen halben Schritt vor ihm stehen geblieben war. Er sah auf, starrte Herger an und fuhr sich mit der Zungenspitze über die Lippen. Sein Gaumen schmerzte bereits vor Durst, aber er widerstand der Versuchung, aufzustehen und zum Fluss zu gehen und zu trinken. Er wusste, dass das, was er tat, albern war, aber er wusste ebenso, dass er diese Bestätigung einfach brauchte: einen winzigen Triumph über sich selbst, der überflüssige und vermutlich sogar schädliche Beweis, dass er noch immer Herr seines Körpers war, dass sein Wille noch immer stärker war als dieses empfindliche Instrument, dessen er sich bediente.

»Was meinst du?«, fragte er schwach. Er hatte Mühe, sich überhaupt auf Hergers Worte zu besinnen.

»Nichts Bestimmtes. Ich…« Herger schüttelte den Kopf, setzte sich mit einer plötzlichen, abrupten Bewegung neben Skar auf den Boden und zog die Knie an den Körper, bis er das Kinn darauf stützen konnte. »Ich habe ein ungutes Gefühl«, murmelte er.

Skar nickte. »Ich auch. Vor allem im Magen.«

»Es gibt ein kleines Dorf nicht weit von hier«, sagte Herger. »Wir könnten versuchen, dort Lebensmittel und frische Pferde zu erstehen.«

Skar schüttelte heftig den Kopf. Sie hatten zu viele Entbehrungen auf sich genommen, um jetzt einfach in das nächstbeste Dorf zu spazieren und nach Essen und einem Schlafplatz zu fragen. Vermutlich wäre das Risiko minimal gewesen, aber er wollte es trotzdem nicht eingehen, einfach aus dem gleichen Grund, aus dem er seinem Durst widerstand. Jetzt in das nächste Dorf einzureiten und dort womöglich Essen und einen warmen Schlafplatz zu finden hätte fast eine Enttäuschung bedeutet, ein Gefühl ähnlich dem, das ein Mann empfinden mochte, der unter großen Mühen einen Berg besteigt und, am Gipfel angekommen, feststellen muss, dass es auf der anderen Seite einen bequemen Pfad gibt.

Herger schnitt eine Grimasse. »Ich glaube nicht, dass Velas Spione jetzt schon in jedem Bauernhaus sitzen«, sagte er ironisch.

»Nein«, sagte Skar einfach.

Herger seufzte, riss einen dürren Grashalm aus und begann, darauf herumzukauen. »Auch gut«, sagte er. »Ich wollte ohnehin schon immer wissen, wie lange ein Mensch ohne Nahrung auskommen kann.«

»Länger als ohne Freiheit«, murmelte Skar.

»Eigentlich hätte ich mir denken sollen, dass du keine Gelegenheit auslässt, eine deiner dramatischen Bemerkungen anzubringen«, sagte Herger in einer Mischung aus Spott und echtem Ärger.

»Niemand zwingt dich, bei mir zu bleiben«, sagte Skar grob. »Ich frage mich ohnehin, warum du es tust.«

Herger grinste. »Du bist mein Kapital, Skar. Wenn dir etwas zustößt, bin ich ruiniert. So einfach ist das.«

Skar wusste für einen Moment nicht, ob er nun wütend werden oder lachen sollte, aber Herger sprach bereits weiter: »Natürlich könnte ich aufstehen und gehen. Doch wie kämst du dann nach Elay?«

Skar musterte ihn kühl. »Ich bin um die halbe Welt gereist, Herger, und werde auch die letzten hundert Meilen noch schaffen, glaub mir.«

»Und wenn du auf Händen und Knien kriechen müsstest, wie?« Seltsamerweise sprach Herger die Worte vollkommen ernst aus. Der spöttische Unterton fehlte, und in seinem Blick war etwas, das Skar zusammenzucken ließ.

»Weißt du, an wen du mich erinnerst, Skar?«, fuhr Herger fort. »An Tantor.«

»So?«

»Nicht äußerlich«, fügte Herger – nun wieder spöttisch – hinzu. »Aber du hast mir genug von ihm erzählt. Du hast mehr von ihm, als du selbst ahnst, Skar. Ihr seid euch sehr ähnlich.«

»Wir *waren* es«, verbesserte ihn Skar. »Bei Tantor bietet es sich an, in der Vergangenheitsform zu sprechen.«

Herger ignorierte Skars Worte. »Ihr seid beide von Hass zerfressen. Ihm hat sein Hass den Tod gebracht.«

»Er hat es herausgefordert.«

»Wie du«, sagte Herger unbeeindruckt. »In Wirklichkeit willst du gar nicht nach Elay, um dich dort zu rächen. Du suchst den Tod. Du forderst ihn heraus, wo immer du eine Gelegenheit findest.«

Skar hob widerwillig den Blick und sah Herger ins Gesicht. Der Schmuggler lächelte, aber der Blick seiner Augen blieb vollkommen ernst. Und Skar begann sich unbehaglich zu fühlen. Das Gespräch hatte eine Wendung genommen, die ihm nicht behagte. Es war nicht so sehr das, was Herger sagte oder auf welche Art – er wäre niemals Satai geworden, wenn er nicht frühzeitig gelernt hätte, sich selbst zu beobachten und sich über seine eigenen Gefühle und Motive klar zu werden –, sondern *dass* er es sagte. Skar wollte nicht, dass ein anderer wusste, wie es in ihm aussah, dass irgendein Mensch hinter die Maske blickte, die zu tragen er sich bemühte. Hergers Worte gaben ihm das Gefühl, nackt und schutzlos zu sein, ein Mensch aus Glas, dessen geheimste Gedanken klar vor jedem ausgebreitet waren, der sich die Mühe machte, sie lesen zu wollen.

»Das ist meine Sache«, knurrte er.

»Das stimmt nicht«, widersprach Herger ruhig. »Nicht, wenn nicht alles, was du mir erzählt hast, gelogen war.«

Skar ballte so wuchtig die Hände zu Fäusten, dass die Gelenke hörbar knackten. Für einen Moment hatte er Lust, einfach aufzustehen und wegzugehen, aber das wäre nur ein weiterer Beweis für seine Schwäche gewesen. »Es war die Wahrheit«, sagte er. »Aber du wirst trotzdem nie verstehen, weshalb ich hier bin.«

»O doch«, widersprach Herger. »Ich weiß ...«

»Nichts weißt du!«, fiel ihm Skar wütend ins Wort. »Ich bin hier, um Del zu rächen, und das ist alles.« Er hatte mit einem Mal Mühe, nicht zu schreien. »Ich habe dir von Vela erzählt, aber ich habe es nicht getan, um dein Mitleid zu erregen, Herger. Ich habe dir von ihr erzählt, damit du weißt, worauf du dich einlässt und du mir nicht hinterher vorwerfen kannst, ich hätte dich blind in dein Unglück rennen lassen.«

»Ich – oder du dir selbst?«, fragte Herger ruhig.

Skar machte eine wütende Handbewegung. »Nimm es, wie du willst. Vielleicht habe ich es auch getan, damit es wenigstens noch einen Menschen gibt, der die Wahrheit kennt, wenn ich sterben sollte. Ich bin hier, um eine persönliche Rechnung zu begleichen, ganz gleich, was du hineingeheimnissen willst. Ich habe dieser Hexe Rache geschworen, und wenn ich dabei zufällig auch noch die Welt rette, dann ist es in Ordnung. Wenn nicht ...«

»Wenn nicht, soll ich es tun?«

Diesmal antwortete Skar nicht. Es erschien ihm plötzlich sinnlos, das Gespräch fortzuführen. Wie konnte er Herger erklären, warum er hier war – wo er es doch im Grunde selbst nicht wusste? Sicher, er redete sich ein, Del (und auch sich selbst) rächen zu wollen. Aber er hatte sich auch einmal eingeredet, Velas Befehlen zu gehorchen, weil sie ihn vergiftet hatte, dann wieder, weil er seiner Aufgabe als Satai gerecht werden wollte. Unsinn. Es war alles Unsinn gewesen. Seit er dieses Land betreten hatte, fühlte er sich verwirrt und hilflos wie nie zuvor in seinem Leben. Aber vielleicht war es gar keine Verwirrung, vielleicht erkannte er sich nur zum ersten Mal selbst, vielleicht war es, weil er endlich zu begreifen begann, dass er sich belogen hatte. Schon immer, nicht erst, seit er Vela begegnet war. Er begriff mit einem Mal, dass er nicht der große starke Mann war, für den er sich selbst immer gehalten hatte, dass er sein Leben lang eigentlich nichts anderes getan hatte als das, was er Gowenna vorgeworfen hatte: sich zu verstecken, sich hinter der Maske des unbezwingbaren Kriegers zu verkriechen.

Und was ist das jetzt?, dachte er mit einem Zynismus, der ihn erschreckte.

Vielleicht war alles viel einfacher, und sein Geist war schlicht und einfach unter der ständigen Belastung zusammengebrochen. Vielleicht wurde er allmählich verrückt. Und vielleicht ...

Ja, dachte er, was, wenn alles, was ihn antrieb, wenn der brennende Hass in seinem Inneren in Wirklichkeit nichts anderes als verletzter Stolz war? Wenn er es nur nicht ertragen konnte, gedemütigt worden zu sein, noch dazu von einer Frau?

10. Kapitel

Der Wind frischte merklich auf, als sie weiterritten. Sie hatten sich vom Ufer etwas entfernt, um der eisigen Kälte zu entgehen, ehe sie sich nach Westen wandten und ihren Weg fortsetzten, aber die Temperaturen fielen trotzdem weiter. Obwohl sich die Sonne über den Horizont erhob und sich keine einzige Wolke am Himmel zeigte, wurde es kälter, und der Wind schlug ihnen wie mit eisigen Krallen in die Gesichter. Skar sah sich schon nach Kurzem gezwungen, abzusitzen und seinen Mantel wieder überzustreifen, doch nicht einmal das schwere, gefütterte Kleidungsstück vermochte den eisigen Biss des Windes abzuhalten. Zu dem Hunger, der in seinen Eingeweiden wühlte, gesellte sich nun auch noch Kälte, als hätte sich das Schicksal im letzten Moment doch noch entschlossen, mit aller ihm zur Verfügung stehenden Macht an seinen Kräften zu zehren.

Er wandte sich halb im Sattel um und sah prüfend zu Herger hinüber. Sie ritten nebeneinander, aber in großem Abstand, wie, um den Bruch zwischen ihnen auch räumlich sichtbar werden zu lassen. Sie hatten das Gespräch nicht fortgesetzt, aber die Kluft, die zwischen ihnen war, war durch die wenigen Worte deutlich geworden – eine Kluft, die weniger auf Feindschaft als vielmehr darauf beruhte, dass sie einander einfach zu fremd waren.

Herger hatte ihm das Leben gerettet und sein eigenes dabei riskiert, und es verging kein Tag, an dem sich Skar diesen Umstand nicht mindestens einmal ins Gedächtnis rief, aber es gab trotzdem kaum Gemeinsames zwischen ihnen. Die Gefahr, der sie beide ausgesetzt waren, hielt sie zusammen, doch Skar hatte zu viele solcher Bündnisse erlebt, um nicht zu wissen, wie wenig dauerhaft sie waren. Sie ritten zusammen, aber sie hatten nicht denselben Weg.

Herger schien seinen Blick zu spüren. Er sah auf, rang sich ein gequältes Lächeln ab und starrte dann wieder geradeaus, als gäbe es hinter den schweren Nebelwolken vor ihnen etwas ungemein Wichtiges zu entdecken. Skar fiel auf, wie blass Herger war. Sein Haar hing in Strähnen herab, und sein Gesicht war grau. Seine linke Hand hatte sich um die Zügel gekrampft, aber die Rechte lag wie zufällig auf dem Schwertgriff.

Wie immer, wenn Skar über den Hehler – oder was immer er sein mochte – nachdachte, überkam ihn eine Mischung aus Unsicherheit und Misstrauen. Er wusste einfach nicht, was er von Herger halten sollte. Noch nie hatte ihn seine Menschenkenntnis so im Stich gelassen.

Aber vielleicht war er auch einfach nur zu misstrauisch. Wenn man immer wieder betrogen und hintergangen wurde, fing man an, allen zu misstrauen. Auch denen, die es vielleicht ehrlich meinten.

Herger stieß einen überraschten Laut aus und deutete nach oben. Skar fuhr aus seinen Überlegungen hoch und blickte zum Horizont.

»Vögel«, sagte Herger laut. »Das sind Vögel. Geier vermutlich.«

Skar nickte. Die Tiere waren nur als winzige schwarze Punkte zu erkennen: ein Schwarm von dreißig, vielleicht fünfzig der großen Aasfresser, die lautlos und mit Bewegungen, die durch die große Entfernung täuschend langsam und träge wirkten, am Himmel kreisten.

Skar senkte den Blick und versuchte den Weg, den der Fluss nahm, in Gedanken zu verlängern. Wenn sich sein Verlauf nicht radikal änderte, mussten die Geier ungefähr über der Stelle kreisen, an der die Furt war.

Skar zügelte sein Pferd und wartete, bis Herger herangekommen war. »Was hältst du davon?«

Herger zuckte mit den Schultern. »Wo Geier sind, ist meistens auch Aas zu finden«, murmelte er unsicher.

»Vielleicht ein totes Tier?«

Herger unterdrückte ein Lachen. »Sei kein Narr, Skar. Das ist ein halbes Hundert Aasfresser – und sie kreisen über der Furt. Dort vorne hat eine Schlacht stattgefunden.«

Skar biss sich nachdenklich auf die Unterlippe. Sie waren so lange durch menschenleeres Gebiet geritten, dass er schon zu vergessen begann, dass in diesem Land Krieg herrschte. Und sie mochten nicht die Einzigen sein, denen daran gelegen war, besiedelte Landstriche zu meiden.

»Quorrl?«

Herger machte eine Bewegung, die eine Mischung aus Kopfnicken und Achselzucken war. »Wer sonst? Die Hauptmacht wurde zerschlagen, aber es sind viele entkommen…« Er zögerte, griff plötzlich in die Tasche und förderte einen kleinen kupfernen Gegenstand zutage. »Das habe ich gefunden«, sagte er, »vorhin, als wir am Fluss waren.«

Skar beugte sich neugierig im Sattel vor. Auf Hergers Handfläche blinkte eine winzige, roh aus Kupfer gearbeitete Spange, ein schmuckloses Ding, wie man es brauchte, um die verschiedenen Teile einer Rüstung zusammenzuhalten.

»Sie stammt von einem Quorrl«, sagte Herger.

»Woher weißt du das?«

»Wenn jemand weiß, wie Quorrl-Ausrüstungen aussehen, dann ich.«

»Das ist keine Antwort«, knurrte Skar.

Herger seufzte. »Also gut, wenn du darauf bestehst. Ich habe vor zwei Wochen eine ganze Partie von diesem Kram angekauft – Waffen, Rüstungen… was man eben so auf einem Schlachtfeld findet. Quorrl-Waffen, um genau zu sein. Und die hier« – er hielt die Spange demonstrativ hoch, sodass sich das Licht der Sonne auf dem blinkenden Metall brach – »stammt von einem Quorrl. Und sie hat noch nicht sehr lange im Schlamm gelegen.«

Skar überlegte einen Moment. Die Geier kamen ihm mit einem Mal drohend vor; eine erste stumme Warnung nicht weiterzureiten.

»Warum hast du nichts davon gesagt?«

Herger steckte die Spange wieder ein und ließ sein

Pferd weitertraben. »Vielleicht wollte ich dich nicht beunruhigen«, sagte er ausweichend. »Im Ernst, ich dachte mir nichts dabei.«

Skar knurrte. »Und dabei denkst du dir wohl auch nichts, wie?«, fragte er mit einer Geste in Richtung der Geier.

»Doch«, murmelte Herger. »Dass nämlich eine Bande marodierender Quorrl genau das ist, was uns jetzt noch fehlt.«

Skar runzelte die Stirn, schluckte aber die scharfe Entgegnung hinunter, die ihm auf der Zunge lag. Bis zur Furt waren es noch Stunden. Vielleicht würden sie sie erst nach Dunkelwerden erreichen, und es hatte keinen Sinn, sich jetzt in wilden Vermutungen zu ergehen.

Trotzdem ritten sie wieder dicht nebeneinander. Die Temperaturen fielen weiter. Herger hielt nach einer Weile an, stieg aus dem Sattel und nahm die Decke herab, um sie wie einen zweiten Mantel über die Schulter zu werfen. Seine Hände waren steif vor Kälte, und die eisige Luft ließ seinen Atem zu kleinen Dampfwölkchen vor dem Gesicht kondensieren. Skar sah schweigend zu, wie er wieder auf sein Pferd stieg und mit klammen Fingern nach den Zügeln tastete. In der Mähne seines Pferdes glitzerte Eis, und die Luft roch jetzt durchdringend nach Schnee.

Er zog den Mantel enger um die Schultern zusammen und drehte das Gesicht aus dem Wind. Sein Pferd schnaubte unruhig, und das Echo der Hufschläge des Tieres klang plötzlich anders, als der Boden, über den sie ritten, mit einem Mal hart gefroren war.

Herger hielt abermals an, kaum dass sie hundert Meter weitergeritten waren. Sein Blick tastete über den Himmel, glitt unsicher hierhin und dorthin. »Ich verstehe das nicht«, murmelte er hilflos.

»Was?«

»Das Wetter«, sagte Herger. »Ich habe so etwas noch nie erlebt. Weder hier noch anderswo.«

»Was hast du noch nie erlebt? Eis?«

Herger machte eine ärgerliche Handbewegung. »Du weißt genau, was ich meine«, sagte er. »Die letzten Tage war es zu warm, und jetzt...«

»Jetzt kommen wir gleich in Schnee«, beendete Skar den Satz.

»Siehst du?«

Skar hatte den dünnen, weißen Streifen am Horizont schon vor einer geraumen Weile entdeckt, bisher aber geglaubt, es handele sich um eine Nebelbank. Doch es war zu kalt für Nebel, und der sterile Geruch, der mit dem Wind heranwehte, sprach seine eigene Sprache.

Herger schüttelte verwirrt den Kopf. »Das ist Irrsinn«, murmelte er. »Spielt denn jetzt schon die ganze Welt verrückt?«

Skar antwortete nicht. Er hatte einen Verdacht – nicht erst jetzt, sondern schon seit Langem, aber es war zu früh, ihn auszusprechen.

»Schnee ist nicht das Schlechteste«, sagte er stattdessen. »Wir können wenigstens Spuren lesen und wissen, wer vor uns ist.«

Herger schnaubte. »Das kann ich dir auch so sagen.«

Skar lächelte. »Quorrl?«

»Wenn es nur das wäre. Aber wo Quorrl sind,

sind auch Soldaten nicht weit«, antwortete Herger. »Außerdem haben wir nicht die passende Kleidung, vergiss das nicht. Ich habe schon von Fällen gehört«, fügte Herger ironisch hinzu, »in denen Menschen erfroren sein sollen.«

Skar grinste. »Wer leidet jetzt unter Verfolgungswahn? Du oder ich?«

»Wahrscheinlich wirkt er ansteckend«, knurrte Herger böse. »Hast du schon einmal darüber nachgedacht, wie wir über den Fluss kommen sollen, bei diesen Temperaturen? Wir erfrieren, wenn wir durch das Wasser waten.«

Skar deutete mit einer Kopfbewegung auf die kreisenden schwarzen Punkte unter der Sonne. »Warten wir ab, wie sie das Problem gelöst haben«, murmelte er. »Vielleicht erübrigt sich die Antwort auf diese Frage ja.«

Herger setzte zu einer wütenden Entgegnung an, aber Skar ritt rasch weiter und sah demonstrativ zum Fluss hinunter.

Die Temperaturen fielen weiter, nicht mehr ganz so schnell wie am Morgen, aber rasch genug. Nach einer Weile trabten sie wirklich über Eis, und die dürren Büsche rechts und links des Weges verwandelten sich in bizarre, blinkende Skulpturen.

Skar hielt die Zügel nur mehr mit einer Hand und steckte die andere abwechselnd unter die Achselhöhle, um seine Finger geschmeidig zu halten, aber auch das nutzte nicht viel. Herger hatte recht, sie waren nicht dafür ausgerüstet, länger als ein paar Stunden diese Temperaturen auszuhalten. Selbst wenn sie nicht erschöpft und hungrig gewesen wären, würden sie spätestens in der zweiten Nacht erfrieren.

Skar verscheuchte den Gedanken mit einem ärgerlichen Knurren, setzte sich im Sattel auf und konzentrierte sich auf das, was vor ihnen lag. Die zweite Nacht... Er war nicht in der Lage, über solche Zeiträume vorzuplanen. Alles, was er von Anfang an hatte tun können, war reagieren. Abwarten, welchen Zug der Gegner machte, und sich darauf einstellen. Bisher war er auf diese Weise zumindest am Leben geblieben. Und eigentlich war das schon mehr, als er hätte erwarten dürfen.

11. Kapitel

Beiderseits des Flusses lag Schnee, eine dünne, durchbrochene weiße Decke, die sich vergebens das zu verbergen bemühte, was hier geschehen war. Hier und dort hatten die Geier bereits mit ihrem grausigen Werk begonnen; der Schnee war aufgewühlt und mit roten Fleischfetzen bedeckt, und an manchen Stellen blinkte Metall durch das Weiß. Ein schwacher, süßlicher Geruch lag in der Luft, und im Heulen des Windes schienen noch die Schreie der Sterbenden mitzuschwingen.

»Zwei Tage«, murmelte Skar. »Allerhöchstens. Vielleicht auch weniger.« Er ließ sich in die Hocke sinken, wischte mit dem Handrücken Schnee und vereisten Matsch vom Brustpanzer des toten Quorrl und versuchte, das Wesen herumzudrehen. Es gelang ihm nicht. Schließlich gab er auf, richtete sich wieder auf und sah zu Herger empor.

Der Tote war nur einer von vielleicht fünfzig, die auf dieser Seite des Flusses herumlagen. Das Ufer war hier flacher, und aus dem schäumenden Wasser erhoben sich zahllose flache Steine. Hier und dort konnte man trotz der reißenden Strömung und des schlammigen braunen Wassers den Grund des Flussbettes erkennen. Ein idealer Ort, den Fluss zu durchqueren. Aber auch ein idealer Ort für einen Überfall. Die Furt war nicht sehr breit – fünfzehn, vielleicht zwanzig Meter. Wer hier versuchte, das andere Ufer zu erreichen, saß so sicher in einer Falle, als befände er sich auf einer schmalen Brücke.

Skar wandte sich um, sah zum anderen Ufer und schüttelte den Kopf. Er konnte sich gut vorstellen, was geschehen war. Die Ebene war auf der anderen Seite des Flusses nicht ganz so flach und deckungslos wie hier – hinter dem sandigen Uferstreifen erhob sich eine Anzahl niedriger, unregelmäßig geformter Hügel, dazwischen lagen Felsen und dürres, aber dicht wachsendes Gestrüpp. Deckung genug für Männer, die wussten, wie man sich zu verstecken hatte.

Aber nicht genug für eine Armee …

Skar schüttelte abermals den Kopf und zog sich in den Sattel. Die meisten Quorrl schienen durch Pfeilschüsse ums Leben gekommen zu sein. Vielleicht waren sie einfach überrascht worden. Und vielleicht war ihnen ja auch ein zweiter Trupp auf den Fersen gewesen und hatte sie in den Pfeilregen derer, die drüben versteckt gewesen waren, hineingejagt.

»Zwei Tage, sagst du?«, knüpfte Herger an Skars Bemerkung an.

Skar nickte. »Höchstens. Vielleicht auch weniger. Es kann genauso gut während der letzten Nacht passiert sein. Aber ich glaube nicht, dass uns hier Gefahr droht, wenn du das meinst. Wer immer diese Quorrl umgebracht hat, ist längst weitergezogen.«

Herger schien sich mit dieser Antwort zufriedenzugeben – obwohl er so gut wie Skar wissen musste, dass es nicht mehr als eine Vermutung war. Die Toten hier bewiesen nicht, dass die Schlacht vorüber war. Sie konnten ebenso hinter dem nächsten Hügel auf einen Trupp Quorrl oder Soldaten treffen. Vielleicht ritten sie ahnungslos mitten in eine Schlacht hinein. Vielleicht...

Vielleicht fällt uns gleich der Himmel auf den Kopf, dachte Skar ärgerlich. *Hör endlich auf, dich selbst nervös zu machen!* Mit einer heftigen Bewegung zwang er sein Pferd herum und ritt zum Ufer. Das Tier scheute zurück, als es den eisigen Hauch spürte, der ihm von der Wasseroberfläche entgegenwehte, und Skar musste es schließlich mit brutaler Kraft zwingen, ins Wasser zu gehen.

Der Fluss war so seicht, wie Skar gehofft hatte – das Wasser war kaum tiefer als zwei oder drei Handspannen und reichte ihm nicht einmal bis zu den Füßen, aber die Strömung war stark, und die Spritzer, die Skars ungeschützte Beine trafen, stachen wie winzige Messer in seine Haut. Das Pferd schnaubte vor Schmerz und warf unruhig den Kopf hin und her, und als sie die Mitte des Flussbettes erreicht hatten, strauchelte es, und Skar wäre um ein Haar aus dem Sattel gefallen. Er zitterte vor Kälte und Anstrengung, als er endlich das gegenüberliegende Ufer erreicht hatte und absaß.

Herger folgte ihm in geringem Abstand. Er hockte in unnatürlich steifer Haltung im Sattel, und als er endlich neben Skar anlangte, war er so verkrampft, dass er kaum aus eigener Kraft absteigen konnte. Er taumelte, fiel auf die Knie und krümmte sich, als hätte er Schmerzen.

Skar trat rasch hinzu, aber Herger schüttelte verbissen den Kopf und schlug Skars Hand zur Seite. »Lass mich«, zischte er. »Ich komme schon noch hoch.«

Skar trat einen halben Schritt zurück und runzelte die Stirn, sagte aber nichts. Er verstand Herger. Der Hehler hatte ganz genau gewusst, worauf er sich einließ. Sie waren vom ersten Tag an in Lebensgefahr gewesen, jede einzelne Minute, seit sie Anchor verlassen hatten, und Herger war sich dieses Umstands immer bewusst gewesen. Er war innerlich nicht halb so ruhig, wie er vorgab. Herger war kein Held, und die ständige Angst, die Furcht, die ihn ständig begleitet haben musste, hatte an seinen Kräften gezehrt. Der Anblick des Schlachtfeldes musste ihm den Rest gegeben haben. Man konnte gut über den Tod und das Sterben reden, aber ein Schlachtfeld mit Toten, Verstümmelten und Sterbenden zu sehen, war eine andere Sache. Skar war schon so lange Krieger, dass er manchmal vergaß, wie dieser Anblick auf einen Menschen wirkte, dessen Alltag aus Handel und friedlichen Geschäften bestand.

»Was ist … hier passiert?«, fragte Herger. Seine Stimme klang brüchig, obwohl er sich alle Mühe gab, unbeeindruckt zu wirken. Sein Blick irrte unstet über das Flussufer. Auf der anderen Seite des Stromes hatte der Schnee das Schlimmste zugedeckt; hier, aufgrund einer willkürlichen Laune der Natur, war die weiße Decke weniger fest. Überall lagen Tote – drei-, vielleicht vierhundert, und es waren nicht nur Krieger.

»Eine Schlacht«, murmelte Skar.

Herger schüttelte heftig den Kopf. »Das war keine

Schlacht«, krächzte er. Seine Lippen zitterten. »Das war … ein Gemetzel.«

Skar schwieg. Herger sprach nur das Wort aus, das ihm die ganze Zeit auf der Zunge gelegen hatte. Die Quorrl hatten sich bis zum letzten Mann – zum letzten Kind, verbesserte er sich in Gedanken – verteidigt. Sie mussten in der gewohnten Formation vorgerückt sein, die Krieger außen, einen weiten, drei- oder vierfach gestaffelten Kreis bildend, dahinter die Frauen und ganz innen, geschützt von der Hauptmacht der Graugeschuppten, die Wagen mit den Alten und Kranken und den Kindern. Von den Wagen waren nur noch verkohlte Reste geblieben, ein niedergebrannter Scheiterhaufen mit dunklen, zusammengebackenen Körpern, die einzeln nicht mehr zu erkennen waren. Ein paar von ihnen waren deutlich kleiner als die anderen.

»Das ist …«

»Das ist Krieg«, sagte Skar hart. »Das, wovon ihr in Anchor beim Frühstück oder zwischen zwei Geschäften redet, Herger. Das, was dich erwartet, wenn du bei mir bleibst.«

Herger fuhr mit einer abrupten Bewegung herum. Seine Augen waren geweitet und voller Angst. Skar hätte seine letzte Bemerkung am liebsten rückgängig gemacht. Vielleicht war der Augenblick gekommen, sich von Herger zu trennen. Skar war sicher, dass ein winziger Anstoß genügen würde, aber plötzlich wollte er es gar nicht mehr.

»Entschuldige«, sagte er leise. »Ich …«

»Warum haben sie das getan?«, fragte Herger, als hätte er Skars Worte gar nicht gehört. »Warum …«

Skar lachte, leise, bitter. »Die Kinder?«, fragte er. »Du willst wissen, warum sie auch die Kinder und die Frauen und die Alten umgebracht haben?«

Herger schluckte ein paarmal. Die Blässe in seinem Gesicht rührte nicht mehr allein von seiner Erschöpfung her.

»Auch aus kleinen Quorrl werden einmal Krieger«, erklärte Skar. »Krieger, die töten und plündern und ihrerseits neue Krieger zeugen.« Er sah, dass Herger unter seinen Worten wie unter einem Hieb zusammenzuckte, und setzte etwas sanfter hinzu: »Das sind nicht meine Worte, Herger. Und das ist es auch gar nicht, worauf es hier ankommt.« Er schwieg einen Moment, griff gedankenverloren nach den Zügeln seines Pferdes und begann das Tier hinter den Ohren zu kraulen. »Sieh dich ruhig um«, fuhr er fort. »Du hast mich gefragt, warum ich Vela hasse, und hier siehst du die Antwort. Diese Krieger hier sind in Wirklichkeit keine Krieger, sondern Figuren, Spielsteine auf Velas Brett. Erinnerst du dich, was du gesagt hast? Dem Volk etwas geben, woran es seinen Zorn auslassen kann ...« Er schüttelte den Kopf und gab ein wütendes Schnaufen von sich. »Das sagt sich so leicht, Herger. Aber die Wirklichkeit sieht anders aus. Die Wahrheit, das ist Blut und Tod und Schrecken. Du ...«

Er brach ab, erschrocken über seine eigenen Worte. Herger konnte nichts dafür. Er war ebenso entsetzt über das, was hier geschehen war, wie Skar selbst, und für einen Moment war Skar in Gefahr, ihn zu behandeln, wie er es mit Gowenna getan hatte. Seinen Zorn auf ihn zu entladen. Aber das wäre zu billig gewesen.

»Vergiss es«, murmelte er. »Ich rede Unsinn. Du hast recht – es sind Quorrl. Sie wussten, was sie taten, als sie in dieses Land kamen.«

Aber hatten sie es wirklich gewusst? Hatte *er* gewusst, was er tat, als er Combat betreten oder seinen Fuß in den Wald von Cosh gesetzt hatte? Natürlich nicht. Und so wenig wie er hatten diese Quorrl gewusst, dass sie in Wirklichkeit nicht ihrem eigenen Willen gehorchten. Skar wusste nicht, wie Vela es bewerkstelligt hatte, aber er war plötzlich vollkommen sicher, dass sie dafür gesorgt hatte, dass die Quorrl-Armee im richtigen Augenblick die Grenzen dieses Landes überschritt. Einen besseren Vorwand, zu einem Krieg zu rüsten, konnte sie sich nicht wünschen.

Er wandte sich um, deutete mit einer Kopfbewegung auf die niedergebrannte Wagenburg im Zentrum des Schlachtfeldes und gab Herger mit einer Geste zu verstehen, ihm zu folgen. »Hilf mir«, sagte er. »Wir brauchen Holz, wenn wir nicht erfrieren wollen.«

Herger zuckte sichtlich zusammen. »Holz?«, echote er dümmlich. »Wozu?«

Skar seufzte. »Für ein Feuer, Herger. Es brennt im Allgemeinen besser als Schnee.«

»Du… du willst hier… hier übernachten?«, fragte Herger stockend.

Skar blickte demonstrativ in den Himmel. Die Sonne würde in weniger als einer Stunde untergehen, und im Norden zeigte sich bereits ein düsterer grauer Streifen am Horizont. »Hast du eine bessere Idee?«, fragte er, bewusst grob.

»Aber es ist ein… Schlachtfeld«, keuchte Herger.

Skar schürzte abfällig die Lippen. »Solltest du Angst vor den Geistern der Erschlagenen haben«, sagte er, »dann lass dich beruhigen. Es ist nicht das erste Mal, dass ich auf einem Kampfplatz übernachte, und ich bin noch keinem Geist begegnet.«

Er ging los, ehe Herger noch etwas erwidern konnte, und suchte sich seinen Weg zwischen den Toten hindurch. Es waren Quorrl, ausnahmslos. Die Angreifer mussten ihre Toten und Verwundeten mitgenommen haben. Wenn es bei ihnen Tote und Verwundete gegeben hatte ...

Er erreichte die Überreste der Wagen, sah sich einen Moment unschlüssig um und biss die Zähne zusammen, als sich der Wind drehte und einen durchdringenden Leichengestank mit sich brachte. Die Wagen waren zerstört und verbrannt, aber zwischen den Trümmern gab es noch genügend Reste, und zur Not konnten sie die Kleider der Toten verbrennen. Der Gedanke, wie ein Leichenfledderer über das Schlachtfeld zu streifen und den Toten selbst noch die Hemden vom Leib zu ziehen, behagte ihm nicht. Aber wenigstens würden sie auf diese Weise nicht erfrieren. Und sie konnten sich mit warmen Kleidern versorgen, wenn das schlechte Wetter anhalten sollte.

Er drehte sich zu Herger um und winkte ungeduldig. »Komm her und hilf mir!«, rief er.

Der Schmuggler war bei den Pferden stehen geblieben, setzte sich nun jedoch widerwillig in Bewegung und ging auf ihn zu. Auf halbem Wege stoppte er, beugte sich vor und fuhr plötzlich mit einer erschrockenen Bewegung wieder hoch.

»Skar! Hier lebt noch einer!« Er riss das Schwert aus der Scheide.

Skar fuhr herum und war mit zwei, drei schnellen Schritten neben Herger. »Nicht«, sagte er hastig. »Steck die Waffe weg.«

Herger gehorchte, während Skar neben der zusammengekrümmten Gestalt niederkniete. Im ersten Augenblick glaube er, Hergers Nerven hätten diesem einen Streich gespielt; der Quorrl lag im Schnee, die Hände auf die schreckliche Wunde an seiner Seite gepresst, und war über und über mit Blut besudelt. Aus seiner linken Schulter ragte der zersplitterte Schaft eines Pfeils, und der stachelbesetzte Kupferhelm auf seinem Kopf war unter einem fürchterlichen Hieb geborsten. Aber dann sah Skar, wie sich die Augen des Schuppenwesens öffneten, nur um eine Winzigkeit und einen Herzschlag lang. Trotz seiner fürchterlichen Verletzungen lebte das Wesen noch.

»Wir müssen ihn hier wegschaffen«, sagte Skar nach kurzem Überlegen. »Er braucht Wärme.«

Herger erschrak. »Du willst ihn ... retten?«

»Er kann uns vielleicht wertvolle Informationen geben«, sagte Skar ruhig. »Außerdem ist er verletzt. Keine Sorge, er wird dir nichts mehr tun.«

»Aber er ist ein Quorrl«, begehrte Herger auf. »Diese Wesen haben unsere Städte und Dörfer überfallen und ...«

Skar brachte ihn mit einem eisigen Blick zum Verstummen.

Herger schluckte, trat unruhig von einem Fuß auf den anderen und schob schließlich seine Waffe in den

Gürtel zurück. »Was soll ich tun?«, fragte er, ohne Skar anzusehen.

»Hilf mir, ihn hier wegzuschaffen«, sagte Skar. Er stand auf, kniete neben dem Kopf des Schuppenkriegers erneut nieder und schob die Hände unter die Schultern des Verwundeten. »Nimm seine Füße«, sagte er zu Herger. »Wir schaffen ihn zu den Wagen hinüber. Dort sind wir wenigstens vor dem Wind geschützt.«

Herger ergriff die Beine des Quorrl und hob ihn an. Skar stöhnte unter dem Gewicht des reglosen Körpers. Der Quorrl war ein besonders großes Exemplar – ein zwei Meter hoher, unglaublich massiger Gigant von gut vier Zentnern Gewicht. Ein dumpfes, qualvolles Stöhnen entrang sich seiner Brust, als Skar und Herger ihn ächzend über das Schlachtfeld trugen. Die Wunde an seiner Seite brach wieder auf und hinterließ eine unregelmäßige Spur roter Tropfen im Schnee.

Herger taumelte vor Anstrengung, als sie endlich die verkohlte Wagenburg erreichten und den Quorrl wieder in den Schnee sinken ließen. Hergers Atem ging pfeifend, und sein Blick glitt immer wieder über die gewaltige graue Gestalt zu seinen Füßen.

Skar richtete sich auf, atmete ein paarmal tief ein und wartete, bis seine Hände zu zittern aufhörten. Das Gewicht des Quorrl hatte seine Kräfte fast überstiegen.

»Wir müssen… ein Feuer entzünden«, sagte er schwer atmend. »Such Holz. Und hol unsere Pferde hierher. Ich werde mich inzwischen um seine Wunden kümmern.«

Herger nickte und fuhr so rasch herum, dass es beinahe an eine Flucht grenzte. Er schien froh zu sein, wenigstens für kurze Zeit die Nähe des Schuppenkriegers meiden zu können.

Skar sah ihm kopfschüttelnd nach. Herger hasste den Quorrl nicht wirklich, das spürte Skar. Aber er schien halb von Sinnen vor Furcht. Die Quorrl waren berüchtigt für ihre Grausamkeit, auch wenn das, was grausam erscheinen mochte, in den meisten Fällen wohl nur Ausdruck einer vollkommen fremden Lebensart war. Selbst Skar konnte sich eines unguten Gefühls nicht erwehren, als er den grau geschuppten Riesen betrachtete.

Er kniete erneut neben dem Quorrl nieder, bettete ihn mühsam in eine einigermaßen bequeme Lage und machte sich daran, seine Wunden zu untersuchen. Viel war es nicht, was er tun konnte. Die Verletzungen, jede für sich, hätten den Quorrl eigentlich umbringen müssen. Es grenzte an ein Wunder, dass er überhaupt noch am Leben war. Skar war sicher, dass das Wesen die Nacht nicht überstehen würde. Selbst ein ausgebildeter Heiler wäre hier wohl machtlos gewesen.

Skar sah sich ungeduldig nach Herger um, nahm nach kurzem Zögern seinen Mantel von den Schultern und breitete ihn über dem Quorrl aus. Der Quorrl hatte einen Tag und vielleicht eine Nacht im Schnee gelegen und musste bis auf die Knochen ausgekühlt sein.

Skar stand auf, bewegte die Finger, um das brennende Prickeln zu vertreiben, und begann Holz zu sammeln. Als Herger mit den Pferden zurückkam, hatte Skar bereits einen ansehnlichen Stapel zusammengetragen. Herger warf ihm wortlos die Satteltasche mit dem Verbandszeug zu und band die Pferde an ein zerbrochenes Wagenrad. Danach machte er sich daran, das Feuer zu entzünden, während Skar erneut zu dem Quorrl hinüberging. Ihr Verbandszeug war auf einen kleinen Rest zusammengeschmolzen; kaum genug, um eine einzige der Wunden des Quorrl zu versorgen.

Herger trat zu ihm, nachdem er das Feuer entfacht hatte. Zwischen seinen Brauen zeigte sich eine Unmutsfalte. »Meinst du nicht, dass wir das Verbandszeug selbst noch brauchen könnten?«, murrte er.

Skar schwieg. Herger hatte seinen ersten Schrecken überwunden, und seine Unsicherheit schlug nun in Aggressivität um. »Reine Verschwendung«, fuhr er fort, als Skar nicht antwortete. »Es wäre menschlicher, wenn du dein Schwert nehmen und ihn erlösen würdest.«

Skar legte seinen Mantel wieder über den Quorrl, sah sich suchend um und zog schließlich ein halb verkohltes Stoffbündel aus den Trümmern hervor, um es wie ein Kissen unter den Nacken des Quorrl zu schieben. »Ich will wissen, was hier geschehen ist«, sagte er. »Und dieser Quorrl kann es uns vielleicht noch sagen.«

Herger gab einen abfälligen Laut von sich. »Sei kein Narr, Skar«, sagte er. »Wenn er überhaupt noch einmal zu sich kommt, wird er versuchen, uns umzubringen, das weißt du so gut wie ich. Also hör mit deinem sentimentalen Quatsch auf und lass uns weiterziehen. Wir schaffen noch ein paar Meilen bis zum Dunkelwerden.«

»Und erfrieren irgendwo«, knurrte Skar. »Wir bleiben hier, Herger. Hier haben wir Holz und einen Schutz vor dem Wind, und die Geister der Toten, vor denen du dich so fürchtest, werden uns Wegelagerer und anderes Gesindel vom Hals halten.«

»Und Plünderer anlocken«, sagte Herger lakonisch. »Ich habe meine Erfahrungen mit ihnen, Satai – wo ein Schlachtfeld ist, da sind auch Leichenfledderer nicht weit.«

»Dann wird es wohl das Beste sein, wenn du Wache hältst, während ich schlafe«, entgegnete Skar.

Herger starrte ihn einen Herzschlag lang mit unverhohlener Wut an, ehe er herumfuhr und durch den Schnee davonstapfte.

Skar nahm die Satteltaschen und die zusammengerollten Decken von den Rücken der Pferde und begann das Nachtlager vorzubereiten. Die verkohlten Wagen bildeten einen unregelmäßigen Halbkreis, hinter dem man zumindest notdürftig vor dem Wind geschützt war, und auch der Schnee lag hier nicht so hoch wie draußen auf dem Schlachtfeld.

Skar breitete die Decken rechts und links des Feuers aus, legte ein wenig Holz nach und öffnete seinen Wasserschlauch, der leer war bis auf einen schalen, übel riechenden Rest. Skar schüttete ihn aus, beugte sich noch einmal prüfend über den Quorrl und ging dann zum Fluss hinunter.

Herger hatte sich in der entgegengesetzten Richtung entfernt und stand, reglos und den Blick starr nach Norden gerichtet, auf der Kuppe eines Hügels. Das rote Licht der untergehenden Sonne verwandelte seinen Körper in einen schwarzen flachen Schatten. Skar überlegte einen Augenblick, ob er zu ihm gehen und ihn um Verzeihung bitten sollte, tat es aber dann doch nicht. Vielleicht war es das erste Mal in Hergers Leben, dass er mit eigenen Augen sah, wie die Welt, in die er hineingeboren war, wirklich beschaffen war. Er musste damit fertigwerden, je eher, desto besser.

Skar versuchte sich zu erinnern, was er empfunden hatte, damals, vor... Wie vielen Jahren eigentlich? Dreißig? Vierzig? Er hatte wie jetzt Herger als junger Satai-Novize auf einem Hügel über einem Schlachtfeld gestanden und auf das schreckliche Bild hinuntergesehen. Er wusste nicht mehr im Einzelnen, wie es gewesen war. Er hatte seitdem zu viele Schlachtfelder gesehen, zu viele Kämpfe gekämpft und zu oft dem Tod ins Auge geblickt. Er war... ja, abgestumpft. So wie jeder, der mit der Waffe in der Hand lebte und für den Tod Leben bedeutete, irgendwann abstumpfte. Aber Skar hatte nie vergessen, wie schlimm es gewesen war, damals. Der ungläubige Schrecken, der alle anderen Gefühle überwog, war ihm deutlich in seiner Erinnerung geblieben. Der Schrecken und die Frage, was Menschen dazu bringen konnte, so etwas zu tun.

Er hatte nie eine Antwort auf diese Frage gefunden. Und irgendwann hatte er auch aufgehört, nach ihr zu suchen.

Er verscheuchte den Gedanken und ging weiter.

Vom Fluss wehte ihm Kälte wie ein eisiger Hauch entgegen, und zwischen den flachen Steinen, die den Verlauf der Furt markierten, hatte sich Eis angesammelt. Skar betrachtete die durchbrochene weiße Linie stirnrunzelnd. Wenn die Temperaturen weiter so niedrig blieben, würde das Eis in Kürze einen Damm an der flachen Stelle bilden, und der Fluss würde über die Ufer treten. Vielleicht ein würdigeres Begräbnis für die Toten, als den Geiern als Nahrung zu dienen.

Skar blieb am Flussufer stehen. Auch im Wasser lagen Tote – nicht ganz so viele wie diesseits des Flusses, aber mehr, als er vorhin auf den ersten Blick gesehen hatte. Aber es waren nur Quorrl. Kein Mensch. Nicht ein einziger Angreifer.

Er wandte sich nach links und ging flussaufwärts. Das Wasser war hier noch immer schlammig und braun, aber zumindest nicht mehr mit Leichen verseucht. Trotzdem kostete es ihn enorme Überwindung, am Ufer niederzuknien und seinen Schlauch zu füllen. Bei dem Gedanken, das Wasser am Morgen, wenn auch ahnungslos, getrunken zu haben, drehte sich ihm fast der Magen um.

Er trank, füllte seinen Schlauch und band die Öffnung sorgfältig zu, ehe er zu Herger und ihrem Lager zurückging. Die Sonne berührte den Horizont, als er am Feuer anlangte und sich wortlos neben Heger niederließ. Die Schatten wurden länger, und die toten Quorrl verwandelten sich in formlose graue Hügel. Skar schauderte. In Augenblicken wie diesem konnte er verstehen, dass sich Menschen wie Herger vor den Geistern der Toten fürchteten.

Mit der Dunkelheit kam die Kälte, und Skar rückte näher ans Feuer heran. Die Flammen spendeten eine wohlige Wärme, und mit ihr kam die Müdigkeit.

»War das dein Ernst vorhin?«, fragte Herger plötzlich. »Das mit der Wache?«

Skar sah auf. Hergers Gesicht wirkte im flackernden Licht der Flammen noch müder als zuvor. Sein linkes Auge war entzündet und rot, was seinem Antlitz ein seltsam asymmetrisches Aussehen gab.

»Vorhin nicht«, murmelte er. »Aber jetzt. Ich glaube, es ist besser, wenn wir abwechselnd Wache halten. Schon wegen ihm«, fügte er mit einer Kopfbewegung auf den verletzten Quorrl hinzu. Sie hatten das Wesen so dicht ans Feuer herangezogen, wie es ging, und Skar hoffte, dass die wärmenden Flammen bald Wirkung zeigen würden.

Herger folgte Skars Blick. Er schwieg eine ganze Weile, aber Skar konnte direkt sehen, wie es hinter seiner Stirn arbeitete. »Was ich vorhin gesagt habe«, begann er stockend, »tut mir leid. Ich...«

Skar unterbrach ihn mit einem sanften Kopfschütteln. »Schon gut. Ich verstehe dich.«

»Aber ich bin trotzdem dagegen«, fuhr Herger fort. »Wir hätten ihn sterben lassen sollen.«

»Er wird sterben«, sagte Skar ruhig. »Noch heute Nacht.«

»Und warum quälst du ihn dann?«

Skar blickte nachdenklich auf die gewaltige Gestalt des Quorrl. Das Wesen war noch immer ohne Bewusstsein, aber seiner Brust entrang sich von Zeit zu Zeit ein tiefes, qualvolles Stöhnen. Skar hatte schon vielen dieser Wesen im Kampf gegenübergestanden und wusste, wie stark und wild sie waren, und er hatte Menschen gesehen, die von Quorrl im wahrsten Sinne des Wortes in Stücke gerissen worden waren. Trotzdem empfand er keinen Triumph, nicht einmal diese schwer zu beschreibende Erleichterung, wenn man sich einer Gefahr erst dann bewusst wird, nachdem sie vorüber ist. Alles, was er empfand, war Mitleid, Mitgefühl mit einem Wesen, das verwundet war und Schmerzen litt.

»Ist dir nicht aufgefallen, dass hier nur Quorrl liegen?«, fragte er nach einer Weile.

Herger sah ihn fragend an.

»Keine Menschen«, sagte Skar. »Ich habe mich umgesehen. Es sind nur Quorrl-Rüstungen. Quorrl-Waffen. Quorrl-Pferde.«

»Sie werden ihre Toten und Verwundeten mitgenommen haben«, meinte Herger unsicher.

»Keine zerbrochenen Waffen«, fuhr Skar unbeeindruckt fort. »Keine abgeschlagenen Hände und Arme, keine verlorenen Helme, kein totes Pferd.«

»Worauf... willst du hinaus?«, fragte Herger unsicher.

»Dass die Angreifer keine Verluste erlitten haben.« Der Gedanke war die ganze Zeit über in ihm gewesen, aber er begriff eigentlich erst jetzt, als er ihn laut aussprach, was er wirklich bedeutete.

»Das ist unmöglich«, sagte Herger.

»Das ist es«, bestätigte Skar. »Aber ich weiß keine andere Erklärung.«

Herger schwieg sekundenlang. »Sie haben sie in eine Falle gelockt«, murmelte er. »Wenn sie sie auf große Distanz angegriffen...« Er brach mitten im Satz ab und starrte mit unnatürlich weit aufgerissenen Augen an Skar vorbei auf das Schlachtfeld hinaus. Die meisten Quorrl waren durch Pfeilschüsse getötet worden, aber längst nicht alle. Selbst er erkannte eine Schwertwunde, wenn er sie sah.

»Vielleicht haben sie sich nicht gewehrt«, murmelte er.

Oder sie haben gegen einen Gegner gekämpft, der nicht zu verwunden war, dachte Skar. Aber das sprach er nicht aus. Stattdessen stand er auf, hängte sich seinen Wasserschlauch über die Schulter und deutete mit einer Kopfbewegung auf die Hügelkette. »Ich werde die erste Wache übernehmen. Versuch ein wenig zu schlafen. Ich wecke dich kurz nach Mitternacht.«

»Skar!«

Irgendetwas war in Hergers Stimme, das ihn anhalten ließ. Er wandte sich noch einmal um und trat wieder ans Feuer heran. »Ja.«

»Ich...« Herger schluckte. »Bleib hier«, bat er. »Du kannst auch hier Wache halten. Und ich auch.«

Wovor hat er Angst?, dachte Skar. *Vor den Geistern der Toten? Oder vor dem Quorrl? Oder vielleicht einfach davor, allein zu sein?*

Er ließ sich wortlos wieder am Feuer nieder und hielt die Hände über die wärmenden Flammen. Im Grunde war er ganz froh, am Feuer bleiben zu können.

Und obwohl er es niemals – auch sich selbst gegenüber nicht – zugegeben hätte, war er ebenso froh, nicht allein sein zu müssen.

»Was wirst du tun, wenn wir Elay wirklich erreichen?«, fragte Herger. »Sie töten?«

»Ja«, sagte Skar. »Und jetzt schlaf. Wir müssen morgen ausgeruht sein.«

Herger schien noch mehr fragen zu wollen, aber er

begriff, dass Skar nicht nach reden zumute war, und so legte er sich zurück und rollte sich in seine Decke ein. Schon nach wenigen Augenblicken wurde sein Atem ruhiger; er war eingeschlafen, der Kälte und der Furcht, die mit dunklen Schatten um das Lager strich, zum Trotz.

Skar betrachtete ihn nachdenklich. Es war seltsam. Sie kannten sich jetzt seit elf Tagen, aber er fühlte sich Herger bereits so vertraut, als ritten sie schon seit Jahren zusammen. Obwohl ihm der Hehler so rätselhaft wie am ersten Tag war, fühlte er trotzdem so etwas wie … Freundschaft? Nein, Freundschaft sicher nicht. Sie waren sich fremd, und sie würden sich auch immer fremd bleiben, ganz egal, wie lange sie zusammen sein würden. Und trotzdem war es eine Fremdheit, die – so absurd es klang – etwas Vertrautes hatte.

Skar schüttelte den Kopf, zog die Decke enger um die Schultern und rückte näher ans Feuer. Was war nur mit ihm los? Waren das wirklich seine Gedanken? Oder war er vielleicht auch geistig so erschöpft, dass er die Kontrolle über sich zu verlieren begann?

Es wurde dunkler, und hinter der flackernden Linie, an der der Feuerschein den Ansturm der Nacht aufhielt, schienen sich Schemen zu bewegen, formlose Dinge, die es nicht wirklich gab, die aber deswegen nicht weniger schrecklich waren. Irgendwo dort draußen war der Wolf, vielleicht hundert Meilen entfernt, vielleicht auch nur einen Steinwurf. Skars dunkler Begleiter. Der Fluch, der auf ihm lastete, schwerer, als Herger jemals begreifen würde. Vielleicht war es einer jener Schatten, von denen er annahm, es handele sich um Einbildung, und vielleicht schlich der Wolf gerade um das Lager und suchte nach einer geeigneten Stelle für einen Angriff.

»Bist du dort, Freund?«, sagte Skar. Seine Worte verklangen im Wind, aber er bildete sich ein, ein schwaches Echo zu hören, verzerrt und erst nach einigen Sekunden Verzögerung einen Laut, als versuche jemand – oder etwas – mit Stimmorganen, die nicht für die menschliche Sprache geeignet waren, seine Worte nachzuahmen. Einbildung? Natürlich.

»Du bist dort«, fuhr er fort, und wieder beantwortete der Wind seine Worte mit dem gleichen unheimlichen Klang. »Du bist dort und wartest. Du wartest, dass ich einen Fehler mache, nicht?« Er lachte leise. »Aber ich werde keinen Fehler machen, Freund«, fuhr er fort. »Ich habe dich durchschaut. Du wirst mir nichts tun, solange ich nicht in Elay bin. Und bis dorthin ist noch ein weiter Weg.«

»Ich hoffe, du irrst dich nicht, Skar«, sagte Herger.

Skar zuckte zusammen und fuhr mit einer abrupten Bewegung herum. Herger hatte sich halb aufgesetzt und sah ihn mit einer Mischung aus Trauer und mühsam verhohlener Sorge an.

»Ich … ich dachte, du würdest schlafen«, sagte Skar stockend. Es war ihm unangenehm, dass Herger seine Worte gehört hatte. Skar hatte sich im Stillen immer über Leute amüsiert, die Selbstgespräche führten. Jetzt tat er es selber.

»Das habe ich auch«, sagte Herger. »Aber in einer Umgebung wie dieser schläft man nicht tief, weißt du?« Er lächelte, wurde übergangslos wieder ernst und setzte sich vollends auf, die Decke wie einen Mantel über Kopf und Schultern gezogen, sodass ihr Schatten sein Gesicht in zwei scharf voneinander abgegrenzte Hälften teilte. Seine Augen lagen im Dunkeln, aber Skar spürte seinen Blick trotzdem.

»Du hast Angst, nicht wahr?«, sagte Herger plötzlich. »Warum gibst du es nicht zu?«

Skar funkelte ihn wütend an. »Ich wüsste nicht, was dich das angeht«, sagte er ärgerlich. »Immerhin fürchte ich mich nicht vor den Geistern toter Quorrl.«

Die Spitze traf nicht, Herger lächelte erneut, beugte sich vor und hielt die Hände über die Flammen.

»Jeder hat seine eigenen Geister«, sagte er, ohne Skar anzusehen. »Ich die Geister der Toten, du deinen Wolf – oder was immer er sein mag. Du bist sicher, dass er dich töten wird, wie? So, wie er Tantor getötet hat.«

Skar schwieg. Er wusste nicht, worauf Herger hinauswollte, aber er hatte das Gefühl, dass dies mehr war als ein belangloses Gespräch am Lagerfeuer.

»Ich wollte dich schon lange fragen«, fuhr Herger nach einer Weile fort, »aber ich hatte noch keine Gelegenheit gefunden.«

»Dann lass es jetzt auch sein«, knurrte Skar. »Ich wüsste nicht, was an einem nächtlichen Schlachtfeld ...«

Er brach mitten im Satz ab, als der Quorrl ein dumpfes Stöhnen ausstieß und sich bewegte. Die Hand des Quorrl ruckte unter der Decke hervor und krallte sich in den hart gefrorenen Boden. Der gewaltige Körper zuckte.

»Er erwacht«, keuchte Herger.

Skar war mit einem Satz auf den Füßen und neben dem Quorrl.

Die Lider des Wesens flatterten. Er stöhnte erneut, versuchte sich zu bewegen und sackte mit einem sonderbar hohen Laut zurück. Seine Augen öffneten sich, aber ihr Blick schien durch Skar hindurchzugehen.

»Sei vorsichtig«, sagte Herger gehetzt. »Wenn er dich...«

Skar brachte ihn mit einer unwilligen Geste zum Verstummen.

Der Quorrl bewegte sich stärker. Seine grausamen Krallen wühlten den Boden auf und fuhren mit scharrendem Geräusch über Eis und Stein, aber es war trotz allem keine Kraft in dieser Bewegung. Die großen, pupillenlosen Augen waren verschleiert. Das Wesen sah Skar überhaupt nicht. Trotzdem spannte er sich, um im Notfall sofort zur Seite springen zu können. Es war nicht das erste Mal, dass er einem Quorrl begegnete, und er wusste, dass die sechsfingrigen Klauen des Wesens stark genug waren, Stahl zu zermalmen.

»Kannst du mich hören?«, fragte er.

Die Lippen des Quorrl zuckten, aber Skar war nicht sicher, ob als Reaktion auf seine Worte oder nur aus Schmerz. Er beugte sich vor, tauschte einen raschen Blick mit Herger und legte dem Quorrl die Hand auf die Stirn. Die Schuppenhaut fühlte sich hart und trocken an, und Skar konnte den hämmernden Pulsschlag des Wesens fühlen. Die beiden Herzen des Quorrl rasten; ihr Schlag war unregelmäßig.

»Verstehst du, was ich sage?«, fragte Skar eindringlich. »Du bist in Sicherheit. Wir sind deine Freunde. Wir werden dir nichts tun.«

Die Bewegung kam selbst für Skar zu schnell. Der Quorrl bäumte sich auf. Ein gellender, unglaublich lauter Schrei brach aus seinem lippenlosen Maul. Seine Pranke zuckte hoch, packte Skars Oberarm und drückte zu. Skar schrie vor Schmerz auf und warf sich zurück, aber den unmenschlichen Kräften des Quorrl hatte er nichts entgegenzusetzen.

Herger stieß einen erschrockenen Ruf aus, riss sein Schwert hervor und schwang die Waffe mit beiden Händen.

»Nicht!«, schrie Skar verzweifelt. »Tu es nicht!«

Herger erstarrte mitten in der Bewegung. Der Quorrl hatte sich wieder beruhigt. Er war zurückgesunken und stöhnte leise. Aber seine Linke umklammerte immer noch Skars Arm. Der Schmerz war für Skar fast unerträglich.

»Khomat«, flüsterte der Quorrl. »She cedy khomat.« Nur diese drei Worte, immer wieder. Seine Lider waren wieder geschlossen, aber Skar konnte sehen, wie sich die Augäpfel dahinter hektisch bewegten.

»Hilf mir«, presste Skar mit zusammengebissenen Zähnen hervor. Er rückte von dem Quorrl ab, so weit es ging, ließ sich auf die Knie sinken und versuchte, die Finger des Wesens zu öffnen. Herger kniete neben ihm nieder, umklammerte das Handgelenk des Quorrl und versuchte mit der anderen Hand, die beiden Daumen des Wesens zurückzubiegen.

Selbst zu zweit schafften sie es kaum. In Skars Augen standen Tränen, als sein Arm endlich wieder frei war. Er stand auf, wich hastig ein paar Schritte von der grau geschuppten Gestalt zurück und massierte sich den Arm. »Das war knapp«, murmelte er. »Ich hätte auf dich hören sollen, Herger. Ich werde wohl langsam alt.«

Hergers Gesicht war grau vor Schrecken. Seine Hände zitterten, als wäre er es gewesen, den der Quorrl gepackt hatte.

»Was hast du?«, fragte Skar. »Es ist vorbei, mir ist nichts passiert.«

Herger schüttelte den Kopf. »Du... sprichst seine Sprache nicht?«

»Nicht sehr gut. Was hat er gesagt?«

Herger sah auf. In seinen Augen flackerte Panik. »*Khomat*«, murmelte er.

»Und was bedeutet das?«

Hergers Lippen zuckten, aber er antwortete nicht. Er starrte an Skar vorbei in die Nacht, und sein Blick irrte unstet über das dunkle Schlachtfeld.

»Was bedeutet dieses Wort, Herger?«, fragte Skar noch einmal. »Rede!«

»Dämonen«, murmelte Herger tonlos. »Er hat gesagt, die Dämonen kommen.«

12. Kapitel

»Er lebt immer noch«, sagte Herger leise. »Aber das dürfte er nicht.«

Skar zog den Sattelgurt fest, streichelte flüchtig über die feuchten Nüstern des Pferdes und ging zweimal um die beiden Tiere herum, um sich vom ordentlichen Sitz der Zügel und Sättel zu überzeugen.

Es wurde bereits hell. Im Osten zeigte sich ein dünner, flackernder grauer Streifen am Horizont, und der Schnee schien wie unter einem geheimnisvollen inneren Licht zu strahlen, sodass die Sicht bis hinunter zum Fluss klar war. Das Feuer brannte noch immer, aber die Flammen waren klein und gelb und spendeten kaum noch Wärme. Sie hatten fast das gesamte Holz aufgebraucht; ein kümmerlicher Rest hing zusammengeschnürt an Hergers Sattel, kaum genug für ein einstündiges Feuer. Sie würden dem Fluss wieder zurück bis zu der Stelle folgen müssen, an der sie zum ersten Mal auf ihn getroffen waren. Ein Ritt von zwei Tagen, um eine Distanz von hundert Schritt zu überwinden. Aber es wurde auch nicht besser, wenn sie sich darüber beklagten.

Skar schnallte seinen Waffengurt ab, hängte ihn an den Sattelknauf seines Pferdes und ging zu Herger und dem Quorrl zurück.

Der Schuppenkrieger hatte sich nicht mehr gerührt, sondern war wieder in ein tiefes Koma gesunken. Ein Schlaf, aus dem er wahrscheinlich nicht mehr erwachen würde. Trotzdem hatten sie – gewarnt durch das, was Skar passiert war – seine Hände und Füße mit kräftigen Lederstreifen gefesselt.

»Was hast du gesagt?«

Herger sah auf. »Er dürfte nicht mehr leben. Nicht bei diesen Verletzungen.«

Skar seufzte und unterdrückte ein Gähnen. Er war müde – weder er noch Herger hatten viel Schlaf gefunden. Er war erst gegen Morgen eingeschlafen, aber schon nach kurzer Zeit schweißgebadet und mit der dumpfen Erinnerung an einen Albtraum wieder aufgewacht.

Er nickte, rieb sich mit Daumen und Zeigefinger die Augen und sah erst Herger, dann den Quorrl nachdenklich an. »Ich weiß«, sagte er. »Aber *er* weiß es anscheinend nicht.«

»Und was tun wir?«

»Ihn mitnehmen«, antwortete Skar gleichmütig. »Was sonst?«

»Das ist nicht dein Ernst«, sagte Herger erschrocken. »Du würdest ihn umbringen, wenn du ihn auf ein Pferd bindest.«

»Und was schlägst du vor? Wenn wir ihn hierlassen, leidet er vielleicht noch Tage. Und wir können nicht bleiben, bis er gestorben ist.« Skar hatte lange über die Frage nachgedacht, über diese und andere. Die Nacht war lang genug gewesen.

»Aber das ist Wahnsinn!«, protestierte Herger.

»Willst du ihn tagelang mitschleppen, bis er endlich stirbt?«

Skar sah Herger kühl an. »Ich werde ihn jedenfalls nicht hier zurücklassen, damit ihn die Geier bei lebendigem Leibe auffressen«, sagte er.

»Dann müssen wir ihn töten«, sagte Herger. »Wir können ihn nicht mitnehmen.«

Skar schwieg einen Moment. Herger hielt seinem Blick stand, aber Skar sah deutlich, welche Überwindung es ihn kostete. »Vielleicht hast du recht«, murmelte er. »Hier.« Er ging in die Hocke, zog den schmalen Wurfdolch aus dem Stiefel und hielt ihn Herger auffordernd hin.

Herger betrachtete die Waffe stirnrunzelnd. »Was soll ich damit?«

»Ihn töten«, antwortete Skar. »Das wolltest du doch, oder?«

Herger wich instinktiv zurück und besah den Dolch mit einer Mischung aus Schrecken und Abscheu. »Aber ...«

»Wenn du der Meinung sein solltest, dass es meine Aufgabe ist, ihn umzubringen, täuschst du dich«, sagte Skar hart. »Es war deine Idee, also nimm ihn.« Er winkte mit dem Dolch. »Nimm ihn und schneide ihm die Kehle durch. Ich werde dich nicht hindern. Und ich werde auch kein Wort darüber verlieren. Aber verlang nicht von mir, dass ich es tue. Ich habe lange genug die Drecksarbeit für andere verrichtet.«

Er stand mit einem Ruck auf, schleuderte Herger die Waffe vor die Füße und ging zu den Pferden zurück. Er beherrschte sich nur noch mit Mühe. Hergers Verhalten hatte ihn in eine rasende, grundlose Wut versetzt. Er wollte einfach nicht mehr. Er hatte geglaubt (nein, nicht geglaubt – sich einzureden versucht), dass Herger anders war als die anderen, dass er in ihm – Skar – nicht nur einen gedungenen Mörder sah. Aber natürlich war es nicht so. Für Herger war er nichts als ein Satai, ein Mann, vor dem man Furcht empfand oder bestenfalls jene Art von Respekt, die auf Furcht basierte, und für den Töten etwas Alltägliches war. Gab es denn niemanden auf dieser Welt, der begriff, dass er ein Mensch war, der Schmerz und Trauer und Mitleid empfinden konnte wie andere auch?

Aber die Wut verging so rasch, wie sie gekommen war. Er benahm sich kindisch. Vielleicht war ein vier Zentner schwerer Quorrl-Krieger nicht der rechte Anlass, Mitgefühl zu demonstrieren.

Nach einer Weile trat Herger neben Skar, der den Kopf wandte und den Hehler durchdringend ansah.

»Es tut mir leid«, murmelte Herger niedergeschlagen, trat unruhig von einem Fuß auf den anderen und senkte den Blick. »Du hast recht, Skar. Wir können ihn nicht seinem Schicksal überlassen. Hier.« Er gab Skar den Dolch zurück, lächelte unsicher und deutete mit einer Kopfbewegung auf die Pferde. »Wir müssen eine Bahre für ihn bauen.«

»Eine Trage«, korrigierte Skar mit einem gutmütigen Lächeln. »Auf einer Bahre transportiert man nur Tote.«

Herger sah ihn einen Herzschlag lang verwirrt an. »Gut, dann eine Trage. Glaubst du, dass es die Pferde schaffen?«

Skar sah nach Osten. »Ich denke schon«, antwortete

er. »Wenn wir uns dicht am Ufer halten, dann ist das Gelände gar nicht so unwegsam.«

Natürlich würden sie noch mehr Zeit verlieren auf diese Weise. Aber es war nicht nur Barmherzigkeit, die Skar bewogen hatte, den Quorrl mitzunehmen. Die Schlacht lag noch nicht lange zurück, und die Toten bewiesen nicht, dass es nicht noch mehr Quorrl in der Nähe gab. Aber das sprach Skar lieber nicht laut aus. Herger war auch so schon nervös genug.

»Machen wir uns an die Arbeit«, sagte Skar. »Ich möchte fertig sein, wenn die Sonne aufgeht.«

Es war nicht sehr schwer, eine Trage anzufertigen, und sie hatten schon nach kurzer Zeit eine zwar primitive, aber haltbare Konstruktion zusammengebastelt. Vorsichtig spannten sie die Trage zwischen die Pferde, zurrten sie fest und hoben den reglosen Körper hinauf. Die Tiere begannen unruhig mit den Hufen zu scharren, als der fremde Geruch des Wesens in ihre Nüstern drang.

»Wir sollten ihn festbinden«, sagte Herger. »Vorsichtshalber. Wenn er aufwacht und um sich schlägt ...«

Skar nickte. Er hatte am eigenen Leib erfahren, welche Kraft dieses Wesen hatte. Er bückte sich, hob die restlichen Lederriemen auf, mit denen sie die Trage zusammengebunden hatten, und warf sie nach kurzem Überlegen wieder fort. »Ich suche etwas Festeres«, sagte er. »Die hier zerreißt er wie Papier. Sieh dich inzwischen hier um. Vielleicht findest du etwas, das wir gebrauchen können.«

Natürlich war das sinnlos. Sie hatten die Trümmer schon am vergangenen Abend nach Lebensmitteln durchsucht, und das wenige, das sie gefunden hatten, war entweder verbrannt oder auf andere Weise verdorben. Auch die Quorrl mussten gehungert haben. Aber Skar hielt es einfach für besser, Herger auf die eine oder andere Weise beschäftigt zu wissen. Wer etwas zu tun hat, der grübelt weniger.

Skar sah sich unschlüssig um. Er wusste selbst nicht so recht, was er suchte – einen Gürtel, einen ledernen Waffenriemen, irgendetwas, das geeignet war, dem Toben eines Wesens standzuhalten, das fünfmal so stark wie ein normal gewachsener Mann war. Der Kampfplatz bot eine reichliche Auswahl aller möglichen Dinge – die Quorrl mussten eine geradezu unglaubliche Masse von Gepäck mit sich geschleppt haben; Waffen vor allem, aber auch Hausrat, Schmuck, Kleider und Geräte, wie man sie braucht, um Land zu bestellen. Vielleicht waren sie auf einem Beutezug gewesen, als der Tod nach ihnen gegriffen hatte. Aber es war nichts darunter, was für seine Zwecke geeignet war.

Ein paarmal kniete er nieder, nahm dies und das zur Hand und warf es jedes Mal fort, um weiterzugehen. Schließlich, schon auf halbem Wege zum Fluss, fand er das, wonach er gesucht hatte: einen handbreiten, mit metallenen Gliedern verstärkten Gürtel, der stabil genug schien, einen Ochsen zu halten. Er hob ihn auf, wischte mit dem Handrücken Schnee und verklumpten Matsch von den blinkenden Kupfergliedern und warf ihn sich mit einem zufriedenen Nicken über die Schulter.

Als er sich umdrehte, um zu Herger zurückzugehen, sah er die Spur.

Sie begann am Fluss und war eine schnurgerade Doppellinie, die aus dem Wasser hervorkam, wenige Schritte neben ihm vorbeiführte und dann, einen sanften, nach Westen geneigten Bogen schlagend, hinter den Hügeln jenseits ihres Lagers verschwand. Es war keine menschliche Spur. Die Abdrücke waren groß wie eine Hand, aber viel tiefer, als sie selbst ein schwer beladenes Packpferd hinterlassen hätte, und ihre Ränder waren seltsam verwaschen, als wäre der Schnee halb geschmolzen und unter dem eisigen Wind sofort wieder erstarrt. Wäre sie kleiner gewesen, hätte es die Spur eines Hundes sein können.

Skars Herz schien einen schmerzhaften Sprung zu machen. Für den Bruchteil einer Sekunde stieg Panik in ihm auf, eine graue unbezwingbare Furcht, die jeden Ansatz klaren Denkens vertrieb. Er fuhr herum, drehte sich ein-, zweimal um sich selbst und griff instinktiv zum Gürtel, ehe ihm einfiel, dass der Waffengurt mit dem *Tschekal* am Sattel seines Pferdes hing, nur ein paar Schritte entfernt, aber trotzdem unerreichbar.

Der Gedanke brachte ihn wieder in die Realität zurück. Die Spur war mehrere Stunden alt. Wenn der Wolf gekommen wäre, um ihn zu töten, wäre er schon lange nicht mehr am Leben. Trotzdem blieb die Furcht; eine unsichtbare eisige Faust, die ihn umklammert hielt und ihm den Atem abschnürte. Er ballte die Hände zu Fäusten, so fest er konnte, und versuchte das Gefühl zurückzudrängen. Aber sein Herz hämmerte weiter, und das eisige Gefühl in seinem Magen schien eher schlimmer zu werden. Er musste sich mit aller Macht dazu zwingen, sich herumzudrehen und der Fährte zu folgen.

Sie führte knapp an ihrem Lager vorbei, bog dann nach Westen ab und verschwand hinter den Hügeln.

Herger rief etwas, als Skar an ihm vorbeiging, aber der achtete gar nicht auf die Worte, sondern ging mit erzwungen ruhigen Schritten weiter, erklomm den Hügel und blieb auf seiner Kuppe stehen.

Er empfand nicht einmal Schrecken – allerhöchstens so etwas wie Verwunderung darüber, dass er nicht von selbst darauf gekommen war.

Die Wolfsfährte ging vor ihm weiter, in direkter Linie den Hügel hinab und den nächsten wieder hinauf. Es sah aus, als hätte das Ungeheuer nicht einmal im Schritt verharrt, um die beiden Krieger zu töten.

Sie lagen in seltsam verrenkter Haltung im Schnee, zwei mehr als zwei Meter große Giganten, in schwarze, stachelbewehrte Hornpanzer gekleidet. Velas Krieger. Tuans Fluch, den sie heraufbeschworen und mit hergebracht hatten. Keine Menschen, sondern... Dinger, leblose Scheusale, deren äußere Form allein deshalb der menschlichen zu ähneln schien, um ihre Vorbilder zu verspotten. Skar hatte es geahnt, als er das Schlachtfeld gesehen hatte, die Spuren eines Kampfes, der nur auf einer Seite Verluste gefordert hatte, und er hatte es gewusst, als er den Quorrl von Dämonen hatte reden hören.

Aber er war ein Narr gewesen, sich im Ernst einzubilden, dass sie keinen Wächter zurücklassen würde. Welchen Auftrag hatten sie gehabt? Ihn zu töten? Oder nur, ihn zu beobachten und jeden seiner Schritte zu registrieren? Vela wusste, dass er hier war. Diese beiden Krieger dort unten waren mehr als ihr verlängerter Arm – sie waren ihre Augen und Ohren gewesen, zwei von Hunderten, die über das gesamte Land verstreut sein mochten und nach ihm Ausschau hielten.

Er atmete tief ein, pumpte die Lunge mit der schneidend kalten Luft voll, und als er die Augen schloss, sah er ein Gesicht vor sich – ein schmales, von glattem, dunklem Haar eingerahmtes Gesicht, dessen Augen ihn spöttisch anblickten. O nein, sie hatte diese beiden Hornkrieger nicht hier zurückgelassen, um ihn zu töten. Sie hatte wahrscheinlich die ganze Zeit über genau gewusst, wo er sich aufhielt. Sie spielte noch immer mit ihm. Und vielleicht war auch das, genau dieser Gedanke, den er jetzt dachte, nur ein weiterer Teil dieses grausamen Spieles. Vielleicht sollte er glauben, sie durchschaut zu haben, nur um in eine weitere, noch teuflischere Falle zu tappen. Das Spiel wurde ernster und der Einsatz höher. Sie schonte ihn nicht mehr, so wie sie es zuvor getan hatte, aber sie schlug noch nicht mit aller Macht zu. Vielleicht sah sie ihn auch jetzt, beobachtete ihn durch die Augen eines weiteren Dämons, der hinter einem der unzähligen Hügel verborgen sein mochte, und amüsierte sich über seine Hilflosigkeit, den ohnmächtigen Zorn, der seine Seele zerfraß.

»Siehst du mich?«, fragte er. Und dann, plötzlich, schrie er mit aller Macht: »*Hörst du mich, Vela? Ich weiß, dass du mich hörst und siehst. Ich komme, so wie du es gewollt hast, Hexe! Ich komme, und ich schwöre dir bei meinem Leben, dass ich dich vernichten werde!*«

Natürlich bekam er keine Antwort. Die schnee-
bedeckte Weite vor ihm blieb stumm, unbeteiligt, wie
sie es seit Äonen war.

Nur der Wind heulte leise um die Hügel. Und
irgendwo, nicht sehr weit von der einsamen Gestalt auf
der Hügelkuppe entfernt, zog ein gewaltiger schwarzer
Wolf seine Spur durch den Schnee.

13. Kapitel

Gegen Mittag kam Nebel auf. Der Fluss, nun zu ihrer Linken und in die gleiche Richtung fließend, in der sie sich bewegten, verschwand unter einer brodelnden grauen Decke, und es wurde wärmer. Das Schlachtfeld hatte in einer kleinen Enklave des Winters gelegen, in einem Gebiet, das vielleicht in weniger als einem Tagesritt zu durchmessen war.

Skar erschrak, als er diesen Gedanken dachte. Der eisige Wind, der ihnen folgte und sie trotz der dicken Kleidung frieren ließ, erschien ihm wie ein Hauch aus einer fremden, längst vergessenen Welt. Eine Falle. Eis und Schnee und Kälte, auch sie waren Waffen, tödlicher als jedes Schwert, wenn sie gezielt eingesetzt wurden. Und dabei war es immer noch nicht mehr als ein Spiel, ein erstes, noch unwissendes Herumexperimentieren mit einer Macht, die, wenn sie erst einmal entfesselt war, die Welt aus den Angeln heben konnte.

Wozu wird sie fähig sein, wenn sie erst die vollen Kräfte des Steines zu beherrschen gelernt hat?, dachte Skar erschrocken. Er würde es nie erfahren. Vielleicht konnte er es verhindern, wahrscheinlicher aber war, dass er vorher starb. Vela hatte ihm erklärt, dass sie ihn brauchte, ihn – oder genauer gesagt das Erbe, das unerkannt in ihm schlummerte, jenen Teil von ihm, der nicht menschlich, sondern Teil der Götterrasse war, die vor Äonen über diese Welt geherrscht hatte. Aber aus irgendeinem Grund hatte sie ihre Meinung geändert. *Vielleicht*, dachte er, *reichen ihr die Gewalten, über die sie jetzt schon gebietet, und vielleicht erschrickt sie sogar selbst vor der Macht, die der Stein wirklich birgt, und will sie gar nicht mehr kennenlernen.*

Der Quorrl regte sich, und der Laut, den er hervorstieß, riss Skar aus seinen Überlegungen. Er gab Herger ein Zeichen anzuhalten, sprang aus dem Sattel und trat vorsichtig zwischen die Pferde. Sie hatten Arme und Beine des Schuppenwesens an die zusammengebundenen Speere, aus denen die Trage angefertigt war, gefesselt, sodass der Quorrl kaum mehr fähig war, sich zu bewegen. Trotzdem hielt Skar vorsichtigen Abstand. Die Trage bebte unter dem Gewicht des gewaltigen Kriegers, und Skar war mit einem Mal gar nicht mehr so sicher, dass das Gebilde der Belastung wirklich standhalten würde.

Er nahm einen Wasserschlauch, öffnete den Verschluss und träufelte dem Quorrl ein paar Tropfen der eisigen Flüssigkeit auf die Stirn. Das Wesen stöhnte. Aber es war ein anderer Laut als der zuvor. Er drückte Schmerz aus, doch einen Schmerz, den es bewusst empfand. Der Quorrl war wach.

»Verstehst du mich?«, fragte Skar. Im ersten Moment zeigte der Quorrl-Krieger keine sichtbare Reaktion, dann flatterten seine Augenlider, und Skar begegnete dem Blick großer, pupillenloser schwarzer Augen. Es waren sehr sanfte Augen. Schmerz spiegelte sich in ihnen wider, aber auch etwas anderes, etwas, das so gar nicht der Wildheit und Brutalität entsprach, die man den gepanzerten Riesen nachsagte.

»Ich spreche deine Sprache nicht«, sagte Skar. Er sprach langsam und mit übermäßiger Betonung und legte zwischen den Worten große Pausen ein, so als würde er mit einem sehr kleinen Kind reden. »Aber vielleicht sprichst du meine. Wenn du mich verstehst, dann gib mir ein Zeichen.«

Wieder vergingen Sekunden, in denen sich der Blick des Quorrl in den von Skar zu bohren schien. Dann schloss er ganz langsam die Augen; die Andeutung eines Nickens, zu dem ihm die Kraft fehlte.

»Er versteht mich!«, sagte Skar überrascht. »Er spricht unsere Sprache.«

Herger antwortete nicht, aber sein Gesicht nahm einen besorgten Ausdruck an. Seine Rechte glitt nervös zum Gürtel und fingerte am Griff des Schwerts herum.

Skar wandte sich wieder an den Quorrl. »Hör mir zu«, sagte er. »Wir sind nicht deine Feinde. Wir haben dich auf dem Schlachtfeld gefunden und mitgenommen, aber wir gehören nicht zu denen, die deine Leute umgebracht haben. Verstehst du das?«

»Ich ... weiß ...«

Die Lippen des Quorrl hatten sich kaum bewegt, und die Worte waren unter seinem rasselnden Atem kaum zu verstehen.

»Die Männer, die euch überfallen haben, sind auch unsere Feinde«, fuhr Skar nach einem Moment fort. »Wir haben dich zu deinem eigenen Schutz gebunden.«

Der Quorrl antwortete nicht mehr, die beiden Worte schienen seine gesamte Kraft aufgebraucht zu haben.

»Hör mir zu«, fuhr er fort. »Ich verlange nicht, dass du antwortest, aber du musst mir glauben, dass wir dir nicht schaden wollen. Kannst du uns sagen, in welche Richtung die Dämonen gezogen sind?«

Der Quorrl schloss die Augen.

»Du wirst ihm doch nicht glauben?«, fragte Herger erschrocken. »Diese Wesen sind unsere Feinde, Skar. Er wird uns mit Freuden ins Verderben reiten lassen.«

Skar brachte ihn mit einer verärgerten Handbewegung zum Verstummen. »Wohin sind sie geritten?«, fragte er erneut. »Nach Süden?«

Der Quorrl reagierte nicht.

»Dann nach Norden, in Richtung Elay?«

»Ihr müsst... Rebellen gehen...«, flüsterte der Quorrl. »Norden... ihr... Menschen und...« Er stockte, rang mit einem schrecklichen, rasselnden Geräusch nach Atem und versuchte, den Kopf zu heben. Sein Blick begann sich wieder zu verschleiern. »Nicht nur... wir«, stöhnte er. »Rebellen... wir... kämpfen... zus... *Errish*...«

»Was redet er da?«, fragte Herger.

»Still!«, zischte Skar.

Er trat näher an den Quorrl heran, berührte ihn an der Schulter und beugte sich so tief über ihn, dass sein Ohr fast den Mund des Wesens berührte. Aber der Quorrl sprach nicht mehr. Seine Augen waren wieder geschlossen, und nach wenigen Sekunden beruhigte sich sein Atem. Er hatte erneut das Bewusstsein verloren.

Skar richtete sich kopfschüttelnd auf, trat enttäuscht

zurück und lockerte nach kurzem Zögern die Lederriemen, mit denen das Wesen gebunden war.

»Was hat er gesagt?«, fragte Herger erneut.

Skar ging zu seinem Pferd und schwang sich in den Sattel, ehe er antwortete. »Du hast ihn doch verstanden, oder?«

Herger nickte. »Verstanden schon, aber nicht begriffen. Was redet er da von Rebellen?«

Skar deutete nach Norden. »Reiten wir dorthin, Herger. Dann erfahren wir sicher, was er gemeint hat.«

»Du bist verrückt, Skar«, entfuhr es Herger. »Du willst auf die Fieberfantasien eines Quorrl hören?«

Skar nickte unbeeindruckt. »Es waren keine Fieberfantasien, Herger. Er hat ganz genau gewusst, was er sagte.«

Herger deutete nach Norden. »Ich kann dir auch sagen, was wir dort finden werden: eine Horde blutrünstiger Quorrl, die darauf warten, dass wir ihnen in die Speerspitzen rennen. Rebellen!« Er lachte. »Die einzigen Rebellen, die wir finden werden, sind Quorrl, die gegen den Rest der Welt kämpfen.«

»Vielleicht«, murmelte Skar.

»Nicht vielleicht«, widersprach Herger aufgebracht, »sondern garantiert. Du wirst dieser Bestie doch nicht glauben?«

Skar schwieg einen Augenblick. Rebellen... Das klang fürwahr nur allzu fantastisch, und Skar konnte Hergers Misstrauen durchaus verstehen. Auf der anderen Seite ergab es aber auch Sinn. Warum sonst sollte Vela ihre Leibgarde ausgeschickt haben, nur um eine Handvoll Quorrl zu vernichten?

Herger schien seine Gedanken zu erraten. »Du bist verrückt, Skar«, keuchte er. »Selbst wenn er die Wahrheit gesprochen hat, ist es heller Wahnsinn.«

Ja, dachte Skar, das war es wohl. Nicht einmal der größte Narr hätte den Worten eines sterbenden Quorrl geglaubt.

Er sah auf, lächelte dünn und deutete nach Norden. »Reiten wir.«

»Aber ... «

»Ich weiß, was du sagen willst«, fuhr Skar fort. »Aber ich habe mich gerade entschlossen, die Spielregeln zu ändern.«

14. Kapitel

Das Land wurde steinig, als sie nach Norden ritten. Die Hügel, die den Fluss auf seiner nördlichen Seite flankierten, wurden von Meile zu Meile flacher, und wo anfangs noch rissiger Lehm und Sand gewesen waren, lag nun harter Granit unter den Hufen ihrer Pferde.

Sie ritten den ganzen Nachmittag und bis weit in den Abend, ohne dass Herger noch etwas von sich gab. Skar war ein paarmal nahe daran gewesen, von sich aus das Eis zu brechen und das Wort an Herger zu richten, überlegte es sich jedoch jedes Mal im letzten Moment wieder anders.

Hergers Verhalten erinnerte ihn an das eines Kindes, das seinen Willen nicht durchsetzen konnte und nun mit Bockigkeit reagierte. Es war nicht so, dass er Hergers Furcht nicht verstand – im Grunde teilte er sie sogar –, aber die Art, in der der Hehler ihr Ausdruck verlieh, machte Skar rasend. Er hätte es begriffen, hätte Herger ihn im Stich gelassen und wäre allein davongeritten – halbwegs hatte er es sogar erwartet. Was er nicht erwartet hatte, war, dass Herger trotzdem bei ihm blieb und schmollte.

Aber gab es überhaupt etwas an Herger, das er verstehen konnte?

Das Land veränderte sich immer wieder. Bald ritten

sie durch ein bizarres Labyrinth aus Granit und Felsen, zwischen denen sich nur noch wenige dürre Büsche mit braunen Wurzelfingern festkrallten. Die Luft roch seltsam steril, und der Wind trug Wolken eines feinkörnigen braunen Staubs heran, der sich in ihren Haaren festsetzte, unter ihre Kleider kroch und in den Augen brannte.

Erst als die Sonne vollends versank und das Grau der Dämmerung vom Schwarzblau der Nacht abgelöst wurde, hielten sie an; einfach da, wo sie waren, ohne nach einem besonderen Lagerplatz Ausschau zu halten.

Skar sprang vom Pferd, bewegte ein paarmal die Arme und Schultern, um das taube Gefühl aus seinen Gliedern zu vertreiben, und trat an die Bahre mit dem bewusstlosen Quorrl. Seine Hoffnung, dass der Krieger noch einmal erwachen und ihnen weitere Informationen geben würde, hatte sich nicht erfüllt, aber der Zustand des Quorrl hatte sich sichtlich gebessert: Aus dem fiebergeplagten Koma des Wesens war ein tiefer, erschöpfter Schlaf geworden, und als Skar sich herabbeugte und ihm prüfend die Hand auf die Stirn legte, glühte diese nicht mehr.

Er löste den Wasserschlauch von seinem Sattel, trank einen winzigen Schluck und träufelte dem Quorrl ein paar Tropfen der kostbaren Flüssigkeit ins Gesicht.

»Warum nimmst du ihn nicht in den Arm und wiegst ihn ein wenig?«, fragte Herger bissig.

Skar verschnürte den Schlauch und hängte ihn wieder an den Sattel, ehe er sich zu Herger umwandte.

»Wenn ich wüsste, dass es ihm hilft, dann würde ich es tun«, sagte er ernsthaft. »Aber ich glaube, dass das nicht nötig ist. Mit ein wenig Glück wird er auch so durchkommen. Er hat eine unglaubliche Konstitution.«

»Ich hoffe, dass das auch auf dich zutrifft«, sagte Herger. »Du wirst die Kraft von zehn Satai brauchen, wenn seine Brüder und Schwestern über uns herfallen.« Er schnaubte, schwang sich von seinem Pferd und machte ein paar Schritte. Ein halb unterdrückter Schmerzenslaut kam über seine Lippen. Er hatte den Ritt weit weniger gut verkraftet als Skar. Elf Tage lang hatte er mitgehalten, aber nun schienen seine Kräfte erschöpft. Er bewegte sich sehr vorsichtig; wahrscheinlich hatte er sich wund geritten. Vielleicht war auch das ein Grund mehr für seine Gereiztheit.

»Du hasst die Quorrl, nicht wahr?«, fragte Skar.

Herger schenkte ihm einen trotzigen Blick. »Du nicht?«

»Nicht so wie du, Herger. Ich fürchte sie, so wie jeder, aber Furcht und Hass sind zwei verschiedene Dinge. Du solltest sie nicht verwechseln.«

Herger schüttelte den Kopf und wandte sich um, um mit wenigen ungelenken Schritten in der hereinbrechenden Nacht zu verschwinden. Skar dachte einen Moment daran, ihn zurückzurufen, tat es aber dann doch nicht, sondern begann stattdessen, die Pferde abzusatteln und das Nachtlager vorzubereiten.

Es ging fast über seine Kräfte, die Trage mit dem Quorrl allein loszubinden und vorsichtig zu Boden sinken zu lassen. Als er es geschafft hatte, war er so erschöpft, dass er sich zitternd gegen die Flanke seines Pferdes lehnen und sekundenlang nach Atem ringen musste. Sein Herz hämmerte. Die kurze Belastung hatte seinen geschundenen Muskeln alles abverlangt, und für einen winzigen Moment klangen Hergers Worte noch einmal in ihm auf. *»Die Kraft von zehn Satai…«* Er hatte nicht einmal mehr die Kraft eines normalen Mannes. Wenn er sich täuschte und sie in eine Falle ritten, waren sie verloren. Er würde kaum mehr die Energie aufbringen, sich freizukämpfen.

Aber die Schwäche verging, und mit ihr verblassten auch die Gedanken an Kampf und Tod. Skar hatte in den letzten Monaten zu oft mit dem Leben abgeschlossen, um derartige Ideen noch ernst nehmen zu können.

Als er Feuer gemacht hatte, kam Herger zurück. Skar konnte sein Gesicht im zuckenden Schein der Flammen nicht deutlich erkennen, aber irgendetwas darin schien sich geändert zu haben; ein schwer zu bestimmender, neuer Ausdruck, den Skar noch nicht an ihm bemerkt hatte.

Herger blieb im Schatten eines Felsblocks stehen, starrte eine Zeit lang wortlos zu Skar hinüber und ließ sich dann auf der anderen Seite des Feuers nieder.

»Es tut mir leid«, sagte er leise.

Skar sah auf. »Was?«

Herger versuchte zu lächeln, aber es misslang ihm. Dadurch wurde seine Verlegenheit noch deutlicher. »Ich war ungerecht«, murmelte er hilflos. »Aber du…«

Skar winkte ab und zog einen glimmenden Ast aus dem Feuer, um damit zu spielen. »Daran bin ich gewöhnt«, sagte er leichthin. »Jedermann ist ungerecht zu uns Satai.«

»Und das versuchst du auszugleichen – an dem da?«, fragte Herger mit einer Geste auf den Quorrl. Seine Stimme klang um eine Winzigkeit schärfer, als sie hätte klingen dürfen, und Skar spürte, dass Hergers Zorn keineswegs erloschen war, sondern weiterbrodelte. Herger versuchte einzulenken, aber er hatte sich nicht gut genug in der Gewalt, um Skar zu täuschen. Was er tat, tat er aus einem ganz bestimmten Grund. Trotzdem entschied sich Skar, das Spiel – wenigstens für den Moment – mitzuspielen.

»Er ist keine Gefahr«, sagte er. »Weder jetzt noch in absehbarer Zeit. Selbst wenn er gesund wird, ist er noch auf Wochen hinaus zu schwach, um auch nur einem Kind gefährlich zu werden.«

»Und dann?«, fragte Herger lauernd.

»Dann wird er längst nicht mehr bei uns sein.«

»Aber vielleicht wird er Kinder töten, Skar. Und Erwachsene. Männer, Brüder, Söhne oder Töchter. Und das Blut derer, die er erschlägt, wird in Wirklichkeit an deinen Händen kleben.«

Skar spürte wieder die Welle heißer Wut, die ihn schon überkommen hatte, als Herger von ihm verlangt hatte, den Quorrl zu töten. »Oder an deinen«, sagte er, mühsam beherrscht. »Ich habe es dir schon einmal gesagt – töte ihn, wenn du willst. Ich werde dich nicht daran hindern.«

Aber dieses Mal wirkten die Worte nicht. Herger hatte Zeit genug gehabt, darüber nachzudenken, und er schien zu einem Schluss gekommen zu sein.

»Du machst es dir ein wenig zu leicht, findest du nicht?«, sagte er ruhig.

»Weil ich mich weigere, für dich zu morden?«

»Es ist kein Mord«, sagte Herger. »Wir führen Krieg gegen diese Wesen, Skar, und du bist Satai. Ich bin nur ein einfacher Krämer, kein Soldat.« Er sprach so schnell und glatt, dass Skar erkannte, wie genau er sich die Worte überlegt hatte. »Du hast dich vor Jahrzehnten entschieden, mit der Waffe in der Hand zu leben, und niemand hat dich dazu gezwungen. Wir haben Krieg, und du bist der Soldat, ich nicht.«

»Es ist nicht mein Krieg«, antwortete Skar.

»Meiner auch nicht. Ich habe ihn nicht angefangen, so wenig wie du oder er. Trotzdem wird uns niemand danach fragen, wenn wir zufällig zwischen die Fronten geraten oder einer Quorrl-Patrouille über den Weg laufen.«

Skar warf den Ast ins Feuer zurück und sah zu, wie er verbrannte. Er spürte genau, dass hinter Hergers Worten mehr steckte, dass sie nur Auftakt und Vorbereitung zu etwas anderem waren. Aber er wusste nicht, zu was.

»Vielleicht hast du recht«, murmelte er. »Aber ich habe jetzt keine Lust, darüber zu reden. Ich bin müde.«

Herger wirkte für einen winzigen Moment verwirrt. Offenbar hatte er mit dieser Art von Reaktion nicht gerechnet. Aber er fing sich sofort wieder und war nicht geneigt, so rasch aufzugeben.

»Du glaubst wirklich daran, hier irgendwo Rebellen zu treffen?«, fragte er. »So eine Art Untergrundarmee, die sich geschworen hat, die alte Feindschaft zu vergessen und gemeinsam gegen die *Errish* zu ziehen?« Er gab sich Mühe, möglichst spöttisch zu sprechen, aber seine Erschöpfung ließ seine Stimme zittern und verdarb ihm den Effekt.

»Warum nicht?«, fragte Skar ruhig. »Auch der Löwe und die Antilope fliehen gemeinsam vor dem Feuer. Warum sollten nicht Quorrl und Menschen gemeinsam gegen eine Gefahr stehen, die sie beide bedroht?«

»Weil es idiotisch ist«, stieß Herger hervor. »Weil es eine idiotische und kindische Vorstellung ist, Quorrl und Menschen Schulter an Schulter kämpfen zu sehen – noch dazu gegen eine Gefahr, von der sie keine Ahnung haben. Das ist romantisches Wunschdenken, das nicht zu dir passt.«

Skar nickte. »So wenig wie die Vorstellung eines kleinen Hehlers und Schmugglers, der plötzlich seine Existenz und sein Leben aufs Spiel setzt, um mir zu helfen.«

Herger schnaubte. »Ich habe meine Gründe, dir zu folgen. Aber ich glaube kaum, dass du sie verstehen würdest.«

Skar senkte den Blick und starrte nachdenklich in die Flammen. Er hatte Herger nichts von den beiden toten Hornkriegern erzählt, aber er glaubte auch nicht, dass das etwas geändert hätte. Nicht wirklich. Vielleicht hätte der Schrecken ein wenig tiefer gesessen, vielleicht hätte es ein paar Stunden oder auch Tage länger gedauert, aber Hergers Reaktion wäre so oder so gekommen.

»Was willst du eigentlich?«, fragte er in einer Mischung aus Zorn und Resignation. »Es steht dir frei zu gehen, jetzt, morgen ... wann immer du willst.«

»Gehen!«, wiederholte Herger abfällig. »Wohin

denn? Zurück nach Anchor, wo die Thbarg bereits auf mich warten? Oder in irgendeine andere Stadt? Ich gehöre zu dir, Skar, ob du willst oder nicht. Auf meinen Kopf ist ein Preis ausgesetzt, so wie auf deinen.«

»Es war deine Entscheidung, mir zu helfen«, gab Skar ungerührt zurück. Er war beinahe froh, dass Herger ihm – wenn auch indirekt – Vorwürfe machte.

Herger atmete hörbar ein. »Es scheint dir Spaß zu machen, mich bewusst falsch zu verstehen. Ich bereue nicht, mit dir gekommen zu sein. Ich gebe zu, dass ich dir kein Wort geglaubt hätte, wenn ich nicht den Zwerg und dieses schwarze Ungeheuer mit eigenen Augen gesehen hätte. Aber ich bin hier und ich glaube dir und ich werde dir helfen – wenn du dir helfen lässt. Alles, was ich will, ist, dass wir diese Bestie hier zurücklassen und so schnell wie möglich verschwinden. Dieses Land ist verflucht.«

Skar sah auf. Herger sprach mit einem Mal vollkommen ernst, und der Ausdruck in seinen Augen unterstrich seine Worte noch. Furcht. Was Skar sah, war Furcht, eine Angst, die weit über die Angst vor dem Quorrl oder vor Velas Soldaten hinausging.

»Was soll das heißen – verflucht?«

Herger druckste herum. »Verflucht eben«, murmelte er. »Ich weiß nicht viel darüber – niemand weiß das. Aber es heißt, dass hier seltsame Dinge geschehen. Nichts lebt hier, und viele, die herkamen, sind nicht mehr zurückgekommen.«

»Unsinn«, sagte Skar. Aber es war nur eine instinktive Reaktion auf Hergers Worte, nicht seine Überzeugung. Er hatte nie an Flüche oder die Macht von Verwünschungen geglaubt, aber er hatte gelernt, auf die Warnung zu hören, die sich hinter den meisten Legenden verbarg. Auch wenn es manchmal nur die Warnung vor dem Unbekannten war.

»Es ist wahr«, fuhr Herger fort. »Ich ... habe bisher nichts davon gesagt, weil ich wusste, dass du mir nicht glaubst. Du hättest gedacht, ich wolle dich nur davon abhalten, nach Norden zu reiten. Aber es ist wahr. Vielleicht ist es nur dummes Geschwätz, wie du es nennen würdest ...«

»Das ist es ganz und gar nicht«, sagte eine Stimme irgendwo hinter Skar.

Skar sprang so schnell auf die Füße, dass er – vom Schwung seiner eigenen Bewegung mitgerissen – nach vorn taumelte und um ein Haar das Gleichgewicht verloren hätte. Herger stieß einen überraschten Laut aus, fuhr herum und trat instinktiv ins Feuer, um die Flammen zu löschen. Brennendes Holz und Funken stoben in einer lautlosen Explosion auf, und für zwei, drei Sekunden wurde es sogar heller statt dunkler.

Skar fing sich im letzten Moment, federte herum, um aus dem Licht zu kommen, und riss sein Schwert aus der Scheide.

Aus der Dunkelheit jenseits des Lagers erklang ein leises, amüsiertes Lachen. »Eine eindrucksvolle Vorstellung, Satai. Aber unnötig. Wenn wir euch hätten töten wollen, hätten wir es schon getan.«

Einer der dunklen Schatten dort draußen bewegte sich, kam näher und wuchs zu einer schlanken, in blaugraues Tuch gekleideten Gestalt. Tuch von der Farbe der Nacht, dachte Skar. Eine perfekte Tarnung.

Und so unsichtbar wie seine Kleidung, so lautlos waren die Bewegungen des Mannes.

Er kam näher, blieb zwei Schritte vor Herger stehen und musterte erst ihn, dann Skar mit einem langen, abschätzenden Blick. Sein Gesicht war verhüllt bis auf einen schmalen Streifen für die Augen, und selbst um die herum war die Haut mit Ruß eingeschwärzt. Auf dem dunklen Turban um seinen Kopf blitzte ein kaum fingerbreites Diadem, ein gerilltes Stahlband mit einem einzelnen blassen Kristall – der einzige Teil seiner Kleidung, der nicht matt war und das Licht des Feuers reflektierte, sodass er für einen Moment wie ein drittes, leuchtendes Auge wirkte. Es erschien Skar unlogisch, dass jemand, der solchen Wert auf Tarnung legte, ein so verräterisches Schmuckstück trug.

»Du bist Skar«, sagte der Fremde. »Ein Satai, wie ich sehe.«

Skar nickte, obwohl die Worte nicht als Frage gedacht waren. Er versuchte, an dem Fremden vorbei in die Dunkelheit zu blicken, sah dort aber nichts als Nacht und Schatten. Trotzdem war Skar sicher, dass der Fremde nicht allein gekommen war.

»Ich habe euch schon eine ganze Weile belauscht«, fuhr der Mann fort. »Laut genug wart ihr ja.«

»Wer bist du?«, fragte Skar.

»Mein Name ist Legis. Aber es spricht sich besser, wenn du die Waffe wegsteckst. Ich glaube nicht, dass wir eure Feinde sind.«

Skar senkte das *Tschekal,* steckte es jedoch noch nicht ein. »Du glaubst?«

Legis lachte leise. Seine Stimme war nicht so rau,

wie Skar zunächst gemeint hatte. Der schwere Schleier vor seinem Gesicht hatte sie dunkler klingen lassen.

Skar senkte die Waffe tiefer, trat einen Schritt näher und musterte Legis eingehend. Der schwere Wollmantel fiel lose auf Legis' Knöchel herab – aber nicht einmal er konnte die weichen Formen seiner Figur vollends verbergen. Legis war eine Frau.

Sie hielt seinem Blick ein paar Sekunden stand, lachte erneut und machte eine rasche Geste, deren Bedeutung Skar nicht zu erraten vermochte. »Bist du zufrieden?«, sagte sie spöttisch. »Und um deine Frage zu beantworten – wie gesagt, ich habe euch schon eine Weile belauscht. Mir scheint, dass ihr vor den gleichen Leuten davonlauft wie wir.«

»Gemeinsame Feinde bedeuten nicht Freundschaft«, sagte Skar unsicher.

Legis hob die Hände an den Kopf, löste den Schleier von ihrem Gesicht und atmete hörbar erleichtert ein. »Das stimmt«, antwortete sie mit einiger Verzögerung. »Ich sage ja auch nur, dass ich *glaube*, nicht euer Feind zu sein – nicht, dass ich es *weiß*. Wir werden sehen.« Sie blickte ihn einen Moment lang kühl an, wandte sich um und klatschte in die Hände.

Skar spannte sich, bemühte sich aber gleichzeitig, keine unbedachte Bewegung zu machen. Aus der Nacht traten weitere Gestalten hervor – drei, vier, schließlich ein halbes Dutzend breitschultriger geschuppter Giganten.

Herger stieß einen krächzenden Laut aus und sprang auf. Seine Hand zuckte zum Schwert, führte die Bewegung jedoch nicht zu Ende. »*Quorrl!*«, keuchte er.

Legis lächelte amüsiert. »Wie du siehst, können der Löwe und die Antilope sehr wohl gemeinsam kämpfen«, sagte sie. »Aber frag mich jetzt bitte nicht, wer von uns der Löwe und wer die Antilope ist.« Sie wandte sich wieder an Skar. »Es wäre wirklich besser, wenn du dein Schwert wegstecken würdest, Skar.«

Ihr Tonfall war so ruhig wie zuvor, aber diesmal war es eindeutig ein Befehl, und Skar gehorchte. Sein Blick tastete nervös über die massigen Gestalten der Quorrl. Die Schuppenkrieger hatten in einem weit auseinandergezogenen Halbkreis zwischen ihnen und den Pferden Aufstellung genommen. Einer von ihnen kniete neben der Trage mit dem Bewusstlosen und machte sich an seiner Schulter zu schaffen.

»Also hat er die Wahrheit gesagt«, meinte Skar.

»Wer?«, fragte Legis. »Der Krieger?«

Skar nickte. »Er sagte, wir sollten nach Norden gehen. Er sprach von Rebellen, aber wir waren nicht sicher.«

»Rebellen...« Legis wiederholte das Wort auf sehr eigentümliche Weise, und ein Schatten schien über ihr Antlitz zu huschen. Aber Skar war sich nicht sicher. Der breite geschwärzte Streifen über ihren Augen machte es schwer, ihre Züge richtig auszumachen. Wenigstens war zu erkennen, dass sie nicht so jung war, wie Skar erst vermutet hatte.

»So könnte man es nennen«, fuhr sie nach einer Weile fort. »Und er hat euch zu uns geschickt?«

Skar nickte und schüttelte gleich darauf den Kopf. »Nicht direkt«, sagte er hastig, als er den fragenden Ausdruck in Legis' Augen sah. »Er... hat im Fieber geredet. Ich war mir nicht sicher, ob er die Wahrheit sprach.«

»Und trotzdem seid ihr hergekommen?«, fragte Legis erstaunt. »Ein ziemliches Risiko.« Wieder schwieg sie einen Moment, dann wandte sie sich um, tauschte einen Blick mit einem der Quorrl-Krieger und fuhr sich mit einer unbewussten Geste über die Stirn. »Wo habt ihr ihn gefunden?«

»Am Fluss«, antwortete Skar. »Einen Tagesritt von hier. Es hat eine Schlacht gegeben, unten an der Furt. Er war der einzige Überlebende.«

»Und ihr habt ihn mitgenommen – dreißig Meilen durch unbekanntes Land voller Gefahren.« Ein seltsamer Ton, dessen Bedeutung Skar nicht klar wurde, schwang in ihrer Stimme mit. »Warum? Als Geisel? Oder habt ihr gedacht, er würde euch helfen, wenn ihr auf Quorrl trefft?«

Ihr Blick war mit einem Mal lauernd geworden, aber Skar schwieg. Und Legis schien auch nicht mit einer Antwort zu rechnen. Sie wandte sich um, ging mit raschen Schritten zu den Quorrl-Kriegern zurück und begann, gedämpft mit ihnen zu sprechen. Skar konnte nicht verstehen, was sie sagten, aber einer der Schuppenkrieger deutete mehrmals auf ihn und Herger, was Legis jedes Mal mit einem energischen Kopfschütteln quittierte. Der Quorrl war erregt, das war trotz seines ausdruckslosen Fischgesichts deutlich zu erkennen, und er sprach laut, nur eine Winzigkeit davon entfernt, loszuschreien.

Skar verfolgte den Disput eine Weile, ehe er zu Herger zurückging. Der junge Hehler hatte die ganze Zeit kein Wort gesagt, aber jede Bewegung Legis' und der Quorrl aus angstvoll geweiteten Augen verfolgt. Seine Hand lag noch immer auf dem Griff seines Schwerts.

Skar warf ihm einen warnenden Blick zu, schwieg aber. Die Quorrl starrten – mit Ausnahme des einen, der noch immer mit Legis stritt – zu ihnen herüber, und Skar war sicher, dass mindestens einer unter ihnen war, der ihre Sprache beherrschte und jedes Wort misstrauisch verfolgte. Die Quorrl verhielten sich ruhig, aber dass sie noch nicht angegriffen hatten, bedeutete nicht, dass sie es nicht nachholen würden – Legis' Worte hatten freundlich geklungen, aber Skar hatte die unausgesprochene Drohung darin sehr wohl bemerkt.

Auch er konnte sich eines immer stärker werdenden Gefühls der Furcht nicht erwehren, während er die stumm dastehenden Krieger betrachtete. Es waren Giganten, selbst für Quorrl-Verhältnisse. Legis musste ihre Begleiter sehr sorgfältig ausgewählt haben – jeder Einzelne war einen guten Kopf größer als Skar und so breitschultrig, dass sich ein normal gewachsener Mann bequem dahinter hätte verstecken können. Skar bezweifelte, dass er auch nur mit einem Einzigen von ihnen fertigwerden konnte.

Herger fingerte unruhig an seinem Schwert herum. Sein Gesicht hatte alle Farbe verloren, und auf seiner Stirn perlte kalter Schweiß.

»Mach jetzt nur keinen Fehler«, zischte Skar ihm zu, ohne die Quorrl aus den Augen zu lassen. »Eine falsche Bewegung, und wir sind tot.«

»Das sind wir sowieso«, flüsterte Herger. »Sie werden uns umbringen, Skar. Sieh dir diese Bestien doch an. Sie ... sie werden sich gleich auf uns stürzen.«

»Schweig!«, zischte Skar. »Du redest uns noch um Kopf und Kragen!«

»Das tut er nicht«, sagte Legis ruhig.

Skar drehte sich halb um und starrte die Frau durchdringend an. Herger hatte trotz seiner Erregung leise gesprochen. Aber Legis schien über ein sehr feines Gehör zu verfügen.

»Ich ...«

»Du brauchst dich nicht zu entschuldigen, Satai«, fuhr sie gelassen fort. »Im Gegenteil, ich bin dafür, von Anfang an für klare Verhältnisse zu sorgen. Dein Freund hasst uns, aber das ist seine Sache.« Sie kam wieder näher, diesmal in Begleitung des Quorrl, mit dem sie geredet hatte. Neben der kleinwüchsigen Frau wirkte der Krieger noch gewaltiger, ein grauer Koloss aus Schuppen und Knochen, der wie ein zum Leben erwachter Berg über ihr aufragte, während er Skar und Herger aus ausdruckslosen Augen anstarrte.

»Die Theorie, die du vorhin entwickelt hast«, fuhr Legis, an Herger gewandt, fort, »ist nicht uninteressant – von deinem Standpunkt aus. Aber ein wenig kurzsichtig. Ich hätte dir mehr Intelligenz zugetraut. Auch ich wurde nicht mit dem Schwert in der Hand geboren, aber ich ergreife es, wenn es notwendig ist.«

Herger wurde noch blasser. Vergeblich versuchte er, dem Blick aus Legis' dunklen Augen standzuhalten. »Ich ... verstehe nicht ...«, murmelte er.

Legis verzog abfällig die Lippen. »Du verstehst sehr gut«, sagte sie. »Und spiel bitte nicht den Narren. Du beleidigst mich, wenn du glaubst, ich würde darauf hereinfallen.«

»Wie lange hast du uns schon belauscht?«, fragte Skar.

»Lange genug«, antwortete Legis.

»Du scheinst jedes Wort gehört zu haben«, murmelte Skar. »Mein Kompliment. Es geschieht nicht oft, dass sich jemand so lange in meiner Nähe aufhält, ohne dass ich es merke.«

Legis lächelte flüchtig. »Aus dem Mund eines Satai stellen diese Worte wohl ein besonders großes Lob dar, wie?«, sagte sie. »Wir mussten lernen, mit den Schatten zu gehen und so leise wie der Wind zu sein, wenn wir überleben wollen. Und um deine Frage zu beantworten – wir waren schon hier, als ihr gekommen seid.« Sie schwieg einen Moment, um sich über Skars offenkundige Verblüffung zu amüsieren. »Dein Freund wäre um ein Haar über mich gestolpert, als er wutentbrannt in die Nacht gestürmt ist. Wir beobachten euch schon seit Tagesanbruch.«

»Wir?«, fragte Skar. »Wer ist das? Du lebst doch nicht allein mit diesen Quorrl hier draußen.«

Legis hob ungeduldig die Hand. »Deine Fragen werden beantwortet, ebenso wie die Frage, was mit euch geschehen wird. Aber nicht von mir und nicht hier und jetzt. Ihr werdet uns begleiten.«

»Wohin?«

»Zu unserem Lager. Es ist nicht weit von hier. Und nun kommt, wir haben schon zu viel Zeit verloren.«

Ohne auf eine Antwort zu warten, wandte sie sich um und sagte ein paar Worte in der Sprache der Quorrl.

Ihr Begleiter unterstrich den Befehl mit einer raschen Geste. Skar beobachtete, wie er sich bewegte. Der Quorrl kam ihm wie ein Kraftpaket auf zwei Beinen vor, das beim geringsten Anstoß explodieren konnte.

Skar bückte sich, hob seine Decke auf und rollte sie zusammen, aber Legis rief ihn mit einem knappen Befehl zurück, als er zu seinem Pferd gehen wollte.

»Die Tiere bleiben hier«, sagte sie. »Nehmt ihnen das Zaumzeug ab und lasst sie laufen. Sie werden ihren Weg finden. Um den Krieger kümmern wir uns.«

Skar runzelte verwirrt die Stirn. »Aber ...«

»Ihr werdet gehorchen«, unterbrach ihn Legis, plötzlich scharf und mit erhobener Stimme.

Der riesige Quorrl hinter ihr drehte sich herum und sah Skar unbewegt an. Fünf, zehn, fünfzehn endlose Sekunden lang bohrte sich sein Blick in den von Skar. Auf seinen Zügen zeigte sich nicht die geringste Regung, aber gerade das war es, was Skar erschreckte. Der Quorrl hatte es nicht nötig zu drohen – er war eine Drohung, allein durch seine gewaltige Erscheinung. Skar atmete innerlich auf, als sich der Quorrl – nach einer Ewigkeit, wie es ihm vorkam – umwandte und zu seinen Kameraden ging. Skar wusste, dass er das stumme Duell nicht mehr länger durchgehalten hätte. Hätte der Quorrl nur noch wenige Atemzüge ausgeharrt, hätte Skar den Blick vor ihm senken müssen; zum ersten Mal in seinem Leben.

Verwirrt – ein Gefühl irgendwo zwischen Irritation und mit Unglauben gemischter Furcht – trat er einen Schritt zurück und sah sich beinahe hilfesuchend um. Herger schien von dem wortlosen Kampf zwischen

Skar und dem Quorrl nicht einmal etwas gemerkt zu haben, aber Legis war das stumme Duell keineswegs entgangen.

»Mork, der Kommandant unserer Quorrl-Truppen«, sagte sie. »Ich glaube, ich brauche ihn dir nicht mehr vorzustellen.«

Skar schüttelte wortlos den Kopf. Er hatte den Namen des Quorrl nicht gewusst, wohl aber bemerkt, dass er der Anführer der Geschuppten war. Ein Wesen wie er war einfach dazu geboren. Niemand würde es wagen, ihn anzuzweifeln – nicht wegen seiner körperlichen Stärke, das war bei Quorrl nichts Außergewöhnliches, es gab allein unter dem halben Dutzend, das Legis begleitete, zwei, die ebenso groß und vielleicht noch breitschultriger waren als er. Es lag an der Willenskraft und Macht, die Mork ausstrahlte wie kaum jemand, dem Skar zuvor begegnet war.

»Ein ... erstaunlicher Bursche«, sagte er. Seine Stimme verriet mehr von seiner Erregung, als er wollte.

Legis nickte. »Und ein *gefährlicher* Bursche«, fügte sie hinzu. »Er ist stark und wild, wie man sich einen Quorrl vorstellt, aber auch intelligent. Du solltest ihn nicht unterschätzen.« Sie befestigte den Schleier wieder vor dem Gesicht und nahm mit einer raschen Bewegung das Diadem vom Kopf, woraufhin ihre Gestalt wieder mit der Nacht zu verschmelzen schien.

»Und wer bist du?«, fragte Skar.

»Eine *Errish*«, antwortete Legis. »Aber nun komm. Du wirst alles erfahren, wenn wir im Lager sind. Und wir müssen es vor Sonnenaufgang erreichen.«

Diesmal folgte ihr Skar widerspruchslos. Einer der

Krieger blieb zurück und trat sorgsam das Feuer aus; zwei andere ergriffen die Trage mit ihrem bewusstlosen Kameraden und trugen sie zwischen sich, als wäre sie gewichtslos.

Herger drängte sich eng an Skar. Er schwieg, aber sein Blick irrte unstet zwischen den vor ihnen gehenden Quorrl und der blau verhüllten Gestalt der *Errish* hin und her. Seine Rechte war noch immer um den Schwertgriff gekrampft, aber nur noch deshalb, um das Zittern zu verbergen.

Sie gingen etwa hundert Schritte in östlicher Richtung und blieben auf ein Zeichen von Legis stehen. Die *Errish* und Mork verschwanden hinter einem mächtigen, halbrunden Felsbuckel, den Skar erst wahrnahm, als sein Schatten die beiden Gestalten verschluckte. Sie blieben eine Zeit lang dort.

Skar wartete. Er glaubte ein schwaches Geräusch zu hören – ein Schleifen von Leder und Metall über Stein –, dann trug der Wind einen scharfen, fremdartigen Geruch heran.

Hinter dem Felsen wuchs ein bizarrer Schatten auf. Im ersten Augenblick glaubte Skar, einen Riesen vor sich zu haben – einen gewaltigen, zweieinhalb Meter hohen Giganten in einem ledernen Mantel. Dann trat eine zweite gleiche Gestalt ins schwache Sternenlicht, und Skar erkannte, was sie vor sich hatten.

»*Daktylen!*«, keuchte er ungläubig.

Herger fuhr zusammen und wich einen halben Schritt zurück, gab aber keinen Laut von sich.

Skar starrte weiter auf die gewaltigen Flugechsen.

Er hatte von diesen Tieren gehört und sie sogar einmal – wenn auch nur von Weitem – gesehen, doch es war das erste Mal, dass er den geflügelten Bestien so nahe gegenüberstand. Sie waren weit über zweieinhalb Meter groß, titanische, hässliche Reptilienvögel mit Fledermausflügeln und Hammerköpfen, die ihn und Herger aus winzigen roten Augen musterten. Im ersten Moment erinnerten sie ihn an die gewaltigen Hoger, auf die Del und er in der Nonakesh-Wüste gestoßen waren, aber sie waren knochiger, und ihr Echsen-Erbe trat deutlicher zutage. Ihr Körper war schlank und bewegte sich auf zwei muskulösen Beinen.

Auf ihren Rücken waren Sättel, und als eines der Tiere in einer spielerischen Bewegung die Flügel entfaltete und damit schlug, ließ der Luftzug Skar taumeln.

»Ich hoffe, ihr seid beide schwindelfrei«, sagte Legis spöttisch.

Skar registrierte erst jetzt, dass der Quorrl und sie wieder hinter dem Felsen hervorgetreten waren. Sowohl sie als auch er führte jeder eine der gewaltigen Flugechsen am Zügel.

»Ihr wollt…?«

»Fliegen«, bestätigte Legis ungerührt. »Es sind sechzig Meilen bis zu unserem Lager. Dachtet ihr, wir laufen bis dorthin?«

Skar schluckte schwer. Er hatte sich an die Hoffnung geklammert, dass die *Errish* und ihre Begleiter die Daktylen als Reittiere benutzten, so wie die Ehrwürdigen Frauen auf ihren Drachen ritten. Aber sie würden fliegen. Er hatte davon gehört, dass einige besonders wilde Quorrl-Stämme aus dem Norden Daktylen als Flugtiere benutzten, aber er hatte es nicht geglaubt. Er hatte es nicht glauben *wollen*.

»Du wirst mit mir fliegen«, bestimmte Legis. »Dein Freund ist leichter – er kann bei einem der Krieger aufsitzen. Und nun kommt.«

Skar bewegte sich zögernd auf die *Errish* und ihr schwarzes Ungeheuer zu. In seinem Magen war plötzlich ein eisiger, harter Klumpen.

15. Kapitel

Der Flug war die Hölle. Skar wusste hinterher nicht mehr, wie lange er gedauert hatte – zwei Stunden oder zwei Jahre. Die Daktylen erwiesen sich in der Luft als so elegant, wie sie am Boden plump erschienen waren, aber ihre gewaltigen ledernen Schwingen eigneten sich nicht nur hervorragend zum Fliegen, sondern boten auch dem Wind reichlich Angriffsfläche, sodass sie ständig hin und her geworfen wurden und Skar ein Dutzend Mal ernstlich damit rechnete, den Halt zu verlieren und abzustürzen.

Mehr als nur einmal wurde Legis' Tier von einer Fallböe ergriffen und in die Tiefe geschleudert, so schnell, dass die scharfkantigen Felsen, die die Ebene bedeckten, wie steinerne Raubtierzähne nach ihnen zu schnappen schienen. Skar klammerte sich mit aller Gewalt an den dünnen Lederriemen des Zaumzeuges fest, aber er erreichte damit nur, dass das Tier nun zusätzlich vor Schmerzen zuckte und mit seinem gewaltigen Hammerkopf nach ihm schlug.

Skar war trotz der Kälte und des beißenden Windes schweißgebadet, als die Tiere endlich zur Landung ansetzten. Unter ihnen schimmerte es rot; Dutzende von winzigen, glühenden Funken, Lagerfeuer, deren Schein sorgsam abgeschirmt und nur aus der Luft auszumachen war. Die Daktylen begannen zu kreisen und verloren dabei an Höhe, und Skar erkannte allmählich mehr: Das Lager befand sich in einem schmalen, L-förmigen Tal, an dessen nördlichen Rand der Dschungel grenzte. Der Raubtiergestank schlug ihm erneut und stärker entgegen, als die Daktylen nach einer weiteren, lang gezogenen Umkreisung des Tales endgültig zur Landung ansetzten. Skar klammerte sich instinktiv fest, als das gewaltige Reptil mit weit gespannten, reglosen Schwingen über das Tal glitt und ungeschickt mit den Füßen nach dem Boden angelte. Trotzdem warf der Aufprall Skar beinahe aus dem Sattel.

Wieder auf dem Boden, verwandelten sich die Daktylen zurück in tölpelhafte, schwerfällige Laufvögel, die Mühe hatten, sich auf den Beinen zu halten und dabei ihre Reiter nicht abzuwerfen. Skar sah die Biegung des Tales auf sich zurasen und unterdrückte im letzten Moment den Impuls, die Zügel loszulassen und schützend die Arme vors Gesicht zu reißen. Die ungeschickten Sätze seiner Echse täuschten über ihr immer noch immenses Tempo hinweg. Wenn das Tier mit dieser Geschwindigkeit gegen die Felswand rannte, würde nicht nur es selbst, sondern auch seine beiden Reiter den Tod finden.

Aber es lief nicht gegen den Fels. Skar sah plötzlich eine hohe, halbrunde Öffnung in der scheinbar massiven granitenen Wand, die durch einen Vorhang aus geflochtenen Pflanzenfasern bestens getarnt war. Die Echse stürmte, ohne ihr Tempo merklich zu vermindern, darauf zu, senkte den Kopf ein wenig und brach hindurch, die Flügel eng an den Körper gepresst.

Dahinter lag eine gewaltige, kuppelförmige Höhle, die vom Licht unzähliger rußender Fackeln in trübrote Helligkeit getaucht war. Der Flugsaurier wurde langsamer, hüpfte mit zwei, drei magenerschütternden Sprüngen seitlich vom Eingang fort und blieb mit einem plötzlichen Ruck stehen. Skar wurde nach vorn geworfen und fiel nun doch aus dem Sattel.

Seine Knie zitterten, und für die Dauer eines Herzschlages wurde ihm schwindlig. Die Höhle begann sich um ihn zu drehen. Hinter ihnen strömten die anderen Daktylen durch den Eingang, ein halbes Dutzend schwarzer Schimären, auf deren Rücken selbst die Quorrl-Krieger klein wirkten. Skar hielt nach Herger Ausschau und entdeckte ihn zusammengekrümmt auf Morks Tier. Der Quorrl hatte einen seiner mächtigen Arme um die Brust des Hehlers geschlungen und hielt ihn wie ein Spielzeug.

Allmählich verschwand das Schwindelgefühl aus Skars Schädel, aber seine Knie zitterten noch immer. Der Echsengestank in der Höhle war so intensiv, dass er ihm schier den Atem nahm. Skar sah sich um. Nur das vordere Drittel des gewaltigen steinernen Gewölbes war erleuchtet, der hintere, größere Teil lag im Dunkeln, und nur hier und dort spiegelte sich das flackernde Rot der Fackeln in einem Auge oder auf einer Kralle. Es dauerte einen Moment, bis Skar in dem dunklen Gewimmel Einzelheiten erkannte. Daktylen, Dutzende, vielleicht Hunderte. Die Höhle war durch ein Netz unterteilt, und ihr rückwärtiger Teil schien als Stall für die Reit- beziehungsweise Flugtiere der Quorrl zu dienen. Skar fiel die Unruhe unter den gewaltigen Vogelkreaturen auf. Sie waren für die Luft geboren; das Eingesperrtsein unter einem Himmel aus Stein musste sie rasend machen.

»Wenn du mit deiner Musterung fertig bist, können wir vielleicht gehen«, sagte Legis hinter ihm.

Skar drehte sich betont langsam herum. Die *Errish* hatte ihren Schleier abgenommen. Jetzt knüllte sie ihn zusammen und fuhr sich damit über Stirn und Augenpartie, um den Ruß zu entfernen. Das schmale Metalldiadem glitzerte wieder auf ihrem Turban.

»Gehen? Wohin?«

Legis verzog ungeduldig das Gesicht. »Ihr seid nicht zur Erholung hier, Satai«, sagte sie. »Ich bringe euch jetzt zu unserer Anführerin – sie wird entscheiden, was mit euch zu geschehen hat.«

»Und Herger?«

»Zuerst du«, sagte Legis, ohne seine Frage direkt zu beantworten. »Einem Satai gebührt natürlich die Ehre, als Erster vorgelassen zu werden.«

Der Spott in ihrer Stimme war unüberhörbar, aber Skar verbiss sich die sarkastische Antwort, die ihm auf der Zunge lag. Schweigend folgte er der *Errish* zum Ausgang. Zwei der mächtigen Quorrl-Krieger eskortierten sie, mit den Händen auf den Waffen.

Skar beobachtete es mit einer Mischung aus Zorn und widerwilliger Anerkennung. Er hatte nicht viel Erfahrung mit Quorrl, aber wie die meisten Menschen hatte er sie bisher für einen Haufen unzivilisierter Wilder gehalten. Was er hier – zumindest bisher – gesehen hatte, schien eher das Gegenteil zu beweisen. Die Krieger demonstrierten eine Disziplin, an der jeder

General aus Ikne oder Kohon seine helle Freude gehabt hätte.

Ein neues Rätsel. Aber auch das würde sich lösen.

Als sie die Höhle verließen, war Skar für einen Moment so gut wie blind. Von oben hatte er zahllose Feuer gesehen, aber von hier aus betrachtet, lag das Tal in absoluter Finsternis – allenfalls der sanfte rötliche Schimmer in der Luft über dem Lager hätte einem aufmerksamen Beobachter verraten können, dass dieser Teil der Ebene nicht so tot war, wie es schien.

»Wohin?«, fragte Skar.

Legis deutete wortlos nach links in den abzweigenden kürzeren Teil der Schlucht. Skar hörte zahlreiche Stimmen, als sie weitergingen – menschliche Stimmen, aber auch die gutturalen Laute verschiedener Quorrl-Dialekte, und ein paarmal bewegten sich vor ihnen Schatten, ohne dass er erkannt hätte, ob er einen Menschen, einen Quorrl oder eine andere Kreatur vor sich hatte. Aus dem Wald am hinteren Ende des Tales wehte ein schwerer, süßlicher Geruch zu ihnen herüber, und einmal glaubte Skar, ein Raubtier brüllen zu hören.

Schließlich betraten sie eine weitere Höhle. Auch sie war mit einem dichten Vorhang aus geflochtenen Pflanzenfasern verschlossen, damit kein verräterischer Lichtstrahl nach außen dringen konnte. Sie war aber viel kleiner als der Stall der Daktylen – eine drei Meter hohe Blase im Gestein, in deren Wänden zahlreiche unregelmäßig geformte Löcher gähnten: Durchgänge zu anderen Höhlen. Es musste ein ganzes Labyrinth von Höhlen und unterirdischen Gängen sein, in dem die Rebellen ihr Lager aufgeschlagen hatten. Wahrscheinlich war auch die Schlucht nichts anderes als ein gewaltiger unterirdischer Hohlraum, dessen Decke irgendwann einmal eingestürzt war. Ein idealer Ort, um sich zu verbergen. Aber auch eine Falle, sollte das Versteck jemals entdeckt werden.

Legis gebot Skar mit einer knappen Geste zurückzubleiben, sagte ein Wort zu den beiden Quorrl, die hinter ihnen die Höhle betreten hatten und rechts und links des Einganges stehen geblieben waren, und verschwand in einem der Durchgänge.

Skar sah sich unruhig um. Auch in dieser Höhle brannten viele Fackeln, als wollten die Bewohner dieser unterirdischen Welt das Gewicht des Felsens über ihren Köpfen mit einer Flut von Licht vertreiben. Skar versuchte sich vorzustellen, wie es sein musste, hier zu leben – er selbst spürte ein leises Unbehagen, und es war kein Gefühl, das durch seinen Hunger oder die Erschöpfung allein ausgelöst wurde. Es war eine chtonische Welt voller Dunkelheit und Kälte und Nässe und hallender Gänge.

»Wie lange lebt ihr schon hier?«, fragte er einen der Quorrl.

Der Schuppenkrieger schwieg, und Skar unterließ es, ihn noch einmal anzusprechen. Vielleicht verstand das Wesen ja auch seine Sprache gar nicht.

Skars Geduld wurde auf eine harte Probe gestellt. Legis blieb lange fort, und die Kälte, die Skar bisher kaum gespürt hatte, kroch nun in seine Knochen. Es war feucht in der Höhle, feucht und klamm. In den

Ritzen des Bodens hatte sich Wasser angesammelt, und hier und dort schimmerte noch Eis; so wie die Quorrl und ihre Verbündeten hatte sich auch der Winter unter die Erde verkrochen und trotzte hier noch dem Ansturm des Frühlings.

Endlich kam die *Errish* zurück. Sie war nicht mehr allein, in ihrer Begleitung befand sich ein Quorrl. Nicht Mork, aber ein Krieger, der ihm an Größe und Kraft kaum nachstand.

»Du bist Skar?«, begann er übergangslos.

Skar nickte. Das Wesen war zwei Schritte vor ihm stehen geblieben und überragte ihn um eine Haupteslänge. Aber es war nur groß, nicht so gewaltig wie Mork. Kein Gegner.

»Ich bin Trosen«, fuhr der Quorrl in akzentfreiem Tekanda fort. »Solange du hier bist, werde ich mich um dich kümmern.«

»Wie aufmerksam«, sagte Skar spöttisch. »Einen Quorrl nur für mich allein – wie komme ich zu der Ehre?«

Legis warf ihm einen warnenden Blick zu, den Skar aber bewusst ignorierte.

»Ob es eine Ehre wird, muss sich noch erweisen«, knurrte Trosen. »Und wenn, dann wird es vielleicht ein äußerst kurzes Vergnügen – für dich, Satai.« Er lächelte und entblößte dabei eine Doppelreihe messerscharfer Raubtierzähne. »Dein Schwert«, forderte er.

Skar wich einen halben Schritt zurück, als der Quorrl die Hand ausstreckte. Die beiden Krieger hinter ihm traten näher; er spürte die Bewegung, ohne sie sehen zu müssen.

»Bitte, Skar«, sagte Legis. »Sei vernünftig. Wir sind nicht deine Feinde, aber niemand tritt Laynanya bewaffnet gegenüber. Auch unsere Gäste nicht.«

Skar überlegte einen Moment. Er fühlte sich nicht wohl bei dem Gedanken, sich von seinem *Tschekal* zu trennen, aber immerhin war er als Bittsteller hier, und er gewann nichts, wenn er auf dieser unsinnigen Geste des Stolzes bestand.

Mit einem ergebenen Seufzen zog er das Schwert und reichte es Trosen – mit der Spitze voran, sodass der Quorrl nur vorsichtig zugreifen konnte, wenn er sich nicht an der rasiermesserscharfen Doppelschneide die Hand aufreißen wollte. Der Quorrl quittierte die kaum verhohlene Provokation mit einem ärgerlichen Knurren, nahm das *Tschekal* jedoch ohne weiteren Kommentar an sich und schob es sich achtlos in den Gürtel. »Komm.«

Sie betraten einen steinernen Tunnel. Die Decke war so niedrig, dass die Quorrl das Haupt neigen mussten, um sich nicht anzustoßen. Das Licht der Fackeln blieb hinter ihnen zurück, aber vor ihnen leuchtete ein zweiter, trübroter Lichtfleck. Seine Umgebung erinnerte Skar auf fatale Weise an die unterirdische Festung von Tuan, in der Vela ihn gefangengesetzt hatte, nur dass die Gänge hier nicht von Menschenhand, sondern von einer viel einfallsreicheren Natur geschaffen worden waren. Vielleicht waren diese Höhlen Vorbild für die Dämonenfestung in Tuan gewesen.

Es wurde kälter. Ein scharfer Luftzug wehte ihnen in die Gesichter und verriet Skar, dass die Höhle mindestens noch einen weiteren Eingang haben musste. Mit dem Wind kam der Geruch brennender Fackeln und gebratenen Fleisches. Skar merkte plötzlich, wie hungrig er war. Es war jetzt der vierte Tag, den er schon hungerte. Sein Magen knurrte hörbar.

Legis, die neben ihm ging, unterdrückte ein Lächeln. »Es wird nicht lange dauern«, sagte sie halblaut. »Du bekommst zu essen, sobald du mit Laynanya gesprochen hast. Unsere Küche wird dir zusagen. Sie ist einfach, aber gut.«

Skar antwortete nicht. Er spürte, dass Legis es nur gut meinte, aber er war nicht in der Laune, Konversation zu treiben. Sein Magen hatte sich vier Tage geduldet – er würde auch noch eine weitere Stunde warten.

Trosen blieb stehen, als sie das Ende des Ganges erreicht hatten. Vor ihnen lag wieder eine kuppelförmige Höhle, auch sie war erhellt von vielen Fackeln und erfüllt von einer Kälte, die den prasselnden Flammen an den Wänden hohnzusprechen schien. Der Stollen endete nicht ebenerdig – sie standen auf einem breiten steinernen Sims, der die Höhle in halber Höhe umlief und einen freien Blick über den gesamten Innenraum gestattete. Als sie weitergingen, hatte Skar ausreichend Gelegenheit, sich umzusehen.

Die Höhle war groß, hatte vielleicht einen Radius von dreihundert Schritten und war hundert Fuß hoch. Die gewölbte Decke wurde von natürlich gewachsenen Säulen getragen, gewaltigen Stalaktiten, die im Laufe von Äonen zu Pfeilern herangewachsen waren und dem Raum etwas von einer Kathedrale verliehen. In Mannshöhe waren Seile durch die Höhle gespannt, an denen Teppiche und geflochtene Matten hingen und den Raum unterteilten in Dutzende verschieden großer Bereiche – Schlafkammern für Menschen und Quorrl, aber auch Kochstellen, Vorratslager und selbst Ställe. Skar sah nicht wenige Pferde, und während sie hinter Trosen eine schmale Steintreppe hinabschritten, glaubte er im Hintergrund der Höhle ein gewaltiges geschupptes Etwas zu erkennen. Wo *Errish* waren, da waren auch Drachen.

Sie betraten einen schmalen Gang, der zwischen den abgeteilten Räumen tiefer in die Höhle führte. Überall waren Stimmen zu hören, aber außer seinen Begleitern bekam Skar kein lebendes Wesen zu Gesicht. Schließlich blieb Trosen stehen, schlug einen Vorhang beiseite und machte eine einladende Handbewegung.

Skar trat zögernd an ihm vorbei.

Er bemerkte die Bewegung im letzten Moment, aber seine Reaktion kam um eine Winzigkeit zu spät. Die Hand des Quorrl, eben noch gehoben, um den Vorhang zu halten, ballte sich plötzlich zur Faust und traf mit fürchterlicher Wucht seinen Nacken. Skar riss im letzten Moment den Kopf zur Seite, sodass der Hieb nicht wie beabsichtigt seine Schläfe traf, aber die Wucht des Schlages war noch immer groß genug, um ihn, halb benommen, in die Knie brechen zu lassen.

Instinktiv hob er die Hände, um sein Gesicht vor weiteren Schlägen zu schützen, doch der Quorrl schien nichts dergleichen vorzuhaben. Ein harter Stoß traf Skar in den Rücken und ließ ihn vollends zu Boden fallen. Dann packten ihn gewaltige schuppige Hände an Armen und Beinen und hoben ihn hoch.

Skar stöhnte vor Schmerz und begann sich zu

wehren, aber die Fäuste der Krieger waren hart wie Stahl. Vor seinen Augen drehten sich Feuerräder; er konnte seine Umgebung nur noch verschwommen wahrnehmen, und die Stimmen der Quorrl klangen, als wehten sie durch einen langen eisernen Korridor an sein Ohr. Er wurde ein paar Schritte weit getragen und roh auf einen steinernen Tisch geworfen; die Pranken der Quorrl hielten ihn wie eiserne Fesseln nieder.

Skar stöhnte. »Was ...«

Ein harter Schlag traf ihn am Mund und ließ ihn verstummen. Sein Kopf prallte wuchtig gegen den Stein der Tischplatte, und der neuerliche Schmerz brachte ihn an den Rand der Bewusstlosigkeit. Auf seiner Zunge war Blut. Er sah nur noch Farbkleckse und dünne, feurige Linien.

»Haltet ihn!«, sagte eine Stimme. Der Griff der Quorrl-Fäuste verstärkte sich, und eine weitere, knochige Hand legte sich auf seine Brust und drückte ihn nieder.

»Ganz fest. Er darf sich nicht bewegen.«

Eine Welle panischer Angst durchbrach den dunklen Schleier, der sich über Skars Bewusstsein ausgebreitet hatte. Er bäumte sich auf, und die Furcht gab ihm die Kraft, selbst den Klammergriff der drei Quorrl zu sprengen, wenn auch nur für Augenblicke.

»Festhalten!«, gebot die Stimme in scharfem, befehlendem Ton.

Skar stöhnte vor Schmerz, als die Quorrl fester zugriffen und ihn niederrangen. Der Druck auf seine Hand- und Fußgelenke wurde unerträglich. Der dritte Quorrl warf sich mit seinem ganzen gewaltigen Gewicht auf seine Brust. Skars Schmerzenslaut verstummte. Er bekam keine Luft mehr, und in die kochenden Farben vor seinen Augen mischten sich schwarze Schleier.

»Aufpassen jetzt!«, sagte die Stimme – die Stimme einer Frau, wie er trotz allem erkannte. »Er ist gefährlich.«

Kühle, aber kräftige Hände berührten sein Gesicht.

»Beweg dich nicht, Skar«, sagte die Frau. »Dir wird nichts geschehen, aber du bringst dich selbst in Gefahr, wenn du dich bewegst.«

Skar gehorchte – weniger aus Einsicht als vielmehr, weil er sich ohnehin kaum mehr rühren konnte. Der Quorrl lag wie ein lebender Berg auf seiner Brust. Er versuchte verzweifelt zu atmen, aber es ging nicht.

Die Finger krochen weiter, tasteten über seine Augen und glitten über Nasenwurzel und Stirn, dann berührte etwas Hartes und schmerzhaft Kaltes seine Schläfen.

»Jetzt!«

Ein grausamer Schmerz schoss Skar durch den Kopf. Für einen Moment hatte er das Gefühl, sein Gehirn würde explodieren. Dann, so rasch wie der Schmerz gekommen war, verging er wieder, und stattdessen breitete sich ein taubes, prickelndes Gefühl der Müdigkeit zwischen seinen Schläfen aus.

Er wusste nicht, was geschah – Stimmen waren um ihn herum, Stimmen und Geräusche, und der unerträgliche Druck auf seinem Brustkorb verschwand, sodass er wieder atmen konnte. Die Stimmen wurden lauter, drängender, und dann war da noch *eine* Stimme, eine

Stimme, die antwortete. Er erschrak zutiefst, als er erkannte, dass es seine eigene war und dass er auf Fragen antwortete, obgleich er die Worte nicht verstand.

Er redete lange. Stunden, wie es ihm vorkam, obwohl sein Zeitgefühl wie alle anderen Empfindungen erlosch. Jede Frage drang ein wenig tiefer, riss weitere, halb verheilte Wunden in seiner Seele auf und förderte zutage, was zu vergessen er sich seit Monaten bemüht hatte.

Später erwachte er, aber nicht ganz. Er verspürte eine Müdigkeit, die nicht natürlichen Ursprungs war. In einem kurzen, vergänglichen Moment seltsamer Klarheit erinnerte er sich an ein Gesicht: schmal, grau, von strähnigem, braunem Haar eingerahmt und mit hungrigen Augen.

Dann verging auch dieses Bild, und er schlief ein...

16. Kapitel

Skar hatte ein vages Gefühl von Zeit, die vergangen war; sehr viel Zeit. In seinem Kopf war ein dumpfer Druck, wie man ihn manchmal spürt, wenn man zu lange geschlafen hat, aber gleichzeitig fühlte er sich – körperlich – müde. Sein Hals schmerzte, und hinter seiner Stirn wirbelten Erinnerungsfetzen und Bilder durcheinander, ohne dass er hätte sagen können, was davon Traum und was Wirklichkeit war. Es war kalt; gleichzeitig spürte er auf der rechten Wange und dem nackten Oberarm die Hitze einer offenen Flamme. Er versuchte, die Augen zu öffnen, aber es ging nicht. Sein Kopf war bandagiert. Ein breiter, straff umgelegter Verband schmiegte sich um seine Schläfen und presste seine Lider herunter.

Für einen winzigen Moment drohte ihn Panik zu übermannen; er hatte plötzlich die irrsinnige Vorstellung, dass sie ihn geblendet haben könnten. Aber die Furcht verging so rasch, wie sie gekommen war. Sie hatten keinen Grund, etwas derart Grausames zu tun. Wahrscheinlich würden sie ihn ohne langes Zögern töten, wenn sie glaubten, dass er sie verraten oder ihnen – wenn auch unabsichtlich – auf andere Weise schaden könnte. Aber sie würden ihn nicht unnötig foltern.

Er erinnerte sich plötzlich an den Schmerz, den er gespürt hatte – einen dünnen, feurigen Stich in beide Schläfen, als hätten sich zwei winzige glühende Nadeln in seinen Schädel gebohrt. Für Augenblicke war er nicht sicher, ob die Erinnerung Teil eines wirren Traumes oder Realität war. Aber das Brennen rechts und links seiner Augenbrauen bewies ihm, dass zumindest dies wirklich geschehen war, wenn er auch immer noch nicht wusste, *was* nun mit ihm passiert war.

Doch seine Erinnerungen klärten sich, Stück für Stück, obwohl da irgendetwas in ihm war, das seine Gedanken wie eine unsichtbare graue Hand zurückhalten wollte.

Er hatte geredet. Nicht geredet, *geantwortet.* Auf Fragen, die sie ihm gestellt hatten, sehr viele und sehr ausführliche Fragen. Skar bewegte sich vorsichtig, hob beide Hände an den Kopf, tastete mit den Fingerspitzen über den groben Stoff des Verbandes und fühlte klebriges Blut und einen neuen, brennenden Schmerz, als er seine Schläfen berührte.

»Lass das«, sagte eine Stimme über ihm. »Ich nehme den Verband ab, wenn du es willst, aber nimm die Hände herunter.«

Skar gehorchte. In der Dunkelheit neben ihm waren Schritte, das Rascheln von Seide und dann das Gefühl eines Körpers, der sich über ihn beugte. Eine Frau. Es war die Stimme einer Frau gewesen, und diese Frau machte sich nun an seinem Kopfverband zu schaffen. Da waren der unaufdringliche Duft frisch gewaschener Haare und schmale, erfahrene Hände, die geschickt den Verband lösten und seinen Kopf anhoben.

»Stillhalten«, gebot die Stimme. »Es wird jetzt weh-tun.«

Skar biss instinktiv die Zähne zusammen, aber der Schmerz war nicht so schlimm. Er spürte nur ein neuerliches, kurzes Brennen, als der Verband mit einem scharfen Ruck heruntergerissen wurde. Er öffnete die Augen, blinzelte ein paarmal und drehte rasch den Kopf auf die Seite. Rings um sein Lager brannten Fackeln, und das grelle Licht schmerzte in seinen Augen.

»Es ist gleich vorbei. Vielleicht wirst du noch eine Weile Kopfschmerzen haben, aber das ist normal. Du wirst dich bald besser fühlen.«

Skar stemmte sich vorsichtig auf die Ellbogen hoch und zwang sich, in das flackernde Licht der Fackeln zu blicken. Er hatte halbwegs erwartet, Legis oder einen der Quorrl zu sehen, obwohl die Stimme nicht die von Legis gewesen war. Aber es war eine Frau – eine *Errish,* wie ihr schmuckloses graues Gewand bewies. Anders als Legis trug sie den zeremoniellen Schleier der Ehrwürdigen Frauen, und selbst über dem schmalen, ausgesparten Streifen über ihren Augen spannte sich ein halb durchsichtiges Tuch, sodass Skar nur ein gelegentliches Aufblitzen sah, wenn sich das Licht der Fackeln in ihren Pupillen brach. Laynanya. Er wusste, dass es Laynanya war. Er konnte die Aura der Macht, die diese Frau umgab, fast sehen.

»Du bist…«

»Laynanya«, bestätigte sie. Ihre Stimme klang jung, jünger, als er erwartet hatte. Und es war die Stimme aus seinen Erinnerungen. Die Stimme, die ihm Fragen gestellt hatte. Fragen, dachte er mit einem Gefühl, von dem er selbst nicht wusste, ob es Schrecken oder Zorn oder auch etwas vollkommen anderes war, Fragen, auf die er bereitwillig geantwortet hatte, obwohl sie nach Dingen gefragt hatte, die er am liebsten vergessen hätte.

Sein Gaumen war trocken, und in seinem Hals war ein unangenehmes Kratzen. Er fuhr sich mit der Zungenspitze über die Lippen. Laynanya hob die Hand und gab jemandem auf der anderen Seite des Bettes einen Wink. Skar widerstand im letzten Moment der Versuchung, den Kopf zu drehen.

»Du bekommst gleich etwas zu trinken«, sagte Laynanya. Trotz des Schleiers vor ihrem Gesicht glaubte Skar ein Lächeln über ihre Züge huschen zu sehen; aber vielleicht war es auch nur etwas in ihrer Stimme. »Du musst durstig sein«, fuhr sie fort. »Immerhin hast du fast die ganze Nacht geredet.«

Skar schüttelte verwirrt den Kopf. Seine Erinnerungen klärten sich, aber gleichzeitig war er immer weniger sicher, was davon nun Traum und was wirklich Erlebtes war.

»Streng dich nicht an, Skar«, sagte Laynanya. »Dein Zustand ist vollkommen normal. Du wirst dich gleich besser fühlen.«

»Was… habt ihr mit mir gemacht?«, fragte er stockend. Er hob nun doch die Hand an die Schläfen und fühlte zwei winzige Einstiche.

»Ein Kratzer«, sagte Laynanya. »Jedenfalls für einen Mann wie dich.« Skar wusste nicht, ob diese Worte nun spöttisch gemeint waren oder nicht. Aber er war noch immer viel zu verwirrt, um wirklich darüber nachdenken zu können. Es war auch nicht wichtig.

»Um deine Frage zu beantworten«, fuhr Laynanya nach einer Weile fort, während ihr Blick in einer schwer zu bestimmenden Mischung aus Bewunderung und kalter Berechnung über seinen Körper glitt, »ich habe mich mit dir unterhalten.«

»Unterhalten?« Skar setzte sich ganz auf, zog die Knie an den Körper und massierte seine Oberarme. Langsam kehrte das Leben in seine Glieder zurück, aber im gleichen Maße, wie die Mattigkeit schwand, spürte er auch die Kälte. Er war nackt bis auf seinen Lendenschurz, und die Fackeln verbreiteten zwar Licht, aber kaum Wärme. »Ich hatte eher den Eindruck, dass es ein Verhör war.«

Laynanya nickte ungerührt. »Wenn dir dieses Wort lieber ist…« Sie zuckte mit den Schultern, und Skar hörte ein leises, silberhelles Klingeln; er erinnerte sich daran, dass hochgestellte *Errish* winzige Glöckchen aus Edelmetall im Haar trugen. »Du wirst nicht im Ernst erwarten, dass wir jedem, der in unser Lager kommt, vorbehaltlos vertrauen. Wir müssen uns absichern. Ich muss dir nicht erzählen, wie gefährlich der Gegner ist, gegen den wir kämpfen.«

Sie verstummte, als sich Schritte näherten. Skar drehte den Kopf und sah einen dunkelhaarigen, in ein schmuckloses graues Gewand gekleideten Mann, der wortlos neben sein Lager trat und ihm einen Zinnbecher reichte. Skar bedankte sich mit einem Nicken, setzte den Becher vorsichtig an seine geschwollenen Lippen und trank; zuerst sehr vorsichtig, dann, als die

Flüssigkeit seinen Gaumen und die Zunge geschmeidig gemacht hatte, mit fast gierigen Zügen. Er merkte erst jetzt, wie durstig er war.

»Trink ruhig«, sagte Laynanya, als er den Becher geleert und abgesetzt hatte. »Ghwalin kann dir noch mehr bringen. Wir haben nicht viel, aber für einen Becher Wein reicht es.«

Skar schüttelte den Kopf. Er war noch immer durstig, doch der Becher hatte wirklich Wein enthalten – keinen sehr schmackhaften, aber dafür einen umso stärkeren Wein, und Skar war so erschöpft, dass er die Wirkung des Alkohols bereits zu spüren begann. Es war besser, wenn er einen klaren Kopf behielt. »Wie hast du es geschafft, mich zum Reden zu bringen?«, fragte er. »Drogen? Oder die Hexenkünste der *Errish*?«

Laynanya lachte.

»Weder das eine noch das andere, Skar. Vela ist nicht die Einzige, die sich darauf versteht, das Erbe der Alten anzuwenden, wenn ich auch zugeben muss, dass ich nicht halb so geschickt darin bin wie sie.«

Skar erschrak. »Vela?«

»Du hast von ihr erzählt«, sagte Laynanya ruhig. »Wir können uns die Spielchen ersparen, Satai. Ich weiß, wer du bist, und ich weiß auch, warum du hier bist.«

»Dann...«

»Wir haben dich verhört«, fuhr Laynanya fort, und in ihrer Stimme war auf einmal eine winzige Spur von Zorn, vielleicht auch nur von Ungeduld. »Du brauchst also nicht den Dummkopf zu spielen. Deine Geschichte erklärt vieles – obwohl ich zugeben muss, dass ich sie kaum geglaubt hätte, wenn ich sie unter anderen Umständen von dir gehört hätte.«

Skar starrte sie verwirrt an. Für einen Moment erinnerte sie ihn an Vela, denn ihre Gegenwart vermittelte ihm das Gefühl der Ohnmacht, das er stets in der Nähe der anderen *Errish* verspürt hatte. Er erinnerte sich nicht an alles, aber er wusste, dass Laynanya ihm unzählige Fragen gestellt hatte. Er sah diese Frau zum ersten Mal, und sie wusste bereits alles von ihm, seine geheimsten Gedanken und Wünsche, alles, was er selbst am liebsten aus seinem Gedächtnis verbannt hätte.

»Du wirst nicht hierbleiben können«, sagte Laynanya plötzlich und scheinbar ohne Grund.

Skar nickte. Er war nicht überrascht. »Ich bin eine Gefahr für euch«, sagte er. »Aber um das zu erfahren, hättest du dir nicht solche Mühe machen müssen.«

»Vielleicht. Aber Gefahr sind wir gewohnt, Skar. Darum geht es nicht. Seit wir in diese Höhlen geflohen sind, rechnen wir jeden Tag mit einem Angriff. Die Herrscherin von Elay unternimmt alles, was in ihrer Macht steht, um unseren Unterschlupf zu finden. Wenn sie uns entdeckt, dann sind wir verloren, ob mit oder ohne dich, Skar. Ginge es nur darum, würde ich dich bitten zu bleiben. Wir führen Krieg, und ein Mann wie du ist so wertvoll wie eine Armee.«

Sie seufzte, setzte sich mit einer Bewegung, die ganz und gar nicht zu ihrer äußeren Erscheinung und der Position, die sie innehatte, zu passen schien, auf die Kante seines Lagers und verschränkte die Arme vor der Brust.

Skar sah erst jetzt, dass sie schwanger war. Unter dem grauen Gewand wölbte sich ihr Leib sichtbar vor, obwohl sie sich geschnürt hatte, und zwar so fest, dass jede größere Bewegung eine Qual für sie sein musste. Aber er tat so, als hätte er es nicht bemerkt.

»Was ist dann der Grund?«, fragte er.

»Zum einen glaube ich nicht, dass du bleiben willst«, antwortete Laynanya. »Du bist nicht der Mann, der so kurz vor dem Ziel noch eine Rast einlegt. Und ich bin keine Frau, die glaubt, dass gemeinsame Feinde aus Fremden gleich Verbündete machen. Wir kämpfen gegen denselben Gegner, doch das macht uns noch nicht zu Freunden. Aber du hast recht, du *bist* eine Gefahr für uns. Oder besser gesagt für jeden, in dessen Nähe du dich aufhältst.« Sie schwieg einen Moment. »Trotzdem kannst du bleiben, solange du willst. Wir sind dir etwas schuldig, und ich bin es gewohnt, meine Schulden zu bezahlen.«

»Du sprichst von dem Quorrl?«

Laynanya schüttelte den Kopf. »Nein. Du hast ihm nicht aus Menschlichkeit das Leben gerettet, sondern weil du genau das erreichen wolltest – Dankbarkeit. In diesem Punkt hast du dich aber verrechnet, Skar. Wärst du auf eine Gruppe wilder Quorrl gestoßen, hätten sie dir aus reiner Dankbarkeit den Kopf abgeschnitten. Und wenn Legis dich und deinen Begleiter nicht gefunden hätte, wärt ihr draußen auf der Ebene verdurstet oder erfroren. Was das angeht, sind wir quitt.«

Sie schien auf eine Antwort zu warten, aber Skar schwieg. Die Art, in der sie über die Quorrl sprach, gefiel ihm nicht.

»Dankbar«, fuhr Laynanya fort, »bin ich dir für die Informationen, die du uns gegeben hast, wenn es auch sicher unfreiwillig geschah. Sie sind wichtig für uns.«

»Dann begleiche diese Schuld«, sagte Skar. »Bisher hast du gefragt, und ich habe geantwortet...«

»Und jetzt willst du fragen, und ich soll antworten. Aber hier ist nicht der richtige Ort dafür. Wenn du dich kräftig genug fühlst, gehen wir in mein Gemach. Es ist dort wärmer, und du wirst sicher deinen Freund wiedersehen wollen.«

»Wenn du alles über mich weißt«, sagte Skar verärgert, »dann solltest du auch wissen, dass Herger nicht mein Freund ist.«

Trotzdem stemmte er sich vollends hoch, wartete, bis Laynanya aufgestanden war, und schwang die Beine von der Liege. Ihm wurde schwindlig, als er aufstand, und der Schmerz in seinen Schläfen erwachte für Sekunden noch einmal zu einem wütenden Brennen. Er wusste selbst nicht, warum er so aggressiv auf Laynanyas Worte reagiert hatte – vielleicht war es nicht einmal der Zorn auf Herger, sondern auf sie. Sie hatte seine Gedanken gelesen und in seinen Gefühlen gegraben, Wunden aufgerissen, die gerade angefangen hatten zu heilen, und er... ja, er schämte sich vor ihr.

Laynanya schlug eine der Decken vor den Zugängen beiseite und deutete hinaus. Skar trat zögernd an ihr vorbei und schrak zusammen, als zwei gewaltige grau geschuppte Schatten auf ihn zutraten. Insgeheim schalt er sich einen Narren, dass er nicht damit gerechnet hatte. Jemand wie die *Errish* würde nicht allein mit einem Fremden – einem Satai noch dazu – in einem

Raum bleiben, ohne sich abzusichern. Die beiden Quorrl hatten die ganze Zeit hier gewartet.

Er musterte die beiden Krieger abschätzend, dann folgte er Laynanya. Die beiden Quorrl gingen hinter ihm her, mit drei Schritten Abstand – weit genug, um ihm nicht direkt den Eindruck zu vermitteln, er sei ein Gefangener, aber nicht so weit, dass er etwa Laynanya mit einer raschen Bewegung hätte angreifen und als Geisel benutzen konnte.

Die *Errish* führte ihn durch ein verwirrendes System von Gängen und leer stehenden Räumen. Skar verlor bereits nach wenigen Schritten die Orientierung, aber er wusste zumindest, dass sie sich tiefer in den Berg hineinbewegten. Die zerschründete Decke über ihren Köpfen senkte sich langsam herab, und nach einiger Zeit erreichten sie eine schmale, roh aus dem Fels gehauene und in scheinbar sinnlosen Windungen nach oben führende Treppe, die in einem kaum sechs Fuß hohen Gang endete. Skar musste den Kopf senken, um sich nicht an der niedrigen Decke zu stoßen. Die beiden Quorrl, deren gewaltige Schulterbreite den Stollen zu sprengen gedroht hätte, blieben zurück.

Skar fuhr prüfend mit den Fingerspitzen über die Wände, während er der *Errish* folgte. Sie fühlten sich glatt an, als wären sie poliert oder mit einer dünnen Schicht geschmolzenen Glases überzogen. Wahrscheinlich war dieses ganze unterirdische Labyrinth durch Vulkanismus entstanden. Irgendwann, vor Jahrmillionen vielleicht, war hier glutflüssige Lava geströmt und hatte diesen Tunnel, die gewaltige Höhle drauBen und all die anderen Räume aus dem Fels gebrannt.

Skar wusste nicht, warum, aber der Gedanke beunruhigte ihn.

Der Gang endete nach etwa hundert Schritten vor einer niedrigen, sorgsam in den Stollen eingepassten Holztür – eine fast rührende Bemühung, wenigstens den Anschein menschlicher Zivilisation in dieses dunkle Reich zu bringen. Laynanya öffnete sie, trat hindurch und richtete sich mit einem erleichterten Seufzen auf. Das rasche Gehen musste ihr Schmerzen bereitet haben.

Die Höhle, die sie aufnahm, war wieder riesengroß. Eine Unzahl von Fackeln und lodernden Feuerbecken verbreitete flackernde rote Helligkeit und Schatten, und in der Luft lag nicht nur Kälte, sondern auch ein spürbarer Hauch von Feuchtigkeit. Irgendwo floss Wasser.

Skar war beinahe enttäuscht. Er hatte – vielleicht in einer weiteren Analogie zu Velas unterirdischer Festung in Tuan – eine Art Privatgemach erwartet, eine winzige Enklave von Wärme und Wohnlichkeit, aber hier war nichts dergleichen. Die Höhle war vollgestopft mit Kisten, Tonkrügen und Fässern, Ballen mit Stoffen und Lebensmitteln – und Waffen. Sehr viele Waffen. Die einzige Konzession an die Bequemlichkeit war ein niedriger, mit Kissen und Felldecken überhäufter Diwan, der von einem halben Dutzend glühender Kohlebecken eingerahmt wurde.

Laynanya ging rasch darauf zu, ließ sich mit einer erschöpften Bewegung auf dem Diwan nieder und machte eine einladende Bewegung, als sie sah, dass Skar zögerte.

»Setz dich zu mir, Skar«, sagte sie. »Es sei denn, du ziehst den nackten Boden als Sitzgelegenheit vor.«

Skar sah sich unschlüssig um. Es widerstrebte ihm, sich neben sie zu setzen – es wäre ihm wie eine Geste von Vertraulichkeit vorgekommen, die ihm nicht zustand.

Laynanya lachte, und Skar fiel plötzlich auf, wie sehr sie sich verändert hatte, seit sie sich in dieser Höhle befanden. Er konnte ihr Gesicht nicht sehen, aber die Wandlung war überdeutlich. Zuvor war sie nichts anderes als Laynanya, die *Errish,* gewesen, ein lebendes Symbol, die Führerin der Rebellen. Doch diese ungastliche Höhle war ihr Zuhause, wahrscheinlich der einzige Ort, an dem sie einfach Mensch sein durfte. Sie wirkte plötzlich viel lebendiger.

Er ließ sich neben ihr nieder, rückte aber so weit von ihr ab, wie es möglich war. Laynanya ließ sich nach hinten sinken, richtete sich aber sofort wieder auf, als sich diese Stellung als zu unbequem erwies. Skar griff eher unbewusst nach einem Kissen und reichte es ihr. Laynanya nickte dankbar.

»Wo sind… die anderen?«, fragte er zögernd.

»Legis und dein… Begleiter? Sie kommen gleich. Die Wachen werden sie rufen. Während wir warten, kannst du deine Fragen stellen.«

Skar fröstelte. Nicht einmal die dicht nebeneinander brennenden Kohlefeuer vermochten die Kälte vollends zu vertreiben. Der Stoff, auf dem er saß, war klamm, und er glaubte das Gewicht der unzähligen Tonnen

Fels, die über ihm lasteten, beinahe körperlich zu spüren. Sein erster Eindruck war richtig gewesen – er würde hier nicht leben können, ohne verrückt zu werden. Nicht einmal wenige Tage.

»Du hast… Vela erwähnt«, begann er zögernd. Er war plötzlich nervös. Laynanyas Bereitschaft, auf seine Fragen zu antworten, stimmte ihn misstrauisch. Sie wusste alles über ihn, wenigstens all das, was für sie von Interesse war, aber er war immer noch ein Fremder für sie.

»Nicht ich«, verbesserte ihn die *Errish*. »*Du* hast von ihr gesprochen.«

»Du kennst sie nicht?«

»Natürlich kenne ich Vela.« Laynanyas Stimme klang ein wenig ungeduldig, und Skar hätte in diesem Moment viel dafür gegeben, einen Blick durch den grauen Schleier vor ihrem Gesicht erhaschen zu können. »Sie war eine *Errish* wie ich, und wir kennen uns alle. Wir sind nicht mehr viele, Skar. Sie wurde ausgestoßen, weil sie ihren Drachen verlor.« Sie setzte sich auf, legte die Hand in einer unbewussten, schmerzerfüllten Bewegung auf den Bauch und zog sie hastig wieder zurück, als sie seinen Blick bemerkte. »Sie befindet sich jetzt in Elay und spinnt dort ihre Fäden, aber ich wusste bisher nicht, dass sie es ist. Doch das, was du erzählt hast, rundet das Bild ab.«

»Du hast es… nicht gewusst?«

Laynanya lachte. »Keiner von denen, die hier sind, wusste das. Auf dem Thron von Elay sitzt noch immer Margoi, die Ehrwürdige Mutter. Aber sie ist nicht mehr Margoi selbst. Sie ist nicht mehr… nicht mehr die, die sie war, wenn du verstehst, was ich meine.«

Skar war sich dessen nicht ganz sicher, aber er nickte. »Du meinst, Vela beherrscht ihren Geist?«

Laynanya überging seine Frage. »Du sagst, es wäre vier Monate her, seit ihre Armee vernichtet wurde und sie aus Cosh geflohen ist...«

»Ungefähr.«

»Dann hat sie nicht viel Zeit verloren. Das Beste wird sein, ich erzähle dir die ganze Geschichte – viel ist es nicht, was ich zu sagen habe.« Wieder schwieg sie einen Moment, und als sie weitersprach, war ihre Stimme leise und beinahe ausdruckslos und klang so monoton, dass Skar die mit letzter Kraft erzwungene Beherrschung dahinter spürte. Er wusste nicht, was diese Frau erlebt hatte, aber es musste ihr große Qual bereiten, die Erinnerungen wachzurufen und alles noch einmal zu durchleben. »Die Quorrl überschritten unsere Grenzen«, begann sie. »Keine kleine Gruppe wie schon oft, sondern eine Armee – mehr als viertausend Krieger. Sie griffen Mar' Hion an und brannten die Stadt nieder, ehe jemand einen Widerstand gegen sie organisieren konnte. Und Margoi« – ihre Stimme bebte – »Margoi rief das Land zu den Waffen.«

»Und?«, fragte Skar. »Die Quorrl rüsten seit Jahren zum Krieg. Ein Teil von Larn ist bereits gefallen, und überall sammeln sich Heere.«

»Aber nicht hier!«, sagte Laynanya mit Nachdruck. »Elay ist seit Anbeginn der Zeit ein Symbol für den Frieden, Skar. Die *Errish* haben es sich zur Lebensaufgabe gemacht zu heilen, sie töten nicht. Es ist nicht das erste Mal, dass ein Heer unsere Grenzen überschreitet, und es wäre nicht das erste Mal, dass wir den Frieden wiederherstellen, ohne zu den Waffen zu greifen. Seit das erste Zeitalter vorbei ist, sind es die *Errish,* die den Frieden auf Enwor garantieren, Skar.«

Skar musste plötzlich daran denken, dass er einmal ähnliche Worte zu Gowenna gesagt hatte. Nur hatte er die Satai gemeint, doch er hatte mit der gleichen Überzeugung gesprochen, mit der Laynanya jetzt sprach. Wie viele mochte es noch geben, dachte er, die glaubten, das Wohl ihrer Welt läge einzig in ihren Händen? Und wieso war eine Welt, auf der die beiden mächtigsten Clans angeblich nur für den Frieden lebten, eine Welt voller Krieg und Gewalttätigkeit?

Aber er schob den Gedanken beiseite und konzentrierte sich wieder auf das, was Laynanya berichtete.

»Die Ehrwürdige Mutter rief zum Krieg«, sagte sie dumpf. »Und wir folgten ihrem Ruf.«

»Und niemand hatte Zweifel?«

»Zweifel?« Laynanyas Stimme klang, als hielte sie ihn für verrückt. »Niemand zweifelt das Wort der Ehrwürdigen Mutter an, Satai«, sagte sie scharf. »Ihr Wunsch ist Gesetz. Für uns ist sie eine Göttin.«

Skar lächelte dünn. »Für dich nicht, wie mir scheint. Sonst wärest du kaum hier.«

Laynanya starrte ihn an. »Du hast recht«, sagte sie nach einer Weile. »Obwohl ich am Anfang ebenso wenig über ihre Beweggründe nachdachte wie die anderen. Ich half sogar, Pläne zu entwerfen, um die Quorrl zu besiegen. Es war eine meiner Novizinnen, die nach Thbarg ging und die Kapersegler zu Hilfe rief. Aber nach dieser ersten Entscheidung folgten andere, und nach und nach ...« Sie atmete hörbar ein.

»Nach und nach begriff ich, dass Margoi nicht mehr sie selbst sein konnte. Und nicht nur ich – Legis und viele von denen, die hier bei uns sind, erkannten es ebenso. Ich… könnte dir viel erzählen, Skar, von unseren Versuchen, mit ihr zu reden, hinter das Geheimnis zu kommen… Wir waren… verwirrt. Die Ehrwürdige Mutter ist eine Göttin, und sie kann nicht fehlen. Und doch tat sie es. Eine Zeit lang trösteten wir uns mit dem Gedanken, dass ihre Beweggründe von einer Art sein könnten, die wir nicht verstanden. Doch es geschah noch mehr, Dinge, die wir uns nicht erklären konnten und die…« Sie stockte, und Skar konnte sich vorstellen, was in ihr vor sich ging. Was sie ihm hier mit wenigen Worten erzählte, war der Untergang ihrer Welt, der Zusammenbruch all dessen, woran sie einmal geglaubt und wofür sie gelebt hatte.

»Sie veränderte sich weiter und… plötzlich hörten unsere Tiere auf, uns zu gehorchen.«

»Eure Drachen?«, fragte er ungläubig.

»Ja. Sie… veränderten sich auf die gleiche unmerkliche Weise wie Margoi. Wir – Legis und ich und einige andere – gingen hinunter in die Drachenhöhle, um das Rätsel zu ergründen. Aber wir fanden keine Drachen, sondern… Männer.«

»Männer?«

»Soldaten«, sagte Laynanya. »Velas Soldaten, wie ich jetzt weiß. Sie nahmen uns gefangen und sperrten uns in ein Verlies.« Sie schwieg, und Skar sah, wie der dichte graue Schleier vor ihrem Gesicht bebte, ein Anzeichen für die Erregung, die sie ergriffen hatte.

Wieder glitten ihre Hände an ihren Leib, aber diesmal war es keine Geste des Schmerzes. Ihre Finger krallten sich in den grauen Stoff, und Skar merkte erst jetzt, dass selbst ihre Hände verhüllt waren. Sie trug Handschuhe aus der gleichen grauen Seide, aus der ihr Gewand gefertigt war.

Er meinte plötzlich zu begreifen, warum sie – anders als Legis – selbst hier unten verhüllt blieb. Es war kein Festhalten an alte Gebräuche, wie er zuerst angenommen hatte. Sie versteckte sich. Nicht der winzigste Teil ihres Körpers sollte sichtbar sein, und das graue Gewand, nach außen hin ein Zeichen ihrer Würde, war in Wirklichkeit ein Schild, hinter dem sie sich verkroch.

»Und?«, fragte er nach einer Weile.

Laynanya zuckte zusammen, als hätte der Klang seiner Stimme sie abrupt in die Wirklichkeit zurückgerissen.

»Nichts«, sagte sie. »Wir erfuhren nichts. Sie hielten uns gefangen, und … und sie taten mir Gewalt an. Mir und … einigen anderen.«

»Du bist … vergewaltigt worden?«, keuchte Skar.

Dass man dies einer *Errish* antat, war … undenkbar. Gotteslästerung und mehr. Die Ehrwürdigen Frauen waren tabu, nicht nur hier, sondern überall auf Enwor. Nicht einmal ein Quorrl wäre auf die Idee gekommen, einer *Errish* zu schaden. Skar hatte die Männer, die Vela um sich geschart hatte, kennengelernt, und er wusste, dass es sich dabei um Ausgestoßene und Verfemte handelte, um Männer, die für Geld und Macht alles taten, die nichts mehr zu verlieren hatten und zudem Vela vollkommen hörig waren.

Aber eine *Errish* vergewaltigen?

Und doch war es so. Laynanyas Hiersein und ihr Zustand bewiesen es.

»Du glaubst mir nicht?«

Skar schwieg einen Moment. »Doch…«, sagte er stockend. »Aber… ich kenne Vela, und es… es passt nicht zu ihr.«

»Vielleicht passt es nicht zu der Vela, die sie einmal war«, sagte Laynanya. »Doch du hast vom Stein der Macht erzählt und davon, dass du ihn für sie geholt hast. Du hast ihn in Händen gehalten.«

Skar nickte. Laynanyas Worte weckten die Erinnerungen wieder, und er wusste, noch bevor sie weitersprach, worauf sie hinauswollte.

»Dann weißt du auch, dass dieser Stein mehr ist als ein bloßer Schlüssel zur Macht. Er gibt seinem Besitzer Gewalt über das Erbe der Alten, aber er fordert seinen Preis.«

Skar erinnerte sich. An das dunkle Flüstern in seinem Inneren, an die körperlose, tastende Hand, die durch seine Seele gefahren war, an den dunklen Hauch längst vergangener Geheimnisse und Kräfte, den er gespürt hatte. Und er hatte den Stein nur wenige Augenblicke besessen.

»Du hasst sie«, fuhr Laynanya fort, »und du lebst nur noch dafür, dich zu rächen und sie zu töten. Aber dein Hass gilt nicht der Vela, die du in Ikne kennengelernt hast, und der meine nicht der Schwester, die sie einmal für mich war. Der Stein verändert seinen Besitzer. Er gibt Macht über die dunklen Kräfte unserer Seele, aber es ist diese Macht, die den Alten am Ende den Untergang brachte. Das Böse fordert seinen Preis, Skar, und Vela hat diesen Preis bezahlt. Sie ist nicht mehr sie selbst. Sie ist zu … einem Ding geworden, einem bösen, berechnenden Ding. Sie ist kein Mensch mehr.«

»Wusste sie davon, als sie mich beauftragt hat, nach Combat zu gehen?«, fragte Skar.

Laynanya zögerte einen Moment. »Ich glaube, sie hat es geahnt«, sagte sie schließlich. »Auch wir wissen nicht viel von der Macht der Alten. Es gibt Legenden, aber die meisten davon sind nur Geschichten. Aber wir wussten um den Stein der Macht und den Fluch, der auf ihm lastet. Sie muss geahnt haben, in welche Gefahr sie sich begibt. Vielleicht hat sie sogar aus edlen Beweggründen gehandelt. Damals, als sie mit dir gesprochen hat, hat sie die Wahrheit gesagt. Sie wollte den Stein nicht für sich. Sie wollte Enwor retten und der Welt den Frieden bringen. Aber das ist vorbei. Sie hat den Stein seit Monaten, und das, was an gutem Willen und Ehre in ihr war, ist verschwunden.«

»Und du?«, fragte Skar leise.

Laynanya antwortete nicht, und Skar war nicht einmal sicher, dass sie seine Frage überhaupt verstanden hatte.

»Wir konnten fliehen«, fuhr sie nach sekundenlangem Schweigen fort. »Auch wenn uns der größte Teil unserer Macht genommen ist, sind wir noch immer *Errish,* und es gelang uns, unsere Kerkermeister zu überlisten. Wir flohen aus Elay und kamen hierher.«

»So einfach war das?«

»Nein«, sagte Laynanya hart. »Einfach war nichts

davon. Wir haben lange gebraucht, um das Vertrauen der Quorrl zu gewinnen und sie um uns zu scharen. Und ebenso lange, diesen Ort zu finden.«

»Und was habt ihr vor?«, fragte Skar mit einem Blick auf die überall aufgestapelten Waffen und Vorräte. »Einen Krieg gegen Vela und ihre Männer zu führen?«

»Es wäre ein Krieg gegen unsere Schwestern und Elay. Nein, wir *wollen* ihn nicht führen. Aber wir sind gewappnet, wenn man ihn uns aufzwingt. Wenn sie uns aufspüren und angreifen, werden wir uns wehren.«

»Und sonst nichts?«, fragte Skar. »Ihr wollt euch weiter hier verkriechen und nichts tun, während Vela sich daranmacht, in eurem Namen die Welt zu erobern?«

»Die Welt erobern?« Laynanya lachte. »Sei kein Narr, Skar. Es geht hier nicht um das Schicksal der Welt. Niemand kann das Schicksal einer *ganzen Welt* bestimmen, auch Vela nicht. Nicht einmal die Alten haben das vollbracht. Sie kann über das Wohl oder Wehe eines Zeitalters bestimmen, mehr nicht. Es spielt keine Rolle, ob sie gewinnt oder verliert. Letztlich wird die Zeit siegen. Sie siegt immer.«

»Die Zeit...« Skar schüttelte den Kopf und unterdrückte ein abfälliges Lachen. »Verzeih, Laynanya, aber ich glaube nicht, dass ich dich verstehe. Ich werde nicht zulassen, dass ein Jahrtausend der Schmerzen und Unterdrückung anbricht. Ich werde sie töten.«

»Aber nicht, weil du die Welt retten willst, Skar«, entgegnete Laynanya ruhig. »Das redest du dir ein. Du hasst sie, weil sie dich entwürdigt und deinen Freund

Del getötet hat, zumindest indirekt. Deshalb willst du sie umbringen. Aber ich werde dich nicht davon abhalten, wenn es das ist, was du befürchtest.«

»Aber du wirst mir auch nicht dabei helfen?«

»Wenn du unter Hilfe verstehst, dass ich dir meine Männer und Waffen anvertraue, damit du gegen Elay ziehen kannst – nein! Aber ich werde dich nicht aufhalten. Du kannst gehen, wenn du willst. Du… *musst* sogar gehen.«

»Wann?«

»Bald. Noch heute, wenn es nach meinem Willen ginge. Aber ich habe dir Gastfreundschaft angeboten, und ich stehe zu meinem Wort. Doch du musst gehen, ehe dein Verfolger hier ist.«

Skar erschrak. Sie hatte seine Erinnerungen gelesen und wusste auch von dem Wolf. Er hatte ihn beinahe vergessen.

»Es sind noch Tage«, sagte Laynanya, als sie sein Erschrecken bemerkte. »Die Daktylen sind schnell, und auch wenn er ein Dämon ist, so braucht er Zeit hierherzukommen.«

»Was… weißt du von ihm?«, fragte Skar.

Laynanya zuckte mit den Schultern. »Nichts. Nicht mehr als du. Die alten Legenden berichten nichts über ihn. Ich weiß nicht, was er ist und was er will, aber ich glaube, nicht einmal unsere Macht würde ausreichen, ihn aufzuhalten. Und wir wollen es auch gar nicht. Es ist nicht unser Kampf, Skar.«

»Aber ihr profitiert davon, wenn ich diesen Kampf gewinne.«

»Niemand profitiert von irgendetwas, Skar«, sagte

Laynanya. »Du hast dich mit Mächten eingelassen, gegen die kein Mensch bestehen kann. Vielleicht... könnte es dein dunkler Bruder. Aber auch dann würdest du verlieren. Vielleicht erst recht.«

17. Kapitel

Es verging noch mehr als eine halbe Stunde, ehe Legis und Herger kamen. Mork und einige andere hochgestellte Quorrl begleiteten sie. Skar kannte sich in der Physiognomie der Quorrl nicht aus, aber Morks Gesichtsausdruck erschien ihm noch finsterer als am vergangenen Abend, und der Blick, mit dem das gewaltige Schuppenwesen ihn bedachte, verhieß nichts Gutes. Insgeheim musste Skar zugeben, dass er Angst vor dem Quorrl hatte. Aber vielleicht erging es Mork ebenso mit ihm, und vielleicht dachte er auch an den Hieb, den er Skar versetzt hatte. Nicht viele überlebten es, einen Satai zu schlagen.

Laynanya stand auf, als Legis und ihre Begleiter kamen, und Skar folgte ihrem Beispiel. Die beiden *Errish* wechselten ein paar rasche Worte in einer Skar unbekannten Sprache, und Legis deutete erst auf Herger, dann auf Skar und dann wieder auf den Schmuggler. In Hergers Gesicht zuckte es.

»Wie ich sehe«, sagte er, »hast du die letzte Nacht in angenehmerer Gesellschaft verbracht als ich.«

Es dauerte fast eine Sekunde, bis Skar begriff, dass die Worte ihm galten. Er nickte, lächelte nervös und musterte Herger mit einem raschen Blick. Der Hehler sah schlecht aus: Unter seinen Augen lagen dunkle

Ringe, und seine Haut hatte einen wächsernen Glanz, der verriet, dass er in der vergangenen Nacht nur wenig Schlaf gefunden hatte. An seinen Schläfen waren zwei winzige verkrustete Wunden.

»Sprichst du nicht mehr mit jedem?«, fuhr Herger ihn an, als Skar nicht antwortete.

»Unsinn«, knurrte Skar.

Aber Herger hatte nicht einmal unrecht, Skar wollte nicht reden, nicht in Gegenwart der Quorrl. Er spürte die Drohung, die von Mork und seinen Begleitern ausging. Und er fühlte die Spannung, die in der Luft lag. Die Quorrl waren nicht gekommen, um Laynanya oder ihm einen Höflichkeitsbesuch abzustatten.

»Legis bringt schlechte Neuigkeiten«, sagte Laynanya plötzlich.

»Die mich betreffen?«

»Ich fürchte«, sagte sie. Plötzlich war sie wieder Laynanya, die *Errish* und Wortführerin der Rebellen, nicht mehr die Frau, mit der er vorhin geredet hatte. »Eine unserer Patrouillen hat Reiter gesichtet.« Ihre Stimme hatte einen leisen, warnenden Unterton, einen Klang, der Mork und den anderen Quorrl sicher entging, Skar aber auffiel.

Er begriff plötzlich, dass die Quorrl nichts von seinen Beweggründen wussten und sie wohl auch nicht wissen sollten.

»Dann ist es vielleicht besser, wenn wir gleich aufbrechen«, sagte er. »Wenn ihr es erlaubt.« Sein Blick suchte den von Mork, aber die pupillenlosen Augen des Schuppenkriegers blieben starr.

»Ihr seid nicht unsere Gefangenen, Skar«, sagte Laynanya. »Und je eher ihr geht, desto besser für uns. Doch bitte ich dich, bis Sonnenuntergang zu warten.«

Skar sah demonstrativ zur Höhlendecke hinauf. »Und wann«, fragte er, »ist das?«

»In etwa vier Stunden«, antwortete nicht Laynanya, sondern Legis. »Bis dahin seid ihr natürlich unsere Gäste.«

Herger lachte rau auf. »Danke«, sagte er. »Ich habe genug von eurer Gastfreundschaft.« Er rieb sich demonstrativ mit dem Handrücken über die Lippen und starrte Mork an.

Der riesige Quorrl blickte finster zurück und bleckte die Zähne. Sein Raubtiergebiss funkelte wie eine überdimensionale Bärenfalle, und für einen Augenblick sah er wirklich wie ein gewaltiges, kaum gezähmtes Raubtier aus, das sich nur aus Versehen in Kettenhemd und Rüstung verirrt hatte.

Herger wurde blass und wich einen halben Schritt zurück, und Skar unterdrückte ein Grinsen. Mork war der mit Abstand intelligenteste Quorrl, dem er je begegnet war.

Aber das besagte nicht viel. Skar wusste kaum etwas über Quorrl – im Grunde wusste niemand wirklich etwas über die Schuppenkrieger aus dem Norden.

»Mork!« Laynanyas Stimme war scharf. Skar bedachte seinerseits Herger mit einem strafenden Blick und wandte sich wieder an die *Errish*.

»Wir brauchen Pferde«, sagte er. »Unsere sind draußen auf der Ebene zurückgeblieben. Ihr gebt uns welche?«

Die beiden *Errish* tauschten einen raschen Blick.

»Ihr könnt natürlich Pferde haben«, sagte Laynanya nach kurzem Zögern. »Aber wir haben euch einen anderen Vorschlag zu machen. Ihr wollt nach Elay, und wir sind bereit, euch dorthin zu bringen. Die Daktylen können bei Sonnenaufgang dort sein.«

Dieses Angebot überraschte Skar nun doch, aber Laynanya sprach weiter, ehe er eine Zwischenfrage stellen konnte.

»Mork und ich haben beraten, während ihr geschlafen habt. Euer Streit ist nicht der unsere, aber ihr seid auch nicht unsere Feinde. Wir werden euch helfen – soweit es in unseren Kräften steht.« Die Wahl ihrer Worte und die Art, in der sie sprach, ließen Skar aufhorchen. Sie schienen weniger Herger und ihm als vielmehr den Quorrl zu gelten. Laynanyas Position schien nicht ganz so unumstritten, wie er bisher angenommen hatte.

»Ihr solltet unser Angebot überlegen«, warf Legis ein. Auch ihre Stimme hatte einen leicht nervösen Unterton, und ihr Blick flackerte. »Die Daktylen bringen euch in einer Nacht nach Elay. Zu Pferd braucht ihr Wochen. Ganz abgesehen davon, dass sie euch unterwegs erwischen.«

»Wir sind bisher ganz gut ohne euch durchgekommen«, murrte Herger.

Skar sah ihn scharf an. »Niemand zwingt dich mitzukommen.«

Herger lächelte abfällig. »Natürlich nicht. Diese Quorrl-Banditen werden mir ein Pferd und Vorräte geben, wenn ich sie darum bitte, wie? Und ein halbes Dutzend Pfeile. In den Rücken.«

»Es wäre Verschwendung, dich mit einem Pfeil zu bedenken«, sagte Mork trocken. »Ich würde dich an die Daktylen verfüttern.«

»Es ist genug, Mork«, mischte sich Laynanya ein. Sie sprach scharf, aber trotzdem meinte Skar, einen amüsierten Unterton in ihrer Stimme zu vernehmen. »Skar hat recht«, fuhr sie zu Herger gewandt fort. »Du bist ein freier Mann. Wenn du willst, bekommst du ein Pferd und genug Lebensmittel für zwei Wochen.«

Herger schürzte die Lippen. »Unsinn«, murrte er. »Ich begleite Skar. Und ich nehme an, ein paar von euch auch.«

Laynanya nickte ungerührt. »Natürlich. Oder könnt ihr die Daktylen allein reiten? Außerdem würdet ihr nicht in die Stadt gelangen. Elay ist kein Bauerndorf, in das man sich nach Belieben hineinschleichen kann. Legis und ein paar Männer werden euch begleiten und euch den Weg in die Stadt zeigen. Danach seid ihr auf euch allein gestellt. Das ist alles, was wir euch an Hilfe bieten können. Und es ist schon mehr, als wir eigentlich dürften.«

»Ihr habt eine seltsame Art, euch nicht einzumischen«, murmelte Herger.

»Herger!«, sagte Skar warnend.

Aber der Hehler ignorierte ihn. »So wie ich die Sache sehe, schickt ihr uns auf dem schnellsten Wege nach Elay und hofft, dass wir dort eure Arbeit verrichten. Gelingt es uns, bis zu dieser Vela vorzudringen, habt ihr den Nutzen davon – wenn nicht, verliert niemand etwas. Außer uns, versteht sich. Wir sind dann tot.«

»Wir sind hier nicht auf dem schwarzen Markt in Anchor, Herger«, sagte Legis verärgert. »Du brauchst nicht zu feilschen. Und es spielt gar keine Rolle, ob du recht hast oder nicht.«

Herger fuhr auf, aber Skars Geduld riss endgültig. Er packte den Hehler grob bei der Schulter und drückte kurz und hart zu. Hergers Gesicht verzog sich schmerzhaft.

»Es reicht«, sagte Skar. »Ich weiß nicht, worauf du hinauswillst, aber ...«

»Worauf ich hinauswill?« Herger schüttelte Skars Hand ab und rieb sich die schmerzende Schulter. »Das will ich dir sagen, Skar. Wahrscheinlich hast du die letzten Stunden mit dieser *Errish* verbracht und angenehm geplaudert, aber ich hatte das Vergnügen, mich in Gesellschaft der Quorrl zu befinden. Wenn du glaubst, sie wären unsere Freunde oder auch nur unsere Verbündeten, täuschst du dich. Sie hassen uns, und sie hassen die *Errish*. Dieser Mork würde Bauchschmerzen vor Lachen bekommen, wenn sie uns erwischen und am höchsten Turm der Stadt aufhängen.«

Skar hatte plötzlich das dringende Bedürfnis, Herger eine schallende Ohrfeige zu versetzen, aber er beherrschte sich.

»Gut«, erwiderte er, so ruhig er konnte. »Du hast gesagt, was du sagen wolltest. Und jetzt lass uns gehen.« Er wandte sich abermals um und sah Laynanya an. »Wir nehmen dein Angebot an.«

»Das habe ich gehofft.« Laynanya bewegte sich unruhig. »Und nun entschuldigt mich – meine Zeit ist

begrenzt. Legis wird euch zu euren Quartieren begleiten und euch alles erklären, was ihr wissen müsst.«

Sie drehte sich halb um, zögerte mitten im Schritt
und sah Skar noch einmal an.

»Vielleicht sehen wir uns wieder«, sagte sie. »Ganz
egal, wie euer Unternehmen ausgeht – ihr seid willkommen bei uns.«

18. Kapitel

Draußen war es noch hell, aber in der Höhle herrschte weiterhin das graue Zwielicht vom vergangenen Abend. Der Vorhang aus Pflanzenfasern sperrte das Tageslicht aus und schuf hier drinnen einen Bereich ewiger Dämmerung, trotz der unzähligen Pechfackeln. Der scharfe Raubtiergestank der Daktylen durchdrang die Luft, und ab und zu wehte der krächzende Schrei eines der Flugsaurier wie ein Laut aus einer fremden Welt herüber.

Skar fror. Er trug Stiefel, Lendenschurz und seinen ledernen Harnisch, darüber einen dünnen schwarzen Mantel, den ihm Legis gegeben hatte. Aber das Kleidungsstück diente wohl eher zur Tarnung als zum Schutz vor der Kälte.

»Wir sind so weit«, sagte Legis.

Skar schrak aus seinen Gedanken hoch und wandte sich mit einer übertrieben hastigen Bewegung zu der *Errish* um. Herger und er waren am Eingang zurückgeblieben, während Legis und Mork zu den Daktylen in den hinteren Teil der Höhle gegangen waren.

»Sobald die Sonne untergeht, können wir aufbrechen«, setzte Legis hinzu.

»Wir?«, fragte Herger lauernd. »Wer ist das?«

»Ihr zwei, ich, Mork und ein paar von unseren Männern.«

»Und wie viele Quorrl?«

Legis warf Skar einen hilfesuchenden Blick zu, aber Skar schwieg. Er hatte Herger mehr als deutlich gesagt, was er von seinem übersteigerten Misstrauen hielt, und er hatte einfach keine Lust mehr, sich ständig für den Hehler zu entschuldigen. Wenn Herger sich unbedingt Ärger einhandeln wollte, sollte er es tun. Skar hatte allmählich einen Punkt erreicht, an dem es ihm gleichgültig war, was mit dem Hehler geschah.

»Fünf«, sagte Legis nach kurzem Zögern.

Herger schnitt eine Grimasse. »Ihr seid wirklich sehr um unsere Sicherheit besorgt«, murrte er. »Oder habt ihr vielleicht Angst, wir könnten es uns anders überlegen und unterwegs die Richtung wechseln?«

In Legis' Gesicht arbeitete es. Ihre Augen flammten, aber der Zornesausbruch, den Skar erwartete, blieb aus. Sie schüttelte bloß den Kopf, sagte ein leises, abfällig klingendes Wort, das weder Skar noch Herger verstanden, und wandte sich abrupt ab, um zu den Daktylen zurückzugehen.

Skar folgte ihr, aber die *Errish* ging so schnell, dass sie den Verschlag mit den großen Flugechsen schon fast erreicht hatte, als er sie einholte.

»Ehrwürdige Frau«, sagte er, bewusst die offizielle, ehrenvolle Anrede wählend, »wartet.«

Legis blieb stehen, starrte einen Moment wortlos vor sich hin und drehte sich dann mit sichtlichem Widerwillen um.

»Es ... tut mir leid«, begann Skar unsicher. »Du darfst es Herger nicht übel nehmen. Er ...«

»Er hat Angst«, fiel ihm Legis ins Wort. »Und er hat

recht – wenigstens von seinem Standpunkt aus. Das war es doch, was du sagen wolltest, oder?«

Skar war verwirrt. »Nun ...«

»Wir sind allein, Skar«, fuhr Legis fort. »Weder Laynanya noch Mork oder einer der anderen Quorrl ist in der Nähe. Du brauchst dich also nicht zu verstellen.« Sie lächelte flüchtig, aber es war eher eine Miene des Schmerzes. »Warum bist du nicht ehrlich, Satai? Du behauptest, nichts mit Herger zu schaffen zu haben, aber du vergisst, dass wir deine Gedanken kennen. In Wahrheit magst du ihn, weil er jemandem ähnelt, den du gekannt hast. Und in Wahrheit denkst du so wie er. Nur dass er den Mut hat – oder die Dummheit, das kommt darauf an –, seine Gedanken auch auszusprechen.«

Skar atmete laut ein. Er war Legis gefolgt, um sich bei ihr zu entschuldigen, nicht aus Furcht oder Höflichkeit, sondern weil er spürte, dass die *Errish* vielleicht von allen im Lager die Einzige war, die es wirklich ehrlich mit ihm meinte. Selbst bei Laynanya war er da nicht sicher. Aber er sah allmählich ein, wie schwer es war, mit einem Menschen zu reden, der seine geheimsten Gedanken und Gefühle kannte.

»Er hat recht«, sagte Legis noch einmal. »Und du weißt es. Wenn du Erfolg hast, gewinnen wir. Wirst du getötet, verlieren wir nichts. Der Entschluss, euch dabei zu helfen, nach Elay zu gelangen, war schon gefasst, bevor du aufgewacht bist.« Sie seufzte. »Ich dürfte dir all das nicht sagen, aber ich glaube, du weißt es ohnehin.« Sie ging langsam weiter, tauchte unter den straff gespannten Seilen, die die Höhle in zwei Bereiche teilten, hindurch und blieb neben einer Daktyle stehen. Skar ging dicht neben ihr, obwohl ihn die Nähe der riesigen Echsenvögel noch immer mit einem vagen Gefühl der Furcht erfüllte. Etwas war in den winzigen Augen der Daktylen, das nicht dorthin gehörte.

»Du bist nicht der Einzige, der sich selbst belügt, Skar.« Legis sah ihn nicht an, sondern schien ganz darauf konzentriert, den schuppigen Hals der Echse zu streicheln. Sie sprach schnell, und Skar hatte den Eindruck, dass es weniger eine Antwort auf seine Frage war, sondern dass sie sich etwas von der Seele redete. Vielleicht hatte sie nur darauf gewartet, dass er ihr Gelegenheit gab, ihm all dies zu erzählen. »Wir belügen uns alle. Mit jedem Atemzug, den wir tun. Wir wiegen uns in Sicherheit und glauben, dass es genügt, die Augen zu verschließen, um die Wahrheit zu leugnen.«

Sie schüttelte den Kopf, drehte sich nun doch zu ihm herum und lehnte sich mit einer erschöpften Bewegung gegen die Echse, die unwillig krächzte, aber stehen blieb.

»Ich nehme mich da nicht aus, Skar. Du hast Laynanya gehört. ›Wir wollen keinen Krieg, aber wir wehren uns, wenn man ihn uns aufzwingt…‹ Das ist Unsinn. Wir sind geflohen, Skar, aber sie weiß so gut wie ich oder irgendeiner hier im Lager, dass es zum Kampf kommen wird, und das bald.«

»Dann wisst ihr auch, dass ihr keine Chance habt«, sagte Skar hart.

Legis nickte. Ein Schatten schien über ihre Züge zu huschen. »Wenn wir es bis gestern nicht gewusst hätten, jetzt wissen wir es. Wir kämpfen nicht gegen einen

Feind aus Fleisch und Blut, sondern gegen die Macht der Alten.«

»Vela ist noch immer ein Mensch«, widersprach Skar. »Einen Gegner zu überschätzen ist so gefährlich, wie ihn zu unterschätzen, glaub mir.«

»Ein Mensch?«, wiederholte Legis fragend. »Sicher. Aber ein Mensch, der mehr Macht in Händen hält als je ein einzelner Mensch zuvor, sogar mehr als die Alten selbst, Skar. Sie waren viele, ein ganzes Volk, und sie brauchten Äonen, um den Stein zu erschaffen. Vela hat ihn erst seit wenigen Wochen, und doch ist sie schon mächtig genug, die Jahreszeiten zu verändern und ein ganzes Volk unter ihren Willen zu zwingen. Die Quorrl sind nicht freiwillig in unser Land eingefallen.«

Legis wollte nicht wirklich eine Antwort, das spürte er. Sie wollte reden, aber nicht mit ihm, sondern einfach nur reden. Die Daktyle wäre ein genauso guter Zuhörer gewesen wie er. Trotzdem sagte er nach kurzer Überlegung: »Immerhin sind die Quorrl jetzt bei euch. So ganz scheint das mit der Beherrschung eines ganzen Volkes nicht zu klappen.«

Er hatte absichtlich leichthin gesprochen, aber der lockere Tonfall verfehlte seine Wirkung. Legis wirkte im Gegenteil noch nachdenklicher.

»Die wenigen, die noch am Leben sind, Skar. Sie waren mehr als fünftausend – fünftausend Krieger, und dazu kamen die Alten und die Kinder. Jetzt lebt nur noch eine Handvoll von ihnen. Die, die du hier siehst, und vielleicht noch einmal so viele, die in kleinen Gruppen durch das Land ziehen und verzweifelt versuchen, irgendwie zu überleben. Sie sind nicht mehr von Wert für sie, Skar. Sie hat erreicht, was sie wollte. Die paar, die übrig sind, hat sie weggeworfen wie ein Werkzeug, das nicht mehr richtig arbeitet.«

»Du sprichst sehr bitter über jemanden, von dem du vor ein paar Stunden nicht einmal wusstest, dass es ihn gibt«, sagte Skar leise.

»Du täuschst dich, Skar. Wir wussten ihren Namen nicht, und wir wussten nicht, wer sie ist. Aber wir wussten, dass auf dem Thron von Elay nicht mehr die sitzt, die wir gewählt haben.«

Skar schwieg für einen Moment. Da war etwas an Legis' Worten, das ihn störte, ein Fehler in ihrer Argumentation, der ihm schon während seines Gespräches mit Laynanya aufgefallen war, ohne dass er ihn wirklich erkannt hatte.

»Wieso... hat es außer euch niemand gemerkt?«, fragte er. »Ob die Ehrwürdige Mutter für euch eine Göttin ist oder nicht, euch ist aufgefallen, dass etwas mit ihr nicht mehr stimmt, und...«

»Und den anderen nicht, meinst du?« Legis stieß sich von der Daktyle ab und trat mit vor der Brust verschränkten Armen auf ihn zu. Skar unterdrückte den Impuls, einen Schritt vor ihr zurückzuweichen. Was zwischen ihnen war, war noch lange kein Vertrauen, aber wenigstens eine Vorstufe davon. Er wollte es nicht durch eine unbedachte Geste zerstören.

»Wir alle«, sagte Legis betont, »haben es nicht gemerkt. Es war Laynanya. Sie ist... etwas Besonderes, weißt du. Wäre das alles nicht passiert, dann... dann wäre sie wahrscheinlich die neue Ehrwürdige Mutter geworden. Sie ist so talentiert wie Margoi, vielleicht noch talentierter. Aber das spielt jetzt keine Rolle mehr.«

»Wegen des Kindes?«, fragte Skar.

Legis nickte. »Ja. Sie wurde entehrt. Jedenfalls würdest du es so nennen. Selbst wenn wir siegen und Elay danach wieder frei ist, wird sie nie wieder die sein, die sie war.«

»Warum…« Skar zögerte. »Warum macht sie es nicht weg?«

Legis erschrak sichtlich. »Du…« Sie stockte, suchte für die Dauer eines Atemzuges nach den richtigen Worten und schüttelte dann entschieden den Kopf. »Wir *Errish* retten Leben«, sagte sie mit vollkommen veränderter Stimme. »Wir vernichten es nicht.«

»Auch unerwünschtes Leben nicht?«

»Es gibt kein unerwünschtes Leben«, widersprach Legis. »Das Kind, das sie in sich trägt, mag ein Kind der Gewalt sein, ein Bastard, der gegen ihren Willen gezeugt wurde – aber es ist ein unschuldiges Wesen, Skar. Wir haben nicht das Recht, ihm sein Leben zu nehmen, bevor es begonnen hat.«

Es war ein eingelernter Text, irgendeine Strophe aus irgendeinem ihrer komplizierten Gesetze, die sie vor Jahrzehnten vielleicht einmal auswendig gelernt hatte und herunterbetete, ohne wirklich noch darüber nachzudenken, das spürte Skar. Aber er widersprach nicht, obwohl ihm die Entgegnung auf der Zunge lag.

Er war beinahe froh, als hinter ihnen schwere, stampfende Schritte laut wurden und Morks Erscheinen ihr Gespräch unterbrach. Der Quorrl trug noch immer Rüstung und Waffen, hatte sich aber – wie sie alle – zusätzlich in einen nachtschwarzen, dünnen Mantel gehüllt. Das Kleidungsstück schien die düstere Ausstrahlung, die von seinem Reptiliengesicht ausging, noch zu unterstreichen.

»Wir sind bereit«, sagte er. »Die Sonne geht unter, und der Weg nach Elay ist weit.«

Legis nickte. »Gut. Die Tiere sind gefüttert?«

Mork lächelte knapp und neigte in einer spöttisch übertriebenen Verbeugung das Haupt. »Selbstverständlich, Ehrwürdige Frau«, sagte er. »Und ich würde vorschlagen, dass wir nicht noch mehr Zeit mit Reden verschwenden, sondern jetzt aufbrechen.« Ohne eine Antwort abzuwarten, gab er einem seiner Männer einen Wink und rief ein Wort in seiner dunklen, gutturalen Sprache.

Skar sah sich unwillkürlich nach Herger um. Der Hehler war hinter dem Eingang stehen geblieben. Er war nervös. Nervös und ängstlicher, als er zugeben wollte. Und auch Skar selbst erging es kaum anders, aber er konnte sich wenigstens einreden, dass es die Echsenvögel und der Gedanke an den stundenlangen Flug durch die Nacht waren, die ihm Unbehagen bereiteten.

Er straffte sich und wandte sich an den Quorrl. »Können die Tiere das Gewicht von zwei Menschen eine so weite Strecke tragen?«

»Nein«, sagte Mork ungerührt. »Wir werfen euch unterwegs ab, wenn die Last zu groß wird.« Er bleckte in einer erschreckenden Imitation eines menschlichen Grinsens sein Raubtiergebiss und deutete mit der Linken zum Ausgang. »Wir warten auf euch.«

Er drehte sich um und wollte gehen, aber Skar hielt ihn grob am Arm zurück. »Ich bin nicht Herger«, sagte Skar wütend. »Du kannst deine Scherze mit ihm treiben, wenn es dir beliebt, aber nicht mit mir. Also?«

Mork starrte ihn einen Augenblick wortlos an, riss plötzlich seinen Arm los und legte die Linke auf den Schwertgriff. »Die Daktylen tragen euer Gewicht, Skar«, grollte er. »Und wir werden Reservetiere mitnehmen – für den Rückweg. Ist deine Frage damit beantwortet?«

Legis berührte Skar am Arm und warf ihm einen warnenden Blick zu, aber er ignorierte sie.

»Nein«, sagte er. »Es sei denn, du sagst mir endlich, was ich von dir zu halten habe, Quorrl. Ich reise nicht gern mit Männern, von denen ich nicht weiß, ob sie Verbündete oder Feinde sind.«

»Das eine schließt das andere nicht aus, oder?«, entgegnete Mork. »Aber ich will dir deine Frage beantworten, Satai: Ich bin ein Quorrl, und du bist ein Mensch. Menschen haben meinen Stamm ausgelöscht, und Menschen haben mein Volk unterdrückt, solange ich denken kann. Erwartest du Zuneigung von mir?«

»Und trotzdem kämpfst du jetzt gemeinsam mit Menschen...«

»*Gegen* Menschen«, fiel ihm Mork erregt ins Wort. »Wir werden beide bedroht, aber das macht uns nicht zu Brüdern. Ich habe mit angesehen, wie mein Vater und mein Weib erschlagen wurden, von Menschen, Skar. Ihr haltet uns für Tiere und werft uns Brutalität vor, aber ich habe Dinge mit ansehen müssen, die kein Tier einem anderen antun würde, Dinge, die Männer deines Volkes getan haben, Satai.« Er schnaubte und krampfte die Hand noch fester um den Schwertgriff. Sein Atem ging schneller, und es war nicht zu übersehen, wie erregt der riesige Quorrl war.

»Ich glaube nicht, dass es dir oder mir nutzt, wenn wir uns gegenseitig Vorhaltungen machen«, sagte Skar. »Auch ich habe Gräuel gesehen, die von Quorrl begangen wurden.«

»Wer hat mehr getötet, Skar?«, fragte ihn Mork. »Du wolltest wissen, was du von mir zu halten hast. Jetzt weißt du es. Wäre es nach mir gegangen, hätten wir euch beide getötet, als wir euch draußen auf der Ebene entdeckt haben. Aber diese Arbeit nehmen uns jetzt andere ab.«

Er fuhr herum und stapfte davon.

Skar sah ihm nach, bis er die Höhle verlassen hatte, schüttelte den Kopf und richtete den Blick auf Legis.

»Ich wollte dich warnen, Skar«, sagte die *Errish*. »Aber...«

Skar winkte ab. »Mir ist ein Feind, den ich kenne, lieber als einer, von dem ich nicht weiß, was ich von ihm zu halten habe.«

»Er ist nicht dein Feind«, widersprach Legis. »Er ist... verbittert, aber nicht böse. Sein Stamm wurde ausgelöscht. Vielleicht werden wir alle so wie er, wenn wir uns noch lange hier verkriechen. Vielleicht sind wir es auch schon und haben es nur noch nicht gemerkt.«

Diesmal, das spürte Skar, erwartete sie eine Antwort, Widerspruch. Aber er schwieg.

19. Kapitel

Die Stadt war ein Schatten, ein Gebirge aus Dunkelheit und zu Materie gewordener Nacht, das in unbestimmbarer Entfernung vor dem Himmel aufwuchs und das Land in weitem Umkreis beherrschte. Skar schätzte, dass sie noch mehr als drei Meilen von der ersten der drei hintereinander gestaffelten Mauern entfernt waren, aber er hatte bereits das Gefühl, von den gewaltigen Mauern und Türmen erdrückt zu werden. Elay war groß, ungeheuer groß; keine Festung, sondern eine Stadt, die als Festung angelegt und erbaut war. Selbst Ikne hätte gegen dieses Gebirge aus Stein und Dunkelheit wie ein Bauernhof gewirkt.

»Nun?«, fragte Legis. »Bist du beeindruckt?«

»Eher überrascht«, antwortete er leise. Obwohl sie noch weit von der Stadt entfernt waren und die Nacht und das klagende Geräusch des Windes ihnen Deckung genug gaben, senkte er unwillkürlich die Stimme. Er befürchtete nicht, von den Posten oben auf den Wehrgängen oder von einer Patrouille entdeckt zu werden; diese Gefahr bestand kaum. Die Daktylen hatten die letzten Meilen im Tiefflug zurückgelegt, eine Schwadron gewaltiger, lautloser Schatten, die nur mannshoch über dem Boden dahingestrichen und mit der Nacht verschmolzen waren. Von Legis wusste er außerdem, dass es nur wenige Patrouillen gab. Es war eher, als befürchte er, die Stadt selbst zu erwecken. Elay war mehr als eine Ansammlung von Häusern und Türmen, und es war nicht nur ihre Größe, die diesen Eindruck hervorrief. Er konnte die Stadt selbst jetzt nicht deutlich erkennen, trotz ihrer gewaltigen Ausmaße. Ihre Umrisse schienen beständig zu fließen, zu wogen wie nachtdunkle Nebelschwaden, und ein kaum spürbarer Hauch unseliger schwarzer Magie streifte Skars Seele, als er den Panzer, den er um seine Gefühle gelegt hatte, für einen Moment öffnete. Es war, als würde die Stadt leben, als wäre sie nichts als ein gewaltiges schlafendes Tier. Er begriff plötzlich, warum die *Errish* ausgerechnet hier ihr Heiligtum errichtet hatten und warum Elay auch die Verbotene Stadt genannt wurde.

»Überrascht?« Legis' Stimme riss ihn aus seinen Betrachtungen. »Du hast es dir anders vorgestellt?«

»Ich habe es mir überhaupt nicht vorgestellt«, gestand Skar. »Aber so auf keinen Fall. Es ist so…«

»Düster«, half Legis aus und nickte. »Mir ging es ebenso, als ich die Stadt zum ersten Mal sah. Elay erschreckt jeden, der zum ersten Mal herkommt. Sie wurde nicht von Menschen erbaut. Es ist eine Stadt der Alten. Die letzte, die es noch gibt.«

Skar wusste, dass das nicht stimmte. Elay war weder eine Stadt jenes Volkes, das Combat errichtet hatte, noch war es die letzte ihrer Art. Er hatte schon einmal eine solche Stadt gesehen, einen steingewordenen Albtraum aus Schwarz und Fremdartigkeit. Aber das war lange her, ein Jahr und ein Leben.

Doch er sagte nichts davon, sondern wandte sich

wortlos um und ging zu der Baumgruppe zurück, in deren Schutz die Daktylen gelandet waren. Legis folgte ihm. Sie hatten zwei von Legis' Männern als Kundschafter zur Stadt geschickt. Bis sie zurückkommen würden, konnten sie nichts anderes tun, als warten.

Skar musste wieder die Disziplin bewundern, die die gewaltigen Flugwesen an den Tag legten. Starr wie riesige lederne Statuen saßen sie da, in einem perfekten, nur an einer Stelle offenen Kreis, der eine lebende Schutzmauer für die Menschen und Quorrl in seinem Inneren bildete. Keine der Daktylen gab auch nur einen Laut von sich. Die Leistung, die die Quorrl mit der Dressur dieser Bestien vollbracht hatten, stand der der *Errish* und ihrer Feuerechsen kaum nach.

Ein seltsames Gefühl machte sich in Skar breit, als er in den Kreis trat und sich wortlos neben Herger zu Boden sinken ließ – keine Erregung, wie es normal gewesen wäre, sondern beinahe das Gegenteil, eine dumpfe, betäubende Entspannung. Er war sich plötzlich seines Körpers so bewusst wie selten zuvor in seinem Leben. Er fühlte jeden Muskel, jeden einzelnen Nerv in seinem Leib; eine Empfindung, die wie eine warme, einschläfernde Woge durch seinen Körper strömte, ein Gefühl, wie er es manchmal schon, wenn auch noch nicht annähernd so stark, vor einem Kampf erlebt hatte. Und ein Gefühl des Endgültigen. Seine Irrfahrt war vorbei. Vela war hier, nur noch wenige Kilometer entfernt, und er wusste, dass die Entscheidung bald fallen würde. Ganz egal, wie dieser ungleiche Kampf ausging – er würde enden, noch bevor die Sonne das nächste Mal unterging.

Skar versuchte noch einmal, sich alle Stationen seines Weges vor Augen zu führen, aber seine Gedanken weigerten sich, in geordneten Bahnen zu verlaufen, und echte Erinnerungen begannen sich mit Traum und Furcht zu vermischen.

Er schüttelte die Bilder ab, beugte sich vor und nahm etwas von dem kalten Fleisch, das Mork Herger und ihm gegeben hatte. Er war nicht hungrig, aber sie würden kaum mehr zum Essen oder Trinken kommen, wenn sie erst einmal in der Stadt waren.

Unwillkürlich sah er sich nach Legis um. Weder Laynanya noch sie oder Mork hatten auch nur mit einer Andeutung verraten, wie sie in die Stadt gelangen wollten, und Skar hatte bisher stillschweigend angenommen, dass es ein geheimes Tor oder etwas Ähnliches gab, durch das er sich einschleichen konnte. Aber jetzt, nachdem er die Stadt gesehen hatte, wusste er, dass dies nicht der Fall war.

»Wonach suchst du?«, fragte Herger, der seinen Blick bemerkt hatte.

Skar überging die Frage. »Unsere Wege trennen sich hier.«

Herger ließ das Stück Fleisch, das er gerade zum Mund führen wollte, verblüfft sinken und starrte ihn an. »Wie meinst du das?«, fragte er.

»So wie ich es gesagt habe«, antwortete Skar. Er war nicht zum Reden gekommen während des Flugs, aber er hatte Zeit gehabt nachzudenken. Er wusste jetzt, dass es ein Fehler gewesen war, sich nicht schon früher von Herger zu trennen. Eigentlich hatte er es die ganze Zeit über gewusst.

Er deutete mit einer Kopfbewegung in die Richtung der Stadt. »Wir sind am Ziel«, sagte er. »Du wolltest mich nach Elay bringen, und wir sind da.«

»Und jetzt erwartest du, dass ich hierbleibe und warte, bis du zurückkommst oder auch nicht?« Hergers Stimme zitterte.

»Natürlich nicht«, entgegnete Skar. »Aber…«

»Du irrst dich, Satai«, fiel ihm Herger ins Wort, »wenn du denkst, dass die Sache damit erledigt ist. Ich werde dich begleiten, und wenn du geradewegs in die Hölle marschieren solltest. Du bist mein Kapital, vergiss das nicht. Alles, was ich noch habe, bist du.«

Skar schüttelte geduldig den Kopf. »Hör mit diesem Unsinn auf, Herger. Ich weiß, dass ich in deiner Schuld stehe, aber…«

»In meiner Schuld?«, unterbrach ihn Herger erneut. »Du bist zu bescheiden, Satai. Du *gehörst* mir. Ich habe alles auf dich gesetzt: mein Leben, mein Vermögen, meinen Ruf. Ich müsste irrsinnig sein, wenn ich dich jetzt gehen ließe.« Er schüttelte entschieden den Kopf, setzte sich gerade auf und wies nach Norden. »Du willst in diese Stadt. Gut, ich werde dich nicht daran hindern. Aber ich werde mitkommen.«

Skar wollte auffahren, beherrschte sich aber. »Du weißt, was mich dort erwartet«, sagte er. »Ich war ehrlich zu dir. Meine Aussichten, lebend aus Elay herauszukommen, sind nicht sehr groß. Es wäre Selbstmord von dir mitzukommen. Und es wäre gefährlich für mich.«

»Es war auch gefährlich für mich, dir zu helfen. Und Selbstmord?« Herger stieß ein abgehacktes Lachen aus.

»Du hast es vielleicht noch nicht begriffen, Skar, aber ich bin schon tot. Ich war es in dem Moment, in dem ich dir Unterschlupf gewährt habe. Du bist der Einzige, der mich wieder zum Leben erwecken kann.«

Skar seufzte, senkte den Blick und fuhr mit den Fingerspitzen durch den lockeren Sand des Bodens. »Ich kann dich zwingen hierzubleiben«, sagte er nach einer Weile. »Ich ...«

»Nein, Satai, das kannst du nicht!«

Skar fuhr überrascht herum. Ein gewaltiger, grau geschuppter Schatten wuchs hinter ihm empor. Skar hatte nicht gehört, dass Mork näher gekommen war. Der Quorrl musste sich lautlos wie eine Katze angeschlichen haben.

»Ich wüsste nicht, was dich das angeht«, sagte Skar verärgert. »Aber trotzdem – was meinst du?«

»Er wird nicht hierbleiben, weil keiner von uns hierbleibt«, erwiderte Mork ruhig. »Wir gehen alle.« Er schlug seinen Mantel zurück, zog sein Schwert eine Handbreit aus der Scheide. »Ich traue dir nicht, Satai, und ich traue auch diesem *Errish* nicht.« Er deutete mit dem anderen Arm zur Stadt hinüber. »Ich will sehen, was du dort tust, und ich will dabei sein, um es selbst zu tun, wenn du versagst.«

Skar stand langsam auf. Die Spannung, die plötzlich zwischen ihnen lag, war überdeutlich zu spüren. Aber der Quorrl hielt seinem Blick stand. Seine Schuppen schimmerten im blassen Licht der Sterne wie mattes Metall, und er erinnerte Skar mehr denn je an ein Bündel ungestümer, nur mühsam bezähmter Kraft.

»Weder Herger noch du oder irgendein anderer werden mich begleiten«, sagte Skar. »Was ich dort drüben zu tun habe, ist allein meine Sache – Quorrl«, fügte er in absichtlich beleidigendem Tonfall hinzu.

»Das ist es schon lange nicht mehr, Satai«, widersprach Mork auf die gleiche Weise. »Du hast unsere Hilfe angenommen. Und wenn du die Wahrheit gesprochen hast, gibt es vielleicht nur noch diese eine Möglichkeit, diese machtbesessene *Errish* zu töten. Was erwartest du? Dass ich hierbleibe und die Zukunft meines Volkes in deine Hände lege? Wenn du das wirklich glaubst, dann bist du ein Narr, Satai.«

Seine Stimme war immer lauter geworden, und Skar sah sich plötzlich von einem halben Dutzend schweigender Quorrl umringt. Sein Blick huschte nervös über die Reihe breitschultriger, geschuppter Körper und kehrte zurück zu Mork.

»Du kannst mich vielleicht töten, aber nicht uns alle, Skar«, sagte dieser.

Skars Hand krampfte sich um den Schwertgriff. Aber er wusste, dass er tot sein würde, bevor er die Waffe auch nur halb gezogen hätte. Hätte er es mit einem Menschen zu tun gehabt, hätte er vielleicht eine winzige Chance gehabt.

Der Quorrl wusste genau, was er wollte. Er hatte es von Anfang an so geplant. Skar verdammte sich im Stillen für seine Gutgläubigkeit. Schon als er Mork das erste Mal gesehen hatte, hätte er gewarnt sein müssen. Der Quorrl hatte ihn nicht hierhergebracht, weil er Skar einen Gefallen tun wollte oder weil es Laynanyas Wille war. Er hatte sofort erkannt, dass ihm mit Skar die Möglichkeit in den Schoß gefallen war, endlich selbst nach Elay zu gelangen und den Krieg dorthin zu tragen. Laynanya hätte einem direkten Angriff auf die Verbotene Stadt niemals zugestimmt.

»Du weißt, dass das gegen unser Abkommen verstößt«, mischte sich Legis ein.

Der Quorrl lachte leise. Seine Schuppen knirschten wie trockenes Holz, als er sich umwandte und mit zwei, drei raschen Schritten auf die *Errish* zutrat. »Welches Abkommen?«, fragte er höhnisch. »Als wir zusammenkamen, waren wir Gejagte, ihr und wir. Abkommen – ha! Unser Abkommen bestand bisher darin, uns gemeinsam unter der Erde zu verkriechen und darauf zu warten, dass ein Wunder geschieht, *Errish*.«

Legis fuhr auf. »Ich dulde nicht, dass ...«

»Dass Quorrl mit ihrer Anwesenheit die Heilige Stadt besudeln?«, fiel ihr Mork ins Wort. »So, wie es Laynanya all die Zeit nicht geduldet hat? Ihr habt euch geweigert, uns den geheimen Weg nach Elay zu verraten. Habt ihr wirklich geglaubt, dass ich das stillschweigend hinnehme? Ich werde nicht zusehen, wie dieser Satai vielleicht unsere einzige Chance vergibt, Rache für die Vernichtung unseres Volkes zu üben, *Errish*.«

»Elay ist heilig!«, sagte Legis erregt. »Niemand darf die Stadt betreten, der ...«

»Niemand, mit Ausnahme eines Satai, der seine beschmutzte Ehre wiederherstellen will?«, unterbrach sie Mork abermals höhnisch. Legis wollte widersprechen, aber Mork brachte sie mit einer wütenden Geste zum Schweigen. »Ich will diesen Unsinn nicht mehr hören! Euer Gerede von Ehre und Heiligtümern und

Gesetzen! Ihr habt mehr als eines unserer Heiligtümer geschändet, und ihr tretet unsere Gesetze mit Füßen. Wir sind Verbündete, und wenn ihr meint, euer Teil des Bündnisses bestünde im Stillhalten und Beten, soll es mir recht sein.« Er schlug wuchtig mit der flachen Hand gegen sein Schwert. »Wir sind in euren Augen vielleicht nicht mehr als Tiere, aber wir sind Tiere, die sich wehren, wenn man sie schlägt. Mit Beten ist noch kein Krieg gewonnen worden, Legis. Mit euren Hexenkünsten vielleicht, aber darauf verstehe ich mich nicht. Worauf ich mich verstehe, das ist das Schwert. Und ich werde es benutzen.«

Skar sah sich unauffällig um. Rechnete er Herger und Legis nicht dazu, dann waren die Kräfte genau gleich verteilt. Die *Errish* hatte fünf von ihren Männern mitgebracht, und auch Mork gebot über fünf Krieger. Aber es waren fünf Quorrl – gewaltige, schuppige Kampfmaschinen, von denen es eine einzige mit einem halben Dutzend Männer aufnehmen konnte. Er verwarf den Gedanken an einen Überraschungsangriff. Selbst wenn es ihm gelingen würde, einen oder zwei der Quorrl auszuschalten, wäre eine solche Attacke aussichtslos. Mork hatte alle Trümpfe in der Hand. Und er war bereit zu kämpfen, während Skar bei einem offenen Kampf nur verlieren konnte.

»Lass ihn, Legis«, sagte er. »Du wirst ihn nicht überzeugen. Er hat von Anfang an auf einen Moment wie diesen gewartet.« Sein Blick suchte den des Quorrl.

Mork nickte ungerührt. »Seit der ersten Stunde«, bestätigte er. »Und du wirst mich töten müssen, um mich von meinem Entschluss abzubringen.«

Skar lächelte, nahm in einer betont langsamen Bewegung die Hand vom Schwertgriff und schüttelte den Kopf. »Wenn wir beide morgen noch leben, reden wir noch einmal darüber. Jetzt sollten wir gehen. Es wird bald hell. Wie kommen wir in die Stadt?«

Legis starrte ihn ungläubig an. »Aber du willst doch nicht...«

»Was ich will«, unterbrach er sie, »spielt keine Rolle. Zwölf Schwerter können mehr ausrichten als eines.«

»Aber das ist Irrsinn!«, begehrte Legis auf, obwohl sie längst eingesehen haben musste, dass sie Mork nicht mehr von seinem Entschluss abbringen konnte. Ihr Protest war nur noch ein Zeichen ihrer Verzweiflung. »Wir müssen durch die Drachenhöhlen. Die Tiere werden die Quorrl wittern und Alarm schlagen. Ein einzelner Mann hat eine viel größere Chance, unbemerkt einzudringen.«

Skar schüttelte nur schweigend den Kopf.

Eine der Daktylen gab einen halblauten, krächzenden Ruf von sich. Mork sah auf, starrte aus zusammengekniffenen Augen in die Dunkelheit und straffte sich. »Die Kundschafter kommen zurück«, sagte er.

Skar lauschte angestrengt, hörte aber nichts. Der Quorrl musste über weitaus schärfere Sinne verfügen als ein Mensch.

»Dann sollten wir aufbrechen«, sagte Skar. »Es ist eine Stunde bis zur Stadt, und die Sonne geht bald auf.«

Legis' Lippen begannen zu zittern. Aber sie sagte nichts. Nur ihre Hände gruben sich in einer Geste hilfloser Verzweiflung tief in den schwarzen Stoff ihres Mantels.

Skar schlug die Kapuze seines Mantels hoch, überprüfte ein letztes Mal den Sitz seines Harnisches und des Waffengurts und setzte sich ohne ein weiteres Wort in Bewegung.

Über den Zinnen von Elay lag noch immer schwarze, dräuende Finsternis, eine Schwärze, die sich noch vertieft zu haben schien, seit sie in den Schatten der gewaltigen Mauern eingetaucht waren, und die auch nicht weichen würde, wenn die Dämmerung hereinbrach und die Nacht vollends vertrieb.

Ein eisiger Hauch ging von der Stadt aus, der eher die Seele als den Körper zu streifen schien, etwas wie der Atem der Zeit, all der ungezählten Jahrtausende, die an ihr vorübergegangen waren, ohne auch nur die geringsten Spuren zu hinterlassen. Vom Meer, das irgendwo jenseits der zinnengekrönten Dreifachmauern mit monotoner Wut gegen die Küste anrollte, drangen Salzwassergeruch und der Schrei einer einsamen Möwe.

Skar nahm davon kaum Notiz, jedenfalls nicht so weit, dass er einen bewussten Gedanken daran verschwendet hätte. Die Stadt hatte ihn vollends in ihren Bann geschlagen und beherrschte seine Gedanken. Sie erfüllte ihn mit Furcht; eine Angst, die gegen alle Logik von ihm Besitz ergriffen hatte und ihn langsam von innen heraus aufzufressen schien. Obwohl sie bereits so nahe daran waren, dass er meinte, nur noch die Hand ausstrecken zu müssen, um ihre Mauern zu berühren, konnte er die Stadt immer noch nicht richtig sehen. Es war, als läge Elay hinter einer Wolke brodelnder, körperloser Finsternis; ein schattiges, zerfasertes Etwas, das sich dem direkten Blick entzog und in beständiger Bewegung war. Da war etwas, eine unsichtbare, nur zu erahnende Trennlinie zwischen der Welt der Menschen und der Elays, die sie mehr schützte als alle Verbote und Tabus der *Errish*. Es fiel Skar mit jedem Schritt schwerer, sich darauf zu besinnen, warum er überhaupt hergekommen war.

»Dort entlang«, flüsterte Legis. Sie deutete irgendwohin in die Dunkelheit.

Skar konnte auf der anderen Seite des schmalen, vegetationslosen Streifens, der die eigentliche Mauer wie ein Burggraben umgab, nichts ausmachen außer Schatten und der vagen Ahnung von Bewegung und Leben; das eine real und das andere eingebildet. Aber Legis schien genau zu wissen, wohin sie wollte.

Lautlos huschten sie weiter. Legis hatte die Führung übernommen, als sie sich der Stadt bis auf ein paar Hundert Schritte genähert hatten, und die Quorrl waren so weit zurückgeblieben, dass Skar ihre Schritte nur noch mit Mühe hören konnte. Es erstaunte ihn noch immer, wie leise und schnell sich diese so plump anmutenden Wesen bewegen konnten, aber er – und wohl auch Legis – hatten in den letzten Stunden mehr über die Schuppenkrieger aus dem Norden gelernt als wahrscheinlich Generationen vor ihnen. Das meiste davon gefiel ihm nicht.

Skar warf Legis einen besorgten Blick zu. Ihre Miene war starr, von jener gezwungenen, maskenhaften

Unbewegtheit, hinter der sich ein wahrer Sturm von Gefühlen und Empfindungen zu verbergen pflegt. Skar war sich noch immer nicht darüber im Klaren, was wirklich hinter der Stirn der *Errish* vorging. Sie war der schwache Punkt in Morks Plan, und auch der Quorrl musste das wissen. Legis hatte sich seiner Entscheidung gebeugt, aber sie war nur vor der Gewalt zurückgewichen. Keiner von ihnen konnte sagen, wie sehr es ihr zusetzte, einen Quorrl das Heiligtum der *Errish* betreten und damit entweihen zu lassen. Vielleicht würde sie es verhindern, selbst wenn es sie das Leben kosten sollte.

Aber weder Mork noch er hatten eine Wahl und musste sich der *Errish* auf Gedeih und Verderb ausliefern. Es war unmöglich, auf einem anderen Weg in die Heilige Stadt einzudringen. Zudem ahnte Vela zumindest, dass er früher oder später hier auftauchen würde, und sie wäre nicht sie selbst gewesen, wenn sie nicht Vorsorge getroffen hätte, jeden Eindringling schon frühzeitig in Empfang zu nehmen.

Sie hatten während des Fluges hierher weder Reiter noch ein anderes Anzeichen von Leben entdeckt, und die Mauern waren zu hoch und die Nacht zu dunkel, um erkennen zu können, ob auf den Wehrgängen über ihren Köpfen Wachen patrouillierten oder nicht. Aber die *Errish* hatte andere Möglichkeiten, mit unerwünschten Fremden fertigzuwerden.

Skar schob den Gedanken mit einem lautlosen Seufzer beiseite und beeilte sich, Legis zu folgen. Ihre Schritte waren schneller geworden, und obwohl sie kaum eine Armlänge vor ihm ging, ließen sie der schwarze Mantel und die Lautlosigkeit ihrer Bewegungen nahezu mit der Nacht verschmelzen. Er würde früh genug Gelegenheit bekommen, sich mit Vela auseinanderzusetzen – wenn es ihnen überhaupt gelang, in die Stadt einzudringen. All die Warnungen und düsteren Geschichten, die um die Verbotene Stadt der *Errish* kursierten, fielen ihm wieder ein. Noch niemandem war es gelungen, gegen den Willen der *Errish* diese Stadt zu betreten und lebend wieder zu verlassen.

Aber schließlich hatte auch noch niemand eine *Errish* als Führerin gehabt, und vielleicht – wahrscheinlich sogar – hatte es noch niemand ernsthaft versucht.

Skar spürte beinahe so etwas wie Zorn, als ihm klar wurde, dass ihn diese Aufgabe im Grunde reizte. Trotz allem war es eine Herausforderung, die eines Satai würdig war.

Aber er durfte nicht so denken. Nicht nach allem, was geschehen war. Es war zu schnell gegangen, zu überstürzt. Vor kaum zwei Tagen waren sie noch draußen in der Wüste gewesen, hundert oder mehr Meilen entfernt, und die Zeit, die sie gewonnen hatten, fehlte ihm. Für einen Moment zweifelte er fast, dass er schon bereit war. Er würde nur diese eine Chance haben. Und vielleicht nicht einmal die.

Legis blieb so abrupt stehen, dass Skar um ein Haar gegen sie geprallt wäre. Sie waren jetzt ganz dicht an der Mauer. Skar konnte den kühlen Hauch, den das schwarze Gestein ausstrahlte, spüren. Diesmal war er sicher, dass er sich das Gefühl nicht einbildete. Der Stein war kalt, viel kälter, als er hätte sein dürfen.

»Wie geht es weiter?«, fragte er.

Legis deutete stumm hinter sich. Ihr Gesicht war ein verschwommener grauer Fleck unter der spitzen Kapuze ihres Mantels, aber Skar glaubte trotzdem einen Ausdruck der Verzweiflung auf ihren Zügen zu bemerken. »Wir warten auf Mork und die anderen«, sagte sie leise.

Skar sah ungeduldig über die Schulter zurück. Er konnte die Quorrl jetzt hören, aber nur, weil er wusste, worauf er zu achten hatte. Wenige Augenblicke später tauchte bereits der erste breitschultrige Schatten aus der Nacht auf. Es war Mork.

Legis wartete, bis auch die anderen heran waren, drehte sich schweigend und mit übertriebener Hast herum und ging weiter. Skar folgte ihr dichtauf, und auch die Quorrl verzichteten jetzt darauf, Abstand zu halten.

Sie bewegten sich unmittelbar an der Mauer entlang. Der schwarze Schlagschatten des gewaltigen Bollwerkes vertiefte die Finsternis noch mehr, obwohl Skar dies kaum noch für möglich gehalten hatte. Er stolperte mehr hinter der *Errish* her, als dass er ging, und wäre nicht der eisige Hauch Elays neben ihm gewesen, hätte er schon nach wenigen Schritten vollkommen die Orientierung verloren. Aber Legis bewegte sich so sicher, als wäre es heller Tag.

Der Weg schien kein Ende zu nehmen. Sie mussten mehr als eine Meile neben der Stadtmauer entlanggegangen sein, als Legis endlich stehen blieb und mit einer wortlosen Geste zu Boden deutete.

Skar trat neben sie, kniete nieder und tastete suchend über den aufgeweichten Boden. Unter der fingerdicken Schicht aus Morast und klebrigem Lehm war Metall. Er grub weiter, fand einen wuchtigen, von Rost zerfressenen Ring und zog mit aller Macht daran. Aber seine Kraft reichte nicht aus. Der gusseiserne Deckel saß so fest, als wäre er mit dem Boden verwachsen. Erst als Mork ebenfalls niederkniete und die Kraft seiner gewaltigen Muskeln einsetzte, hatten sie Erfolg. Die Klappe schoss mit einem saugenden Geräusch und so rasch hoch, dass Skar um ein Haar das Gleichgewicht verloren hätte und hintenüber gefallen wäre.

Er unterdrückte im letzten Moment einen Fluch, und nachdem Mork mit einer gewaltigen Kraftanstrengung den Verschluss so weit nach oben gestemmt hatte, dass er senkrecht stand und sicher in seinen rostigen Scharnieren hielt, ließ sich Legis in die Hocke gleiten und kroch rückwärts an den sichtbar gewordenen Schacht heran. Es musste eine Leiter oder eine Treppe geben, denn sie fand nach kurzem Suchen mit den Füßen festen Halt und verschwand rasch in der Tiefe.

Skar zögerte, näherte sich dem Schacht dann auf die gleiche Weise wie sie und tastete blind mit dem Fuß nach Halt. Er spürte eine schmale, rostige Metallsprosse, verlagerte behutsam das Körpergewicht und ließ sich herab. Die Leiter knarrte hörbar unter seinem Gewicht, aber sie hielt.

Ein Schwall muffiger, abgestandener Luft, die nach Wasser und Kälte roch, schlug ihm entgegen, als er Legis in die Tiefe folgte. Er beeilte sich, obwohl seine Hände und Füße auf den glitschigen Metallsprossen der Leiter kaum Halt fanden, und war nach wenigen Augenblicken am Grunde des Schachts angekommen.

Es war nicht so dunkel, wie es von oben den Anschein gehabt hatte. Von irgendwoher – die genaue Quelle war nicht auszumachen – kam Licht, und auf dem Wasser zu seinen Füßen spiegelten sich unzählige winzige Halbmonde aus zersplittertem Silber, sodass er seine Umgebung, wenn auch nicht genau, so doch wenigstens in vagen Umrissen wahrnehmen konnte.

Er stand in einem halbrunden, kaum mannshohen Tunnel mit gemauerter Decke, die sich wenige Schritte vor und hinter ihm in ungewisser Dunkelheit verlor. Vor ihm war ein schmaler, aus dem natürlichen Fels des Bodens gemeißelter Sims voller grünlicher Schmieralgen, und der faulige Geruch, den Skar schon oben gespürt hatte, raubte ihm hier fast den Atem.

Skar trat hastig zur Seite, als die Leiter über ihm zu beben begann und Mork heruntergeklettert kam.

»Was ist das hier?«, frage der Quorrl leise. Die gekrümmte Decke fing seine Stimme auf und warf sie als verzerrtes, zischelndes Echo zurück. Der Gang musste sehr lang sein.

»Die Flutkanäle«, antwortete Legis. Sie war ein paar Schritte in den Stollen zurückgewichen, um Platz für die nachdrängenden Quorrl zu schaffen. »Ein Teil der alten Anlage. Das Meer muss früher weitaus höher gestiegen sein als heute. Es gab ein ganzes System solcher unterirdischer Wasseradern. Sie wurden vor Jahrhunderten versiegelt. Diesen hier hat man vergessen. Nicht einmal Margoi weiß von ihm.«

Skar hätte sich gern nach weiteren Einzelheiten erkundigt, aber Legis verschwand mit gebeugtem Haupt in der Dunkelheit, ohne auf die letzten Nachzügler zu warten. Skar sah sich flüchtig nach Herger um, ehe er ihr folgte. Der Hehler war noch nicht herabgestiegen, aber Skar wusste, dass er folgen würde. Morks Gefährten würden dafür sorgen, dass niemand zurückblieb.

Diesmal war der Weg nicht mehr weit. Der Gang verlief kaum fünfzig Schritte geradeaus und machte dann einen scharfen Knick nach rechts, um sich zu einer flachen, aber weitläufigen Katakombe auszuweiten, die offensichtlich natürlichen Ursprungs war, aber hier und dort künstlich erweitert oder zugemauert worden war. Bis auf den schmalen Sims, auf dem sie gekommen waren und der sich wie ein Laufsteg rings an ihren Wänden dahinzog, wurde dieser Bereich von einem grauen, ölig schimmernden See eingenommen. Skar hielt vergeblich nach einem weiteren Ausgang Ausschau.

Legis deutete auf das schlammige Wasser. »Wir müssen dort hindurch. Du kannst schwimmen, hoffe ich.«

Sie ließ sich auf die Knie sinken, suchte einen Moment mit den Händen im Wasser herum und richtete sich mit einem nur halb unterdrückten Seufzer wieder auf, eine schlammverkrustete Kette in den Händen.

»Nimm«, sagte sie.

Skar griff widerwillig nach der Kette und besah sich stirnrunzelnd die graue Wasserfläche. Der Gestank ließ Übelkeit in ihm aufsteigen. Das Wasser war nicht überall so ruhig wie hier – weiter zur Mitte hin gab es Strudel und winzige, rasende Wirbel, und von Zeit zu Zeit trug die Strömung formlose dunkle Dinge mit sich.

»Es gibt … keinen anderen Weg?«, fragte er.

Legis schüttelte den Kopf. »Wir sind direkt unter der Mauer. Der Abfluss führt direkt in die Drachenhöhle. Es ist nicht weit. Die Kette weist dir den Weg.«

Skar starrte die *Errish* zweifelnd an.

»Wir sind auf diesem Weg aus der Stadt geflohen«, erklärte sie. »Zwei von uns sind ertrunken. Ihre Leichen sind noch dort unten. Für einen Mann wie dich ist es nicht sehr schwierig. Los jetzt!« Ihre Stimme klang plötzlich ungeduldig und gehetzt, und Skars Misstrauen erwachte erneut. Vielleicht war dies die Falle, auf die er die ganze Zeit unbewusst gewartet hatte, und der Stollen hatte nicht nach wenigen Metern einen Ausgang, sondern führte geradewegs in den Tod, sodass ihre Leichen auf der anderen Seite ins Meer gespült wurden.

Aber vielleicht war er auch einfach nur zu misstrauisch.

»Nun mach schon«, knurrte Mork hinter ihm.

Skar dreht sich halb um und verlor auf dem glitschigen Untergrund fast das Gleichgewicht. Hinter den Quorrl, halbwegs verdeckt von den breitschultrigen Gestalten der Schuppenkrieger, drängten sich Legis' Männer zusammen. Der Gang war fast zu schmal, um sie alle aufzunehmen.

Skars Blick tastete über das Gesicht des Quorrl. Die stumpfgrauen Schuppen des Riesen schienen mit der Farbe der Felswände hinter ihm zu verschmelzen.

Mork nickte auffordernd. Skar schluckte die bissige Bemerkung, die ihm auf der Zunge lag, hinunter, packte die Kette fester und stieg widerwillig ins Wasser.

Es war kalt, viel kälter, als er geglaubt hatte; eine dünne, schneidende Linie mörderischer Kälte, die an seinen Beinen und seinem Körper emporkroch und gefühllose Taubheit hervorrief. Skar biss die Zähne zusammen und begann zu schwimmen, wobei er die Kette immer nur kurz losließ, um voranzukommen. Hinter ihm glitten Legis, dann Mork und die anderen Quorrl ins Wasser.

Sie schwammen schräg über den See bis weit über seine Mitte hinaus. Skar spürte, wie seine Kräfte schon nach den ersten Zügen nachzulassen begannen. Die Kälte lähmte ihn und verwandelte seine Muskeln in starre, schmerzende Knoten, die sich mehr und mehr weigerten, seinen Befehlen zu gehorchen.

Die Kette verschwand plötzlich unter ihm in der Tiefe. Er hielt an, trat einen Moment Wasser und nahm einen letzten, tiefen Atemzug, ehe er tauchte.

Die Strömung riss ihn mit sich. Er konnte nichts sehen, obwohl er – trotz des Widerwillens, den das übel riechende, schleimige Wasser in ihm hervorrief – die Augen weit geöffnet hielt. Sein Rücken schrammte an hartem, rissigem Stein entlang. Ein schmerzhafter Schlag prellte ihm die Kette aus der Hand, aber der Sog des abfließenden Wassers leitete ihn sicherer, als es die Kette gekonnt hätte. Irgendetwas schrammte an seiner Schulter entlang, und etwas Weiches, Schleimiges floss über sein Gesicht und blieb einen Moment daran haften.

Skars Herz begann zu hämmern. Kälte und Strömung rissen weiter an ihm, und die Kälte saugte das letzte bisschen Kraft aus ihm heraus. In seiner Kehle saß plötzlich ein dicker, schmerzhafter Kloß, der mit jedem Augenblick dicker zu werden schien. Er wollte atmen, doch es ging nicht. Seine Lunge brannte unerträglich.

Und dann, von einem Moment auf den anderen, erreichte er die Oberfläche. Er sah Licht über sich, stemmte sich mit einer letzten verzweifelten Anstrengung gegen die Strömung, die ihn wieder in die Tiefe reißen wollte, und brach durch den Wasserspiegel. Mit raschen, gierigen Zügen saugte er die Luft in seine Lunge, hustete, würgte und schwamm gleichzeitig auf das Ufer zu.

Dicht neben ihm tauchte Morks geschuppter Schädel im Wasser auf. Der Quorrl rief etwas, das Skar nicht verstand, und deutete hektisch nach rechts. Skar ruderte mit den Armen und versuchte, sich auf der Stelle zu drehen. Der Sog der Strömung wurde stärker. Skar blinzelte, um wieder klar sehen zu können. Sie befanden sich in einer weiteren Höhle, die aber ungleich höher und größer war als die, in die der Abfluss gemündet hatte. Das Wasser floss mit einem mächtigen Rauschen durch ein schmales, künstlich geschaffenes Bett, das auf der rechten Seite von der Stirnwand der Höhle und auf der linken von einem gewaltigen unterirdischen Plateau begrenzt wurde. Aber das war es nicht, worauf ihn Mork hatte aufmerksam machen wollen.

Vor ihnen, wie ein Gebirge aus Fleisch und Panzerplatten, stand eine Feuerechse.

20. Kapitel

»Nicht bewegen!«, keuchte Mork. Sein Kopf tanzte dicht neben Skar auf den Wellen, und seine Worte gingen im Gurgeln und Rauschen des schnell fließenden Wassers beinahe unter.

Aber Skar musste sie nicht verstehen. Sein Blick hing gebannt am Schädel der gewaltigen Bestie, die kaum einen Steinwurf entfernt am Ufer des Flusses stand und misstrauisch zu ihnen herüberäugte. Sie war ein Gigant, selbst für eine Feuerechse. Skar schätzte ihre Größe auf gute zehn Meter; nicht sehr viel weniger, als Velas Staubdrache gemessen hatte, obwohl er weitaus massiger und kraftvoller gewesen war als diese Echse hier.

Ihr Kopf pendelte ständig hin und her, als wäre sie auf der Suche nach irgendetwas, und das dumpfe, rasselnde Geräusch ihrer Atemzüge übertönte sogar das Tosen des Flusses.

Nach und nach tauchten auch die anderen auf, Herger zuerst, gefolgt von zwei Quorrl-Kriegern und Legis' Männern. Die Strömung drohte sie auseinanderzutreiben und mit sich zu reißen, aber die Quorrl, gegen deren gewaltige Körperkräfte selbst der Sog des Wassers nicht ankam, hielten sie zusammen.

Skar sah sich verzweifelt nach Legis um. Die *Errish*

war ein paar Meter den Fluss hinuntergerissen worden und kämpfte sich mühsam gegen die Strömung zurück.

»Der Drache!«, rief er über das Brüllen der Wassermassen. »Kannst du ihn verjagen?«

Es war nicht zu erkennen, ob die *Errish* seine Worte verstanden hatte oder nicht, aber sie änderte ihren Kurs ein wenig und schwamm nicht mehr direkt auf ihn und die anderen zu, sondern würde, wenn sie die Richtung beibehielt, dicht unterhalb der Raubechse das Ufer erreichen.

Eine Hand berührte Skar an der Schulter und krallte sich durch den dünnen Stoff seines Mantels. Skar fuhr herum, schlug den Arm instinktiv weg – und erkannte Herger. Sein Gesicht war eine Grimasse der Furcht, und sein Mund formte ununterbrochen lautlose Worte.

»Reiß dich zusammen!«, schrie Skar.

Herger paddelte wie wild mit den Armen und versuchte immer wieder, nach Skar zu greifen. In seinen Augen flackerte blinde Panik.

»Der Drache«, keuchte er. »Er wird uns töten, Skar.«

Skar sah zum Ufer hinüber. Das Ungeheuer hatte sich aufgerichtet und stand, die winzigen, armähnlichen Vorderläufe in der typischen Angriffshaltung seiner Gattung erhoben, direkt am Wasser. Der gewaltige Schwanz peitschte nervös den Boden. Skar wusste, die Echse musste nur einen großen Schritt in den Fluss tun, um ihn und die anderen zu erreichen. Aber Skar wusste auch, wie sehr die gewaltigen Raubechsen das Wasser scheuten. Für das Tier mussten die im Fluss treibenden Menschen und Quorrl eine verlockende

Beute sein, aber seine Abneigung gegen die Nässe war stärker. Noch.

Skar spürte, wie seine Kräfte wegen der eisigen Kälte des Wassers schwanden, und das schneller, als er befürchtet hatte.

Einer der Männer schrie plötzlich auf, warf in einer grotesk anmutenden Geste die Arme in die Luft und verschwand mit weit geöffnetem Mund im Wasser. Mork rief einem seiner Krieger einen scharfen Befehl zu. Der Quorrl tauchte, kam aber bereits wenige Augenblicke später wieder an die Oberfläche und schüttelte wortlos den Kopf.

Der Erste, dachte Skar düster. Sie hatten noch nicht einmal einen Fuß in die Verbotene Stadt gesetzt, und schon war der erste Mann tot.

»Bleibt zusammen!«, schrie Mork. »Wenn euch die Strömung davonträgt, seid ihr verloren!«

Skar fand diese Warnung höchst überflüssig. Seine Kraftreserven waren fast erschöpft – er würde den Kampf gegen die Strömung nur noch wenige Augenblicke durchhalten.

Legis hatte mittlerweile das Ufer erreicht. Skar sah, wie sie verzweifelt versuchte, sich an der glatten Kante emporzuziehen, aber ihre Hände fanden an dem nassen, glitschigen Stein keinen richtigen Halt, und sie glitt vier-, fünfmal wieder ins Wasser zurück, ehe sie endlich oben war.

Der gewaltige schuppige Kopf der Bestie pendelte noch immer nervös hin und her, und ihr Schwanz schlug monoton gegen Felsen und Stein. Es klang wie das Dröhnen einer gewaltigen Todestrommel. Als sich die *Errish* auf den Felsen hinaufzog und erschöpft auf die Knie sank, richtete sich die Echse erneut auf und trat auf sie zu. Skar unterdrückte im letzten Moment einen Schreckenslaut.

Irgendetwas geschah zwischen der *Errish* und der gewaltigen Raubechse. Die beiden ungleichen Wesen starrten sich an, und es kam Skar fast so vor, als redeten sie miteinander. Die Kiefer der Echse mahlten. Ihre Klauen zuckten, öffneten sich wie bizarre, dreifingrige Hände und schlossen sich wieder. Eine Ewigkeit schien zu vergehen, Sekunden, in denen sich die Blicke der *Errish* und der Feuerechse ein stummes, gnadenloses Duell lieferten. Dann, zögernd und mit schwerfälligen, starren Bewegungen, drehte sich das gewaltige Tier um und wich langsam zurück.

»Schnell!«, rief Legis. »Kommt an Land! Ich weiß nicht, wie lange ich sie zurückhalten kann!«

Skar sah sich noch einmal nach Herger um, sah ihn wie einen gefangenen Fisch im Griff eines Quorrl zappeln und schwamm los. Die Strömung verstärkte sich, als er sich dem Ufer näherte, und er schaffte es fast nicht mehr, sich auf den glatten Felsen hinaufzuziehen. Erschöpft brach er in die Knie, blieb einen Moment keuchend und mit hämmerndem Herzen hocken und drehte sich dann herum, um den anderen zu helfen.

Herger war halb ertrunken, als er das Ufer erreichte. Der Quorrl, der ihn die ganze Zeit mit sich geschleift hatte, lud ihn wie eine leblose Last vor Skars Füßen ab, schüttelte abfällig den Kopf und ging. Skar kniete neben dem Hehler nieder, drehte ihn behutsam auf den

Rücken und schlug ihm mehrmals, sanft und mit der flachen Hand, ins Gesicht. Herger stöhnte. Er hustete, erbrach würgend Wasser und Schleim und krampfte die Hände über dem Magen zusammen.

»Alles in Ordnung?«, fragte Skar.

Herger versuchte zu lächeln, aber es misslang ihm kläglich.

»Wo ist ... der Drache?«, keuchte er.

»Fort. Legis hat ihn weggeschickt. Frag mich nicht, wie, aber sie hat es getan.«

»Er wird nicht lange fortbleiben, Skar«, sagte Legis.

Skar sah auf. Die *Errish* stand über ihm. Sie schwankte, und ihr Gesicht war grau. Das Wasser hatte die schwarze Farbe, die sie sich zur Tarnung ins Gesicht geschmiert hatte, verlaufen lassen, sodass sie ein bizarres Muster auf ihrer Haut gebildet hatte. Ihr Atem ging schnell und in hektischen Stößen.

»Wir müssen von hier verschwinden«, sagte sie. »Die Tiere kommen oft zum Trinken hierher, und ich glaube nicht, dass ich die Kraft habe, es noch ein zweites Mal zu schaffen.«

Skar nickte, stand auf und half Herger auf die Beine. »Kannst du laufen?«

Herger nickte. »Ich denke.« Er sah Legis an. »Wie geht es weiter?«

»Wir müssen aus dieser Höhle. Weiter hinten gibt es Gänge, die zu klein für die Drachen sind. Dort können wir ausruhen. Kommt jetzt.«

Sie deutete mit einer vagen Geste in die Dunkelheit hinter sich, drehte sich herum und fuhr mit einer raschen, nervösen Bewegung über ihr Gewand.

Als sie losging, sah Skar, dass sie hinkte; sie musste sich verletzt haben, entweder während des Tauchens oder beim Hinaufklettern auf das felsige Ufer.

Skar versuchte vergeblich, die wattige Schwärze vor sich mit Blicken zu durchdringen. Die Höhle war groß, gewaltig – ein unterirdischer Dom, noch höher als Laynanyas unterirdische Festung. Ein eisiger Hauch streifte sein Gesicht, und ein schwer zu definierender Geruch lag in der Luft: Drachengestank.

Sie gingen mehr als hundert Meter hinter der rasch ausschreitenden *Errish* her, ehe sie die gegenüberliegende Wand endlich ausmachen konnten. Sie war glatt, als wäre sie poliert, und mit verschlungenen, bizarren Linien und Strichen übersät; ein Muster, das im ungewissen grauen Licht zu leben schien.

Ein gewaltiger gezackter Tunnel mündete im rechten Drittel der Wand in die Höhle, daneben entdeckte Skar andere, viel kleinere Gänge; Stollen, die vielleicht für menschliche Benutzer gedacht, vielleicht auch nur zufällig entstanden waren.

Legis deutete auf einen der kleineren Tunnels. »Dort hinein. Es ist der kürzeste Weg.«

Ohne auf eine Antwort zu warten, beschleunigte sie ihre Schritte und verschwand gebückt in der dunklen Öffnung.

Das flackernde graue Licht blieb hinter ihnen zurück, als sie weitergingen. Skar streckte tastend die Hände nach beiden Seiten aus und setzte vorsichtig einen Fuß vor den anderen. Es machte ihn nervös, nicht sehen zu können, wohin er ging. Er versuchte seine Schritte zu zählen, um wenigstens zu wissen, wie weit sie gingen, verzählte sich aber fast sofort und hörte damit auf. Legis war irgendwo vor ihm; eine körperlose Quelle schleifender und raschelnder Geräusche und hektischer Atemzüge.

Schließlich wurde es vor ihnen wieder hell. Es war der gleiche flackernde graue Schein, der schon die große Höhle draußen erfüllt hatte. Legis ging schneller und rannte die letzten Meter fast, ehe sie mit einem erleichterten Aufatmen stehen blieb und zu Skar zurückblickte. Ihr Gesicht war bleich.

Skar blieb neben ihr stehen und trat beiseite, um Platz für die anderen zu schaffen.

Sie alle boten einen jämmerlichen Anblick. Sie waren durchnässt, froren und waren am Ende ihrer Kräfte. Selbst die Quorrl hatten viel von der unbändigen Stärke, die sie bisher wie eine knisternde Aura umgeben hatte, verloren und wirkten nur noch müde. Skar zitterte. Der nasse Mantel klebte auf seiner Haut und kühlte ihn nur noch mehr aus, statt ihn zu wärmen, und er fühlte sich plötzlich so schwach, dass er sich gegen die Wand lehnen musste.

Er hielt nach Herger Ausschau und entdeckte ihn zwischen Legis' Männern. Der Hehler wankte vor Erschöpfung und war grau im Gesicht, aber unverletzt. Der Flug hierher hatte mehr von ihnen allen verlangt, als sie bisher selbst gemerkt hatten. Skar zweifelte plötzlich daran, dass sie wirklich eine Chance hatten. Wenn es zum Kampf kam, würden ihm weder die Rebellen noch die Quorrl eine Hilfe sein, im Gegenteil.

Aber jetzt war es zu spät für solche Überlegungen.

»Wie geht es weiter?«, fragte er.

»Wir sind fast am Ziel«, antwortete die *Errish.* »Aber der schwerste Teil liegt noch vor uns. Wir sollten eine Weile hierbleiben und Kräfte sammeln.«

»Kräfte?«, fragte Herger schwer atmend. »Wozu? Kommt noch eine kleine Kletterpartie oder vielleicht noch ein Wasserfall, den wir hinaufschwimmen müssen?«

»Das nicht«, antwortete Legis ernsthaft. »Siehst du diesen Gang?« Sie deutete mit einer Kopfbewegung hinter sich. Sie standen in einem hohen, kuppelförmigen Raum, dessen Wände ebenfalls über und über mit verschlungenen Linien und Runen bedeckt waren; Symbole einer fremden, vor Äonen untergegangenen Sprache, vielleicht aber auch nur eine sonderbare Maserung der Felsen.

Auf der anderen Seite war ein niedriger, seltsam asymmetrischer Stollen zu sehen, ähnlich dem, aus dem sie gerade gekommen waren. Die Verbotene Stadt musste auf einem wahren Labyrinth unterirdischer Gänge und Katakomben errichtet worden sein. Für einen Moment fühlte sich Skar an Combat erinnert. Aber diese Stadt war anders, ganz anders.

»Dahinter liegt der Aufgang«, sagte Legis. »Eine schmale Treppe, leicht zu verteidigen, aber fast vergessen. Und sie wird nicht damit rechnen, dass wir auf diese Weise in die Stadt eindringen.«

»Ich hoffe, sie rechnet überhaupt nicht damit, sonst sind wir nämlich schon jetzt so gut wie tot«, knurrte Mork.

»Keine Sorge«, sagte Legis, eine Spur zu hastig. »Es

wäre ein Leichtes gewesen, uns am Fluss in Empfang zu nehmen und zu töten.« Sie schüttelte heftig den Kopf. »Die Gefahr, von der ich spreche, ist eine ganz andere«, fuhr sie, zu Skar gewandt, fort. »Die Treppe führt direkt in den Palast der Ehrwürdigen Mutter. Es gibt so gut wie keine Wachen dort oben – niemand rechnet damit, dass jemand hierherkommen könnte, um Hand an die Ehrwürdige Mutter zu legen. Aber um sie zu erreichen, müssen wir durch die Höhle der Drachen.«

»Die Höhle der...« Herger schluckte. »Aber ich dachte, dass...«

»Du meinst das Tier draußen am Fluss?« Legis lächelte dünn. »Sie kommen ab und zu dorthin, um zu trinken. Aber sie leben hier, direkt unter dem Palast. Die Tiere vertragen das feuchte Klima der Küste nicht und würden unruhig werden, wenn sie zu lange draußen wären.«

»Wie viele sind es?«, fragte Mork.

Legis zuckte mit den Achseln. »Ich weiß es nicht«, gestand sie. »Die Zahl ist niemals gleich, aber es sind selten mehr als zehn, höchstens ein Dutzend Drachen in Elay. Unter normalen Umständen. Doch bevor wir geflohen sind, rief Margoi alle erreichbaren *Errish* zusammen. Angeblich, um über den Krieg gegen die Quorrl zu beraten.«

»Und in Wahrheit, um die auszuschalten, die sie nicht unter ihren Willen zwingen konnte«, vermutete Skar.

Legis nickte. »Das fürchte ich. Es könnte deshalb sein, dass... sehr viele Tiere dort drüben sind.«

»Aber du kannst sie ablenken«, sagte Herger. Seine Stimme schwankte. »Du … du bist eine *Errish*. Ihr *Errish* redet mit den Drachen.«

Legis schwieg, aber der Blick, mit dem sie Herger bedachte, sagte genug.

»Das kann sie nicht«, meinte Skar ruhig.

Herger fuhr zusammen, starrte erst Legis, dann ihn und dann wieder die *Errish* an. »Was … soll das heißen?«, fragte er verwirrt. »Du bist eine *Errish,* und …«

»Skar hat recht«, unterbrach ihn Legis. »Ich kann es nicht mehr. Unsere Tiere gehorchen uns nicht mehr. Die Echse unten am Ufer abzulenken, hat meine Kräfte fast überstiegen.«

»Sie … gehorchen euch nicht mehr?«, wiederholte Herger ungläubig. »Wie meinst du das? Wie …«

»So, wie sie es sagt, Schmuggler«, mischte sich Mork ein. »Was glaubst du, warum wir uns wie die Ratten unter der Erde verkriechen? Hast du wirklich angenommen, eine *Errish* – eine stolze *Ehrwürdige Frau*« – er betonte die beiden letzten Worte übermäßig und bedachte Legis mit einem fast abfälligen Blick – »würde sich wie ein gemeiner Dieb in die Heilige Stadt ihres Clans einschleichen, wenn sie noch über ihren Drachen gebieten würde?« Er lachte, leise, abfällig und vollkommen ohne Humor, und grinste, als er den Ausdruck ungläubigen Schreckens auf Hergers Zügen sah.

»Ist das … ist das wahr?«, keuchte Herger.

Legis nickte. »Es ist wahr.«

»Und du bist der Einzige, der es noch nicht gemerkt hat«, fügte Mork hinzu.

»Aber dann ...«

»Wenn du der Meinung sein solltest, dass es besser gewesen wäre, nicht herzukommen, hättest du recht«, sagte Skar. »Doch jetzt ist es zu spät.«

»Wir ... wir können nicht durch eine Höhle voller wilder Drachen marschieren«, stammelte Herger. »Sie werden uns umbringen.«

»Das ist durchaus möglich«, meinte Mork. »Aber wir werden versuchen, es zu verhindern.« Er grinste noch immer, wurde dann aber ernst und wandte sich an Legis. »Gehen wir.«

Die *Errish* zögerte. »Es wäre besser, wenn ... wenn ich allein vorausgehen und mich umsehen würde.«

»Allein?«

Skar konnte direkt sehen, wie es hinter Morks Stirn arbeitete. Der Quorrl traute der *Errish* nicht. Und er machte keinen Hehl daraus.

»Nein«, sagte er nach kurzem Überlegen. »Wir gehen alle.«

»Die Männer brauchen Ruhe«, widersprach Legis. »Und deine Krieger ebenfalls. Und es ist besser, wenn wir wissen, was vor uns ist.«

»Nein«, sagte Mork.

»Du traust mir nicht«, murmelte Legis. »Aber ich glaube nicht, dass jetzt der richtige Zeitpunkt ist, darüber zu streiten, Mork. Wenn ich euch in eine Falle hätte locken wollen, hätte ich es auf dem Weg hierher zehnmal tun können. Diese Höhlen sind gefährlich, selbst für die, die sich hier auskennen. Ich möchte weder deine noch meine Männer in den Tod schicken.« Sie straffte sich. »Und vielleicht denkst du einmal darüber nach, dass du mich nicht zwingen kannst, deinen Befehlen zu gehorchen.«

Morks Hand krampfte sich um den Schwertgriff, aber er schien einzusehen, dass er diesmal in der schwächeren Position war.

»Gut«, sagte er dumpf. »Die Männer mögen sich ausruhen. Vielleicht hast du recht. Sie brauchen ihre Kräfte noch. Aber ich werde dich begleiten. Und der Satai auch.«

Legis nickte. »Dann lasst uns gehen.«

Sie öffnete die schwarze Metallspange, mit der ihr Mantel zusammengehalten wurde, warf das durchnässte Kleidungsstück achtlos zu Boden und strich sich das Haar aus der Stirn. Dann wandte sie sich um und ging, schnell und fast überhastet.

Skar warf Herger einen letzten Blick zu, ehe er ihr folgte. Im Gesicht des Hehlers zuckte ein Nerv. Er musste halb verrückt sein vor Furcht.

21. Kapitel

Der Gang, durch den sie Legis folgten, führte in einer Länge von drei-, vierhundert Schritten geradeaus und begann sich dann langsam zu neigen. Sie drangen tiefer in die Erde ein. Es wurde wärmer, je weiter sie kamen, und auch das graue Licht, das aus den Wänden und der Decke zu dringen schien, nahm allmählich an Intensität zu. Der Drachengestank blieb, und Skar vernahm von Zeit zu Zeit ein dumpfes, machtvolles Grollen, einen Laut, als bewege sich irgendwo vor ihnen etwas ungeheuer Großes und Schweres.

Nach einer Weile wurde die Neigung des Bodens schwächer, bis sie sich schließlich wieder ebenerdig bewegten.

Legis' Schritte wurden langsamer, und schließlich blieb sie ganz stehen, warf Skar und Mork einen raschen, warnenden Blick zu und legte den Finger auf die Lippen.

Skar deutete ein Nicken an und lauschte. Das dumpfe Dröhnen schien stärker geworden zu sein, aber nach einer Weile wurde ihm klar, dass es nichts anderes als das Geräusch seines eigenen Herzschlages war, das er hörte.

Er starrte an Legis vorbei, konnte aber nichts außer vage Schatten ausmachen.

»Keinen Laut mehr jetzt«, zischte die *Errish*. Sie sprach in jenem raschen, gehetzten Flüsterton, den man fast ebenso weit hören konnte wie normales Reden, und Skar konnte ihre Nervosität beinahe körperlich spüren. Sie bückte sich ein wenig, tastete mit der Rechten an der Wand entlang, als hätte sie plötzlich Angst, trotz der ausreichenden Beleuchtung den richtigen Weg zu verlieren, und ging weiter.

Sie brauchten fast zehn Minuten, um die letzten dreißig Schritte zurückzulegen. Als der Gang schließlich endete, wusste Skar, warum Legis sich die letzten Schritte so übertrieben vorsichtig vorangetastet hatte.

Vor ihnen lag ein gewaltiger unterirdischer Felsendom; keine Höhle, sondern eine Welt unter der Welt, ein bizarrer Wald aus steinernen Bäumen und Büschen, fünf-, sechshundert Fuß hoch und so groß, dass sich sein gegenüberliegendes Ende in wogender Ungewissheit verlor. Gewaltige steinerne Säulen trugen die Decke, und direkt vor ihnen erstreckte sich ein Labyrinth von Felstrümmern und scharfkantigen, von Urgewalten aus dem Boden gebrochenen Brocken.

Legis huschte geduckt aus dem Stollen heraus, sah sich hastig nach beiden Seiten um und ging hinter einem Felsen in Deckung. Skar folgte ihr nach sekundenlangem Zögern, während Mork im Stollen zurückblieb und erst auf einen auffordernden Wink der *Errish* hin nachkam.

Der Quorrl setzte dazu an, etwas zu sagen, aber Legis legte erneut die Finger auf die Lippen und deutete nach rechts.

Skar sah erst nach Sekunden, worauf die *Errish*

sie aufmerksam machen wollte: Zwischen den Felsen bewegten sich Schatten, nahezu unsichtbar klein neben den gigantischen granitenen Gebilden und durch ihre schuppige graue Haut.

Drachen.

Skar hatte plötzlich das Gefühl, von einer unsichtbaren, eisigen Hand gestreift zu werden. Die Tiere waren noch weit entfernt; sieben, vielleicht acht, die er ausmachen konnte, doch mehr, sehr viel mehr, mussten sich noch in der Weite der Höhle aufhalten. Legis' Befürchtungen schienen sich bewahrheitet zu haben: Vela hatte die *Errish* zusammengerufen, und sie waren gekommen, aus allen Teilen der Welt und so schnell sie konnten, glaubten sie doch, dem Ruf ihrer gewählten Anführerin zu folgen. Wenn sie die Wahrheit erkannten – *wenn* sie die überhaupt erkannten –, war es zu spät. Erst als Skar die Ansammlung gewaltiger schuppiger Raubsaurier vor sich sah und die ungeheure Macht spürte – nicht die Macht Velas oder ihrer geraubten Magie, sondern die Ballung primitiver, unbeschreiblicher Kraft, die die gewaltigen Ungeheuer darstellten –, begriff er, wie teuflisch Velas Plan wirklich war. Teuflisch und genial zugleich.

Selbst die Macht, die ihr der Stein verlieh, hätte nicht ausgereicht, einen Kampf gegen die *Errish* zu gewinnen. Er mochte ihr Überlegenheit über eine oder auch ein Dutzend der Ehrwürdigen Frauen verleihen, aber gegen eine ganze Armee der *Errish*, gegen die Ehrwürdige Mutter und die geballte Kraft Elays hätte sie selbst mit seiner Hilfe versagt.

Aber die Macht der *Errish* beruhte zum Großteil auf

ihrer Gewalt über die Drachen. Nahm man sie ihnen, wurden sie zu ganz normalen Menschen, zu Frauen, die sich in der Heilkunst und der Anwendung anderer, geheimer Künste verstanden; sie waren aber keine Hexen mehr. Er hatte die wahre Bedeutung von Legis' Worten nicht begriffen, als sie ihm gesagt hatte, dass ihre Tiere ihnen nicht mehr gehorchten. Nicht wirklich.

»So hat sie es also getan«, murmelte er.

Legis sah auf. »Was?«

Skar deutete auf die Echsen. »Das ist der Quell ihrer Macht«, flüsterte er. »Sie beherrscht die Drachen. Sie spricht mit ihnen – so wie ihr es getan habt, früher. Und damit beherrscht sie euch. Die meisten jedenfalls«, schränkte er ein.

Legis starrte ihn an. »Unsinn«, sagte sie. »Du selbst hast mir erzählt, wie sie in den Besitz des Steines gekommen ist und wie …« Sie verstummte, als sie Skars Kopfschütteln sah.

»Warum belügst du dich selbst?«, fragte Skar leise. »Du wusstest es schon die ganze Zeit. Du sagst, eure Tiere gehorchen euch nicht mehr, aber du weißt, dass das nicht alles ist. Das ist keine Erklärung dafür, dass nur wenige – wie du und Laynanya – die Wahrheit erkannt haben.« Er deutete auf die Drachen. »Sie sind mehr als Tiere, nicht wahr?«

Legis schwieg. Ihre Lippen bildeten einen schmalen, blutleeren Strich in ihrem Gesicht, und ihr Blick flackerte. Skar begriff plötzlich, dass er – ohne es zu wollen – auf das größte und bestgehütete Geheimnis der *Errish* gestoßen war, den Schlüssel zu ihrer Macht.

»Ja«, gestand sie schließlich. »Sie sind mehr als Tiere – sie sind überhaupt keine Tiere. Sie... denken. Aber anders als du und ich. Und auch anders als du«, fügte sie mit einem Blick auf Mork hinzu, der ihrer Unterhaltung mit unbewegtem Gesicht folgte und immer wieder nervös zu den Echsen hinüberstarrte.

»Und ihr redet mit ihnen?«, fragte Skar.

»Es ist kein Reden. Es ist...« Sie brach ab, starrte zu Boden und schüttelte dann den Kopf. »Ich müsste euch töten«, sagte sie plötzlich. »Niemand darf dieses Geheimnis kennen. Kein Quorrl und kein Satai. Niemand, der nicht der Kaste der *Errish* angehört.«

»Vielleicht müsstest du das«, sagte Mork ungerührt. »Aber du müsstest uns auch dafür töten, dass wir überhaupt hierhergekommen sind. Und wenn wir versagen, spielt es ohnehin keine Rolle mehr, ob euer großes Geheimnis gelüftet wird oder nicht. Dann wird es nämlich bald keine Satai und Quorrl mehr geben. Und auch keine *Errish*.«

»Ich kann es euch nicht erklären«, sagte Legis leise. »Wir wachsen zusammen mit unseren Echsen auf, und wenn sie sterben, dann sterben auch wir. Es ist, als wären wir eins – ein Wesen in mehreren Körpern. Ihr Schmerz ist unser Schmerz, und unsere Empfindungen sind ihre. Sie...« Ihr versagte die Stimme, und plötzlich und ohne Vorwarnung begann sie zu weinen. Sie verbarg das Gesicht in den Händen, ihre Schultern zuckten. »Er ist hier«, schluchzte sie. »Irgendwo dort vorn. Ich... kann ihn spüren.«

»*Wer* ist hier?«, fragte Mork betont.

»Cariot.« Legis sah auf, schluchzte noch einmal und

fuhr sich mit dem Handrücken über die Augen, um die Tränen fortzuwischen. Der Moment der Schwäche war vorüber, und sie hatte sich wieder in der Gewalt. »Mein Drache«, fügte sie erklärend hinzu. »Er ist irgendwo hier, bei den anderen. Ich fühle ihn. Aber er ist nicht mehr der, der er war.«

»So wie Margoi«, meinte Skar. »Nicht sie hat sich verändert, sondern ihr Tier. Wie deines. Sie kann eure Gedanken nicht unter ihren Willen zwingen, aber die der Drachen. Und die meisten von euch merken es nicht einmal. Wie viele waren es, die mit euch geflohen sind?«

»Dreißig«, antwortete Legis stockend. »Wenig mehr als zwanzig kamen lebend draußen in der Wüste an.«

»Dreißig von wie vielen? Dreihundert?«

Legis schüttelte den Kopf. »Es gibt nicht mehr viele *Errish,* Skar. Das Volk der Drachen stirbt und mit ihm die *Errish.* Als wir flohen, waren hundert von uns hier.«

»Und die dreißig besten mussten fliehen«, sagte Skar nachdenklich. »Die, die ihr hätten gefährlich werden können.«

»Nicht die besten, Skar«, widersprach Legis leise. »Ich war nie eine wirklich *gute Errish.*« Sie lächelte traurig. »Ich habe es nie ganz geschafft, mit Cariots Geist zu verschmelzen. Wir waren niemals *wirklich* eins. Und auch die anderen, die fliehen konnten, nicht. Es war eher … andersherum. Die guten, die wirklich *guten Errish* verfielen Vela zuerst. Unsere Macht ist die Macht über die Drachen, du hast recht. Aber es ist auch unser Fluch. Ich wollte es nicht wahrhaben, keiner von uns wollte es, und gerade das war es, was Vela den Weg ebnete.«

»Und Laynanya?«

»Oh, sie ist mächtig, aber ihr Drache ist alt und wird bald sterben, und seine Gedanken sind nicht mehr klar.«

Die Erklärung stellte Skar ganz und gar nicht zufrieden, aber er drang nicht weiter in Legis. Die *Errish* wirkte äußerlich wieder gefasst, aber dieser Eindruck konnte täuschen. Sie stand unter einem ungeheuren seelischen Druck, einem Druck, unter dem die meisten anderen Menschen bereits zerbrochen wären, und schon ein einziges unbedachtes Wort konnte den endgültigen Zusammenbruch herbeiführen.

Auch Mork schien zu spüren, was in ihr vorging. Er warf Skar einen raschen, warnenden Blick zu, räusperte sich übertrieben und deutete mit einer Kopfbewegung in die Höhle. »Gibt es einen Weg dort hindurch?«, fragte er. »Einen, auf dem uns die Drachen nicht entdecken?«

Legis schüttelte den Kopf. »Nein. Wir müssen es riskieren. Aber sie sehen nicht sehr gut. Wenn wir ihnen nicht zu nahe kommen, sodass sie uns nicht wittern können, und wir keinen Lärm machen, könnten wir es schaffen.«

»Das gefällt mir nicht«, murrte der Quorrl.

»Mir auch nicht«, sagte Skar. »Aber niemand hat dich gezwungen mitzukommen. Vielleicht tust du dich mit Herger zusammen und wartest hier unten, bis wir zurück sind.«

Mork bedachte ihn mit einem bösen Blick, schwieg aber.

»Wir müssen es riskieren«, sagte Legis. »Und wir müssen uns beeilen. Ich fürchte, wir sind selbst hier unten nicht sicher. Gehen wir zurück und holen die anderen.«

Sie wollte aufstehen, aber Skar hielt sie mit einer raschen Bewegung fest. »Es reicht, wenn einer von uns geht«, sagte er. »Bleib mit Mork hier und halt die Augen auf – ich beeile mich.« Er stand unverzüglich auf, warf einen Blick zu den Drachen hinüber und rannte los.

22. Kapitel

Der Rückweg kam ihm weiter vor als der Weg hinunter. Skar fror mit jeder Minute mehr. Der nasse Mantel begann auf seiner Haut zu trocknen, und die Kälte kroch allmählich in seinen Körper und nagte an seinen letzten verbliebenen Kraftreserven.

Er lief schneller und rannte schließlich den steil ansteigenden Weg hinauf, aber selbst die Bewegung vermochte die beißende Kälte nicht vollends aus seinen Gliedern zu vertreiben. Sein Herz hämmerte, als das Stollenende schließlich vor ihm auftauchte. Er blieb stehen, atmete ein paarmal tief durch und ging langsamer weiter. Die Höhle, in der Herger und die anderen zurückgeblieben waren, lag jetzt direkt vor ihm. Eigentlich hätte er ihre Stimmen hören müssen (oder wenigstens irgendwelche Laute). Aber vor ihm war nichts.

Skar blieb stehen. Er spürte, dass dort vor ihm irgendetwas nicht stimmte. Es war zu still, selbst wenn er annahm, dass sich die Zurückgebliebenen bemühten, keinen Lärm zu verursachen. Elf Personen konnten einfach nicht so vollkommen still sein, auch wenn sie es wollten.

Skars Hand glitt unter den nassen Umhang und tastete nach dem Griff des *Tschekal*, doch das beruhigende Gefühl von Sicherheit und Stärke, das ihn normalerweise immer überkam, wenn er die Waffe berührte, blieb diesmal aus.

Ein schwacher, süßlicher Geruch wehte ihm entgegen, als er weiterging. Im ersten Moment erkannte er nicht, um was es sich handelte, aber er wurde stärker, je näher er dem Stollen kam, und schließlich gewahrte er einen dunklen, formlosen Schatten unmittelbar vor ihrem Eingang.

Skar blieb abermals stehen, warf einen sichernden Blick über die Schulter und zog das Schwert. Das Geräusch, mit dem die Klinge aus der schmalen Lederscheide glitt, erschien ihm in der lastenden Stille überlaut; wer immer hier lauern mochte, musste es hören.

Unsinn, dachte er zornig. Es gab niemanden, der hier lauerte. Dieser Weg in die Verbotene Stadt brauchte keinen Wächter, er bewachte sich selbst besser, als es jeder Posten gekonnt hätte.

Skar verscheuchte den Gedanken, wechselte das Schwert von der Rechten in die Linke und ging weiter. Der Geruch wurde stärker.

Blut.

Es war Blutgeruch; jenes schwere, süßliche, auf morbide Art beinahe angenehme Aroma, das er von so vielen Schlachtfeldern und aus so vielen Arenen kannte, und zwar zu gut, um sich einzureden, dass es etwas anderes sein konnte. Es war Blutgeruch, und der dunkle Umriss vor ihm war ein Körper. Der Körper eines Quorrl.

Skar ließ sich neben dem Schuppenkrieger auf ein Knie nieder, legte das Schwert, lautlos und so nahe, dass er es mit einem raschen Griff sofort wieder erreichen konnte, auf den Boden und drehte den Quorrl um.

Er war tot. In seinen pupillenlosen Fischaugen war ein Ausdruck ungläubigen Schreckens festgefroren, ein Schrecken, der schlimmer gewesen sein musste als der körperliche Schmerz. Sein rechter Arm war fort – an seiner Schulter gab es nur noch einen zerrissenen Stumpf, aus dem überraschend wenig Blut floss. Der Quorrl war weder verblutet noch an einer anderen Verletzung gestorben. Was ihn getötet hatte, war der Schock gewesen, eine Furcht, die sich selbst im Tode noch tief in seine Züge gegraben hatte.

Aber was konnte ein Wesen wie einen Quorrl im wahrsten Sinne des Wortes zu Tode erschrecken?

Skar nahm sein Schwert auf, sah sich – nun wirklich mehr in Angst als beunruhigt – noch einmal um und ging weiter. Seine Schritte wurden langsamer.

Die Höhle war voll von Toten. Er hatte es erwartet – nicht erwartet, *gewusst* –, aber der Anblick traf ihn trotzdem wie ein Hieb. Der winzige Raum glich einem Schlachthaus. Überall war Blut, waren tote, zerfetzte Körper, abgerissene Arme, Beine…

Skar unterdrückte ein Stöhnen. Er hatte die Szene schon einmal erlebt. Verstümmelte. Menschen, die mit gnadenloser Brutalität ermordet – abgeschlachtet – worden waren. Er schob sein Schwert in den Gürtel zurück, trat vorsichtig über den verkrümmt daliegenden Leichnam eines Quorrl hinweg und sah sich um. Der Anblick ließ Übelkeit in ihm aufsteigen. Übelkeit und Hass.

Er wusste, wer dieses Gemetzel angerichtet hatte.

Der Wolf war hier, ganz in seiner Nähe. Er belauerte ihn, so wie er ihn die ganze Zeit belauert hatte. Er hockte vielleicht gerade irgendwo in der Dunkelheit des Gangs vor ihm und starrte ihn aus leblosen Augen an.

Skar entdeckte Herger am anderen Ende des Raums. Er lag auf dem Gesicht, die Hände zu Klauen verkrümmt, als hätte er versucht, sich in seiner Angst in den felsigen Boden zu graben. Die rechte Hälfte seines Kopfes war abgebissen. Der zersplitterte Schädelknochen zeigte Spuren von Zähnen, gewaltigen, einwärts gekrümmten Zähnen. Zähnen aus Stein, dachte Skar, aus schwarzem, auf unselige Weise zum Leben erwachtem Granit, beseelt von einer Magie, die seit Äonen vergessen war und ihrer Welt schon einmal den Untergang gebracht hatte.

Skars Hände begannen plötzlich zu zittern. Er schloss die Augen, senkte das Haupt und presste die Kiefer so heftig zusammen, dass es schmerzte. Aber es half nichts. Der körperliche Schmerz vermochte die andere, tiefergehende Qual, die in seiner Seele gelauert hatte und nun wie ein böser Albdruck hervorbrach, nicht zu vertreiben.

Erst in diesem Moment, da er vor Hergers verstümmeltem, ausgeblutetem Leichnam kniete, wurde ihm klar, wie sehr er den Hehler gemocht hatte. Er hatte sich nur eingeredet, ihn zu verabscheuen, hatte versucht, sich das selbst glaubhaft zu machen, weil er gewusst hatte, dass dies geschehen würde, weil er – ohne dass er den Gedanken je zugelassen hatte – Angst vor diesem Augenblick gehabt hatte, vor dem Moment, in dem er sich seine wahren Gefühle für Herger würde eingestehen müssen.

Denn er hatte gewusst, dass ihn der Wolf töten würde.

So wie der Wolf alles vernichtete, was Skar liebte.

»Warum bringst du mich nicht um?«, flüsterte er. »Warum kommst du nicht endlich aus deinem Versteck und stellst dich zum Kampf?«

Die gekrümmte Decke über Skars Kopf fing den Klang seiner Worte auf und warf ihn als verzerrtes Echo durch den Gang, und für einen Moment glaubte er fast, ein höhnisches Lachen als Antwort zu bekommen. Er sah auf. Der Tunnel vor ihm war voller Schwärze, Schwärze und Furcht, die aus seiner Seele heraufgekrochen war und in der wabernden Finsternis Gestalt anzunehmen begann.

»Komm heraus«, flüsterte er. »Komm endlich heraus und zeig dich, du verdammte Bestie!« Seine Hände krallten sich in den blutigen Stoff von Hergers Jacke, aber er merkte es nicht einmal. »Ich weiß nicht, was du von mir willst«, flüsterte er, »aber du kannst es haben. Komm her und stell dich zum Kampf, du Ungeheuer!«

Aber die Dunkelheit vor ihm blieb stumm. Allmählich wurde ihm bewusst, dass es etwas Schlimmeres als Verzweiflung gab: Ohnmacht. Nicht einmal gegenüber Vela, die sein Leben zerstört und alles, woran er je geglaubt hatte, in den Schmutz getreten hatte, empfand er dieses Gefühl in solcher Stärke. Gegen sie konnte er wenigstens kämpfen, auch wenn es kaum eine Aussicht gab, diesen Kampf jemals zu gewinnen.

Seine Hand schloss sich um den Schwertgriff, so

fest, dass seine Knöchel knackten. Es wäre leicht – eine rasche Bewegung, ein kurzer, heißer Schmerz; vielleicht nicht einmal das. Trotz allem hatte er es bisher nicht zugeben wollen, aber es gab nichts mehr, wofür es sich noch zu leben lohnte. Mit Herger war der letzte Mensch gestorben, der ihm noch irgendetwas bedeutet hatte.

Aber auch diesen letzten Ausweg würde ihm der Wolf nicht lassen.

Er war da, irgendwo ganz in seiner Nähe, lautlos und lauernd. Er wartete auf eine neue Blöße, darauf, ihm einen neuen Schmerz zufügen zu können. Er würde es verhindern, so wie er verhindert hatte, dass Tantor ihn tötete, und wie er Velas Armee vernichtet hatte, ehe er sich und sie umbringen konnte.

Nein, nicht einmal diese letzte Gnade würde er ihm gewähren. Vielleicht war dies der Preis, den Skar für den Frevel, Combat betreten zu haben, bezahlen musste. Vielleicht würde er bis ans Ende seiner Tage ein Gejagter sein, ein Mann, dessen Freundschaft Leid und dessen Liebe Tod bedeuteten.

Hinter seinem Rücken erklang ein erschrockener Ausruf. Skar sprang auf und riss das Schwert aus der Lederscheide.

Aber es war nur Mork. Der Quorrl stand, starr vor ungläubigem Schrecken, im Tunnelausgang und starrte abwechselnd ihn und die Toten zu seinen Füßen an.

»Was ist … hier passiert?«, keuchte er. Seine Stimme zitterte so stark, dass Skar die Worte mehr erriet, als er sie wirklich verstand.

»Ich weiß es nicht«, sagte Skar. Er trat rasch einen

halben Schritt zur Seite und auf den Quorrl zu, sodass Hergers Leichnam seinen Blicken entzogen war. Er wollte nicht, dass Mork sah, wie grausam der Wolf den Hehler gestraft hatte, gestraft dafür, dass er Skars Freund hatte sein wollen. »Die Männer müssen vollkommen überrascht worden sein. Es scheint keinen Kampf gegeben zu haben.« Er sprach sehr schnell, um den Quorrl abzulenken. Er wusste nicht, ob ihm Laynanya oder Legis von Combats Wächter erzählt hatten, und er wollte auch nicht, dass er es erfuhr.

»Die *Errish*«, flüsterte Mork. »Das war Legis, diese Hexe.«

Skar schüttelte den Kopf und trat über die Toten hinweg. »Sie haben sich nicht einmal gewehrt, Mork. Sieh doch selbst«, sagte er mit einem Fingerzeig auf einen von Morks Kriegern. Das Schwert des Toten steckte noch in seinem Gürtel.

Aber der Quorrl schien Skars Worte gar nicht zu hören. »Sie war es«, murmelte er dumpf. »Es war diese *Errish*, Skar. Es … es war kein Zufall, dass die Männer gerade hier zurückgeblieben sind. Es war eine Falle.« Er stöhnte. Seine mächtige Brust hob und senkte sich in schnellen, hektischen Stößen. »Es war eine Falle«, wiederholte er. »Sie wusste, dass das passieren würde. Sie hat sie umgebracht.«

»Red keinen Unsinn, Mork«, sagte Skar ruhig. »Sieh dich doch um. Das hier waren keine Menschen. Wenn sie von Wächtern überrascht worden wären, hätten sie sich gewehrt.«

»Ihr Drache«, stammelte Mork. Er war am Ende seiner Beherrschung, und es hätte Skar nicht einmal mehr überrascht, wenn er plötzlich in hysterisches Gelächter ausgebrochen wäre oder etwas ähnlich Sinnloses getan hätte. »Sie hat ihren Drachen auf sie gehetzt.«

»Es müsste schon ein sehr kleiner Drache gewesen sein, um in diesen Gang zu passen«, erklärte Skar ruhig. »Glaub mir, Legis hat nichts damit zu tun.«

Hinter dem Quorrl schienen zwei winzige rotglühende Funken in der Dunkelheit aufzuglimmen.

Wolfsaugen.

Skar schüttelte das Bild mühsam ab und schob die Waffe in den Gürtel. »Warum bist du überhaupt hergekommen?«, fragte er, um das Thema zu wechseln.

»Du bist nicht zurückgekommen«, murmelte Mork. Er sah Skar nicht an. Sein Blick hing noch immer wie gebannt an den Toten, wanderte von einem zum anderen und glitt über den blutbesudelten Boden. Die Furcht in seinen Augen wuchs.

Skar hatte nicht gemerkt, wie viel Zeit vergangen war. Er musste minutenlang neben Hergers Leichnam gekniet haben, ohne überhaupt irgendetwas zu spüren, ja, selbst ohne zu denken.

»Lass uns gehen«, sagte er. »Wer immer das getan hat, ist noch hier. Und ich möchte ihm nicht begegnen.«

Mork nickte mühsam. Er hatte den ersten Schrecken überwunden, aber das, was danach kam, war schlimmer.

Skar ging rasch auf ihn zu und legte ihm die Hand auf die Schulter. »Sei vernünftig, Mork«, sagte er. »Legis hat nichts damit zu tun. Hätten wir sie nicht begleitet, wären wir jetzt so tot wie diese Männer.«

Die Worte gingen ihm glatt über die Lippen, so glatt, dass er sich dafür hasste. Wäre er nicht mitgegangen, wären diese Menschen und Quorrl noch am Leben.

Mork nickte, rührte sich aber immer noch nicht, und Skar musste ihn wie ein willenloses Kind vor sich herschieben. Der Quorrl stammelte etwas in seiner Muttersprache, während sie durch den Gang zurückgingen, und hätte Skar ihn nicht fast gewaltsam mitgezerrt, wäre er stehen geblieben.

Der Anblick erschütterte Skar. Er passte nicht zu dem Bild, das er sich von Mork gemacht hatte – nicht zu diesem gewaltigen schuppigen Wesen, das nur aus Kraft und kaum gebändigter Wildheit zu bestehen schien und dem man keine anderen Gefühle als Hass und Mordlust zutraute. Für einen Moment bedauerte er fast, dass er Mork nicht unter anderen Umständen kennengelernt hatte. Sie hätten viel voneinander lernen können.

Aber dieser Gedanke war falsch – wären sich Mork und er zu einer anderen Zeit und unter anderen Umständen begegnet, wären sie nichts anderes als Todfeinde gewesen.

Erst als sie die Drachenhöhle beinahe erreicht hatten, erwachte Mork aus seiner Lethargie. Er blieb stehen, schlug Skars Hand mit einem schmerzhaften Hieb beiseite und funkelte ihn wütend an.

»Es ist gut«, sagte er böse. »Du brauchst mich nicht zu führen wie ein Kind.«

Skar nickte, und Mork fuhr mit einer heftigen Bewegung herum und stürmte weiter. Er floh – nicht vor der Gefahr, die hinter ihnen lauerte, sondern vielmehr vor der Blöße, die er sich gegeben hatte. Für einen Moment hatte er Skar hinter sein starres Schuppengesicht blicken lassen und ihm gezeigt, dass der Unterschied zwischen Menschen und Quorrl vielleicht nicht einmal annähernd so groß war, wie es den Anschein hatte. Aber Skar wusste nicht, ob es wirklich gut war. Es konnte sein, dass Mork ihn später dafür hasste. Wenn es ein »Später« gab…

Legis kniete noch immer hinter dem Felsen. Auf ihrem Gesicht erschien ein überraschter Ausdruck, als sie sah, dass Skar und der Quorrl allein zurückkamen.

»Wo sind die anderen?«, fragte sie, als Skar geduckt neben ihr anlangte und in den Schatten des Felsens glitt.

»Tot«, antwortete er, ohne sie anzusehen.

»Tot?«, stieß Legis hervor. »Was heißt das? Wie…«

»Das heißt, dass sie ermordet wurden«, mischte sich Mork ein. »Jemand hat sie umgebracht, *Errish*.«

Skar sah ihn alarmiert an. Der Quorrl wirkte äußerlich gefasst, aber seine Klauen zuckten fast unmerklich, und in seinen Augen stand ein gefährliches Flackern.

»Was willst du damit sagen?«, fragte Legis. Ihr Blick glitt fragend von Mork zu Skar und wieder zurück.

»Er will nichts sagen«, erklärte Skar hastig. »Sie sind tot, und wir wissen nicht, wer sie getötet hat.«

Mork fuhr auf. »Es ist genug, Satai«, zischte er. »Du brauchst mir nicht die Worte in den Mund zu legen. Ich weiß sehr wohl, was ich sagen will. Und du auch!«

Die letzten Worte hatte er geschrien. Skar blickte

über den Felsen, aber die Drachen unten in der Höhle rührten sich nicht. »Sei leise, bei allen Göttern!«, mahnte er den Quorrl. »Und überleg erst einmal – Legis war nicht einen Augenblick allein. Was hätte sie tun können, das wir nicht bemerkt hätten?«

Mork wischte seinen Einwand mit einer unwilligen Geste beiseite. »Hexenwerk!«, fauchte er leiser, aber keineswegs ruhig. »Sie ist eine Hexe, Satai! Sie hat sie umgebracht!«

Skar bewegte sich ein wenig. Seine Hand glitt unauffällig zum Gürtel und legte sich auf den Schwertgriff. Mork war am Ende seiner Selbstbeherrschung angelangt. Seine Hände zitterten.

»Du hast uns verraten, Hexe«, keuchte er. »Und auch wir wären tot, wenn ich nicht darauf bestanden hätte, dich zu begleiten.«

Legis schüttelte verwirrt den Kopf. »Das… das ist nicht wahr, Mork«, sagte sie schleppend. »Ich weiß nicht, was den Männern…« Sie brach plötzlich ab, und in ihren Augen glomm ein erschrockener Funke auf. Ihr Blick suchte den von Skar.

»Du lügst!«, brüllte Mork. Mit einer Bewegung, die zu schnell war, als dass Skar sie noch hätte verhindern können, warf er sich auf die *Errish* und riss sie hoch. Legis schrie, schlug dem Quorrl die geballten Fäuste ins Gesicht und trat um sich. Mork spürte es nicht einmal.

»Lass sie los!« Skar sprang ebenfalls auf, packte die Hände des Quorrl und versuchte, seinen Griff zu sprengen. Es war unmöglich. Mork drückte mit der ganzen gewaltigen Kraft seiner Muskeln zu.

Legis' Schreie wurden zu einem krächzenden Stöhnen. Ihre Rippen knackten hörbar. Noch wenige Sekunden, und der Quorrl würde ihr den Brustkorb eindrücken.

Skar sprang zurück, riss sein Schwert hervor und schlug mit der flachen Seite der Klinge zu. Der Stahl traf Morks Handgelenk mit erbarmungsloser Wucht. Der Quorrl brüllte, mehr vor Wut als Schmerz, ließ die *Errish* los und wich zwei, drei Schritte zurück. Sein Blick sprühte vor Hass.

Während Legis mit einem qualvollen Wimmern in die Knie brach, zog der Quorrl seine eigene Klinge aus der Scheide und nahm eine leicht gebückte Kampfhaltung ein. »Du also auch«, grollte er. »Ihr habt das geplant, nicht wahr? Du hast mit ihr gemeinsame Sache gemacht!«

»Sei vernünftig«, entgegnete Skar. »Ich verstehe…«

»Nichts verstehst du«, unterbrach ihn Mork. »Aber *ich* verstehe jetzt, Satai. Ihr habt das von Anfang an geplant, du und diese Hexe. Aber wenn ich schon sterbe, dann gemeinsam mit euch.«

Er sprang vor, mit einer Geschmeidigkeit, die Skar diesem Koloss niemals zugetraut hätte. Sein Schwert hackte nach Skars Kopf, verfehlte ihn um Millimeter und schlug Funken aus dem Fels.

Skar drehte sich blitzschnell zur Seite, ließ den Quorrl über sein ausgestrecktes Bein stolpern und schlug ihm den Schwertknauf in den Rücken. Mork schrie, taumelte, von seinem eigenen ungestümen Schwung getragen, noch einige Schritte weiter und brach in die Knie.

Aber auch Skar war gestürzt. Der Ansturm des

Giganten hatte ihn zu Boden geschleudert. Sein Bein war taub, und als er sich aufraffte, konnte er nur mit Mühe einen Schmerzenslaut unterdrücken. Einen zweiten Angriff dieser Art würde er nicht überleben. Mork war kein normaler Gegner. Skars Erfahrung aus unzähligen Arenakämpfen nutzte ihm gegen diesen Kontrahenten nicht viel. Der Quorrl war eine lebende Kampfmaschine, ein Gebirge aus Fleisch und Muskeln, gegen das Skars ausgefeilte Kampftechnik beinahe nutzlos war.

»Hör auf, Mork«, sagte er keuchend. »Ich will dich nicht töten.«

Aber er würde es müssen. Wenn Mork das nächste Mal angriff, würde einer von ihnen sterben.

»Hör auf«, sagte Skar noch einmal.

Mork knurrte, wechselte das Schwert blitzschnell von der rechten in die linke Hand und stürmte mit gesenktem Schädel heran.

Skar wartete, bis der Quorrl ganz knapp vor ihm war, federte blitzschnell hoch und setzte mit einem halben Salto über den Schuppenkrieger hinweg. Sein Schwert beschrieb eine komplizierte Bahn, traf Mork mit der ganzen gewaltigen Wucht des Sprungs – und trennte ihm den Kopf von den Schultern!

Der Quorrl stürmte noch ein paar Schritte weiter, brach langsam und beinahe widerwillig in die Knie und sackte dann wie eine haltlose Gliederpuppe in sich zusammen …

Skar ließ schwer atmend sein Schwert sinken. In seinen Ohren rauschte das Blut, und hinter seiner Stirn brüllte ein hysterisches, lautloses Lachen. Ein Gefühl

des Irrsinns schoss aus seiner Seele empor und über-
flutete seine Gedanken.

Erst als ihn Legis an der Schulter berührte, klärten sich seine Gedanken wieder. Er sah auf, blickte in
ihr bleiches, erschrockenes Gesicht und wollte etwas
sagen. Aber seine Kehle war wie zugeschnürt, sodass
er nur ein unartikuliertes Stöhnen hervorbrachte.

»Du hattest keine Wahl, Skar«, sagte Legis sanft. Sie
schien seine Gedanken zu erraten. »Er war nicht mehr
bei Sinnen. Er hätte uns beide getötet.«

Vielleicht wäre es besser gewesen, dachte Skar. Aber
er sagte nichts.

»Wir müssen weiter«, fuhr Legis fort. »Der Aufgang
ist dort drüben. Komm jetzt.«

Sie deutete in die Dunkelheit vor sich und setzte
sich in Bewegung. Skar folgte ihr.

Als sie die Deckung der Felsen verließen, glaubte
Skar einen schwarzen zottigen Schatten hinter sich
auszumachen …

23. Kapitel

Der Aufgang, von dem Legis gesprochen hatte, war eine steile, kaum zwei Fuß breite Treppe, die an der Außenseite eines der mächtigen Stützpfeiler emporführte. Sie brauchten fast eine Stunde, bis sie sie erreichten. Legis führte ihn auf einem scheinbar sinnlosen Zickzackkurs durch die Höhle, jede Deckung und jedes Versteck, das sich ihnen unterwegs bot, ausnutzend. Zwei- oder dreimal kam eine der gewaltigen Raubechsen in ihre Nähe, aber sie hatten entweder Glück, oder der *Errish* war doch noch mehr von ihrer einstigen Macht geblieben, als sie bisher zugegeben hatte, und sie lenkte die Tiere ab. Skar schien es jedenfalls ein paarmal, als würde sie mit den Bestien reden, während sie stumm und wie in Trance dastand und aus weit geöffneten, starren Augen in die Dunkelheit blickte. Er fragte nicht danach, und auch Legis sprach kaum ein Wort, ehe sie die Treppe erreichten.

Legis keuchte vor Erschöpfung, als sie bei dem gewaltigen Granitpfeiler anlangten. Mit einem erleichterten Seufzer ließ sie sich gegen den rauen Stein sinken, hob die Hände und fuhr sich erschöpft durchs Gesicht. Ihre Haut glänzte vor Schweiß, obwohl es hier unten bitterkalt war.

»Wie geht es ... weiter?«, fragte Skar stockend. Auch

sein Herz raste. Auf dem Weg hierher hatte er eine neue Definition des Wortes Angst kennengelernt. Sein Atem schmeckte bitter.

Legis deutete mit einer Kopfbewegung nach oben. »Wir sind direkt unter dem Palast. Die Treppe mündet in einen ehemaligen Lagerraum. Er steht leer und ist fast vergessen.«

Wieder hatte Skar das Gefühl, dass in ihren Worten irgendein Fehler war, aber wieder entglitt ihm der Gedanke, bevor er ihn fassen konnte.

Sein Blick wanderte die steinerne Säule empor. Sie hatte einen Durchmesser von gut hundert Fuß und strebte senkrecht in die Höhe, um irgendwo über ihnen mit der Decke zu verschmelzen. Es war nur eine von einem ganzen Wald steinerner Streben, die das Gewicht des Felsens und des Palastes darüber trugen. Die Treppe war roh aus dem Fels herausgemeißelt worden. Es gab kein Geländer, nur den glatten Stein auf der linken und einen bodenlosen Abgrund auf der rechten Seite. Skar wurde es schon fast vom Hinsehen schwindlig.

»Keine Wachen?«, fragte er zweifelnd.

Legis verneinte. »Damals jedenfalls nicht«, schränkte sie aber nach einem Moment des Überlegens ein. »Die Männer, die uns gefangen nahmen, haben hier unten auf uns gewartet. Aber sie waren froh, wieder von hier verschwinden zu können – wir konnten ein paar ihrer Gespräche belauschen, als sie uns wegbrachten. Die Drachen sind wild, und sie reagieren zornig auf die Anwesenheit von Fremden hier unten. Selbst wir gehen nicht oft hierher. Du brauchst dir also keine Sorgen zu machen.« Sie lächelte schwach, setzte den Fuß auf die unterste Stufe und blieb noch einmal stehen. »Die Quorrl«, sagte sie. »Wer hat sie getötet? Du weißt es.«

Skar schwieg.

»Es war der Wolf«, vermutete Legis. »Combats Wächter. Er ist hier, nicht wahr?«

Skar nickte widerwillig. »Ja«, gestand er. »Er war die ganze Zeit über in meiner Nähe. Ihr hättet nicht mitkommen sollen.«

»Dann hätte er uns draußen getötet«, antwortete Legis. Sie schien noch mehr sagen zu wollen, drehte sich dann aber wortlos um und wollte weitergehen.

Diesmal war es Skar, der sie zurückhielt. »Er wird auch dich töten, Legis, wenn du in meiner Nähe bleibst. Lass mich allein! Ich kenne jetzt den Weg und werde das letzte Stück allein gehen. Es nutzt keinem, wenn du dich auch noch opferst.«

»Eine edle Geste, Satai.« Legis sprach ein wenig zu laut, und der Spott in ihrer Stimme war bewusst verletzend, vielleicht weil sie glaubte, dies sei die einzige Art, ihn umstimmen zu können. »Aber ich fürchte mich nicht vor dem Tod. Er ist mir immer noch lieber als ein Leben als Verfolgte.«

Damit streifte sie seine Hand von ihrem Arm und stieg rasch die Stufen empor.

Skar folgte ihr. Legis hatte recht, es war wirklich nicht mehr als eine Geste gewesen. Selbst wenn sie gewollt hätte, es gab kein Zurück mehr. Weder für sie noch für ihn.

Er schob den Gedanken mit einem ärgerlichen

Knurren beiseite und lief rasch hinter der *Errish* die schmalen Stufen hinauf...

Der Stein war ausgetreten und so glatt, dass Skar bei jedem Schritt Angst hatte, den Halt unter den Füßen zu verlieren. Seine Linke tastete an der glatten Felswand neben ihm entlang, während er den anderen Arm weit ausgestreckt über das Nichts hielt, um die Balance zu halten. Er vermied es krampfhaft, nach rechts zu sehen, sondern hielt den Kopf so, dass er immer nur die Felswand und die nächsten drei oder vier Stufen im Blick hatte. Aber er spürte die Tiefe. Ihr Sog wurde stärker, mit jedem Schritt, den sie weiter hinaufgingen, und nach einer Weile brach ihm kalter Schweiß aus den Poren.

Sie mussten sich mehr als eine halbe Meile auf der steilen Spirale in die Höhe bewegt haben, als Legis stehen blieb und zu ihm zurückblickte. Ihr Atem ging keuchend.

»Es ist nicht mehr weit«, sagte sie mühsam. »Sei von jetzt an vorsichtig. Keinen Laut mehr. Wir sind direkt unter dem Tempel.«

Skar sah zum ersten Mal nach oben. Über ihnen, noch vier, fünf Windungen dieses bizarren, steinernen Schneckenhauses entfernt, wölbte sich ein Himmel aus Granit, schwarzer, zernarbter Fels, von einer Unzahl titanischer Säulen getragen, und dazwischen...

Skar blieb so abrupt stehen, dass er fast das Gleichgewicht verloren hätte. Zwischen den Pfeilern, dünn und im schwachen Licht dieser unterirdischen Welt mehr zu erahnen, als wirklich zu erkennen, spannten sich schwarze Fäden, die, Spinnweben gleich, ineinander verflochten waren und Knoten, Netze und Verdickungen bildeten. Manche waren zerrissen und pendelten lose im Zugwind, andere waren zu dicken Klumpen verwachsen wie geschmolzenes Pech, das Fäden zieht.

»Was ... ist das?«, fragte er.

Legis blieb abermals stehen, sah ungeduldig zurück und runzelte die Stirn. »Was meinst du?«

Skar deutete auf das schwarze Gewebe. »Das da. Was ist das? War es schon immer hier?«

Legis' Blick folgte seinem Fingerzeig. Sie schwieg ein paar Sekunden, schüttelte dann den Kopf und sah wieder zu ihm hinunter. »Immer nicht«, sagte sie langsam. »Aber als ich das letzte Mal hier unten war, hat es begonnen.« Sie zögerte. »Inzwischen ist es mehr geworden. Viel mehr. Warum fragst du?«

»Aus keinem bestimmten Grund«, sagte er rasch. »Es war ... reine Neugierde.«

Auf Legis' Gesicht erschien ein zweifelnder Ausdruck, aber sie schwieg und ging weiter.

Skar starrte wie gebannt auf das ölig glänzende Gewebe, während sie höher stiegen. Allmählich begann alles einen Sinn zu ergeben. Skar wusste noch nicht, welchen, aber er fühlte, dass er der Lösung des Rätsels ganz nahe war. Noch wenige Teile, und er hatte das Mosaik zusammen.

Die Säule verbreitete sich über ihnen und ging wie das Dach eines gewaltigen steinernen Pilzes in die Höhlendecke über. Legis sah sich im Gehen um, legte den Zeigefinger auf die Lippen und deutete mit der anderen Hand nach oben. Die Treppe endete abrupt vor einer gezackten, roh aus dem Felsen gebrochenen Öffnung.

Legis bückte sich, verschwand in der Dunkelheit und hantierte eine Weile an einem metallenen Riegel. Dann ertönte ein leises Quietschen. Es war ein Laut, als würde sich ein rostiges Scharnier in einer uralten Angel bewegen. »Komm jetzt«, ertönte ihre Stimme aus der Dunkelheit.

Skar folgte Legis, blieb aber dicht hinter dem Eingang des Stollens noch einmal stehen und warf einen Blick in die gähnende Tiefe. Sie mussten eine halbe Meile hoch sein, vielleicht noch höher. Der erstarrte Steinwald war zu einer winzigen Spielzeuglandschaft geworden. Von den Drachen war keine Spur mehr zu sehen.

Er versuchte, dem Lauf der Treppe mit seinen Blicken zu folgen, aber das Bild verschwamm fast sofort vor seinen Augen, und dafür stieg Übelkeit in ihm auf. Hastig wandte er sich ab und kroch hinter der *Errish* her.

Der Gang führte etwa zehn Meter geradeaus und endete vor einer niedrigen, metallbeschlagenen Holztür. Dieser Gang war aus dem gewachsenen Felsen herausgemeißelt worden, nicht gebrannt oder auf magische Weise entstanden wie die Tunnel in Tuan; eine schier unglaubliche Arbeit.

Skar richtete sich mit einem erleichterten Seufzen auf, als er die Tür hinter sich hatte. Das graue Irrlicht, das die Höhle erhellte, blieb hinter ihnen zurück, aber durch ein vergittertes Fenster unter der Decke fiel gelber Schein. Sie waren im Keller des Palastes, und draußen musste bereits heller Tag herrschen.

Skar überlegte – sie waren kurz vor Sonnenaufgang in die Höhle eingedrungen, und es musste ungefähr Mittag sein. Keine gute Zeit, um in eine streng bewachte Festung einzudringen. Aber auch eine Zeit, zu der niemand mit einem solchen Vorhaben rechnen würde.

Er bewegte Arme und Schultern, um seine verspannten Muskeln zu entkrampfen, und sah sich neugierig um. Der Raum war klein; ein asymmetrisches Rechteck von zehn auf fünfzehn Schritten, dessen Decke auf der einen Seite höher als auf der anderen war. Die Winkel, in denen die Wände zusammenstießen, waren nicht klar zu erkennen; es war, als würde Skars Blick von einem unsichtbaren Spiegel abgelenkt und genarrt. Er kannte diese Art von Architektur, aber er hatte gehofft, sie niemals wiedersehen zu müssen.

»Und jetzt?«, fragte er.

Legis deutete zur Tür. »Dahinter liegen die Vorratskeller«, sagte sie. »Es ist selten jemand hier. Aber weiter oben müssen wir vorsichtig sein.«

»Was heißt das, weiter oben?«, fragte Skar.

»Die Privatgemächer der Ehrwürdigen Mutter liegen im Westturm«, erklärte Legis.

»Gibt es Wachen?«

Legis verneinte. »Niemand muss die Ehrwürdige Mutter bewachen.« Sie zögerte, sah ihn unsicher an. »Du willst wirklich zu ihr?«

»Ein bisschen spät für solche Überlegungen, nicht?«

»Oh, ich meine es nicht so, wie du denkst«, sagte

Legis rasch. »Aber was tust du, wenn Vela nicht hier ist, sondern ihre Fäden im Verborgenen zieht?«

Skar war der Gedanke auch schon gekommen, aber er wusste, dass es nicht so sein würde. Trotz allem blieb Vela berechenbar – sie wollte Macht, und sie würde sich nicht damit begnügen, wie ein Schatten im Hintergrund zu bleiben und ihre Intrigen zu spinnen. Er wusste, dass er Vela auf dem Stuhl der Ehrwürdigen Mutter finden würde.

»Gehen wir«, sagte er, ohne auf Legis' Frage zu antworten.

Sie verließen den Keller. Legis führte ihn durch ein verwirrendes Labyrinth asymmetrischer Stollen und schräger, in unmöglichen Winkeln aufsteigender Treppen; Räume, die dem Blick Schmerzen bereiteten, und Kammern, deren Wände in grauem Nichterkennen verschwammen. Einmal überquerten sie einen Hof, ein schmales, lichtdurchflutetes Zehn- oder Zwölfeck, dessen Boden auf bizarre Weise zu leben schien; und ein paarmal gebot ihm Legis mit hastigen Gesten, in einen Schatten zu huschen und zu schweigen, obwohl er keinen Laut gehört oder ein Zeichen von Leben gesehen hatte.

Es war ein gespenstischer Weg. Skar spürte das fremde Leben, die Gegenwart von etwas unsagbar Fremdem, Feindseligem, das sich wie Modergeruch in den schwarzen Wänden eingenistet hatte. Sie waren länger als eine Stunde unterwegs, ohne auf einen einzigen Menschen zu treffen.

Schließlich blieb Legis erneut stehen. »Wir sind da«, raunte sie.

Skar sah sich neugierig um. Sie waren eine Treppe emporgestiegen und standen in einer winzigen, fensterlosen Kammer. In der gegenüberliegenden Wand war eine Tür.

»Die Kammer der Ehrwürdigen Mutter liegt hinter dieser Tür«, flüsterte Legis.

Skar runzelte die Stirn. Das alarmierende Gefühl in seinem Inneren wurde stärker. Es war zu leicht gewesen. Aber wenn es eine Falle war, dann waren sie längst hineingetappt.

»Gut«, raunte er. »Du bleibst hier. Wenn du Lärm hörst oder ich nicht zurückkomme, fliehst du.«

Legis schüttelte den Kopf. »Ich begleite dich«, erwiderte sie leise. »Ich will sie sehen.«

»Sei vernünftig«, seufzte Skar. »Ich werde hier kaum lebend herauskommen. Warum willst du dich …«

»Wenn du versagst, Skar«, fiel ihm Legis wispernd ins Wort, »dann wird keiner von uns noch lange leben. Und wenn sie wirklich so gefährlich ist, wie du glaubst, kannst du jede Hilfe gebrauchen, die sich dir bietet.«

Legis' Worte klangen logisch, und Skar widersprach nicht mehr. Es war auch nicht der wahre Grund, warum er allein gehen wollte. Es waren zu viele gestorben, zu viele Unschuldige umgebracht worden, als dass es noch auf ein Leben mehr oder weniger angekommen wäre. Aber dies hier war *sein* Kampf.

Trotzdem ging er mit einem wortlosen Nicken an Legis vorbei, streckte die Hand nach dem Riegel aus und legte das Ohr an die Tür.

Alles, was er hörte, war das Hämmern seines eigenen

Herzens. Das Holz war wohl zu dick, um irgendwelche Laute durchzulassen. Er warf Legis einen warnenden Blick zu und schob den Riegel zur Seite.

Die Tür schwang lautlos nach innen …

Skar blinzelte. Vor ihnen lag ein gewaltiger, domähnlicher Raum mit gewölbter Decke und schwarzem, spiegelndem Boden. Die Wände waren mit Teppichen und Tüchern verhängt, wohl um einen einigermaßen wohnlichen Eindruck zu vermitteln und die fremde Architektur zu verbergen.

Ein Gefühl dumpfer Erregung ergriff Skar. Er schob die Tür noch weiter auf, schlüpfte hindurch und duckte sich in einen Schatten. Legis huschte lautlos hinterher und kniete neben ihm nieder. Ihre Hand wies zur gegenüberliegenden Seite.

Der Raum war beinahe leer. Es gab einen Tisch – eine gewaltige, zwanzig Meter lange Tafel aus schwarzem Stein –, zwei oder drei Dutzend Stühle, die sich um den Tisch herum gruppierten, und ein schmales Bett hinter einem halb durchsichtigen Vorhang in einer Nische.

Und einen Thron.

Ein Gefühl eisiger Kälte durchströmte Skar beim Anblick des Möbelstückes. Ein Monstrum von Thron, passend zu diesem Monstrum von Stadt. Ein gewaltiges schwarzes Ding, halb verborgen im Schatten und auf bizarre Weise lebend, lauernd wie ein Raubtier.

Der Thron war nicht leer. Skar konnte nur einen dunklen Umriss erkennen; den Schatten einer Frau, schlank, reglos. Das Gesicht war unter einer tief in die

Stirn gezogenen Kapuze verborgen. Aber Skar spürte, dass sie ihn ansah.

»Tritt näher, Skar«, sagte Vela ruhig.

Legis zuckte wie unter einem Hieb zusammen. Ihre Hand fuhr unter ihren Umhang und erstarrte, als Skar sie warnend ansah.

Die Gestalt auf dem Thron lachte leise. »Lass deine Waffe dort, wo sie ist, du kleine Närrin«, sagte sie. »Ich glaube nicht, dass du sie schnell genug ziehen könntest. Aber wenn du es versuchen willst...« Velas Schatten bewegte sich. In ihrer Hand glitzerte etwas Kleines, Silbernes.

Legis erstarrte.

»Ihr habt lange gebraucht«, fuhr Vela fort. »Ich habe schon vor Stunden mit euch gerechnet. Aber auf alte Freunde wartet man gern.« Sie stand auf, kam mit gemessenen Schritten die Stufen des Thrones herunter und blieb hinter dem Tisch stehen. »Kommt näher. Es redet sich nicht gut auf so große Entfernung.«

Skar richtete sich ganz langsam auf. Seine Hand lag am Gürtel, nur wenige Zentimeter vom Griff des *Tschekal* entfernt. Aber er würde es nicht ziehen können.

Langsam, wie betäubt, näherte er sich dem Thron. Er wusste jetzt, warum es so leicht gewesen war. Sie hatte es gewusst. Vielleicht hatte sie ihnen sogar den Weg geebnet, Hindernisse beseitigt, an denen sie niemals vorbeigekommen wären.

Sein Blick suchte den von Vela, aber unter der Kapuze waren nur dunkle Schatten. Das Silberding in ihrer Hand glitzerte boshaft.

»Tu es nicht«, sagte Vela. »Ich weiß, wie schnell du

bist. Vielleicht könntest du dein Schwert schleudern und mich töten, aber du würdest es nicht mehr erleben. Und du wüsstest deshalb nicht, ob du mich wirklich getötet oder nur verwundet hättest.«

Skar spürte wieder den alten Hass in sich aufsteigen, heißer und brennender als jemals zuvor. Er stand der Frau gegenüber, die sein Leben zerstört hatte, die seine Freunde getötet und sein Vertrauen ausgenutzt hatte, die schuld daran war, dass Del gestorben war.

Vela trat einen halben Schritt zurück, schlug die Kapuze zurück und kam um den Tisch herum. Ihre Bewegungen wirkten schwerfällig und müde, als müsse sie sich zu jedem Schritt zwingen, und ihre Gestalt war längst nicht mehr so schlank und jugendlich, wie er sie in Erinnerung hatte. Sie war...

Legis stieß ein ungläubiges Keuchen aus. »Laynanya!«

Vela kam näher. Ein triumphierendes Lächeln huschte über ihre Züge. Ihre linke Hand lag in einer unbewussten, schützenden Haltung auf ihrem Leib.

»Du Hexe!«, keuchte Legis. »Du warst die ganze Zeit draußen bei uns. Du hast...«

»Du magst eine gute *Errish* sein, Kindchen«, fiel Vela ihr spöttisch ins Wort, »aber von Politik verstehst du leider nur sehr wenig. Das Erste, was ich getan habe, war, eure lächerliche Rebellenarmee ins Leben zu rufen. Ich muss mich noch bedanken für deine Hilfe. Du warst...«

Aber Legis hörte schon nicht mehr zu. Sie schrie auf, duckte sich und riss die Hand unter dem Mantel hervor. In ihren Fingern glitzerte ein klobiges silbernes Etwas.

Skar warf sich instinktiv zur Seite und schloss die Augen. Ein weißes, helles, *unerträglich* helles Licht fraß sich durch seine zusammengepressten Lider, hüllte Legis ein und verwandelte sie in eine brüllende Fackel!

Skar stürzte, schrie vor Schmerz und Hass und schleuderte sein *Tschekal*. Die Waffe flog in einer geraden, blitzschnellen Bahn auf die *Errish* zu.

Aber sie erreichte ihr Ziel nicht. Eine Handbreit vor Velas Brust prallte sie gegen ein unsichtbares Hindernis, flog, wie von einem Hieb getroffen, zur Seite und landete klirrend auf dem Boden. Die schlanke Klinge aus Sternenstahl glühte.

»Du Narr«, sagte Vela. Ihre Stimme klang hart. »Du enttäuschst mich, Skar. Nach allem, was du geleistet hast, um hierherzukommen, hätte ich mehr Verstand von dir erwartet. Hast du wirklich geglaubt, dass ich mich nicht zu schützen weiß?« Sie steckte die Waffe ein, mit der sie den vernichtenden Blitz auf Legis geschleudert hatte, straffte sich und klatschte in die Hände.

Hinter dem Thron traten zwei gewaltige schwarze Gestalten hervor, knöcherne Männer mit reißenden Stacheln an Schulter- und Kniegelenken, mit toten Gesichtern und mit Händen, die nichts anderes waren als mörderische Klauen. Tuan-Krieger.

»Packt ihn«, sagte Vela hart. »Aber behandelt ihn gut! Ich werde später mit ihm reden.«

24. Kapitel

Sie brachten ihn in ein Verlies, ein fensterloses, feucht-kaltes Loch von unbestimmbarer Größe, ketteten ihn an und ließen ihn allein. Sieben- oder achtmal bekam er zu essen, und viermal schlief er, aufrecht stehend und mit ausgebreiteten Armen an die Wand gekettet. Sein Zeitgefühl erlosch. Er wusste nicht, wie lange er hier unten war – Tage, Stunden oder Wochen. Anfangs schrie er, warf sich mit aller Macht gegen die dünnen, unzerreißbaren Ketten, verfluchte Vela und flehte sie abwechselnd an, aber irgendwann erlahmten seine Kräfte, und irgendwann, noch später, gab er auf. Sein Widerstandsgeist erlosch; nicht für den Moment, so wie schon ein paarmal zuvor, sondern endgültig.

Er hatte verloren.

Er hatte gekämpft, vielleicht wie nie ein Mann vor ihm, und er hatte verloren.

Einmal erwachte er und spürte warme, salzige Tränen auf seinen Wangen, ohne dass er sich ihrer schämte, und ein anderes Mal hörte er Schreie und zu-sammenhangloses Gestammel und merkte erst nach Minuten, dass er selbst es war, der schrie und stam-melte. Und wieder ein anderes Mal glaubte er tap-sende, schwere Schritte und ein dunkles, drohendes Knurren zu hören, und sein verwirrter Geist zauberte rotglühende Wolfsaugen in die Dunkelheit des Kerkers.

Er schrie, flehte den Wolf an, ihn zu töten, aber die Schwärze vor ihm blieb stumm, weil es keinen Wolf gab, weil Combats Henker, wenn er überhaupt noch da war, irgendwo lauerte, wartete und sich an seiner Qual weidete. Skar konnte keine Gnade von ihm erwarten, keinen raschen, schmerzlosen Tod. Er war dort, wo der Wolf ihn hatte haben wollen. Am Ende. Vernichtet. So gründlich zerstört, wie man einen Menschen nur zerstören konnte, ohne ihn umzubringen. Kraftlos. Entmutigt. Jedes bisschen Stolz aus ihm herausgebrannt. Ein Wrack, nicht körperlich, aber in seiner Seele.

Irgendwann, nach einem Jahrhundert, in dem er am Rande des Wahnsinns entlangbalanciert war, holten sie ihn und brachten ihn zu Vela.

Skar hatte kaum mehr die Kraft, auf seinen eigenen Beinen zu stehen, als ihn die beiden Tuan-Krieger in den Thronsaal der *Errish* schleiften. Ihr Griff schmerzte, aber Skar war beinahe dankbar dafür, denn dieser Schmerz zeigte ihm, dass er noch nicht ganz tot war, dass er immer noch zu – wenn auch primitiven – Empfindungen fähig war.

Die *Errish* war allein wie beim ersten Mal. Die beiden Hornkrieger stießen Skar vor der schwarzen Steintafel zu Boden und entfernten sich auf einen befehlenden Wink von ihr. Ihre Schritte verklangen auf den polierten Fliesen.

Skar blieb minutenlang reglos und mit gesenktem Kopf auf den Knien hocken. Allmählich kehrte das Leben in seine taub gewordenen Glieder zurück; ein langsamer, schmerzhafter Prozess, der sein Gegenstück hinter seiner Stirn fand, wo sich seine Gedanken langsam zu klären begannen.

Nach einer Weile räusperte sich Vela. Skar hob mühsam den Kopf, sah zu ihr auf und blinzelte. Die Vorhänge vor den großen, spitz zulaufenden Fenstern waren zurückgezogen, um das Sonnenlicht hereinzulassen, aber es war trotzdem nicht richtig hell. Der schwarze Stein Elays saugte das Licht auf wie ein Schwamm das Wasser.

»Setz dich, Skar«, sagte Vela. »Du brauchst nicht vor mir zu knien, solange wir allein sind.«

Der grausame Hohn in ihren Worten prallte von ihm ab. Sie konnte ihn nicht mehr verletzen. Es gab keinen Schmerz mehr, der ihm noch nicht zugefügt worden wäre. Mühsam erhob er sich, wankte zu einem der Stühle und ließ sich darauf nieder. Der Stein fühlte sich kalt und hart wie Stahl an. Plötzlich fror er.

»Was... willst du von mir?«, fragte er schleppend. Seine eigene Stimme kam ihm fremd vor. Er erschrak vor ihrem Klang.

»*Ich* von *dir?*«, wiederholte Vela in gespielter Überraschung. »Ich dachte bisher, es wäre umgekehrt. Bist du nicht hergekommen, weil *du* etwas von *mir* willst?« Sie lehnte sich ein wenig zurück, und Skar erkannte die glitzernde *Errish*-Waffe auf ihrem Schoß. Vor seinen Augen stieg das Bild eines brennenden, verkohlten Körpers auf.

Vela bemerkte seinen Blick und lächelte. »Du siehst, ich zolle dir noch immer den Respekt, der einem Satai zukommt.«

Skar schüttelte müde den Kopf. »Keine Spielchen mehr, Vela. Du hast gewonnen.«

Velas linke Augenbraue zuckte ein wenig nach oben. »Habe ich das?« Sie lachte, und es war das gleiche glockenhelle Jungmädchen-Lachen, das er schon mehrmals von ihr gehört hatte, und das so gar nicht zu ihr zu passen schien. »Ja«, fuhr sie nach einer Weile fort. »Vielleicht hast du recht, und ich habe gewonnen. Leicht war es nicht.« Sie seufzte, fuhr sich mit einer unbewussten Geste durchs Haar und beugte sich vor. »Du hast dich geschlagen, wie es eines Satai würdig ist«, sagte sie. »Es gab eine Zeit, da habe ich ernsthaft daran gezweifelt, dich besiegen zu können, weißt du.«

»Was willst du von mir?«, fragte Skar. Die Worte fielen ihm schwer. Er wollte nicht mehr kämpfen. Warum tötete sie ihn nicht endlich?

»Was ich von dir will?« Vela sah ihn nachdenklich an. Sie war noch immer eine sehr schöne Frau, aber etwas in ihrem Gesicht hatte sich verändert. Als Laynanya hatte sie einmal zu ihm gesagt, dass Vela nicht mehr diejenige war, die er kennengelernt hatte, dass der Stein der Macht ihre Seele verändert hatte, und diese Worte entsprachen der Wahrheit. Er konnte die Veränderung sehen, obwohl jede Linie ihres Gesichts gleich geblieben war. Ein vager Schmerz hatte sich in ihre Züge gegraben, eine schwer zu beschreibende, fast unheimliche Verschiebung ins Negative, Böse. »Vielleicht nur mit dir reden. Dir meinen Respekt zollen, wenn du so willst.«

»Respekt?« Skar hätte fast gelacht. »Es ist billig, sich einem Besiegten gegenüber großzügig zu zeigen, Vela.

Und ich will deine Großherzigkeit nicht. Wir haben gekämpft, und du hast mich geschlagen.«

»Nicht *wir* haben gekämpft«, widersprach Vela. Sie griff unter ihren Umhang und zog eine dünne Kette aus silbernem Sternenstahl zwischen ihren Brüsten hervor. Am Ende der Kette hing der Stein von Combat. »Du hast gegen den gekämpft, Skar«, sagte sie betont. »Du und dieses Ding, ihr habt euch ein Duell geliefert, und ich war nicht viel mehr als eine Zuschauerin.«

Sie löste den Stein von der Kette, legte ihn vor sich auf den Tisch und blickte einen Moment lang nachdenklich auf die schräg geschliffenen Facetten. Das Feuer des Steines brach sich in ihren Pupillen und füllte sie mit lodernder Glut.

»Es war ein Kampf, den kein normaler Sterblicher hätte gewinnen können, Skar. Ich wollte dich nicht verspotten – meine Worte waren ehrlich gemeint.« Sie sah auf. »Ich habe es nicht mehr nötig, dich zu belügen. Es tut mir jetzt noch leid, dass du mein Angebot abgelehnt hast. Ich hätte einen Mann wie dich an meiner Seite gebrauchen können.«

Sie schwieg einen Moment und schien auf eine Antwort zu warten, aber Skar starrte sie nur an. Schließlich hob sie seufzend die Schultern, befestigte den Stein wieder an seiner Kette und verbarg ihn erneut unter dem Mantel.

»Es ist nicht leicht für eine Frau, allein zu sein«, fuhr sie fort. »Und ich bin allein.« Wieder sah sie ihn an, und in ihren Augen glomm ein seltsamer Ausdruck auf, etwas, das Skar schaudern ließ, obwohl er nicht zu sagen vermocht hätte, was es war. »Ich habe dir einmal gesagt, ich könnte dich zwingen, mich zu lieben, Skar«, sagte sie, »und es war mein Ernst. Aber ich werde es nicht tun. Selbst jetzt nicht.«

»So wie du Del gezwungen hast?«

Mit einem Mal wirkte sie traurig. »Ich habe ihn nicht gezwungen, Skar. Was er getan hat, tat er freiwillig. Und der Vorwurf in deinen Worten ist ungerecht. *Du* hast ihn mir genommen. Ich weiß, dass du mich für seinen Tod verantwortlich machst, aber in Wirklichkeit bist du es, den die Schuld trifft. Er wäre noch am Leben, wenn du ihn damals nicht entführt hättest. Aber das ist jetzt vorbei«, fuhr sie mit veränderter Stimme fort. »Es hat wenig Zweck, über Dinge zu jammern, die geschehen sind. Und Del ist nicht tot. Er lebt. Die Sumpfleute haben ihr Versprechen gehalten und ihn wieder zum Leben erweckt.«

Skar schüttelte den Kopf. »Der Mann, der er einmal gewesen ist, lebt nicht mehr. Du weißt das so gut wie ich. Weder du noch ich werden den Mann wiedersehen, den wir einmal« – er zögerte und sprach das Wort mit schmerzhafter Betonung aus – »geliebt haben. Es gibt ihn nicht mehr.«

»Ich glaube, du unterschätzt die Macht von Cosh«, widersprach sie. »Nicht einmal ich wäre den Sumpfzauberern gewachsen. Ich hätte die Schlacht verloren, wenn sie mich damals zum Kampf gezwungen hätten.«

Skar schürzte abfällig die Lippen. »Was sagtest du gerade? Es hat keinen Zweck, über Dinge zu reden, die vorbei sind.«

Zu seiner Überraschung lachte Vela. »Du hast recht, Skar. Reden wir über Dinge, die sein werden. Es wird

dich interessieren, wie es Gowenna und ihren grau-
gesichtigen Freunden geht. Sie waren nicht untätig,
während du hierhergereist bist.«

Skar starrte sie an. Die Erwähnung Gowennas
weckte Erinnerungen in ihm, schmerzhafte Erinnerungen, die er vergessen wollte.

»O ja, sie lebt noch«, sagte Vela, als sie den Ausdruck auf seinen Zügen bemerkte. »Und sie ist – auf
ihre Weise – so erfolgreich gewesen wie du. Sie und
dein Freund Del haben ein Heer aufgestellt und vor
wenigen Tagen den Götterpass überschritten.« Sie
lachte erneut, und dieses Mal klang es wirklich amüsiert. »Als ob Elay durch ein Heer genommen werden
könnte! Eigentlich sollte sie es besser wissen. Selbst
wenn ich nicht hier wäre, und selbst wenn der Stein
noch in Combat läge, wäre ein Angriff auf diese Festung sinnlos.«

»Nun, mir ist es immerhin gelungen, hier einzudringen.«

»Weil ich es wollte«, sagte Vela gleichmütig. »Und
weil du einen mächtigen Verbündeten hattest. Nur
eine *Errish* konnte euch den Weg durch die Höhlen
zeigen. Doch nicht einmal mit ihrer Hilfe wäret ihr
auch nur in die Nähe des Palastes gekommen, wenn
ich euch nicht den Weg geebnet hätte. Es gibt Gefahren
dort unten, von denen sich nicht einmal Legis etwas
hätte träumen lassen. Du hast es gemerkt – von vierzehn seid nur ihr zwei noch am Leben. Was geschah
mit den anderen, mit Mork und seinen Quorrl? Haben
die Drachen sie gefressen?«

Skar musste all seine Kraft aufbieten, um sich seine

Überraschung nicht anmerken zu lassen. *Sie weiß es nicht*, dachte er. *Sie weiß nichts von Combats Wächter, und dass er hier ist.*

»Mork habe *ich* getötet«, sagte er. »Die anderen…« Er zuckte mit den Schultern. »Ich weiß nicht, was mit ihnen geschah. Legis und der Quorrl und ich gingen voraus, um den Weg zu erkunden. Als wir zurückkamen, waren sie tot. Alle.«

Vela wirkte für einen Moment überrascht.

»Eine der Gefahren, von denen du gesprochen hast.« Seine Worte klangen nicht überzeugend, aber Vela schien sich mit dieser Erklärung zufriedenzugeben. *Warum fragt sie nicht nach dem Wolf?*, dachte er. *Sie weiß, dass er mich verfolgt. Sie hat meine Gedanken gelesen und hat ihn gesehen, als er ihr Heer angegriffen hat!*

»Du hast ihn getötet. War es ein guter Kampf?«

»Nein«, antwortete Skar. »Es war Mord. Er hatte keine Chance.«

»Schade. Ein würdiger Gegner für dich. Und auch für mich. Ich wusste, dass ihr früher oder später aneinandergeraten würdet, schon als ich euch das erste Mal beisammen sah. Aber das spielt keine Rolle mehr.« Sie lächelte wieder, doch ihr Blick wurde plötzlich hart, und ein unsichtbarer grauer Schatten schien sich über ihre Züge zu legen. »Du bist mir ähnlicher geworden, als du ahnst, weißt du das? Du hast dein Versprechen wahr gemacht und mich gefunden, aber du hast deinen Weg mit Toten gepflastert. Du hast Andred getötet und Legis und Herger und Mork… Habe ich jemanden vergessen?« Sie tat so, als würde sie überlegen, und nickte dann. »Tantor. Ich vergaß Tantor in meiner Aufzählung. Aber dafür müsste ich dir dankbar sein. Ich hätte ihn sowieso beseitigen müssen. Er wurde zu mächtig.«

Skars Hände begannen zu zittern. »Du... du hast die Wahrheit gesagt«, krächzte er. »Erinnerst du dich, was du als Laynanya zu mir gesagt hast? Dass die Vela, die...«

Sie brachte ihn mit einer hastigen Geste zum Schweigen. »Ich weiß es, Skar. Du hältst mich für schlecht, nicht wahr?«

»Nicht schlecht«, korrigierte Skar sie. »Für böse. Für durch und durch böse.«

»Böse...« Vela seufzte. »Ein großes Wort, und es spricht sich schnell aus. Aber was heißt das schon – böse? Böse ist immer nur der andere, Skar. Würdest du an meiner Stelle sein und ich an deiner, würde ich *dich* böse nennen. Das Recht ist immer auf der Seite des Siegers. Aber ist Recht nicht das, wofür man kämpft, ganz gleich, was es ist? Glaubst du nicht, dass auch ein blutiger Tyrann meint, er wäre im Recht? Ist das, was wir Recht nennen, nicht letztlich nur ein anderes Wort für Stärke?« Sie schüttelte den Kopf, lehnte sich zurück und verzog schmerzlich die Lippen. Ihre Hand presste sich auf den Leib. »Mein Angebot gilt noch immer. Der Thron von Elay ist groß genug für zwei. Überleg es dir.«

»Du kennst die Antwort.«

»Ich fürchte, ja«, murmelte Vela. »Und es tut mir leid, Skar. Ich brauche dich.«

»Mich oder das, was in mir ist?«

»Beides, Skar. Das eine habe ich, aber ich fürchte,

das andere werde ich nie bekommen. Du siehst«, fügte sie mit einem flüchtigen Lächeln hinzu, »nicht einmal meine Macht reicht aus, mir alle Wünsche zu erfüllen.«

Skar runzelte fragend die Stirn. »Was meinst du damit?«

Vela schwieg sekundenlang. »Du weißt es wirklich nicht?« Wieder legte sich ihre Hand auf die Wölbung ihres Leibes, aber diesmal war es keine Geste des Schmerzes. »Erinnerst du dich, was dir Laynanya über dieses Kind erzählte? Es war nur zum Teil wahr, Skar. Der Vater dieses Kindes ist ein Krieger, aber es war keiner meiner Männer, und es ist auch kein Kind der Gewalt. Ich wollte es haben. Ich brauche es, Skar, so wie ich dich brauche.«

Skars Kehle war plötzlich wie zugeschnürt. Er hatte geglaubt, jenseits allen Schreckens zu sein, aber das war nicht wahr. Es gab keine Grenze des Schmerzes. »Du meinst…«

»Dieses Kind wird mein Erbe sein, Skar«, sagte Vela. »Unser beider Erbe. Es wird all die Macht haben, über die wir beide jemals geboten haben, und mehr. Ich hätte es gern zusammen mit seinem Vater großgezogen. Erforsche deine Gefühle, und du wirst erkennen, dass ich dich nicht belüge. Es ist *dein* Kind, das ich unter dem Herzen trage.«

Eine eisige Hand griff nach Skars Herz und presste es zusammen.

»Es ist dein Kind«, sagte Vela noch einmal. »Dein Sohn, Skar. Vielleicht wird es ein Kind des Schreckens sein, in deinen Augen, aber ich weiß, dass ich in mir den Knaben trage, der diese Welt verändern wird. Er wird deine Macht erben, und ich werde dafür sorgen, dass er lernt, sie anzuwenden. Das, was ich vermag, wird nichts gegen ihn sein. Er wird über die Macht der Alten gebieten, Skar, so wie du es gekonnt hättest.«

Skar spürte, dass er zu schwanken begann, und klammerte sich an der Tischkante fest. Hinter seiner Stirn begannen die Gedanken einen wirren Tanz aufzuführen. Aber Vela war noch nicht fertig.

»Es ist dein Erbe, das ich in mir trage. Du kannst dich selbst belügen, aber du kannst dich nicht verleugnen. Du bist mein Verbündeter, ob du willst oder nicht. Das Kind, das ich austrage, wird dein Kind sein, und es wird die Kraft seines Vaters sein, die diese Welt verändert. In einem hattest du recht – ich bin nicht stark genug, das zu tun, was ich wollte. Ich habe den Stein erforscht und versucht, mich mit ihm vertraut zu machen, aber ich habe meine Grenzen erkennen müssen. Ich kann ein wenig mit den Jahreszeiten herumspielen und die Gedanken von Menschen und Tieren beeinflussen, aber ich kann nicht die Zukunft verändern. *Er* wird es können.«

Skar stöhnte. »Du...«

»Sag nichts Vorschnelles«, fiel ihm Vela ins Wort. »Ich gebe dir noch einmal Zeit, dir mein Angebot zu überlegen. Gowennas Heer wird in drei Tagen zu den Rebellen stoßen und sich mit ihnen vereinen. Wir werden dort sein, um sie zu vernichten. So lange hast du Zeit. Überleg es dir gut, Satai. Du wirst entweder neben mir leben und die Geschicke dieser Welt lenken – oder mit deinen Freunden zusammen sterben.«

25. Kapitel

Seine Augen begannen zu schmerzen, als sie ihn nach draußen führten. Eine Woche Dunkelheit hatte sie empfindlich werden lassen, sodass ihm das Sonnenlicht wie grelle Weißglut vorkam und ihm die Tränen über die Wangen fließen ließ. Er wollte die Hand heben, um seine Augen zu bedecken, aber die beiden Hornkrieger hielten seine Arme unbarmherzig fest.

Vela hatte nicht viel Zeit verloren. Während sie oben in ihrem Gemach mit ihm geredet hatte, waren im Innenhof der Festung die letzten Vorbereitungen für den Abmarsch getroffen worden. Die gewaltigen asymmetrischen Tore waren weit geöffnet, und auf dem Platz davor hatte die Armee der *Errish* Aufstellung genommen. Es war kein großes Heer, aber vielleicht das schlagkräftigste, das diese Welt jemals gesehen hatte.

Skar spürte einen eisigen Schauer, als ihn die beiden Tuan-Krieger über den Hof führten. Es waren hundert, vielleicht hundertfünfzig Männer, kräftige Gestalten in den schwarzen Stachelpanzern von Velas Leibgarde. Dahinter, in einer reglosen Dreifachreihe wie bizarre steinerne Statuen mitten in der Bewegung eingefroren, noch einmal die doppelte Anzahl schwarz glänzender Hornkrieger; Velas Armee des Irrsinns, die sie aus den Abgründen der Zeit heraufbeschworen und zu unseligem Leben erweckt hatte. Und hinter ihnen, wie eine Mauer aus Fleisch und vibrierender Kraft, die Drachen.

Skar zählte vier Dutzend der gewaltigen Panzerechsen, eine so groß und wild wie die andere. Eine lebende Walze aus Wut und explosiver Aggressivität, die keine Gewalt dieser Welt würde aufhalten können.

Vela hatte recht, dachte er dumpf. Auch ohne die zusätzliche Macht, die ihr Combats Stein verlieh, wäre ein Angriff auf diese Stadt Wahnsinn. Gowennas Vorhaben war ein Akt der Verzweiflung, nicht mehr als ein vielleicht heroisches, aber vollkommen nutzloses Symbol.

Sein Blick wandte sich nach Süden. Die Sonne stand im Zenit und tauchte das Land in goldenes Licht und trügerischen Frieden. Zwischen den grauen Felsen vor dem Tor zeigte sich das erste zaghafte Grün des Frühlings, Gras, das Monate zu früh aus der Erde brach, genarrt von der Magie eines Volkes, das über diesen Boden gewandelt war, als es so etwas wie Menschen noch nicht gegeben hatte, als die Welt voller Düsternis und schwarzer Spinnweben gewesen war, voller Gewalt und einer Art von Leben, das diesen Namen vielleicht nicht einmal verdiente.

Skar versuchte sich vorzustellen, wie die Welt aussehen würde, wenn sich Velas Schreckensherrschaft weiter ausbreitete. Die Zeit der Alten würde wiederkommen, aber Vela irrte sich, wenn sie glaubte, ihre Gewalten zum Guten wenden zu können. Trotz allem glaubte sie wohl noch immer an dieses Ziel, sonst hätte sie niemals die Kraft aufgebracht, das zu tun, was sie getan hatte. Aber sie irrte sich. So wie sie ihn zum Werkzeug gemacht hatte, war auch sie nur noch der Handlanger eines Geistes, der aus einem äonenlangen Schlaf erwacht war und daranging, sich die Welt untertan zu machen.

Skar wunderte sich, woher diese Gedanken kamen. Es war, als wäre er plötzlich aufgewacht, und seine Überlegungen liefen mit einer seltenen Schärfe ab, bedienten sich eines Wissens, das plötzlich in ihm war, als wären in seinem Bewusstsein unvermittelt Türen zu einem Bereich geöffnet worden, von dem er nicht einmal gewusst hatte, dass es ihn gab. Irgendetwas war mit ihm geschehen, während er in Velas Kerker gewesen war.

Aber auch dieses Rätsel löste sich mit dem gleichen selbstverständlichen Wissen, das plötzlich aus dem Nirgendwo über ihn gekommen war. Es war das Wissen seines dunklen Bruders, das Erbe, das er in sich trug und dessen sich Vela bedienen wollte, um ihre Macht zu festigen. Sie hatte die Wahrheit gesagt, damals in Tuan. Etwas vom Geist der Alten war in ihm, und ein winziges bisschen von diesem Etwas war an die Oberfläche gekommen.

Er sah die Welt in einer blitzartigen, grauenhaften Vision vor sich, so wie sie sein würde: eine Welt ohne Menschen, auch ohne Drachen und *Errish* und Quorrl, ein Planet, der nichts mehr mit Enwor gemein hatte als den Namen und vielleicht nicht einmal mehr das. Er sah schwarze, wie geschmolzenes Pech glänzende Fäden aus dem Boden kriechen, vibrierende Nervenstränge eines gewaltigen, auf Milliarden und Abermilliarden einzelner Körper verteilten Wesens, sah eine Armee stachelbewehrter Hornkrieger über das Land marschieren und Jagd auf die letzten Menschen machen, sah den Himmel schwarz werden und bizarre Städte und formlose, unbeschreibliche Dinge sich über das Land ausbreiten. Vielleicht würde das Meer bleiben; es war groß. Groß und geduldig genug, selbst diesem Gegner zu trotzen. Aber nicht einmal das war sicher.

Vela irrte sich. Sie glaubte, das Böse überlisten, sich seiner Kräfte bedienen zu können, um die Zukunft dieser Welt zu verändern.

Aber er wusste auch, dass es sinnlos war, noch einmal mit ihr zu reden. Das Ding in ihr war schon zu stark. Vielleicht würde es nicht einmal mehr etwas ändern, wenn sie die Schlacht verlor, und vielleicht war ihr Körper schon nur noch eine leere Hülle, die nicht mehr gebraucht wurde.

Die beiden Hornkrieger führten ihn an der Front der schwarzen Reiter vorbei zu einer großen, an eine Sänfte erinnernde Konstruktion, die zwischen zwei der Drachen aufgehängt war. Eine schmale Strickleiter führte zu ihr hinauf. Die Krieger ließen Skars Arme los, und einer von ihnen bedeutete ihm mit einer befehlenden Geste hinaufzusteigen.

Skar zögerte einen Moment, ehe er gehorchte. Er brauchte keine Erklärungen, um zu wissen, dass Vela in dieser Sänfte reisen würde. Es war ein Marsch von drei Tagen bis zur unterirdischen Festung der Rebellen; auch im Sattel eines Drachen eine zu anstrengende Reise für eine Schwangere.

Er erhielt einen schmerzhaften Stoß in den Rücken und bestieg die erste Sprosse. Die Drachen bewegten sich unruhig und starrten ihn aus ihren winzigen intelligenten Augen an. Vielleicht spürten sie den Aufruhr in seiner Seele. Vielleicht war es aber auch nur der fremde Geruch, den er ausströmte und der sie beunruhigte.

Er zog sich die letzten Sprossen empor, senkte den Kopf, um ihn sich nicht an dem niedrigen geschnitzten Sturz des Einganges zu stoßen, und erhob sich auf die Knie. Das Innere der Sänfte war überraschend groß. Durch die Wände sickerten dünne Streifen goldenen Sonnenlichts und gaukelten ihm ein Gefühl von Frieden vor. Er stand auf und breitete rasch die Arme aus, um sein Gleichgewicht zu halten, als der Boden unter ihm zu schwanken begann. Der Drachengestank war hier drinnen übermächtig.

Er durchquerte die Sänfte, hockte sich in eine Ecke und legte den Kopf auf die Knie. Er wollte nicht mehr denken. Er wartete darauf, dass sie endlich kam und ihn tötete. Oder dass der Wolf dies tat.

Wo war er? Hatte er ihn all die Zeit verfolgt und gehetzt, um ihn jetzt allein zu lassen? Kehrte er zurück nach Combat, um wieder für eine Ewigkeit zu Stein und Schweigen zu erstarren? Oder lauerte er immer noch irgendwo in seiner Nähe?

Wahrscheinlich, dachte er. Wahrscheinlich war er noch irgendwo hier, und wahrscheinlich war er der Grund, warum er überhaupt noch lebte. Er war mächtig, ein Dämon, dem nichts unmöglich war, und er würde es nicht zulassen, dass seine Strafe so leicht ausfiel. Irgendwie, das wusste Skar plötzlich, würde er ihn schützen, um seine Qual zu verlängern.

»Das Selbstmitleid steht dir nicht«, drang eine Stimme in seine Gedanken. Er sah auf und erkannte einen Schatten vor dem Eingang. Das weiße Sonnenlicht zeichnete die Konturen mit einem bösen blauen Heiligenschein nach.

»Wie kommst du darauf?«, sagte er widerwillig. Er wollte nicht reden.

Vela lachte, bewegte sich gebückt auf ihn zu und setzte sich. Die Sänfte begann zu beben, und von draußen drang ein dumpfes, unglaublich machtvolles Raunen und Dröhnen herein, wie der Laut eines gewaltigen Tieres. Die Armee hatte sich in Bewegung gesetzt. Velas Eintreffen war das letzte Zeichen gewesen, auf das noch gewartet worden war.

»Man sieht es«, sagte sie leichthin. »Aber du bist kein Mann, der sich einem solchen Gefühl hingeben sollte. Nütze die Zeit, die ich dir noch gewähre. Drei Tage sind nicht viel.«

»Hier?«, fragte er.

»Das überlasse ich dir. Wenn du lieber in Ketten hinter einem Pferd hermarschieren möchtest, als meine Gesellschaft zu ertragen, so ist das deine Wahl. Aber ich glaube, wir haben zu reden.«

Skar setzte dazu an, etwas zu sagen, schüttelte aber dann den Kopf und starrte blicklos an Vela vorbei. Die Schatten vor dem Eingang begannen zu wandern. Es roch nach heißem Staub und Schweiß.

»Gut«, sagte Vela nach einer Weile.

Skar schrak auf. Er merkte erst jetzt, dass sie ihn

sekundenlang angestarrt und auf eine Antwort gewartet hatte.

»Vielleicht wäre es wirklich zu viel, jetzt eine Antwort von dir zu verlangen, Skar. Ich habe dir Bedenkzeit bis nach der Schlacht versprochen, und ich halte mein Wort.«

Skars Blick tastete über ihr Gesicht. Im Halbschatten der Sänfte sah es noch verwundbarer und schöner aus als zuvor. Ein neues, seltsames Gefühl kroch aus seinem Inneren empor, ein Empfinden, vor dem er erschrak und das er eilig wieder dorthin zu verbannen versuchte, woher es gekommen war. Das Gift begann zu wirken.

»Es ist seltsam«, murmelte er. Die Worte entstanden ohne sein Zutun, und er hörte sich selbst neugierig und mit vagem Schrecken zu. »Ich müsste dich hassen, aber ich kann es nicht.«

In Velas Augen glomm ein neugieriger Funke auf. »Was dann?«

Skar lachte, sehr leise und sehr traurig. Plötzlich war kein Zorn mehr in ihm. »Mitleid«, sagte er. »Du tust mir nur noch leid, mehr nicht.«

Velas Lächeln erstarrte, aber Skar sah sie nicht mehr an, sondern blickte wieder zu den tanzenden Schatten vor dem Ausgang hinaus.

26. Kapitel

Über dem Tal lag noch Nebel, der letzte flüchtige Hauch der Nacht, der nur widerwillig der hereinbrechenden Dämmerung wich. Es war kalt, die Sonne war als lodernder roter Ball über den Horizont gekrochen, aber es würde noch lange dauern, bis ihre Wärme den Klammergriff des Frostes gesprengt haben würde. An den Wänden der Schlucht glitzerte Raureif, hier und dort hatte sich Eis in kleinen stacheligen Nestern festgesetzt, und über der nördlichen Hälfte der Schlucht fiel Schnee, ein wirbelnder grauweißer Vorhang, hinter dem die Gestalten der Quorrl und Menschen nur noch als huschende Schatten wahrzunehmen waren.

Skar schlug fröstelnd den Kragen seines pelzgefütterten Mantels hoch und trat einen Schritt vor. Die beiden Tuan-Krieger folgten ihm wie stumme, mächtige Schatten, aber er nahm sie kaum noch wahr. Es waren erst drei Tage vergangen, seit sie in seiner Nähe waren, aber er hatte sich schon an sie gewöhnt. Solange er sich nicht zu hastig bewegte oder gegen Velas ausdrückliche Verbote verstieß, ließen sie ihn in Ruhe.

Die *Errish* drehte sich um, als sie seine Schritte hörte, lächelte flüchtig und wies mit der Linken ins Tal hinunter. Die andere Hand umklammerte den Stein. Sie hatte ihn von seiner Kette gelöst und hielt ihn so fest, als wolle sie ihn zerbrechen. »Bist du zufrieden?«, fragte sie.

»Womit?«

»Mit ihren Vorbereitungen. Ihre Späher müssten schon blind sein, wenn sie das Heer noch nicht bemerkt hätten.«

Skar schenkte sich die Antwort und sah sich stattdessen – zum hundertsten Male – nach allen Seiten um. Es war die klassische Situation: Unter ihnen, auf der anderen Seite der Schlucht und durch die große Entfernung zu einer Ansammlung winziger schwarzer Pünktchen degradiert, rückte das Heer heran, eine Walze aus Fleisch und Panzerplatten, die wie eine bizarre Kaulquappe auf das Lager der Rebellen vorstieß. Vela hatte ihm einen Schlachtplan erklärt; er war nicht sonderlich originell, nicht einmal gut, aber das musste er auch nicht sein. Was der *Errish* an strategischem Geschick fehlte, machte sie durch pure Gewalt wett, nicht ein-, sondern hundertmal. Gewalt und Magie. *Wenn* es Magie war.

Skar schob den Gedanken beiseite. Es war müßig, über etwas nachzudenken, das vom menschlichen Bewusstsein nicht erfasst werden konnte. Wenn es keine Magie war, dann etwas so Fremdes und Unvorstellbares, dass das Wort wieder seine Berechtigung bekam.

»Woran denkst du?«, fragte Vela.

Skar sah sie an. »An nichts«, antwortete er ausweichend.

Vela schüttelte tadelnd den Kopf. »Du hast nicht mehr viel Zeit, vergiss das nicht. In einer Stunde treffen die Heere aufeinander.«

Skar drehte sich mit einem Ruck um und entfernte

sich ein paar Schritte. Velas Worte waren der reine Hohn. Die Rebellen waren schon so gut wie besiegt. Das Unwetter, das seit drei Tagen über ihrem Tal tobte und mit Hagel- und Schneestürmen auf die wehrlosen Krieger einschlug, musste sie bereits zermürbt haben. Es war ein unwirklicher Anblick: Hier oben, auf Velas improvisiertem Feldherrnhügel, wuchsen bereits Gras und Unkraut, und Skar konnte trotz der beißenden Kälte die Wärme spüren, die die Sonne spendete. Bald würde er den Mantel ablegen und die Temperaturen eines Frühlings genießen können, der den Rebellen dort unten wie grausamer Spott vorkommen musste. Dicht unter Skar, kaum eine Pfeilschussweite entfernt, verlief eine unsichtbare Grenze: die Mauer zwischen Frühling und tiefstem Winter, zwischen lebenspendender Wärme hier oben und tödlicher, würgender Kälte, die sich wie ein weißes Leichentuch über die Schlucht gelegt hatte.

Wenige Schritte hinter dieser Grenze lagen Tote: ein Dutzend Quorrl, vielleicht die doppelte Anzahl Menschen und zwischen ihnen eine verkrümmte, grau gekleidete Gestalt.

Die *Errish* hatte versucht, Velas scheinbar schutzloses Lager einzunehmen. Skar hatte den Kampf nicht mit angesehen. Nur zwei der schwarzen Tuan-Krieger waren nötig gewesen, die *Errish* und ihre Begleiter zu töten. Und selbst das war nur ein weiterer Akt überflüssiger Grausamkeit. Sie hätten das Tal nicht einmal verlassen können, wenn Vela es ihnen nicht gestattet hätte. Der Schneesturm dort unten war nur ein Spiel – sie hätte die Gewalten der Hölle heraufbeschwören können, wenn sie gewollt hätte.

Er straffte sich, riss sich gewaltsam von dem grausigen Anblick los und ging zu Vela zurück.

»Was verlangst du von mir, damit du es nicht tust?«, fragte er.

Vela runzelte in gespielter Verblüffung die Stirn. »Wenn ich was nicht tue?«

»Hör auf. Du weißt genau, was ich meine. Brich den Angriff ab. Sie können dir nicht schaden. Du hast keinen Grund, sie umzubringen.«

»Du irrst dich, Skar«, antwortete Vela. »Ich habe Tausende Gründe – und zwei davon heißen Gowenna und Del. Sie sind dort unten, sie und ihre Verbündeten.« Ihre Stimme wurde hart. »Die Herren von Cosh hätten bleiben sollen, wo sie waren, Skar. Niemand hat sie gezwungen, ein Heer aufzustellen und mit Gowenna hierherzuziehen. Sie hat diesen Kampf gewollt, und sie wird ihn bekommen.«

»Es ist kein Kampf«, sagte Skar. »Es ist Mord. Sie sind halb erfroren. Glaubst du, sie hätten eine Chance gegen deine Drachen und diese« – er wies auf die schwarzen Hornkrieger und verzog abfällig das Gesicht – »diese *Kreaturen*?«

»Natürlich nicht«, antwortete Vela ruhig. »Hätten sie die, wäre ich nicht hier, Skar. Darum ging es. Es ging um *diesen* Moment, um *diesen* Augenblick. Darum bin ich zu Laynanya geworden und habe die Rebellion ins Leben gerufen. Um all meine potenziellen Feinde zu versammeln, *hier und jetzt*. Um sie mit einem einzigen Schlag auszulöschen. Um meine Zeichen zu setzen!«

Schrill lachte sie auf, und Skar wurde sich bewusst,

wie wahnsinnig sie war. Der Stein der Macht musste ihr jeden Verstand geraubt haben.

»Alles nur ein Spiel, Skar«, sagte sie. »Ein Spiel, um meine Macht zu beweisen. Aber ich glaube, du hast noch immer nicht begriffen, *warum wir beide* hier sind, *du und ich*. Auch du gehörst zum Spiel. Du willst diese Schlacht nicht? Ein Wort von dir genügt, und wir ziehen uns zurück. Du weißt, welches.«

Skar starrte sie an. Seine Hände zuckten.

»Dort unten sind mehr als zweitausend Krieger«, fuhr Vela fort. »Menschen, Quorrl, Sumpfleute — und ein paar deiner Freunde. Ihr Leben liegt in deiner Hand. Entscheide dich. Ein Wort von dir, und wir rücken ab. Der Thron von Elay wartet noch auf dich. Du kannst herrschen, Skar. Du wirst mehr Macht in Händen halten als jemals ein Mann vor dir.«

»Hör auf«, flüsterte er.

»Aufhören?« Vela sog geräuschvoll die Luft ein. »Du verkennst die Lage, Satai. Du hast nichts zu fordern, und du bist nicht in der Situation, mir Vorwürfe zu machen. Wenn es zur Schlacht kommt, ist es *deine* Schlacht, Skar. Die Schuld am Tod dieser Männer dort unten wirst *du* tragen. *Du* allein, nicht *ich*!«

»Das ist nicht wahr«, stöhnte Skar. »Du...«

»Du hast mich böse gemacht«, fiel ihm Vela ins Wort. »Vielleicht bin ich es — in deinen Augen. Aber ich gebe dir die Möglichkeit, dieses Morden zu verhindern, Skar. Ich weiß, wie hoch dir der Preis dafür vorkommen muss, aber wenn du wirklich der Mann bist, der du zu sein vorgibst, dann bezahle ihn. Ich verlange nichts als dein Wort, bei mir zu bleiben und deine

Feindschaft zu vergessen. Keine Hilfe. Was zu tun ist, werde ich tun.«

»Ich brauche nur stillzuhalten, nicht?«, fragte Skar, der sich nur mit Mühe unter Kontrolle hielt. »Du verlangst nichts von mir, als dass ich zusehe, wie du diese Welt vernichtest.«

»Unsinn. Ich glaube, du überschätzt uns beide, Skar. Wir können diese Welt weder vernichten noch retten. Aber dein Sohn wird es können. Wäre dir nicht wohler, wenn du ihn lenken könntest? Wenn ich so abgrundtief schlecht bin, wie du mich siehst, kannst du es dann verantworten, die Erziehung dieses Kindes allein in meine Hände zu legen?«

Skar schwieg. Vela starrte ihn noch eine Weile an, nickte dann und straffte die Schultern. »Wie du willst, Skar.« Sie hob die rechte Hand mit dem Stein, schloss die Augen und murmelte lautlos Worte.

Skar vermeinte ein leises Knistern zu hören, ein Geräusch wie von fernen Blitzen, und die Luft roch plötzlich wie nach einem Gewitter. Der Stein begann in Velas Hand zu glühen, in einem kalten, unerträglich gleißenden Licht.

Eine knöcherne Hand legte sich von hinten auf Skars Schulter und hielt ihn fest.

Das unwirkliche blaue Licht breitete sich über dem Tal aus. Es sah aus, als würden die wirbelnden Schneewolken glühen und als wären die Menschen und Quorrl dahinter nicht mehr als Motten, die dem Licht zu nahe gekommen waren und verbrannten. Ihre Bewegungen wirkten plötzlich abgehackt und hastig. Dann riss die kochende Wand auf, der letzte Schnee sank zu Boden, und das Tal lag als weißer, von unbestimmbarer Bewegung erfüllter Abgrund vor ihnen.

»Du hast recht, Skar«, sagte Vela spöttisch. »Es war unfair. Ich werde ihnen zumindest Gelegenheit geben, sich zur Schlacht zu formieren.«

Skar ballte in hilflosem Zorn die Hände zu Fäusten. Ein Wort von ihm, ein einziges Zeichen, und dieses sinnlose Morden würde nicht stattfinden.

»Nun?«, fragte Vela. In ihrer Stimme war eine winzige, aber hörbare Spur von Ungeduld. »Hast du dich entschieden?«

Er konnte sich nicht entscheiden. Niemand konnte eine solche Entscheidung von irgendjemandem verlangen.

Vela wartete. Ihr Gesicht war zu einer reglosen Maske erstarrt, und als er sie ansah, glaubte er für einen winzigen Moment hinter ihren Zügen etwas anderes zu erkennen, das Antlitz von etwas unsagbar Fremdem, Uraltem. Sie war nicht mehr sie selbst. Sie hatte unrecht gehabt. Die Schuld an dem, was jetzt geschah, traf nicht ihn und auch nicht sie. Nicht mehr. Sie bestimmten beide nicht mehr, was geschehen würde. Schon lange nicht mehr.

Er senkte den Blick und wandte sich ab, soweit es der unbarmherzige Griff des Hornkriegers zuließ. Unten im Tal begannen sich die Rebellen zu formieren. Der Schneesturm hatte vollkommen aufgehört, und die weiße Decke war schon nach Minuten von Tausenden von Füßen und Hufen zertrampelt und zu braunem Matsch geworden.

Er versuchte, einen Blick zur Höhle der Daktylen zu

werfen, aber ihr Eingang war zu weit entfernt, als dass er mehr als hektische Aktivität hätte ausmachen können.

Skar versuchte, jedes Gefühl auszuschalten und nur noch ein Krieger zu sein, der dem Verlauf einer Schlacht zusah. Er erkannte eine Anzahl grau gekleideter, huschender Schattengestalten zwischen den Quorrl, und einmal erblickte er für Sekunden einen hünenhaften gepanzerten Mann, war sich aber nicht sicher, ob es wirklich Del war. Als er dort unten gewesen war, hatte ihn die Größe der Schlucht erstaunt, aber jetzt schien sie kaum auszureichen, um all die Krieger aufzunehmen, die sich dort zum Kampf formierten. Es waren Sumpfleute unter ihnen, sehr viele Sumpfleute. Gowenna musste mehr als tausend Reiter aus Cosh mitgebracht haben – eine ungeheure Armee. Und doch ein Nichts gegen die Kräfte, die ihnen gegenüberstanden.

»Sieh gut hin, Skar«, sagte Vela. »Du bist noch nie Zeuge einer totaleren Niederlage gewesen.«

Skar wollte nicht antworten, aber Velas Worte weckten einen sinnlosen Zorn in ihm. »Ich habe gelernt, mich erst über einen Sieg zu freuen, wenn der Kampf vorbei ist«, knurrte er.

Ein amüsiertes Lächeln spielte um die Lippen der *Errish*. »Es wird nicht lange dauern. Sieh hin.«

Skar gehorchte. Vielleicht hätte er sich umwenden und gehen sollen, aber das wäre ein Verhalten gewesen, das in seiner Lage allerhöchstens lächerlich gewirkt hätte.

Die Rebellen formierten sich zu drei Gruppen –

zwei Trupps von je tausend Mann, die Hälfte davon zu Pferd, die andere zu Fuß, und die dritte, kleinere, bestand nur aus Reitern und schloss sich hinter den beiden großen Einheiten zusammen.

»Das gilt uns«, sagte Vela amüsiert. »Mein Respekt. Sie haben immerhin erkannt, dass wir nur wenige sind.« Sie lachte. »Aber ich fürchte, wir sind nicht so wehrlos, wie deine Freundin und Del glauben.«

Sie gab einem ihrer Begleiter einen Wink. Der Mann entfernte sich hastig und kam wenige Augenblicke später zurück, ein zusammengeschobenes wuchtiges Fernglas in der Hand. Vela nahm es entgegen, zog es auseinander und setzte es sich ans Auge.

»Tatsächlich«, murmelte sie, nachdem sie eine Weile hindurchgesehen hatte. »Sie sind dabei.« Sie setzte das Glas wieder ab, wog es nachdenklich in der Hand und wandte sich an Skar. »Du kennst sie – ist es nun Heldenmut, oder will sie sich nur den Triumph nicht nehmen lassen, mich selbst zu töten?«

Skar schwieg.

Vela trat auf ihn zu, hob die Hand, um ihm das Glas zu reichen, überlegte es sich dann aber anders. »Lasst sie herankommen«, sagte sie mit erhobener Stimme. »Vernichtet die Krieger, aber lasst die Frau und den Satai am Leben.«

Skar fuhr auf, aber sein Bewacher riss ihn mit einer blitzschnellen Bewegung zurück.

»Schone deine Kräfte«, sagte Vela gelassen. »Verfluche mich ruhig, wenn es dir Erleichterung verschafft, aber streng dich nicht an. Der interessanteste Teil steht uns noch bevor.«

Skar bäumte sich verzweifelt auf, doch der Griff des Dämonenkriegers lockerte sich nicht. Skars Bemühungen schienen den Druck der unmenschlich starken Hand sogar noch zu erhöhen.

Vela sah wieder nach Süden. Die beiden großen Heeresgruppen der Rebellen hatten mit dem Aufstieg aus dem Tal begonnen. Aber sie rückten langsamer vor, als Skar erwartet hatte. Vielleicht fanden die Pferde auf dem spiegelglatt gefrorenen Boden keinen rechten Halt; vielleicht hatten auch der tagelange Sturm, die Kälte und die zyklopischen Gewitter, die Velas eigentlicher Streitmacht wie unsichtbare apokalyptische Vorboten vorausgeeilt waren, ihre Kräfte schon so weit erlahmen lassen, dass sie zu keinem höheren Tempo mehr fähig waren. Skar versuchte, die Geschwindigkeit der beiden Heere abzuschätzen – wenn die Rebellen ihren Vormarsch nicht sehr bald beschleunigten, würde der entscheidende Zusammenstoß unmittelbar am Rand der Schlucht stattfinden.

»Worauf warten sie?«, fragte Vela.

Skars Blick folgte dem ihren. Die dritte, kleinere Formation der Rebellen hatte sich bisher nicht von der Stelle gerührt. Meldereiter galoppierten hektisch hin und her, und unter den Männern war eine allgemeine Unruhe ausgebrochen. Aber sie blieben, wo sie waren, obgleich es kaum ein Ritt von zehn Minuten hier herauf gewesen wäre.

»Sie wartet«, sagte Skar ruhig. »Sie wartet, bis die Schlacht beginnt. Der beste Zeitpunkt für einen direkten Angriff auf das feindliche Hauptquartier ist immer der Moment der Schlacht.«

Vela nickte. »Sie fürchtet, wir könnten sonst Verstärkung von unserem Hauptheer bekommen«, murmelte sie.

Ihre Vermutung war so unsinnig wie falsch, aber Skar ging nicht darauf ein. Allmählich ahnte er, welchem Plan die Rebellen folgten. Wenn seine Vermutung zutraf, war er genial. Aber auch das würde nichts nützen.

Aus der großen Höhle am anderen Ende der Schlucht stob plötzlich ein Schwarm dunkler, fledermausflügeliger Punkte. Daktylen. Ihre Zahl überraschte Skar. Er war selbst in dieser Höhle gewesen und hatte gesehen, dass es viele waren – aber nicht so viele! Es mussten weit über hundert sein, die in einem breiten, nicht abreißenden Strom aus der Erde stoben und sich über dem Tal formierten. Das helle, aufgeregte Krächzen der Drachenvögel erfüllte die Luft. Skar nickte anerkennend. Einem Gegner aus Fleisch und Blut hätten die Rebellen mit ihren gewaltigen Kampfechsen eine tödliche Überraschung bereitet.

»Sie greifen an«, flüsterte Vela. Ihre Stimme bebte vor Erregung. Aber es war eine Erregung, die ihn abstieß. Er hatte sie schon unzählige Male gesehen – das Brennen in den Augen, das unbewusste Zittern der Lippen. Er kannte diese Art von Erregung aus zahllosen Arenakämpfen, hatte sie gesehen, wenn er einen Blick zu den Rängen hinaufgeworfen hatte, ehe die tödlichen Duelle begannen. Er ekelte sich vor Vela, vor dem, was aus ihr geworden war.

Aber vielleicht belog er sich auch nur selbst. Vielleicht sah er nur, was er sehen wollte, um seinen Hass zu rechtfertigen.

Die Daktylen hatten ihre Formation eingenommen und bildeten einen gewaltigen, leicht auseinandergezogenen Kreis. Die Köpfe der Tiere wiesen nach Westen auf das näher rückende Heer der Drachen und Hornkrieger. Einer der Quorrl auf ihren Rücken hob die Arme und stieß einen scharfen Befehl aus. Skar hörte den Laut wie ein leises Flüstern, das der Wind herantrug. Durch die Formation der Flugdrachen ging eine Welle, aus dem Kreis wurde ein Oval, dann ein lang gezogenes, spitz zulaufendes Dreieck, das mit fantastischer Geschwindigkeit auf das Heer der *Errish* zuraste.

Sie schafften nicht einmal die halbe Strecke.

Zwischen und über den Drachen blitzte es grell auf. Dünne weiße Lichtbahnen zuckten der angreifenden Daktylen-Armee entgegen, und dann war der Himmel voller brennender Vögel und Quorrl, voller Flammen und Schreie und Blut. Skar schloss entsetzt die Augen, aber der grelle Feuerschein der *Errish-Waffen* fraß sich selbst durch seine geschlossenen Lider, und der Hornkrieger hielt ihn mit unbarmherziger Kraft fest, sodass er den Kopf nicht abwenden konnte.

Es dauerte nicht einmal zwei Minuten. Die geordnete Angriffsformation der Daktylen-Reiter verwandelte sich in ein Chaos kreischender, kopflos flüchtender Tiere, aber die *Errish* ließen ihnen nicht die geringste Chance. Schon die erste überraschende Salve aus den fürchterlichen Waffen hatte fast ein Viertel der Drachen vom Himmel gebrannt. Und die *Errish* schossen weiter, auch als die Quorrl ihre Tiere herumrissen und verzweifelt zum Tal zurückflogen. Immer und immer wieder griff das Feuer der Sterne nach den schwarzen Flugechsen, verwandelte ihre Körper in Fackeln und ihre Reiter in schreiende Bündel, die wie Sternschnuppen zu Boden stürzten und den Fluchtweg der Quorrl auf grausige Weise markierten. Nicht einmal ein Zehntel der Streitmacht, die aus den Höhlen aufgestiegen war, kam lebend zurück.

»Hör auf!«, flehte Skar. »Hör auf mit diesem Wahnsinn!«

»Es ist kein Wahnsinn«, antwortete Vela, ohne den Blick von dem grausigen Schauspiel zu wenden. »Es ist Krieg, Skar. Ich dachte nicht, dass ich das einem Krieger erklären muss.«

»Was hast du davon, wenn ich aufgebe?«, fragte er. »Ich würde dich bei der ersten Gelegenheit...«

»Hintergehen und verraten?«, fiel ihm Vela ins Wort. »Davor wüsste ich mich zu schützen, glaub mir. Entscheide dich.«

Sie wies hinter sich. Die beiden ungleichen Heere waren weiter aufeinander zugekrochen und standen sich auf wenig mehr als Pfeilschussweite gegenüber.

Skar trat an Vela vorbei, geführt und gehalten von den schwarzen Giganten aus Tuan. Einen Moment lang stemmte er sich mit aller Kraft gegen den Druck der eisigen Pranken, die ihn zwangen, dem schrecklichen Geschehen weiter zuzusehen, dann gab er auf.

Die Front der Drachenreiterinnen näherte sich der Schlucht und zog sich gleichzeitig weiter auseinander. Skar wartete darauf, wieder das grelle Sternenfeuer der entsetzlichen Waffen aufflammen zu sehen, aber diesmal schienen die *Errish* einen anderen Plan zu verfolgen. Kurz bevor die beiden Armeen aufeinanderstießen, spalteten sich die Drachen in drei gleich große, dicht zusammengedrängte Gruppen, wandelnden Festungen gleich, gegen die die heranstürmenden Reiter und Fußtruppen schlichtweg lächerlich wirkten.

Aber der erwartete Zusammenprall blieb aus. Die Reiterei der Rebellen verwandelte sich Augenblicke zuvor in einen quirlenden, auseinanderspritzenden Haufen, durch den die Drachen hindurchstießen, ohne auf nennenswerten Widerstand zu treffen. Die ungestüme Wucht ihres Ansturms verpuffte, und plötzlich war da nichts, wogegen sie hätten kämpfen können.

Vela runzelte die Stirn und sah Skar überrascht an.

»Du hattest recht«, sagte er mit einem dünnen, humorlosen Lächeln. »Del ist bei ihnen. Dieser Plan dürfte von ihm stammen. Wäre ich dort unten, hätte ich euch auf die gleiche Weise in die Falle gelockt.«

»Falle?«, wiederholte Vela. »Von was für einer Falle sprichst du, Satai?«

Skar deutete mit einer Kopfbewegung ins Tal. »Von dieser dort, *Errish*.«

Vela fuhr herum. In den wenigen Sekunden, die sie miteinander geredet hatten, hatte sich das Bild vollkommen gewandelt. Die Rebellen hatten sich neu formiert, aber sie bildeten keine gerade Schlachtreihe mehr, sondern zwei lang gezogene, einander überlappende Halbkreise hinter den Drachen, aus denen ein Hagel von Wurfgeschossen und Pfeilen auf die *Errish* und ihre gewaltigen Echsen niederging. Skar sah, wie zwei, drei der grau gekleideten Gestalten getroffen aus den Sätteln kippten. Eine der Echsen stieß plötzlich einen trompetenhaften, unglaublich lauten Schrei aus, hob die Vorderläufe zum Kopf und begann zu toben. Der Pfeilregen verstärkte sich, und weitere *Errish* stürzten aus den Sätteln. Vereinzelt blitzten nun doch die grellen weißen Lichtbahnen ihrer magischen Waffen auf, aber das quirlende, sich ständig in Bewegung befindende Reiterheer bot kein gutes Ziel für die dünnen Blitze, und für einen getroffenen Reiter erschien sofort ein neuer und füllte die Lücke.

Vela war blass geworden. »Die Drachen«, murmelte sie verstört. »Was ist mit den Drachen los?«

»Hast du selbst mir nicht erzählt, welchen Respekt du vor den Sumpfmännern hast?«, fragte Skar, und seine Stimme bebte. »Dort unten sind mehr als tausend Reiter aus Cosh. Genug, um fünfzig deiner Drachen abzulenken.«

Vela schluckte. Ihre Mundwinkel zuckten, aber sie sagte nichts mehr, sondern wandte sich wieder der Schlacht zu.

Drei oder vier der grau geschuppten Giganten waren tot, annähernd die Hälfte hatte keine Reiter mehr, und die andere wandte sich zu Flucht. Aber es gab nichts, wohin sie fliehen konnten. Auf drei Seiten wurden sie von den Rebellen bedrängt, die immer neue Schwärme von Pfeilen und Armbrustbolzen auf sie herabregnen ließen. Die Geschosse töteten eine Feuerechse vielleicht nur durch einen glücklichen Zufallstreffer, fügten ihnen aber Schmerzen zu und versetzten sie dadurch in Raserei, und das Bemühen ihrer Reiterinnen, sie zu beruhigen, schien nur das Gegenteil zu bewirken. Die Tiere schrien, peitschten mit den Schwänzen den Boden und verletzten sich gegenseitig oder andere Reiter.

Dann erreichte das erste Tier den Rand der Schlucht.

Skar war nicht einmal überrascht, als der scheinbar massive Fels unter dem Gewicht des Drachen nachgab. Das Tier bäumte sich erschrocken auf, griff mit den winzigen Vorderpfoten Halt suchend in die Luft und stürzte in einer Lawine von Sand, zersplitterndem Holz und Geröll zweihundert Fuß tief in den Abgrund. Skar glaubte die Erschütterung bis hier oben zu spüren.

»*Diese* Falle habe ich gemeint«, sagte er trocken. »Sieh gut hin, Vela«, fuhr er mit beißendem Spott fort. »Du bist noch nie Zeugin einer totaleren Niederlage gewesen.«

Vela fuhr mit einer blitzartigen, wütenden Bewegung herum. Für den Bruchteil einer Sekunde war ihr Gesicht eine verzerrte Maske des Hasses.

Aber sie hatte sich sofort wieder in der Gewalt. »Dein Triumph kommt zu früh, Skar«, sagte sie. »Die Schlacht ist noch nicht vorbei.«

»Das stimmt«, antwortete er ruhig. »Aber das dort unten ist nicht mehr der Haufen verängstigter Quorrl und feiger Flüchtlinge, den du ins Leben gerufen hast, Laynanya.« Er benutzte absichtlich diesen Namen, und er sah, wie sie bei seinem Klang zusammenzuckte. »Das dort unten ist Del. Du hast ihn immer für ein großes Kind gehalten, und vermutlich ist er das auch. Aber er ist auch mein Schüler, Vela. Ich habe ihm alles beigebracht, was ich je wusste, und er war ein sehr gelehriger Schüler. Vielleicht war diese Schlacht hier der erste Fehler, den du begangen hast, aber es war auch dein größter. Du hättest dich niemals darauf einlassen dürfen.«

»Unsinn«, widersprach Vela. Sie wirkte fahrig. Ihr Blick flackerte. Sie fuhr sich mit einer hektischen, nervösen Geste durchs Haar, drehte mit einem Ruck den Kopf und sah wieder hinab ins Tal.

Der südliche Rand der Schlucht war unter einer brodelnden Qualm- und Staubwolke verschwunden, in der es ab und zu weißblau aufleuchtete. Aber Vela wusste so gut wie Skar, dass der Kampf vorbei war. Die Sumpfleute hatten den Kontakt zwischen den *Errish* und deren Drachen unterbrochen, und der Lärm und die Schmerzen, die die Reiter ihnen zufügten, ließen die Tiere wieder zu dem werden, was sie ohne ihre Mentalpartnerinnen waren – Ungeheuer, kraftstrotzende, gewaltige Ungeheuer, aber keine ernstzunehmenden Gegner mehr für einen Feind, der Gewalt mit List und Kraft mit Fallen beantwortete.

Doch Skar wusste auch, dass der wirkliche Kampf noch bevorstand. Die Drachen hatten sich der Schlucht von Süden her genähert, aber der gefährlichere Feind kam aus der anderen Richtung. Noch war nichts von den Hornkriegern zu sehen – Velas Zeitplan war gründlich durcheinandergeraten; wahrscheinlich würden noch Minuten vergehen, ehe die stacheligen schwarzen Helme der Dämonen über den Hügeln erschienen.

Skar biss sich nervös auf die Lippen. Er kannte Del und wusste, dass der junge Satai immer für eine Überraschung gut war. Aber Del hatte wenig Zeit gehabt. Zwei, vielleicht drei Tage, um aus einem zusammengewürfelten Haufen von Flüchtlingen und halb wilden Quorrl eine Armee zu formen und darüber hinaus einen Plan auszuarbeiten, um einen Feind zu schlagen, gegen den noch niemand bestanden hatte. Skar war nicht sicher, ob er selbst dieser Aufgabe gewachsen gewesen wäre. Aber wenn es außer ihm noch jemanden gab, der dies schaffen konnte, dann Del.

Skar hielt nach Velas Reiterei Ausschau, konnte sie aber nirgends entdecken. Ein Teil der Männer war hier oben bei ihnen, die anderen hatten den Befehl, bei den Drachen zu bleiben, um die Flanken zu sichern. Vermutlich waren sie längst aufgerieben, zermalmt zwischen den beiden aufeinanderprallenden Heeren.

»Was wird er tun?«, fragte Vela. Ihre Faust ballte sich um den Stein. Plötzlich fuhr sie herum, starrte Skar aus geweiteten Augen an und schrie noch einmal: »Was wird er tun?«

»Ich weiß es nicht«, antwortete Skar.

»Du weißt es«, zischte Vela. »Du bist ein Satai wie er. Du weißt es, und du wirst es mir sagen!«

Skar hielt ihrem Blick gelassen stand. »Es würde dir nichts nützen, Vela.«

»Ich werde dich zwingen. Du weißt, dass ich es kann.«

Skar hob instinktiv die freie Linke zur Schläfe. Die winzige Wunde war verheilt, aber er konnte sie noch immer spüren. »Das könntest du«, sagte er, »aber dir fehlt die Zeit. Du wirst zusehen müssen. Ganz egal, was geschieht.«

Eine seltsame Veränderung ging plötzlich mit der *Errish* vor sich. Eine eisige, entschlossene Kälte breitete sich über ihre Züge aus. Skar unterdrückte ein Schaudern. »Nun gut, Skar«, sagte sie. »Ich lasse dir deinen Triumph. Wir werden sehen, wer den Sieg davonträgt.«

Skar sah zum südlichen Rand der Schlucht. Acht, neun zerschmetterte, verdrehte Körper lagen auf dem felsigen Grund des Einschnittes, und das grelle Wetterleuchten hinter den Staubwolken hatte fast ganz aufgehört.

»Du hast schon verloren, Vela«, erklärte er. »Was hier geschehen ist, wird nicht verborgen bleiben. Fünfzig deiner Drachen sind tot. Der Mythos eurer Unbesiegbarkeit ist Vergangenheit. Du hast deine stärkste Waffe verloren.«

Vela antwortete zunächst nicht, aber Skar konnte sehen, wie es hinter der starren Maske ihres Gesichts arbeitete. »Vielleicht hast du recht«, flüsterte sie nach einer Weile. »Aber auch das wird deine Freunde nicht retten.« Ihre Hand schloss sich fester um den Stein, so fest, dass die Knöchel wie kleine weiße Narben hervortraten.

Sie warteten. Der Schlachtenlärm hörte nach und nach auf, und die brodelnde Staubwolke über der Schlucht spie die ersten Reiter aus. Sie waren müde, verletzt und bluteten, erschöpft bis zum Zusammenbruch – aber sie hatten den Sieg errungen!

Zeit verging, Skar wusste nicht, wie viel. Sekunden, die sich zu Minuten dehnten. Zu viel Zeit für Vela, wie er an ihrer Reaktion erkannte. Sie bot alle Kraft auf, äußerlich gelassen zu erscheinen, aber Skar kannte sie zu gut, um sich täuschen zu lassen. Und die Hügel im Norden blieben leer.

Auch die Verteidiger unten im Tal wurden sichtlich unruhig. Die Überlebenden des Reiterheers kehrten nach und nach in den Schutz der Schlucht zurück. Es waren weniger, als Skar gehofft hatte. Sie mussten im letzten Teil des Kampfes einen hohen Blutzoll für ihren Sieg entrichtet haben. Aber die Hornkrieger kamen nicht. Es war, als hätte die Zeit, die sie ausgespien hatte, sie ebenso plötzlich wieder verschluckt wie einen Albtraum, der sich unter den ersten Strahlen der Sonne in Nichts auflöst.

»Warum gibst du es nicht zu?«, fragte Skar schließlich. »Erinnerst du dich an deine eigenen Worte? Es ist keine Schande, von einem solchen Gegner besiegt zu werden.«

Vela antwortete nicht.

Ein einzelner Reiter erschien auf den Hügelkämmen im Norden und sprengte ins Tal hinab. Skar sah, wie unter den Rebellen erneut Unruhe ausbrach. Eine schwerfällige, im Einzelnen nicht zu erkennende Bewegung lief durch die Schlucht.

»Diese Narren«, sagte Vela leise. »Ich werde sie strafen. Sieh hin, Skar. Sieh genau hin, wenn du wissen willst, was ich mit denen tue, die sich mir widersetzen. Sieh ganz genau hin.«

27. Kapitel

Sie hob die Hand mit dem Stein hoch über den Kopf. Ihr Gesicht verzerrte sich. »Sieh hin, Skar«, keuchte sie noch einmal. »Und dann sag mir, ob es das wert war.«

Der Stein begann zu glühen, rot zuerst, dann gelb und weiß, in einem grausamen, unerträglichen Licht.

Skar schrie vor Schmerzen, aber die beiden Hornkrieger hielten ihn unbarmherzig fest und zwangen ihn, weiter hinzusehen. Der Kristall loderte wie eine Sonne in Velas Hand, und seine Glut steigerte sich immer weiter, wurde greller, gleißender, bis das Fleisch ihrer Hand durchsichtig wurde und er die Knochen darunter sehen konnte.

Ein dumpfer Schlag ging durch den Boden. Die Erde stöhnte, und irgendwo unter Skars Füßen baute sich ein machtvolles, drohendes Knistern auf.

»Sieh es dir an, Skar«, keuchte Vela. »Sieh zu, wie deine Freunde sterben.«

Skar starrte aus schreckensweiten Augen ins Tal hinab. Die Schlucht bebte. Gewaltige Risse und Sprünge durchzogen ihre Wände, und von ihren Rändern lösten sich in immer rascherer Folge Steine und Felsbrocken und polterten auf Menschen, Sumpfleute, Quorrl und Tiere herab. Hier und dort glaubte Skar dunkle, lodernde Rotglut auszumachen. Ein tausendstimmiger Schrei des Entsetzens wehte durch das Grollen der gemarterten Erde zu ihm herauf. Aus dem geordneten Truppenaufmarsch wurde eine blinde, kopflose Flucht. Es roch plötzlich nach brennendem Stein, und Skar erinnerte sich wieder des unguten Gefühls, das er gehabt hatte, als er unten in den Höhlen gewesen war. Das unterirdische Labyrinth war durch Vulkanismus entstanden. Feuer hatte diese Gänge gegraben, eine Glut, die längst nicht erloschen war, sondern nur schlief, vielleicht seit Äonen.

Und dann war es vorbei.

Die Erde hörte auf zu zittern, und die Sonne in Velas Hand erlosch wie eine Kerzenflamme, die der Wind ausgeblasen hat. Die *Errish* stieß einen ungläubigen Laut aus, wankte wie unter einem Hieb und umklammerte den Stein mit beiden Händen.

Er war tot. Das Feuer in seinem Inneren war erloschen, und von einem Moment zum anderen hielt Vela nichts als ein Stück wertlosen Kristalls in Händen.

Ihr Blick bohrte sich in den von Skar. »Was hast du getan? Du ...« Ihre Stimme versagte. Sie zitterte, krümmte sich wie unter Schmerzen und warf plötzlich den Kopf in den Nacken. »Tötet ihn!«, schrie sie. »Tötet ihn!«

Aber die beiden gewaltigen schwarzen Krieger hinter Skar rührten sich nicht. Ihre Hände lagen noch immer wie stählerne Klammern auf Skars Schultern, doch es war kein Leben mehr in ihnen. Sie waren erstarrt, tot wie der Stein, den Vela in Händen hielt.

Skar streifte die Klauen der schwarzen Giganten ab, ging langsam auf die *Errish* zu und nahm ihr den Stein aus den Fingern. Sie wehrte sich nicht mehr. Mit dem Feuer in ihrer Hand war auch ihre Kraft erloschen.

Mit dem glitzernden Kristall in der Hand wandte er sich um. Es war alles so schnell gegangen, so einfach und undramatisch, dass er... ja, er war beinahe enttäuscht. Aber es war vorbei, und in ihm war nur jene betäubende, schmerzhafte Leere, die er oft nach einem Kampf oder einer verlorenen Schlacht verspürt hatte.

Vor ihm begann sich ein Schatten zu formen: Nebel, die aus dem Nichts kamen, einen gewaltigen schwarzen Umriss bildeten und zu einem Körper wurden. Es sah aus wie ein Erscheinen aus dem Nichts, aber so war es nicht. Er war die ganze Zeit bei ihm gewesen, unsichtbar und wachsam. Er hatte gelauert, aber nicht auf ihn, sondern auf das, was gerade geschehen war, auf seine Chance, auf die Möglichkeit, seine und Skars Kräfte zu vereinen. Auf einen Moment der Unaufmerksamkeit.

Skar war weder überrascht noch erschrocken. Er hatte es gewusst, in dem Moment, in dem er begriffen hatte, dass die Hornkrieger nicht mehr kommen würden. Sekundenlang blieb er reglos stehen und musterte den gewaltigen schwarzen Wolf.

Es war das erste Mal, dass er das Tier wirklich sah. Damals in Combat hatte er nicht mehr als einen flüchtigen Blick darauf erhascht, und später war ihm der Wolf nur als Schatten, als huschender Schemen in der Nacht und dunkler Todesbote begegnet.

Jetzt, als sie sich gegenüberstanden, sah er, dass er schön war. Sein schwarzes Fell glänzte wie polierter Marmor, und unter der Haut zeichneten sich kräftige

Muskeln ab. Skar war niemals einem Wesen begegnet, bei dem sich Kraft und Eleganz auf solch perfekte Weise vereinigten.

Er verspürte weder Furcht noch Schrecken, als er sich dem Wolf näherte. Das Tier stand reglos vor ihm, ein Gigant aus Muskeln und ungebändigter Kraft, starr, ohne zu atmen, ohne sich auch nur um eine Winzigkeit zu bewegen. Sein Henker, der ihn bis ans Ende der Welt gehetzt und jetzt gestellt hatte. Aber das Einzige, was Skar fühlte, war Erleichterung. Er betrachtete den Tod nur noch als Erlösung.

Zwei Schritte vor dem Wolf blieb er stehen, legte den Stein ins Gras und richtete sich wieder auf. Es war nicht mehr als ein Symbol. Combats Wächter hatte die Macht, die der Stein gehabt hatte, wieder an sich genommen, und der Stein war nicht mehr als ein glitzerndes, wertloses Ding.

Der Wolf kam langsam näher. Die mächtige schwarze Schnauze senkte sich, berührte den Stein und rollte ihn wie ein Spielzeug durch das Gras. Der Blick der dunklen Augen des Wolfes bohrte sich in den Skars. Und hinter Skars Stirn begann eine Stimme ein lautloses Wort zu formen, ein Wort in einer Sprache, die so alt war wie diese Welt und das er trotzdem verstand. Es war nur dieses eine Wort, aber es erklärte alles:

HERR

Und jetzt, endlich, begriff er.

Vela lag im Gras und weinte, als er zu ihr zurückkehrte. Sie lag verkrümmt, als hätte sie Schmerzen, und die Hände lagen schützend auf ihrem Leib.

Skar kniete neben ihr nieder, hob sie vorsichtig auf und legte ihr die Hand unters Kinn. Sie machte eine schwache Abwehrbewegung, fast als hätte sie Angst, dass er sie schlagen würde. Ihr Blick flackerte, als sie die Augen öffnete und ihn ansah.

Skar spürte wieder jenes seltsame zärtliche Gefühl in sich und widerstand im letzten Moment der Versuchung, die Hand zu heben und ihre Wange zu streicheln. Er wusste jetzt, dass es nichts als Mitleid war. Es war niemals mehr gewesen.

»Es ist vorbei«, sagte er.

Velas Blick löste sich von seinem und richtete sich auf den Wolf. Skar sah den Schrecken in ihren Augen und spürte, wie sich ihre Fingernägel in seine Haut gruben.

»Keine Angst«, murmelte er. »Er wird dir nichts tun.« Jetzt nicht mehr, fügte er in Gedanken hinzu. Das Ding, das von Vela Besitz ergriffen hatte, war vernichtet. Weder seine Kraft noch die Macht Combats allein hatten ausgereicht, den unseligen Geist der Vergangenheit, den Vela heraufbeschworen hatte, zu bezwingen. Skar hatte es nicht gewusst, aber sie waren die ganze Zeit Verbündete gewesen, er und Combat, der Geist dieser Stadt, der Geist der Alten, der sich in diesem gewaltigen schwarzen Wolf manifestiert hatte. Aber sie hatten erst vereint sein müssen, um die Macht des Steines zu brechen. Er hatte nicht einmal etwas von dem Kampf gespürt; vielleicht ein blitzschnelles Gefühl, als griffe etwas in ihn hinein, bediene sich seiner Kraft; Kräfte, die ihm selbst nicht zur Verfügung standen.

Er erhob sich und sah ins Tal hinunter. Reiter

kamen näher, Dutzende, wenn nicht Hunderte. An ihrer Spitze galoppierte eine breitschultrige, in mattes Schwarz gekleidete Gestalt.

»Kannst du aufstehen?«, fragte Skar.

Vela nickte, aber er musste ihr auf die Beine helfen. Ihr Blick folgte dem seinen.

»Keine Angst«, sagte er. »Sie werden dir nichts tun. Ich werde ihnen alles erklären.«

»Sie werden mir nichts tun?«, fragte Vela ungläubig. »Und du? Du wirst mich nicht... nicht töten?«

Skar schüttelte traurig den Kopf. Sie hatte nichts verstanden, gar nichts. Es gab keinen Grund, sie zu töten. Der Stein war nicht die Macht, sondern der Fluch Combats gewesen, nicht sein Schatz, sondern sein Gefangener, die Essenz alles Bösen, alles Schlechten, das es jemals in dieser Stadt gegeben hatte, und kein Mensch konnte die Kraft aufbringen, mit dem dunklen Erbe eines ganzen Volkes zu ringen und diesen Kampf zu gewinnen. Warum sollte er sie töten? Sie hatte alles verloren, woran sie geglaubt hatte, und sie würde nie wieder dieselbe sein, als die er sie kennengelernt hatte, damals in Ikne. Vela, die Hexe, existierte nicht mehr. Sie war so tot wie dieser vermeintliche Stein der Macht, und die Frau neben ihm war nichts als ein blasses Abbild von ihr, geschlagen, besiegt, für immer zerbrochen.

»Nein«, sagte er nach einer Weile. »Ich werde dich nicht töten, Vela. Niemand wird das tun. Ich werde die Sumpfmänner bitten, dich zum Berg der Götter zu bringen. Der Rat der Satai wird am besten wissen, was mit dir geschehen soll. Und mit dem... Kind«, fügte er nach einem kurzen Zögern hinzu.

Vela nickte, aber er glaubte nicht, dass sie seine Worte wirklich verstanden hatte. »Der Stein«, sagte sie. »Was wirst du damit machen?«

»Nichts«, antwortete er. »Es gibt nichts mehr zu tun, Vela. Wir haben uns getäuscht, von Anfang an. Er war nie das, was wir alle darin gesehen haben. Der Schlüssel zur Macht der Alten ist mit ihnen untergegangen, und es ist gut so. Der Stein der Macht hat niemals existiert. Es war Combats Fluch, Vela. Aber er ist besiegt.«

Er sah sie einen Moment ernst an, schloss die Hand um den Stein und atmete hörbar ein.

Irgendwo in seiner Seele war plötzlich ein leises, wohlvertrautes Flüstern, eine Stimme, die ihm sagte, dass er sich irrte, dass in dem Stein noch immer Macht war und dass er sich ihrer bedienen konnte, wenn er es wollte. Und er spürte, dass diese Stimme recht hatte. Sowenig, wie es so etwas wie das Böse an sich wirklich gab, sowenig würde der Kampf dagegen jemals ganz gewonnen sein. Der Stein lebte noch immer, irgendwie, hatte noch immer Macht, nicht mehr jene Art von Macht, die Vela in ihm gesehen hatte, aber eine andere, vielleicht stärkere.

Noch immer den Stein in der Hand, drückte Skar mit aller Gewalt zu. Als er sich wenige Augenblicke später umdrehte, war der Platz neben ihm leer. Der Wolf war verschwunden.

»Komm«, sagte er. Er ergriff Vela am Arm und ging Del und den anderen entgegen. Während sie den Hügel hinunterschritten, öffnete er die Faust.

Zwischen seinen Fingern rieselte feiner weißer Staub hervor und verwehte im Wind.

»Ich habe die Midkemia-Saga verschlungen. Ein großartiger Autor!«

Christopher Paolini

512 Seiten. ISBN 978-3-7341-6095-0

Das Königreich Rillanon befindet sich im Krieg. Doch nicht nur der Feind von außen bedroht den Frieden, denn Intrigen und Verrat beherrschen den Königshof, und so wird viel zu spät auf die Invasion reagiert. Der Magierlehrling Pug und sein bester Freund, der junge Krieger Tomas, wissen nichts von den Geschehnissen bei Hofe. Für sie bedeutet dieser Krieg eine Möglichkeit, sich zu beweisen und vielleicht sogar Ruhm zu erlangen – bis sie Teil der Intrigen werden und den wahren Schrecken des Krieges begegnen.

»Fesselnd! Die *Belgariad*-Saga drückt alle wichtigen Fantasy-Knöpfe: Kämpfende Götter, politische Intrigen, übernatürliche Wesen und mächtige Magier.«
Publishers Weekly

400 Seiten. ISBN 978-3-7341-6166-7

Der New-York-Times-Platz-1-Bestsellerautor David Eddings war in den 80er Jahren nicht nur einer der Helden der Fantasy-Leser, sondern ist für viele der erfolgreichen Fantasy-Autoren von heute ein Vorbild. Die Lektüre der *Belgariad*-Saga ist wie eine Begegnung mit Freunden. Die Charaktere dieser heroischen Coming-of-Age-Fantasy wachsen einem sofort ans Herz, und gemeinsam mit ihnen erforscht man eine wunderbare Welt und kämpft im epischen Kampf zwischen Gut und Böse. Der naive Junge vom Land, der edelste Ritter, der cleverste Dieb, der mächtigste Magier – wer sonst könnte die Welt retten?

Dieser Roman ist bereits unter dem Titel »Die Prophezeiung des Bauern« im Knaur Verlag und unter dem Titel »Kind der Prophezeiung« im Bastei-Lübbe Verlag erschienen. Er wurde komplett überarbeitet.

Lesen Sie mehr unter: **www.blanvalet.de**

Ein großes heroisches Fantasy-Epos voller Magie, Geheimnisse und unvergesslicher Charaktere!

544 Seiten. ISBN 978-3-7341-6178-0

Seit er 1977 seinen ersten Roman veröffentlichte, hat sich der Autor Terry Brooks immer mehr von seinem großen Vorbild, J.R.R. Tolkien, gelöst. Vierzig Jahre später, im Jahr 2017, widerfuhr ihm die größte Ehre, die ein Fantasy-Autor erhalten kann. Für sein Lebenswerk wurde ihm der World Fantasy Award verliehen, die renommierteste Auszeichnung der Fantasy. Damit steht er auf einer Stufe mit Autoren wie Peter S. Beagle, Terry Pratchett, Stephen King und George R.R. Martin. *Die Reise der Jerle Shannara* ist die dritte Subserie der *Shannara-Chroniken,* die Blanvalet in edler Neuausstattung und komplett überarbeitet veröffentlicht.